Für Onkel Willi

Leo Hoesslin
Akademischer Alptraum

www.leo-hoesslin.com

Bibliografische Information der Deutschen Nationalbibliothek
Die Deutsche Nationalbibliothek verzeichnet diese Publikation
in der Deutschen Nationalbibliografie; detaillierte bibliografische
Daten sind im Internet über http://dnb.dnb.de abrufbar

© 2017
Herstellung und Verlag:
BoD – Books on Demand, Norderstedt

ISBN: 978-3-744812979

1. Abfuhr

Als der SUV das Heck meines Polos rammte, vermutete ich, dass der Fahrer hinter mir auf der schneeverwehten Bergstraße die Kontrolle verloren hatte. Trotz neuer Winterreifen brachte der unvermittelte Stoß meine alte Schüssel sofort ins Schlingern. Bei totalem Schneetreiben waren wir mit dreißig Stundenkilometern dicht hintereinander bergauf Richtung Rotenstein unterwegs. Schneller heimzufahren ging nicht, denn in der stockdunklen Nacht rauschten Schneeflocken im Abblendlicht wie Kometensplitter an der Frontscheibe vorbei. Durch das flirrende Weiß war der kurvige Straßenverlauf kaum zu erkennen.

Die miesen Sichtverhältnisse trugen ebenso wenig zu meiner guten Laune bei wie die Aussicht, mitten im unbebauten Nirgendwo am Rand der Westösterreichischen Alpen bei Minusgraden und pfeifendem Westwind zu warten, bis die Polizei den Unfall aufgenommen haben würde. Ich ärgerte mich mächtig, denn eine demolierte Karre konnte ich gerade überhaupt nicht gebrauchen.

Der SUV hatte mich bereits minutenlang genervt, weil er deutlich flotter vorankam als mein altes Auto und der Fahrer permanent drängelte. Nun hatte er auf einem relativ ebenen Teilstück überholen wollen, was aber gehörig schiefgegangen war. Nach dem Aufprall fiel der SUV etwas zurück. Ich ging vom Gas und wollte den Polo neben dem am Straßenrand aufgehäuften Schnee austrudeln lassen, denn dahinter geht es überall bergab. Tief verschneite Almwiesen und dichte Mischwälder warten nur darauf, dass sich junge Männer in ihnen zu Tode fahren. Immerhin gehörte ich mit meinen einundzwanzig Jahren zur Hochrisikogruppe unter den motorisierten Verkehrsteilnehmern, was mir durchaus bewusst war. Und obwohl ich mich seit Monaten in einem seelischen Tief befand, wollte ich hier und heute noch nicht den Löffel abgeben.

Als der SUV den Polo ein zweites Mal rammte, konnte das kein Auffahrunfall mehr sein. Das wurde mir auch deshalb schlagartig bewusst, weil sich das Lenkrad plötzlich blitzschnell drehte, ich den Griff verlor und mir eine Speiche punktgenau aufs rechte Handgelenk donnerte. Stechender Schmerz trieb mir Tränen in die Augen, aber wenigstens stand der

Wagen nun. Geschockt tastete ich mit der Linken die angeschlagene Rechte ab, während mein Gehirn das Erlebte zu verarbeiten suchte. Voll bewusst wurde mir die tödliche Lage aber erst, als der SUV mit brüllendem Motor mein Auto durch die Schneewechte hindurch trieb.

Seit Längerem schon waren meine Tage nicht mehr das Gelbe vom Ei gewesen. In diesem Augenblick strebten sie ihrem negativen Höhepunkt entgegen. Nach einem langen Studientag an der Vorarlberger Fachhochschule hatte ich etwas zu essen für meine Mutter, meinen jüngeren Bruder Benny und mich eingekauft. Daheim wollte ich uns Abendbrot zubereiten, um danach im Dorfkrug bis Mitternacht für eine Handvoll schwarzer Euro auszuhelfen. Stattdessen bangte ich nun in der alten Karre meines viel zu früh verstorbenen Vaters um mein jämmerliches Leben. Dabei ahnte ich nicht im Geringsten, warum gerade mir jemand an den Kragen gehen wollte. Denn mein Lebtag lang hatte ich niemandem etwas Ungutes angetan. Soweit ich wusste, hatte ich auch keine Feinde. Als Student der Psychologie war ich vielleicht gegenüber Kommilitonen und Professoren stets etwas zu vorwitzig unterwegs. Doch das wäre höchstens ein Grund, mich nicht zu mögen oder mir eine schlechtere Note zu verpassen, nicht jedoch mich umzubringen.

Hätte mein Auto inzwischen nicht bereits den Schneehaufen passiert, wäre ich wohl ausgestiegen, um die Verwechslung aufzuklären. Das konnte ich mir aber schenken, denn von nun an ging's bergab. Auf einer tiefverschneiten Wiese rutschte der Wagen gemächlich hangabwärts, wobei er dicke Schneemassen vor sich aufhäufte. Zum Glück war ich in keinem Steilstück gelandet, sondern ‚nur' auf einem relativ flach abfallenden Hang. Dennoch zog die Schwerkraft den Polo unaufhaltsam talwärts, was der auftürmende Schnee maximal ein wenig abbremsen konnte.

Plötzlich wandelte sich Schock in Heidenangst. Weniger wegen der Rutschpartie als wegen der Lage unserer Bergwiesen. Meist enden sie nämlich in einem steilen Tobel, einem Felssturz oder einem abfallenden Waldstück. Als ich mir die Konsequenzen ausmalte, zog nicht etwa mein bisheriges Leben an mir vorbei. Stattdessen führten mir die grauen Zellen blitzschnell aber sinnlos heutige Aktivitäten vor Augen.

Der Tag hatte bereits nett angefangen – allerdings nur, wenn man Unmengen an Schnee nett findet. Bereits um halb sechs musste ich mich nämlich mit der Schneefräse entlang unserer Hofeinfahrt mühsam durch kaum bezwingbare Schneemassen kämpfen. Lawinenwarnstufe vier war derzeit Normalzustand. Schneetreiben ohne Ende. Laut Wetterbericht würde uns das Atlantiktief Julia noch vier weitere Tage im Ausnahmezustand bescheren. Dann musste ich mindestens zweimal täglich die Hofeinfahrt und den Gehweg vor dem Grundstück räumen. In der Früh und zwölf Stunden später, manchmal sogar zwischendurch, wenn tagsüber ein halber Meter Neuschnee gefallen war.

Wahrscheinlich kratzte ich seit einigen Wochen nicht nur deshalb am Burnout, sondern auch, weil ich auf die anstehende Psychologieklausur schlecht vorbereitet war. Wenn ich mir gegenüber ehrlich war, machten mir mehrere Belastungen gleichzeitig massiv zu schaffen. Um das zu erkennen, hätte ich meine bisherigen drei Semester Psychologie nicht zu studieren brauchen.

So war der Akku schon vom Beginn dieses beschissenen Tages an annähernd leer gewesen. Familiäre Verpflichtungen, Studium und Nebenjob hatten die Energiereserven längst geleert. Ich hatte einfach keine Kraft mehr gefunden, mich auf die anstehende Klausur vorzubereiten. Denn seit mein Vater vor drei Jahren unglücklich verstorben war (ihn traf der Blitz, als er während eines Gewitters auf der Alm eine verirrte Kuh einfangen wollte), lag unsere Mutter meist depressiv im Bett. Seit Monaten musste ich täglich sie, den kleinen Bruder und mich versorgen. Auf Großeltern konnten wir nicht mehr zurückgreifen, und nachbarschaftliche Hilfe lehnte Mutter strikt ab, sogar, wenn ihr Schwager Jodok sie anbot.

Da Mutters Witwen- und meine Halbwaisenrente plus der meines fünfzehnjährigen Bruders für uns drei vorn und hinten nicht langten, arbeitete ich zusätzlich abends im Dorfkrug. Letztlich war mir bereits zu Semesterbeginn klar gewesen, dass trotz aller Verpflichtungen Lamentieren nichts nützt. Also hieß es, im Winter *noch* früher aufzustehen, um halb sechs Schnee zu fräsen, um viertel nach sechs in die Bücher zu schauen, um viertel nach sieben ein guter Sohn zu sein und Brote für uns drei zu schmieren, meinen Bruder zur Schule zu schicken und um acht Uhr loszufahren, damit ich pünktlich um neun im Seminar hocken konnte.

Die nächste Klausur stand nun kommenden Freitag an. Da heute auch Freitag war, blieb mir theoretisch noch eine knappe Woche zur ‚intensiven‘ Vorbereitung. Dass der Tiefpunkt des Tages trotz Übermüdung längst nicht erreicht war, hatte ich an der Fachhochschule noch nicht ahnen können.

Zäh hatte ich mich den lieben langen Tag durch eigentlich interessante Veranstaltungen gequält und anschließend gestresst den Abendeinkauf getätigt. Hatte ich etwa für die Familie monatelang am Rand der Belastungsgrenze gelebt, nur um heute Abend im unwirtlichen Gelände abzukratzen?

Inzwischen surfte der Polo hangabwärts auf einer Mini-Lawine. Als ich das erkannte, erwachte ich jäh aus dem lähmenden Tagtraum und suchte mich fieberhaft aus dem abgleitenden Wagen zu befreien. Mit der nicht geprellten Linken fummelte ich umständlich am Türgriff, weil ich mich aus dem Wagen werfen wollte, so lange es noch ging, denn garantiert würde der Hang bald steiler werden. Ein völlig zweckloser Versuch, denn die Tür war durch den Aufprall verzogen, wie ich nach erfolglosem Rütteln fassungslos feststellen musste.

Keine Zeit, weitere Rettungsversuche zu unternehmen. Plötzlich schlug der Wagen rechts vorne auf junges Holz, was ihn abrupt abbremste. Während ich in den Sicherheitsgurt gerissen wurde, suchten sich verschneite Äste den Weg ins Wageninnere. Rechts klirrte die Seitenscheibe. Ein Ast stieß kratzend hindurch. Der Polo drehte die rechte Flanke talwärts und drohte dabei jeden Moment umzukippen. Von einer Sekunde auf die andere hing das Auto schräg im Gelände.

Ich hing schräg im Sicherheitsgurt und verfluchte den Tag.

2. Almabtrieb

Büsche und junge Bäume vor und neben dem Polo waren kaum zu erkennen. Ein Scheinwerfer hatte den Geist aufgegeben, der andere stach erbärmlich in den aufgeworfenen Schneehaufen hinein. Als ich geschockt im Gurt hing und mühsam das Fassungslose zu verarbeiten suchte, ergriff nie gekannte Angst von mir Besitz. In seltener geistiger Klarheit blitzte die Erkenntnis auf, dass mein Leben hier rasch zu Ende gehen konnte, wenn ich nicht endlich aus dem Polo hinaus kam. Dafür boten sich nur zwei kleine Chancen: Zum einen hatte sich der Wagen nicht überschlagen. Zum anderen war er auf eine sanfte Weide eingebrochen und nicht in ein Steilstück. Die zwar gefährliche aber nicht direkt tödliche Lage musste ich dennoch schleunigst nutzen, denn der Polo befand sich nur in einem labilen Gleichgewicht und um ihn herum tobte ein gewaltiger Schneesturm bei etwa minus zehn Grad. Außerdem war das Fahrmanöver des SUV zweifellos ein Anschlag gewesen. Ein weiterer Grund, den Polo hurtig zu verlassen, da das Vorhaben des Unbekannten durchaus erfolgreich enden konnte.

Während der Hangpartie hatte ich wohl automatisch den Zündschlüssel gedreht. Der Motor und die CD vom im Hubschrauber verunglückten Stevie Ray mit seiner Band ‚Double Trouble' liefen nicht mehr. Totenstille. Außer heulendem Wind und knarrenden Geräuschen, wenn ich mich im Fahrersitz bewegte, war nichts zu hören. Einerseits wollte ich mich zwar sofort aus der gefährlichen Lage befreien, doch andererseits wäre ich am liebsten sofort eingeschlafen. Träumen. Ausruhen. Aufwachen. Und alles ist wieder gut. Heftiges Reißen in der Brust, wo mich der Gurt gepackt hatte, brachte mir allerdings die Realität schonungslos zurück.

Nun vorsichtig bewegen und die Rippen abtasten, ob dort ein messerscharfer Schmerz sticht. Breitflächiges Ziehen im Oberkörper erinnerte mich an starken Muskelkater. Es schien, als ob der Brustkorb heftig geprellt wäre. Das beunruhigte mich allerdings kaum, denn Prellungen kannte ich von meiner wilden Snowboardzeit als Jugendlicher und wusste, auch wenn nichts gebrochen ist, tun die Rippen höllisch weh. Die Schmerzen würden sich nach etwa vier bis sechs Wochen legen, doch so viel Zeit stand mir im Augenblick leider nicht zur Verfügung. Wiederholt verfluchte ich den Tag und versuchte krampfhaft, das Geschehen zu realisieren.

Verdammt! Was, wenn jemand den SUV verließ und mich verfolgte, um mir hier den Rest zu geben? Angst steigerte sich zu ausgewachsener Panik. Kaum hatte ich den Gurt mit zitternden und steifen Fingern gelöst, zog mich die Schwerkraft rechts hinunter, begleitet von lautem Knirschen. Zentimeter um Zentimeter rutschte der Polo weiter bergab. Hektisch fummelte ich mit der Linken an der Fahrertür, suchte den Griff zu fassen, was nach einigen schmerzhaften Verrenkungen endlich gelang. Die rechte Hand konnte ich bei der Aktion vergessen, denn sie tat fast mehr weh als der Brustkorb. Hoffentlich geht die Tür auf!

Ich war nie besonders gläubig und trotz einer Einlage als Ministrant und der üblichen Firmung eher wissenschaftlich unterwegs als religiös veranlagt. Auch in dieser Ausnahmesituation war ich weit davon entfernt, aufgrund der Umstände plötzlich die Weltanschauung aufzugeben und eine höhere Macht um mein kümmerliches Leben zu bitten. Dennoch hoffte ich auf eine einfache Lösung, da mir kein anderer Ausstieg blieb. Die Seitenscheibe lässt sich nämlich ohne passendes Werkzeug nicht so einfach einschlagen. Mir wäre maximal der linke Ellenbogen geblieben, den ich nicht auch noch lädieren wollte. Wie ein Wilder am Türgriff zu ruckeln war ebenfalls sinnlos, da die Fahrertür nach wie vor verzogen war. Das Ding bewegte sich keinen Millimeter.

Irgendwie schaffte ich es, mich mit den Füßen unten abzustützen, mit der Schulter aufwärts gegen die Tür zu stemmen und gleichzeitig am Griff zu ziehen. Beim zweiten Versuch gab das verdammte Ding endlich nach. Knarrend und mit reichlich Widerstand öffnete sich die Tür Zentimeter um Zentimeter. Angemessen langsam, damit der Wagen nicht noch mehr erschüttern und dadurch weiter abrutschen würde, schob ich die Fahrertür auf. Zuvor hatte ich meinen Rucksack mit den Studiensachen vom Beifahrersitz geklaubt. Mich an der Tür festhaltend und über den Sitz quälend erreichte ich eine halb liegende, halb kniende Position auf dem Schweller. Mit letztem Schwung stieß ich mich von der Todesfalle ab und richtete mich im tief verschneiten Hang auf.

Es stürmte und schneite immer noch wie verrückt. Zu allem Überfluss steigerte sich der saukalte Westwind zu einer heulenden Bö. Sobald ich mein treues Auto losgelassen hatte, verschwand es in einem riesigen Schneeberg. Beide hatten Gefallen aneinander gefunden und sich entschlossen zusammenzubleiben. Ein letztes metallenes Kratzen, dann brach der Polo unaufhaltsam durchs Unterholz und fiel dahinter ins Nichts. Mit dem Wagen verschwand auch mein Handy, das sinnigerweise noch in der Freisprechanlage steckte. Stevie Ray Vaughan war nun ein zweites Mal abgestürzt, diesmal mit dem alten Auto meines verstorbenen Vaters.

Plötzlich gaben meine Knie nach wie zerlassene Butter. Ich musste mich kurz in den Schnee hocken und tief durchatmen. Die Betonung lag zwangsläufig auf ‚kurz‘, denn die Frage nach eventuellen Verfolgern war lange nicht geklärt, und außerdem kroch langsam aber sicher eine Saukälte in mir hoch. Schnell die Handschuhe aus dem Rucksack gefischt und übergestülpt, denn lange wäre es ohne sie nicht auszuhalten. Wenigstens wärmte die Kapuze des Parkas, den ich wegen der leicht unterdurchschnittlichen Heizkraft des alten Polos anbehalten hatte. Auch die Winterstiefel wusste ich heute mehr denn je zu schätzen. Allein die Jeans waren für eine längere Schneepartie nur bedingt geeignet. Der Hosenstreifen zwischen oberer Wade und Knie nässte bereits eiskalt durch und das würde mich unten herum rasch auskühlen.

Was war jetzt mit dem Kerl aus dem Geländewagen? In den Wind hinein horchen. Den Kopf aus der Kapuze nehmen und drehen, auch wenn die Kälte förmlich die Ohren abbeißt. Noch mal horchen. Und noch mal. Der Wind trug unverständliche Sprachfetzen herüber. Also doch. Ich war ausreichend misstrauisch, um nicht fälschlich anzunehmen, dies sei die Rettungsmannschaft. Die Laute konnten nur vom Fahrer des Geländewagens kommen. Und es waren mindestens zwei Personen. Warum sollte einer im Gelände Selbstgespräche führen?

Die Situation stellte sich wie folgt dar: Der Polo war eine unbestimmte Strecke bis ans Ende der Wiese hinuntergerutscht. Ich wusste nicht genau, um welche Weide es sich handelte. Um sie wiedererkennen oder anhand des Straßenverlaufs bestimmen zu können, war das Wetter zu schlecht. Schätzungsweise stand ich auf einer Wiese etwa in der Mitte des Heimwegs. Wenn ich mich recht erinnerte, war sie etwa hundertfünfzig Meter lang und endete an einer senkrecht abfallenden Steilwand. Die Bauern hatten einige Meter Unterholz bis zur Kante stehen gelassen, damit

11

niemand, vor allem das Vieh, dem Rand zu nahe kam. Das Unterholz war heute mein Glück im Unglück gewesen, und so nahm ich innerlich den Fluch von vorhin zurück.

„Hallo! Ist ... jemand? ... ich Ihnen helfen?"

Akustisch scheinbar fern, wegen des scharfen Winds in Wirklichkeit näher als mir lieb war, drangen Sprachfetzen durch. Ich musste mich scharf zurückhalten, um nicht freudestrahlend zu antworten. Denk nach! Eben war dir doch klar geworden, dass das innerhalb der kurzen Zeit keinesfalls die Rettungsmannschaft sein kann. Zu sehen war allerdings wegen der tosenden Schneeflocken und der fast vollständigen Dunkelheit niemand. Einsetzende Gedanken strebten einer einzig sinnvollen Schlussfolgerung entgegen: Hier kam jemand, um sich vom Erfolg seiner Tat zu überzeugen oder sie andernfalls erfolgreich zu beenden. Ich vermutete zwei Verfolger. Sollte es nur einer sein, schadete es keinesfalls, auf Nummer sicher zu gehen und sich auf zwei Personen einzurichten.

Mein armer Polo hatte eine tiefe Schneise durch das Unterholz gefräst und den Schnee auf Autobreite mitgerissen. Ein Attentäter verfolgte mich garantiert auf der Wagenspur. Ein anderer hätte sich seitlich bewegen können, was bei der schlechten Sicht und dem hohen Schnee eigentlich unmöglich schien, denn es war zu nass und zu kalt, um sich ohne Ausrüstung durch hüfthohen Schnee zu arbeiten. Im Dunkeln konnte zudem leicht die Orientierung verloren gehen. Der Weg nach oben war einigermaßen klar, weil man nur dem Gefälle der Wiese und der Wagenschneise aufwärts folgen musste. Doch vielleicht waren sie ausreichend dumm und schlugen sich seitlich der Schneise nach unten. Wie auch immer, ich musste meinen Platz schleunigst verlassen, durfte dabei keine Spur legen, denn sie hätte direkt verraten, dass ich noch lebte.

Die einzig sinnvolle Möglichkeit war mehr als riskant, doch eine andere sah ich nicht. Mein Fluchtweg bestand darin, in der Schneise des Polos wenige Schritte abwärts zu gehen, um dann seitlich ins Unterholz auszubrechen und zu hoffen, die Spur würde nicht direkt ins Auge fallen. Käme ich dabei dem Rand der Schlucht zu nahe, verschätzte ich mich oder rutschte ab, wäre das der sichere Tod. Doch hatte ich oben Besseres zu erwarten? Wer auch immer bei diesem Sauwetter herabkam, konnte nur zu jenen gehören, die meinen Polo mit voller Absicht den Hang hinuntergestoßen hatten.

Während ich noch grübelte, hatte sich jemand genähert: „Hallo! So antworten Sie doch. Können wir Ihnen helfen?", war nun deutlicher zu verstehen, wenngleich wegen der fast vollständigen Dunkelheit und des Schneetreibens niemand zu sehen war.

Etwas weiter bergauf tanzte nun ein kleines Licht. Höchste Zeit, Land zu gewinnen, zumal die Frage eine zweite Person verriet. Vorsichtig schlurfte ich seitlich drei Schritte die Schneise hinab, um sicher aufzutreten und möglichst keine Abdrücke zu hinterlassen. Soweit zu erahnen war, endete die Wagenschneise vor mir nach knapp drei Metern an einem Abgrund. Wenn ich jetzt ausrutschte oder die Felskante übersah, wäre es das gewesen. Zeit, sich endlich seitlich davonzumachen. Mit der linken Hand spürte ich tief hängende Äste einer Tanne. Der Baum befand sich direkt neben mir, ebenfalls etwa drei Meter vom Abgrund entfernt. Er konnte mir vielleicht Schutz bieten, denn im tief verschneiten Winter bilden untere Äste von ausgewachsenen Tannen eine Art Wall, so dass dicht am Stamm Mulden entstehen.

Mit leichter Verrenkung griff ich einen weiter hinten liegenden Ast, zog ihn herüber und legte, seinen Rückschwung ausnutzend, eine Art Fechterflanke seitlich zum Baum hin. Satt landete ich mitten im Schneewall. Jetzt schnell unter das Dach der Äste kriechen und hinter mir das Schneeloch verwuseln, um die Spur zu tilgen. Von außen dürfte mein Versteck auch bei besseren Wetterverhältnissen kaum zu erkennen sein, weil Äste und Schnee nahtlos ineinander übergingen. Allerdings waren die unteren Zweige meiner Tanne vom Auto angefetzt und schneefrei.

In der hastig gewählten Notunterkunft zeugten Zweige und Winterlosung von einem Unterschlupf für ein Reh. Wahrscheinlich war es durch den Polo von seiner Ruhestätte vertrieben worden.

„Hallo! … hier?"

Das kam jetzt direkt von leicht oberhalb des Baumstamms. Einzelne Wörter verschluckte der Wind. Ein Lichtstreif irrte durch Zweige und Schnee.

„Moinsch, er … sich irgend… verschobba?"

Eine grauenhaft schwäbelnde Stimme tönte nicht weit vom ersten Sprecher entfernt von der anderen Seite der Schneise herüber. Ein sonorer Bariton. Der Typ vermutete wohl, ich hätte mich in der Nähe versteckt, was mich nicht gerade beruhigte. Durch die schneefreien Zweige hindurch war ab und an sein Umriss zu erahnen, wenn ihn ein Lichtstrahl traf. Der Schwabe sah aus wie ein Klafter Holz, was meine Unruhe beförderte.

„Nö, schau dir doch ... hat sich hier ... Kante gegeben ... im ... Sinne des Wortes. Brauchen wir halt nicht ... ha, ha!", tönte es von weiter oben.

Die Erkenntnis schockte wie Haydns Paukenschlag bei der Uraufführung: Hier trachteten tatsächlich zwei Menschen nach meinem Leben. Ich hatte keinen blassen Schimmer, warum sie mich jagten und befand mich längst nicht außer Gefahr. Nur zur Hälfte zitterten meine Beine und Arme wegen der beißenden Kälte. Zur anderen Hälfte jagte mir die wiedergekehrte Panik Eiswellen durchs Rückenmark.

„Scho? Bisch sicher?"

„Sieh doch selbst", ein Licht tastete längs der Autoschneise. Jetzt wurde deutlich, warum die beiden nebeneinander herliefen. Sie besaßen nur eine Taschenlampe.

„Der Wagen ... volle Wucht .... Möchte nicht wissen, wie ... Willst' mal nachsehen?"

Der erste Typ artikulierte sich gehobener, nicht nur wegen seines fast fehlenden Dialekts. Er war auch vom Sprachniveau weniger platt als der schwäbische Troglodyt, wenngleich der Wind jedes dritte Wort entführte. Seine Lampe machte mir momentan am meisten zu schaffen. Permanent strich sie wie ein Suchscheinwerfer hin und her. Systematisch streifte dabei das Licht die Außenseite meines Unterschlupfs und brach sich an den Zweigen.

‚Ich bin ein Baumstumpf. Ein Baumstumpf.‘ Selten dürften buddhistische Mönche dieses Mantra rezitiert haben. Obzwar kein Mönch, vertraute ich in der damaligen Lage auf Autosuggestion. Tief auf den Boden gekauert wurde ich zum Baumstumpf.

„Noi, des mog i net riskiern; ‘s geht schteil abwärts ... dahinner sicher ... nunner", war die erstaunlich langatmige Antwort. Immerhin konnte ich ihr entnehmen, dass der Kerl das Gefälle als ‚steil‘ interpretierte. Also konnte zumindest der Schwabe kein Bergmensch sein.

„Herr ... Freude haben. ... können ihm ... alles geklärt ist. Nu kehr mal ... saukalt", war vom Ersten zu hören. Der schwäbische Urmensch nuschelte Unverständliches, an dessen Ende ich noch: ‚Oooh-keeh Schorsch‘ mitbekam. Dann verschwand das Suchlicht, und der Wind trug den Rest mit sich fort.

Wie lange brauchen die bis oben? Ein Kontrollblick auf die Armbanduhr: Ich würde sicherheitshalber eine halbe Stunde warten. Wahrscheinlich waren die Attentäter in der Wagenschneise aufwärts gegangen. Langsam verwandelte sich panische Angst in ungeheuerliche Wut. Adrenalin suggerierte Aktionismus. Mein Verstand dagegen funkte, dass ich auch in weniger geschwächtem Zustand keine Chance gegen zwei zu allem entschlossene Angreifer haben würde. Zudem erhielt ich vom Brustkorb und der rechten Hand ein schmerzhaftes Feedback. Also blieb nur übrig, zu warten und deutlich später als die Verfolger den Berg hochzustapfen, denn lange wäre es im Freien nicht mehr auszuhalten. Kälte und Wind waren durch den Kapuzenanorak und die Winterstiefel und durch die tannengeschützte Lage gerade noch erträglich. Auf Dauer würden sie mich aber schwer schädigen. Unterkühlung ist kein Kindergeburtstag. Solange ich keine Eisenstangen verbiegen musste, waren zumindest die Schmerzen in der Brust und im Handgelenk auszuhalten. Echte Sorge bereitete mir jedoch die Unterkühlung und nicht zu wissen, wo sich die Gegner befanden.

Ein weiterer Blick auf die Uhr: Vor zehn Minuten waren die Kerle verschwunden. Wie lange ein sicherer Zeitabstand dauern kann, war mir bislang nicht wirklich klar gewesen. Irgendwann war die gefühlte Stunde vorbei (die in Wirklichkeit nur zwanzig Minuten gedauert hatte). Es konnte losgehen. Zunächst kroch ich oben aus der Tannenmulde hinaus. Dann blieb ich trotz brettharter und eiskalter Beine stehen und lauschte weitere fünf Minuten, ob die Verfolger auch wirklich nicht mehr zu hören oder zu sehen waren.

Nun steckte ich mitten im uralten Jäger-und-Beute-Spiel. Das hatte ich noch nie leiden können, und an diesem Tag erst recht nicht, weil ich auf der falschen Seite stand. Ich hege eine tiefe moralische Abneigung gegen das Jagen, obwohl mich Onkel Jodok in meiner Jugend öfter auf die Jagd mitgenommen und mir Pirschen, Ansitzen, Spuren lesen, das Leben im Wald und auch das Schießen beigebracht hatte. Er war nur enttäuscht, dass ich nach meinem ersten tierschutzgerechten Abschuss eines Kaninchens nicht dieselbe Leidenschaft fürs Töten entwickeln konnte wie er, hatte aber letztlich meine ablehnende Haltung akzeptiert.

Jäger sind eine besondere Spezies. Und mein Onkel war ein fanatischer Vertreter seiner Art. Er lebte sein Hobby als Berufung. Den Beleg lieferten Dutzende von Trophäen in seiner Wohnung. Sehr zum Leidwesen von Tante Sieglinde, denn sie musste Gamshörner, Zwölfender, ja sogar den Kopf einer Antilope regelmäßig abstauben. Kein Stück durfte angefasst oder anderswo platziert werden, da wäre Onkel Jodok ganz schön sauer geworden. Mit demselben Nachdruck hatte er mich zwischen meinem vierzehnten und siebzehnten Lebensjahr ins Weidwerk eingewiesen, bis ich ihm eines Tages gestanden hatte, die Dinge seien zwar aufregend, aber das Schießen von Hirschen und Gämsen stimme mich eher traurig denn euphorisch – wenngleich ich rein rational den Sinn einer nachhaltigen Forstwirtschaft bestens nachvollziehen könne.

In der jetzigen Lage wusste ich aber Onkels damalige Mühen sehr zu schätzen. Wenn die beiden Ganoven auch nur semiprofessionelle Großstadtjäger waren, gaben sie sicher nicht sofort auf. Als aber nach wie vor nichts außer dem Wind zu hören war, machte ich mich übervorsichtig an den Aufstieg. Etwa nach neunzig Tippelschritten entsprang aus dem Selbsterhaltungstrieb eine weitere Idee: Was, wenn ich die letzten fünfzig Meter rechts ausbrechen und mich abseits durch den Tiefschnee nach oben wagen würde, um nicht auf dem Präsentierteller zu erscheinen? Eigentlich müsste ich dann hinter dem Auto, also talwärts, herauskommen. Das Ganze musste nur gut geschätzt werden. Solange ich in der Autospur blieb, war der Weg zwar nicht zu verfehlen, ich aber auch nicht, wenn sie oben auf mich warteten. Weiter rechts konnten mich die Kerle schlechter ausmachen, dafür war der Aufstieg riskanter. Ich hoffte, die Weide würde keine überraschenden Senken aufweisen, denn mich nachts im White-Out zu verlaufen oder gar im Tiefschnee abzurutschen, konnte nur den Attentätern in die Hände spielen.

Also rechts raus und die letzten fünfzig Meter Schritt für Schritt nach oben gekämpft. Tiefschnee klebte wie Zuckerrübensirup an den Beinen. Ihn bergauf mit cowboyartigen Ausfallschritten aus dem Unterkörper beiseite zu schieben, ging schwer auf die Muskulatur. Außerdem nässte inzwischen die Jeans bis in den Schritt hinein. Ein unguter Vorgeschmack aufs höhere Alter, der schnell in massive Unterkühlung umschlagen konnte, wenn ich nicht bald ins Warme käme. Diesen Effekt hatte ich bei meinem Plan nicht bedacht und ärgerte mich über die eigene Dummheit.

Plötzlich sah und hörte ich relativ dicht über mir ein Auto vorbeifahren. Eigentlich konnten es nicht die beiden Verfolger sein, trotzdem widerstand ich der Versuchung, aufzuspringen und wild mit den Armen zu fuchteln. Wenn nicht gerade ein Beifahrer seitlich hinunter schaute, wäre ich in jenem Sekundenbruchteil, in dem das Auto vorüberfuhr, sowieso nicht zu sehen gewesen. Hätten mich andererseits die Attentäter entdeckt, würde ich mein Leben definitiv verspielt haben. So duckte ich mich und wühlte mich kurz danach die restlichen Meter zur Straße hinauf.

Unterhalb der Böschung spähte ich zunächst auf und ab. Die Straße lag ruhig und friedlich da, nur eisiger Wind pfiff nach wie vor durch den Wald und trieb kristallene Flocken vor sich her. Inzwischen machte er mir etwas weniger aus, denn durch das Bergaufkämpfen war mir trotz nasser Hose warm geworden, und mein Kopf war in der gefütterten Kapuze mollig verstaut.

Von hier aus ging es auf der Straße geschätzte sechs Kilometer in die Stadt nach unten wie auch in der entgegengesetzten Richtung zum Heimatdorf nach oben. Eine der Strecken zu laufen kam in meinem angeschlagenen Zustand nicht wirklich in Frage. Wenn mich nicht alles täuschte, müsste zwei bis drei Kurven weiter unten ein Gehöft liegen, von dem aus diese Weide bewirtschaftet wurde. Damit stand die Richtung der abendlichen Wanderung fest.

Plötzlich fielen mir Mutter und Benny wieder ein. Sicher hatten sie sich längst gefragt, wo ich abgeblieben sei, denn inzwischen war es garantiert bereits halb acht, und weder ich noch das Abendessen waren anwesend. Da ich meist pünktlich und zuverlässig bin und zumindest einen von beiden in unvorhersehbaren Fällen anrief, würden sie sich auf jeden Fall ängstigen.

Kaum hatte ich einen leichten Bärentrab gestartet, kam von unten ein größeres Gefährt entgegen. Was nun: Verstecken oder winken? Da der Wagen zügig fuhr und vom schabenden Geräusch als Schneeräumer zu erahnen war, entschied ich mich fürs Winken. Sicherheitshalber wechselte ich auf die andere Straßenseite, denn die Dinger brettern ziemlich forsch über die verschneite Fahrbahn, und ich hatte keine Lust, nach überstandenem Beinahe-Absturz unter die ausladende Schaufel zu geraten. Meine wilden Armbewegungen waren im fetten Scheinwerferlicht für den Fahrer gut zu erkennen. Einige Meter oberhalb von mir kam ein mit Baumstämmen beschwerter Unimog zum Stehen.

Auf der Fahrerseite kurbelte ein Bekannter aus unserem Dorf das Fenster herunter. Ich rannte die wenigen Meter zu ihm hinauf.

„Was machst *du* denn hier, Felix?", rief Toni fassungslos.

„Grüß Gott, Toni. Lässt du mich mitfahren? Mir ist saukalt."

Im Winter räumt Toni Schnee auf Landstraßen; zu anderen Jahreszeiten sammelt er Müllsäcke ein, die jeder Haushalt zu bestimmten Tagen an den Straßenrand stellt. Alle Servicedienste waren in unserem Land bestens organisiert, und Toni trug seinen wichtigen Teil zu einem funktionierenden Gemeinwesen bei. Anders ginge es auch gar nicht, denn in den ausgedehnten Seitentälern wären weder Mobilität noch Versorgung für die etwa hundertfünfzigtausend Menschen gewährleistet, die dort weit verstreut in kleinen Dörfern leben. Und selbst dann konnte ein höher gelegenes Bergdorf in besonders harten Wintern für mehrere Tage eingeschneit werden. Einwohner wie Touristen mussten bei einer derartigen Wetterlage einige Zeit von Vorräten leben und würden weder hinein noch hinaus gelangen.

Toni öffnete die Beifahrertür: „Steig ein!"

Ich folgte ihm, und er fuhr los. Selten war ich froher gewesen, ihn zu sehen. Kaum ein Gefühl lässt sich mit jenem vergleichen, das in der schwallwarmen Fahrerkabine in mir hochkam. Eine Mischung aus Erleichterung, Erschöpfung, kindlicher Freude und spontaner Zuneigung zu einem Bekannten glich den soeben durchlebten Schock zumindest ansatzweise aus.

„Was ist los mit dir? Was hast' bei diesem Wetter mitten auf der Strecke verloren?" fragte Toni.

Ich weiß nicht genau, warum ich ihm daraufhin nicht die Wahrheit steckte. Das war wieder mal so eine Gefühlssache. Denn eigentlich müsste ich froh gewesen sein, jemandem das Herz ausschütten und mit ihm zur Polizei fahren zu können. Stattdessen band ich Toni eine Räuberpistole auf. Mein Auto samt Handy sei gestohlen worden. Ich sei mit einem Anhalter mitgefahren, einem Touristen, der sich als alkoholisiert entpuppt hätte. Nach kurzem Streit habe ich mich aus Sicherheitsgründen auf die Straße setzen lassen, und da sei ich nun.

„Warum hast du nicht den Bus genommen?" fragte Toni. Schon schien mein Jägerlatein am Ende.

„Na, wollt halt Zeit sparen. Der Bus war gerade weg. Weißt ja, dass er nur alle Stunde vorbeikommt", fiel mir gerade rechtzeitig eine müde Ausrede ein.

Damit Toni keine weiteren inquisitorischen Fragen stellen konnte, drehte ich den Spieß um und fragte ihn nach seiner Frau und den drei Kindern. Volltreffer. Zum Glück bohrte Toni nicht nach, sonst hätte er vielleicht meine dünne Story hinterfragt. Manchmal hilft ein Psychologiestudium halt auch im Alltag. Die Ablenktechnik ist allerdings der älteste Kommunikationstrick der Welt. Ihn beherrschen besonders kleine Kinder und Frauen, was beweist, dass speziell dafür kein Studium notwendig ist.

Während der restlichen Fahrt berichtete Toni Neues von seiner Familie. Seine Schwiegermutter habe neulich eine Sonntagstorte gebacken und zur Freude der Angehörigen Zucker und Salz verwechselt, was erst bei Tisch auffiel. Der Jüngste zahnt gerade. Der Collie musste wegen einer Darmkolik zum Tierarzt gebracht werden. Was das überzüchtete Tier einen an Zeit und Geld koste, gehe auf keine Kuhhaut. Und so weiter und so fort.

Obwohl ich gedanklich absolut nicht bei ihm war, bemühte ich mich, freundlich zu nicken und ab und an zustimmend zu grunzen. Außerdem bat ich Toni, das warme Gebläse noch etwas höher zu stellen, und richtete alle Düsen der Beifahrerseite auf mich.

Nach zwanzig Minuten waren wir am Dorfrand angekommen. Meine Jeans waren nicht mehr bretthart und auch etwas wärmer, wenngleich noch ziemlich nass. Der Parka war dagegen dank Imprägnierung fast trocken, doch inzwischen machten sich Hand- und Brustschmerzen deutlich bemerkbar. Sie zu ignorieren half leider nicht.

„Ich muss wieder abwärts. Fahr dich bis vor die Kirche. Von da an musst' laufen", bot mir Toni an.

Toni war ausschließlich für die Räumung von Landesstraßen zuständig, Gemeindestraßen gehörten nicht dazu. Seit einigen Tagen waren er und Dutzende seiner Kollegen im Großeinsatz.

„Servus, Toni. Vielen Dank fürs Mitnehmen", verabschiedete ich mich und riss die Fahrertür auf.

„Servus Felix. Keine Ursache. Komm gut heim", antwortete er knapp angebunden.

„Du auch. Hauptsache du kehrst wieder", bemühte ich einen abgedroschenen Scherz. Toni grunzte nur, und nachdem die Beifahrertür zugeschlagen war, fuhr er um die Kirche herum und langsam wieder Richtung Dorfeinfahrt. Ich blickte auf die Uhr: Kurz nach acht. Nun wurde es Zeit.

Während Tonis Familiensaga hatte ich mir die nächsten Schritte überlegt. Zunächst wollte ich zur Polizeiwache gehen und dort mein Auto als gestohlen melden, um die Legende aufrechterhalten zu können. Von der Wache aus hätte ich kurz daheim anrufen und die Sachlage schildern wollen, um Benny und Mutter zu beruhigen und sie zu bitten, statt der geplanten Spaghetti improvisierte Käsebrote zu essen. Zum Glück trug ich seit einem Einbruchdiebstahl, bei dem sie mir in einem Mailänder Hotelzimmer einige Wertsachen gestohlen hatten, stets Schlüssel, Papiere und Geld in der Jacke mit. So blieb wenigstens die Rennerei zu den Ämtern und zum Schlüsseldienst erspart.

Doch warum kommt es immer anders als gedacht? Auf dem kurzen Weg von der Kirche zur Polizeiinspektion sah ich aus dem Augenwinkel, wie ein roh zusammengesetzter Klafter Holz auf zwei Beinen gerade im Begriff war, den Dorfkrug zu entern. Neben ihm schritt ein schlanker Mann kräftig aus. Die massige Silhouette des ersten Mannes werde ich mein Lebtag nicht vergessen: Mitten in meinem friedlichen Heimatdorf enterte der mörderische Schwabe – der Schlanke war vermutlich sein Spießgeselle ‚Schorsch‘ – die Gaststätte, in der ich gerade meinen Abenddienst antreten wollte.

3. Alma Mater

Augenblicklich bekam ich wieder weiche Knie wie gerade eben am Abgrund. Ich zögerte. Das Dilemma bestand darin, wegzulaufen und die Polizei zu holen oder hinzulaufen und am Ball zu bleiben. Die erste Möglichkeit barg viele Risiken und bot wenig Chancen. Die örtliche Polizei würde mir keinesfalls sofort glauben, dafür war die Geschichte einfach zu skurril. Bestenfalls würde mich ein Gendarm in den Krug begleiten, wo er vermutlich beinharten Kerlen gegenüberstünde, die sich seiner Autorität garantiert nicht beugen würden. Außerdem hätten mich die Kerle unweigerlich gesehen und gewusst, dass ihr Plan gescheitert war. Die Konsequenzen aus Variante eins lagen somit auf der Hand.

Die zweite Möglichkeit war ebenfalls nicht gefahrenfrei (einfach abzuhauen kam mir überhaupt nicht in den Sinn). Die Ganoven konnten, wenn ich mich hier herumtrieb, plötzlich auftauchen und mir den Rest geben. Sicher kannten sie mich von irgendwoher, eventuell von einem Bild her, andernfalls hätten sie mich nicht gezielt verfolgt. Mir war völlig unklar, ab wann sie hinter mir her gewesen waren, schätzungsweise bereits ab der Fachhochschule. Denn dort konnte man mich bis auf die Wochenenden tagsüber leicht auffinden. Wenigstens bot die zweite Handlungsalternative die Chance, etwas über die Kerle herauszufinden.

Zunächst wollte ich mich auf dem Parkplatz des Gasthauses ‚Zum Krug' umschauen. Obacht! Jetzt bloß Deckungen ausnutzen und seitlich aufs Ziel zustoßen, damit dich niemand sieht. Ich beschrieb einen Halbkreis auf der anderen Straßenseite um die Kirche herum. Dabei zog ich die Kapuze vor die Stirn und versuchte, möglichst natürlich zu wirken und forsch auszuschreiten.

Mein Heimatdorf Rotenstein wurde ursprünglich im fünfzehnten Jahrhundert als klassisches Reihendorf am Ende einer Bergstraße gegründet, wiewohl es wegen der vielen Neuansiedlungen heute eher den Charakter eines breit besiedelten Dorfes zeigt. Nach der Anfahrt besteht vor der Gemeinde die Möglichkeit, entweder links herum zum Skigebiet oder geradeaus zur Ortsmitte zu fahren, von der aus nur noch Stichwege zu

weiter hinten liegenden Weilern im Talkessel führen. Die Straße zur Ortsmitte zieht sich etwa eineinhalb Kilometer in die Länge, beidseitig liegen
Bauernhöfe.

Weil der Gemeinderat bereits vor vierzig Jahren so schlau gewesen
war, den Skiverkehr linkerhand ums Dorf herumzuleiten, liegt der alte
Ortskern recht ruhig. Er konnte zudem gut erhalten werden. Die obligatorische Pfarrkirche steht in der Mitte des historisch ältesten Dorfteils auf
einem relativ großen Platz. Hinter der Apsis befindet sich an ihrer Stirnseite unser alter Friedhof. Um die Basilika und den Friedhof herum führt
ein breites Oval, ein Straßenzug mit seitlichen Siedlungen. Die beiden
Teilstraßen stoßen vor und hinter dem Dorfzentrum zusammen.

Rechts neben der Kirche liegen die Hauptgebäude unserer Gemeinde: das Hotel Hubertus, der Dorfkrug, das Gemeindehaus mit Sitz
von Bürgermeister und hohem Gemeinderat, das Tourismusbüro und das
Postlädele. Nebenan ist die Gendarmerie stationiert. Seit der Tourismus
Mitte der sechziger Jahre zu blühen begonnen hatte, breiteten sich auf der
anderen Seite der Kirche und in den Seitenstraßen kleinere Geschäfte und
weitere Hotels aus.

Zum Glück liefen heute trotz des Wetters einige Leute im Dorfzentrum herum, unter ihnen fiel ich weniger auf. Der heftige Sturm hatte inzwischen deutlich nachgelassen und es schneite weniger intensiv. Allem
Anschein nach waren eher Touristen unterwegs, denn sie stiegen da und
dort zu mehreren Personen aus ihren Autos und hasteten Gaststätten entgegen. Überdies konnten es kaum Dorfbewohner sein, denn die meisten
Einheimischen sitzen in der Regel um zwanzig Uhr zu Hause beim Abendessen oder vor dem Fernseher. Nur ewige Stammtisch-Hocker genehmigen sich zur besten Familienzeit in der Schänke ihre Biere, Schnäpse und
Viertele. Gesittete Rotensteiner tun das im Allgemeinen dezent zu Hause,
oft sogar bevor die Kinder im Bett liegen.

Der Halbkreis um die Kirche war schnell beschrieben. Das Gasthaus
‚Zum Krug' liegt etwa in der Mitte auf der anderen Seite. Auf dem Gäste-
parkplatz glaubte ich aus der Entfernung einige Fahrzeuge sowie den
Traktor von Alois und ein Vehikel auszumachen, das dem Auto meiner
Verfolger ähnelte. Alois betreibt mit seinem Gasthaus in der Nachfolge
seines Ur-Ur-Großvaters die erste der beiden traditionellen Dorfschänken
im Ort. Das konkurrierende Gasthaus ‚Zum Löwen', steht auf der gegenüberliegenden Seite der Kirche. Wie oft bei uns üblich, sind die beiden

Gasthäuser politisch streng getrennt – der Krug ist eher ‚rot‘, der Löwe eher ‚schwarz bis blau‘ –, was jedoch nur für Einheimische eine Rolle spielt und nicht für Touristen. Weil Rotenstein überwiegend konservativ angehaucht ist, sind im Krug stets weniger Dorfbewohner anzutreffen als im Löwen. Skifahrer, im Sommer Wanderer und Biker, bewahrten allerdings Alois vor dem Ruin. Ich arbeitete dort nicht aus politischen Gründen, die waren mir ziemlich egal, sondern weil mir die Touristen in ihrem Ferienrausch höhere Nebeneinkünfte brachten als die Einheimischen, denn die meisten Rotensteiner wissen nicht, wie man ‚Trinkgeld‘ schreibt.

Tatsächlich: Auf dem Parkplatz stand ein extrem hoch gebockter Geländewagen, ein amerikanischer Ford-Pick-Up mit abgedeckter Ladefläche. Vor seinem Grill wölbte sich ein aus dicken Metallbügeln längs- und querverstrebter Stoßfänger, mit dem sie im Outback Kängurus abpuffern. Es lag kaum Schnee auf dem Wagen, die Angeberkiste stand also erst seit Kurzem hier. Zudem lief ihre Standheizung, denn der Schnee schmolz sofort auf der Windschutzscheibe. Wer auch immer den Pick-Up hier abgestellt hatte, wollte ihn entweder allgemein präsentieren oder schnell damit verschwinden, denn das Monstrum parkte frontal Richtung Straße. Glücklicherweise saß niemand darin.

Obzwar die vier auf den Parkplatz weisenden Seitenfenster des Krugs von den Toiletten und der Küche abgehen und kaum damit zu rechnen war, dass ‚Schorsch‘ und sein schwäbischer Urmensch dort hinausblickten, schlich ich übervorsichtig voran. Immerhin konnten sie jeden Augenblick um die Ecke biegen, außerdem steckte mir noch zu sehr der Schock in den Gliedern. Also verzog ich mich sofort hinter den Pick-Up.

Grundgütige Mutter! Mein Herz pumpte wie wild, als mir aus dem Wageninnern ein bestialisches Bellen aus weit aufgerissenem Rachen entgegenschlug und mich ein schwarzer Rottweiler angeiferte. Reflexartig sprang ich hinter dem Wagen in Deckung, wo ich mit der Nase auf ein eingeschneites Nummernschild stieß, es aber zunächst nicht realisierte. Nach einigen Schrecksekunden nahm ich das ‚S‘ auf dem Schild wahr – der Wagen war in Stuttgart zugelassen. Die restlichen Ziffern und Buchstaben bedeckte der Schnee. Als ich ihn abgewischt hatte, konnte ich das Kennzeichen erkennen. Mein geplanter Rückzug hinter die Kirche wurde leider durch die sich öffnende Gasthaustür und die daraus Austretenden vereitelt.

„Hoi, wos solle mer nu mache, wo mer den Hermann net wie geplant antroffe ham? " urtümelte es aus Richtung des Eingangs. „Jo wos isn mimm Wotan uff oamol los? Warum tobt der so?"

Eindeutig waren Stimme und Dialekt des zweiten Attentäters zu vernehmen. In dieser Situation half nur noch der volle Parkplatz. Unbemerkt verschwand ich direkt hinter den nächsten beiden Autos. Fußspuren ließen sich leider nicht vermeiden, Hauptsache, ich kam unentdeckt nach hinten und von dort aus auf die andere Seite in Richtung Kücheneingang.

„Siehst du wen?", fragte Schorsch.

„Noi, Schorsch", antwortete der Schwabe.

„Dann lass uns nachschauen. Und du, such den Parkplatz ab, vielleicht ist da jemand."

„Oooh-keeh, Schorsch."

„Und hör auf, ständig meinen Namen rauszuposaunen. Das habe ich dir schon tausendmal verklickert."

„Oooh-kee, Sch … Oooh-kee, oooh-kee."

Anscheinend war Schorsch der Anführer und der Troglodyt sein Mann fürs Grobe, jedenfalls nicht fürs Schlaue, soviel stand fest. Den darauffolgenden Dialog verstand ich nicht, weil ich sofort in gebückter Haltung quer über den Parkplatz spurtete und mich hinter den dort geparkten Wagen zum Kücheneingang vorarbeitete. Die Attentäter schnüffelten jetzt am Pick-Up herum. Der Anführer behielt dabei die Dorfstraße fest im Auge, während das Kantholz unter den Wagen spähte. Das war meine Gelegenheit.

Die Küchentür vom Krug ist nie abgeschlossen, das wusste ich, weil tagsüber geliefert wurde und die Crew zwischendurch ihren Müll und anderes Zeug von dort in den anschließenden Stadel karrte. Tür auf und hineinschlüpfen waren eins. Vorsichtig zog ich die Tür hinter mir ins Schloss.

Drinnen folgte ich dem kurzen Flur bis in die Küche. Es herrschte übliche Hektik. Drei Mann waren unter der Regie von Egon am Bestellungen annehmen, Köcheln, Abschmecken, Rühren und Teller garnieren. Egon dirigierte sie wie Daniel Barenboim das Wiener Sinfonieorchester. Er huschte hierhin, um eine Soße zu verfeinern, sprang dorthin, um den Lehrling anzuweisen, wie die Spritztüte besser zu gebrauchen sei und registrierte dabei das gesamte Treiben. Kein Wunder, dass er mich zuerst bemerkte.

„Was kommst' denn hintenrum ini?" rief er mir quer über die Herdplatten zu. „Weißt doch selbst, der Chef sieht's nicht gern, wenn alle durch den Reinraum schleichen und Bazillen verteilen."

„Schon gut, Egon. Draußen tobt's wie wild, und ich wollte ausnahmsweise den Weg abkürzen", redete ich mich raus.

Mit einem kurzen, nicht wirklich ärgerlichen, Wink deutete Egon an, mich nach vorne zu trollen. Seit ich denken kann, gehört er zum Krug wie das Bier darin. Nach mehrjähriger Gesellenzeit im Ausland hatte es ihn vor Jahren in die Heimat zurückgezogen, weil seine Mutter an Krebs erkrankt war und nur noch wenige Jahre zu leben hatte. Bis zu ihrem Tod hatte er sich rührend um sie gekümmert. Seitdem ist Egon in der Heimat geblieben. Er musste so um die sechzig sein. Ich erinnere mich heute noch an viele gute Essensüberbleibsel, die ich als Kind gerne von ihm angenommen hatte.

In der Gaststube tobte der Touristenbär. Ein Hallodri und Rambazamba vom Lautesten, das eigene Wort kaum zu verstehen. Wenigstens durfte seit der Gesetzesänderung nicht mehr im Krug geraucht werden, immerhin minimierte das unser Krebsrisiko um neunzig Prozent. Die grottige Hip-Hop-Urlaubs-Mucke war aber leider gesetzlich erlaubt. Zum Ohrenverdruss hatte sie auch in den Krug Einzug gehalten. ‚Hört DJ Alpi! Tausende angesäuselte Dumpfbacken im Après-Ski-Outfit können nicht irren!' Spät am Abend legte Alois als Kontrastprogramm regelmäßig postmodernen Heimat-Pop und Schnulzen auf: Fritzi Überfelder mit seinen steirischen Holzhackerbuam und ähnlicher Schmus bis zum Erbrechen. Erarbeitetes Geld stinkt zwar nicht, wird aber durch Gehörfolter schwerer erkauft als nötig. Als ich die Gaststube betrat, trauerte ich unter anderem auch meiner verlorengegangenen Blues-CD nach.

Wie bei vielen von uns war meine Haltung gegenüber dem Tourismus ambivalent. Wir lebten von ihm und waren einerseits froh, das harte Landleben unserer Altvorderen durch neue Einkünfte endgültig beenden zu können. Andererseits entwickelten wir den Touristen gegenüber, je nach Individualität, auch eine mehr oder weniger stark ausgeprägte Hassliebe. Vor allem, weil einige Urlauber glauben, sich in der Fremde völlig danebenbenehmen zu dürfen. Wie bei anderen Dingen auch, ist diese Einstellung keinesfalls zu verallgemeinern, weil es mehrheitlich nette Urlaubsgäste gab und gibt. Ich fragte mich nur, warum die Netten sich seltener im Krug aufhielten als die Angeber.

Im kleinen Pausenraum schlüpfte ich schnell aus dem Parka, schmiss ihn über einen freien Stuhl, band mir eine weiße Schürze um – nicht so fest, das vertrugen die Rippen heute nicht – und begrüßte Alois hinter der Theke:

„N'Abend, Alois. Hier bin ich." Alois ist genau der Richtige für sein Gewerbe. Ein Stoiker par excellence und ein gutmütiger Kerl. Mit seiner dunkelbraunen Lederschürze und der imposanten Gestalt gibt er hinter der Theke den Idealtyp eines Dorfwirts ab und macht dabei einen unaufgeregten Job.

„Servus Felix. Du, deine Familie hat schon nach dir g'fragt. Warst' denn nicht daheim?", fragte er mich.

„Nein. Mir haben sie unten blöderweise das Auto direkt vom Supermarkt weg geklaut. Wollte grad noch was nachkaufen, da war es weg. Hat lange gedauert, bis ich hier war. Ich konnte noch nicht mal eine Anzeige bei der Gendarmerie aufgeben, weil das noch länger gedauert hätte. Das mache ich morgen", log ich ihn an.

„Ist ja verrückt. Ich sag ja: Unten im Tal wird's immer krimineller. So was gibt's bei uns nicht. Na dann ruf doch als Erstes Elfriede an. Sie hat dich zum Essen erwartet. Und geh anschließend Steffi mit der Bedienung zur Hand. Übernimm Tisch sechs bis zehn, sie kann eins bis fünf nehmen."

Elfriede heißt meine Mutter. Ich konnte mir ihre Besorgnis gut vorstellen, weil ich Zusagen üblicherweise einzuhalten suche. „Alles klar, Aloisius!" Ich griff das Telefon hinter der Theke und wählte unsere Nummer.

„Moosburger."

Mutter war am Telefon kurz angebunden, zumindest bei der Begrüßung und seit Vater nicht unter uns weilte. Früher konnte sie durchaus lang und breit schwätzen, doch das kam in letzter Zeit immer seltener vor.

„Mutter, ich bin's. Du glaubst nicht, was passiert ist."

„Felix. Endlich. Wo warst du? Was ist los? Du wolltest doch für uns kochen. Sonst bist du doch immer zuverlässig. Warum heute nicht?"

Mutter klang besorgt, ich wusste nur nicht, ob die Sorge mir galt oder eher dem eigenen Wohl. Ich tischte ihr meine Ausrede auf und fragte, ob sie denn etwas gegessen hätte, und wenn nicht, ob sie für sich und Benny nicht Brote schmieren könne. Mutters anfängliche Besorgnis schwang sogleich in Selbstmitleid um.

„Ach weißt du, ich kann das nicht. Eigentlich habe ich keinen Hunger. Benny ist ja schon groß. Ich sag ihm, er soll sich etwas zubereiten. Mir geht's heut nicht gut. Ich liege auch schon im Bett."

Meine Reaktion war verhalten, denn sie lag jeden Tag stundenlang im Bett und übernahm so gut wie gar keine gemeinsamen Aufgaben mehr: „Ist gut. Wenn du meinst. Ihr kommt also ohne mich klar", beantwortete ich selbst meine Frage.

„Nicht wirklich, aber was sollen wir sonst machen? Wir haben keine Wahl. Du bist dauernd beim Studieren oder Arbeiten und kümmerst dich immer weniger um mich."

Diese Antwort regte mich mächtig auf, erstens weil Mutter unsere finanzielle Lage genau kannte und wusste, ich würde das verdiente Geld nicht für mich ausgeben, sondern fast ausschließlich für Ernährung oder Erfordernisse am und im Haus. Zweitens hatte sie aus meiner Sicht immer eine Wahl, sich professionell helfen zu lassen und aus der Depression auszubrechen. Und drittens lud sie mehr und mehr Verantwortung auf mich ab, ohne es zu bemerken oder zu honorieren. Ich war jedoch zu kaputt für eine Grundsatzdiskussion und ignorierte den Vorwurf, obwohl er innerlich heftig weh tat.

„Hat Benny seine Hausarbeiten gemacht?", wollte ich wissen.

„Weiß nicht. Beeenny …", schrie sie durchs Haus und durch den Hörer, „Felix fragt, ob du deine Schularbeiten gemacht hast." Und nach einigen Sekunden: „Antworte gefälligst, wenn deine Mutter dich was fragt, Rotzlöffel." Im Hintergrund war Bennys Stimme leise zu vernehmen. Klang verdächtig trotzig.

„Du sollst dich nicht rausreden, sondern deinem Bruder die Wahrheit sagen." Jetzt fuhr sie mich als schwereres Geschütz ins Feld, wohl weil ihr Einfluss auf den Pubertierenden schwand. Erneut war Benny zu hören. Mutter wandte sich wieder an mich:

„Er sagt, bis jetzt noch nicht. Er will sie gleich machen, wenn er seinen Block popostet hat. Was ist ein Block – meinst du, er macht damit unanständige Dinge? Ich dachte, die schreiben heute nicht mehr auf Blöcken, sondern mit dem Computer?"

Ich klärte meine Mutter oberflächlich über die Selbstdarstellung im Internet auf und erklärte ihr, Benny treibe damit wohl nichts Unanständiges, weil das jeder im Internet lesen könne. Außerdem wollte ich meinem

Bruder glauben und die Geschichte nicht lange hinterfragen. Also beendete ich rasch das Telefonat und wandte mich dem normalen Wahnsinn in der Gaststube zu.

Der restliche Abend verlief wie gewohnt, was die Arbeit betraf. Mit Ausnahme dessen, dass ich permanent zur Tür und zum Kücheneingang schielte, ob die Attentäter vielleicht erschienen. Außerdem quälten mich starke Schmerzen. Meine Bewegungen wurden zusehends steifer, und das Tablett ließ sich auch nicht optimal tragen und halten, was als Rechtshänder gerade noch so zu schaffen war, weil ich es eh links trug. Die Biere konnte ich dagegen nur stemmen, wenn ich das Tablett vorher auf dem Tisch abgestellt hatte. Heute machte ich anscheinend alles mit links. Dafür war wenigstens das Trinkgeld in Ordnung. Mehrere feuchtfröhliche Runden ergaben insgesamt knapp vierzig Euro extra, die zu den fünfunddreißig dazukamen, die mir Alois in die Hand drückte. Wenigstens konnte ich durch diesen Abend den heutigen Verlust an Lebensmitteln einigermaßen ausgleichen. Was allerdings eine Milchmädchenrechnung war, da ich die Tageseinnahmen ansonsten gespart hätte.

In der Küche spendierte mir Egon nach seinem Feierabend ,übrig gebliebene' Wienerle mit Kartoffelsalat, die ich gierig verschlang. Zuvor hatte ich mich zwischendurch ausnahmsweise mit Süßgetränken und einer steinharten Brezel aufrecht gehalten. Kurz vor Mitternacht fragte ich Alois, ob er mich heimfahren könne. Unser Hof war zwar nur fünfzehn Minuten zu Fuß entfernt, doch die wollte ich mir nicht auch noch antun. Alois war so freundlich, und daher lag ich dann endlich gegen eins im Bett. Nicht, ohne zuvor einen kurzen Blick in Bennys Schlafzimmer geworfen zu haben. Mein lieber Bruder atmete ruhig und unbeschwert. Nur Mutter lag noch wach in ihrem Bett. Neben sich, auf der mir abgewandten Seite, versuchte sie das Glas zu verstecken, das sie soeben in der Hand gehalten hatte. Doch davon ließ ich mich nicht täuschen. Mutters neuer Freund Jimmy Beam hauchte mich süßlich an.

„Grüß Gott, Mutter." Ich ging zu ihr ans Bett und küsste sie auf die Wange, die sie störrisch abwandte. „Habt ihr heute lange auf mich gewartet?", stellte ich die unsinnige und nur rhetorisch gemeinte Frage, weil ich nicht wusste, wie ich reagieren sollte.

„Na, was denkst du wohl? Glaubst wohl, du kannst einfach machen, was du willst, und uns vernachlässigen", wiederholte sie die bekannten Vorwürfe.

Ihr Gram war nicht auf mich bezogen und entsprang immer noch der Trauer um ihren verstorbenen Mann. Großherzigkeit fiel mir dennoch nicht leicht, denn ausgerechnet jetzt, als der Stress nachließ, traf mich blankes Entsetzen darüber, wie knapp ich heute dem Tod entronnen war. Ich hatte einen Unfall überlebt, der nicht zufällig, sondern durch böse Absicht provoziert worden war. Von der Gefühlslage her hätte ich daher lieber alles erzählt und mich von meiner Mutter trösten lassen, anstatt umgekehrt. Was mich jedoch davon abhielt, war ihr mürrisches Granteln. Auf einmal reagierte ich wieder wie ein zu Unrecht angeklagtes Kind und suchte mich aus einer Abwehrhaltung heraus zu rechtfertigen. Im Gegensatz zur ausgedachten Geschichte war jedoch mein Tonfall authentisch.

„Das war überhaupt nicht meine Schuld! Woher soll ich denn wissen, dass jemand das Auto klaut samt Handy? Ich bin so schnell zurückgekommen, wie es ging, war noch nicht mal auf der Gendarmerie. Der Einkauf ist auch weg. Wir brauchen das Geld, das ich verdiene. Ich bin ja nicht absichtlich spät heimgekommen."

„Wie willst dann, bitt'schön, immer zum Studieren kommen?" Mutters spitzer Tonfall suggerierte meine Teil-, wenn nicht sogar Vollschuld am fiktiven Autodiebstahl.

„Mit dem Bus natürlich, der fährt alle Stunde. Morgen früh gehe ich als erstes zur Gendarmerie. Vielleicht fahre ich dann aber nicht zur FH und lerne lieber mit Karl-Heinz. Wir haben nächsten Freitag eine wichtige Prüfung."

Keinesfalls hatte ich vor, morgen den ganzen Tag zu lernen oder tagsüber zu Karl-Heinz zu fahren, der im dritten Semester Betriebswirtschaft studierte und Wahlseminare in unserem Psychologiestudium belegt hatte. ‚Rogge', wie er mit Anspielung auf seinen Nachnamen ‚Rogalla' nicht gerne, dafür von vielen, genannt wurde, fiel durch nie ermüdende Fröhlichkeit und eine kegelförmige Statur auf, die er im Gegensatz zu seinem Spitznamen gelassen aufnahm.

Statt mich mit ihm zu treffen, wollte ich mich im Dorf vorsichtig über meine beiden Verfolger erkundigen. Alois wäre vielleicht der richtige Ansprechpartner, eventuell hatte Steffi die beiden bedient und konnte sich an etwas erinnern.

Außerdem schwirrte mir eine Idee mit der Stuttgarter Autonummer durch den Kopf. Ich hatte sie im Krug auf einem Zettel notiert und in die

Hosentasche gesteckt. Auf jeden Fall würde ich bei Doktor Feuerlein vorbeischauen, unserem Dorfarzt. Sollte er sich mal meine Hand ansehen.

„Na, wenn du meinst." Mutters Interesse war erloschen, und ich sah mich nicht veranlasst, es künstlich in die Länge zu ziehen.

„Gute Nacht, Mutter", winkte ich ihr zu.

„Gute Nacht, Felix." Sie drehte sich um und zeigte mir ostentativ die Rückansicht ihres Nachtkleids.

Ich nahm eine heiße Dusche, fummelte einen notdürftigen Verband mit einem Schuss Verstauchungssalbe um mein rechtes Handgelenk und fiel total kaputt ins Bett. Den Funkwecker stellte ich wie immer dieser Tage auf fünf Uhr ein, ohne lange darüber nachzudenken, dass die Nachtruhe bald vorbei sein würde.

4. Alarm

Wenn einen der Wecker aus dem Tiefschlaf hart empor reißt, scheint der Tag bereits vor dem Aufstehen gelaufen zu sein. Lebertranig quälte ich mich am nächsten Morgen aus den Federn. Hinter mir lag ein zu kurzer und zu leichter Schlaf, permanent unterbrochen durch schmerzhafte Bewegungen. Als ich gerade eine gewisse Ruhe gefunden hatte, pfiff mich das Funksignal in die Wirklichkeit zurück. Seit der Schulzeit war ich allerdings auf das zu Beginn erst leise, dann nach einigen Sekunden der Ignoranz stetig lauter werdende nervtötende Piepen geeicht. Aus einer alkoholischen Absturzerfahrung heraus kannte ich die Intensität dieser Konditionierung, denn selbst im Eins-Komma-Fünf-Promille-Koma hatte mich der spitze Ton unbarmherzig geweckt. Ich durfte nur nicht auf die Snooze-Funktion tippen. Denn die kostet mehrere Zehnminuten-Einheiten an Zeit und wirkt spätestens beim dritten Mal wie russische Schlafentzugsfolter im Gulag. Da war es schon besser, gleich aufzustehen, was ich auch an diesem Morgen tat.

Zunächst stand tägliche Routine an: Zähneputzen. Handgelenksverband wickeln (heute neu dabei). Arbeitskleidung anziehen. Mit der Schneefräse kräftig zupacken. Zurück ins Haus. Rasieren. Ausziehen. Duschen. Umziehen. Frühstück für alle vorbereiten. Benny um sechs wecken. Benny um zehn nach sechs erneut wecken, diesmal mit Nachdruck, bis er muffelnd ins Bad abschiebt. Schließlich ein Käsbrot verdrücken und darauf zwei Tassen Kaffee gießen.

In dieser kurzen Ruhephase konnte ich die Erlebnisse vom Vortag nicht mehr verdrängen. Nach und nach breitete sich starkes Unbehagen aus. Warum hatte man mich den Hang hinuntergestoßen? Wie lange würde es dauern, bis die Ganoven mitbekamen, dass ich noch lebte? Was wären ihre nächsten Schritte? Plötzlich schoss mir ein beklemmender Gedanke durch den Kopf: Was, wenn sie Mutter und Benny etwas antäten? Ich kam nicht dazu, weiter darüber zu grübeln, weil mein Bruder auftauchte.

„Guten Morgen, Benny. Auch schon auf?", frotzelte ich unsicher, als er zur Küchentür hereinkam. Wie jeden Morgen war mein Bruder mehr als maulfaul. Wortlos schlurfte er an den Küchentisch, wo er sich breit-machte, so gut er konnte.

„Sorry für gestern Abend, aber sie haben mir das Auto geklaut", ver-suchte ich ein Gespräch in Gang zu bringen und ihm die Lage zu erklären. Daraufhin wachte er endlich auf.

„Den Polo?", fragte er zurück.

„Ja, Vaters alten Polo", sagte ich. „Sie haben ihn unten direkt vor dem Supermarkt weggeschnappt. Mit allen Einkäufen, meinem Handy und einer Stevie-Ray-CD drin. Verfluchter Mist. Zum Glück ist der Lap-top zu Hause, sonst wäre der auch noch weg."

„Ist ja ein Ding. Hast du gesehen, wer's war?"

„Leider nicht. Muss zur Gendarmerie, die Sache melden. Hatte ges-tern keine Zeit", spann ich die zurechtgelegte Geschichte fort.

Nachdem sich Benny für Einzelheiten interessiert hatte, wobei ich beim Ausspinnen geschickt Halbwahrheit und Lüge miteinander ver-knüpfte, machte er sich für den Schulweg bereit. Zuvor erkundigte ich mich, was in der Schule so abgehe. Benny erklärte mir, es gebe nichts Besonderes und er erwarte Mitte Februar ein gutes Zeugnis. Ich lobte ihn für seine Eigenständigkeit und gab ihm die moralische Weisheit mit auf den Weg, dass wir alle nun durch Vaters Tod mehr zupacken müssten als früher. Wahrscheinlich ging es ihm dabei wie mir einst, wenn ältere Fa-milienmitglieder gut gemeinte Belehrungen von sich gegeben hatten: Die Botschaft erreichte ihn, wenn überhaupt, dann nur oberflächlich. Benny packte seine Pausenbrote ein und zog ab, ohne sich zu verabschieden.

Mein Bruder musste, wie ich früher, spätestens um Viertel nach sie-ben an der Bushaltestelle im Dorfzentrum stehen, damit er kurz vor acht unten beim Bundes-Oberstufen-Realgymnasium eintreffen konnte. Der Bus sammelt Gymnasiasten und einige Pendler aus Rotenstein auf, zwi-schendrin nimmt er Anwohner der abseits am Berg liegenden Weiler mit und zu den jeweiligen Stoßzeiten hinauf wie hinab Unmengen an Skifah-rer. Heute sputete sich mein Bruder, weil wir uns beim Frühstück etwas verquatscht hatten.

Ob Mutter wach war, blieb nach Aufräumen der Frühstücksreste un-klar. Von ihr war nichts zu hören. Ich hatte auch keine Lust, ihr nachzu-spüren und von ihr angeraunzt zu werden, hinterließ deshalb nur auf einem Zettel eine Nachricht über geplante Aktivitäten. Dann steckte ich Ein-kaufstaschen in den Parka und suchte die örtliche Gendarmerie auf.

Gendarmerie wird die österreichische Polizei nur noch im Volksmund genannt als Überbleibsel der napoleonischen Teilbesatzung. Die ‚gens d'armes', also die armierten Männer, waren eine aus der Französischen Revolution hervorgegangene Militärtruppe. Seit der Gesetzesnovelle 2005 gibt es diesen Begriff offiziell nicht mehr. Stattdessen fungiert jetzt eine Landespolizei mit Bezirkskommandos und die mehr als siebenhundert nationalen Polizeiinspektionen.

Die Rotensteiner Außenstelle der Polizei hat meist mit kleineren Diebstählen rund um den Skizirkus zu tun oder mit Ladendieben und Raufereien unter angetrunkenen Gästen. Außerdem führen die Polizisten zum Ärgernis einiger Dorfbewohner und mancher Après-Ski-Löwen Verkehrskontrollen durch und überwachen die Sperrstunde. Wie alle Gasthäuser und Hotels war auch der Dorfkrug von ordnungspolizeilichen Maßnahmen betroffen, denn er hatte von unserer Gemeinde seit Gedenken die Erlaubnis zum Ausschank bis vierundzwanzig Uhr bekommen. Ab und an drohten zwar wechselnde Gemeinderäte damit, ihm die Sperrstunde auf zweiundzwanzig Uhr vorzuverlegen, wenn wieder einmal angetrunkene Gäste randalierten und Nachbarn die Gendarmen bemühen mussten. Da aber die Ratsmitglieder aus Gründen des Dorffriedens auch ab und an bei Alois anstießen, blieb es allerdings bei Ermahnungen.

Größere Kriminalfälle kamen dagegen nicht vor, zumindest nicht, solange ich denken kann. Es kursierten auch keine Geschichten darüber, und das soll auf dem Lande etwas heißen. Einzig meine Großeltern hatten vor langer Zeit von einem Eifersuchtsdrama mit Totschlag im Affekt berichtet. Das war es auch schon. Böse Zungen behaupteten sogar, der eine oder andere Gendarm würde in unsere Gemeinde strafversetzt, weil er hier optimal über seine Dienstvergehen meditieren könne, doch das hielt ich für ein Gerücht.

Ich trabte also zur Polizeidienststelle am Dorfplatz und meldete mein Auto als gestohlen an. Hinter dem Empfang saß Rosmarie, eine Polizistin der benachbarten Talschaft, die ich früher zu meinen intensiven Sportzeiten ab und an auf der Piste getroffen hatte.

„Grüß Gott, Rosi. Wie geht's? Hab dich lang nicht mehr auf Skiern gesehen", eröffnete ich das Gespräch mit einer Floskel, wobei ich geschickt meinen Handverband vor ihr verbarg, um nicht überflüssige Fragen zu provozieren.

„Heil Felix", antwortete sie, „was gibt's denn?"

Die historisch belastete Formulierung ‚Heil' ist keinesfalls mit dem Hitlergruß zu verwechseln und in einigen Gegenden bei uns üblich, absolut ohne politische Hintergedanken. Sie war von Rosi auch keinesfalls als Aufforderung gedacht, mich selbst zu kurieren, sondern drückte unsere freundliche Nachbarschaftsbeziehung aus.

„Sag, wo kann ich bei euch mein Auto als gestohlen melden? Man hat's mir gestern im Tal geklaut", kam ich zur Sache.

„Was ist mit deinem Auto?", fragte sie verständnislos zurück.

„Na, es ist gestohlen. Das wollte ich halt melden."

Nach knappen Zusatzausführungen von mir, wann und wo die angebliche Tat geschehen war und einigen mitfühlenden Bemerkungen ihrerseits schickte sie mich in den ersten Stock zu Revierinspektor Loderer. Erneut spulte ich dort mein Garn ab. Beim fünften Mal floss mir die Geschichte schon locker aus dem Mund. Loderer nahm den Vorfall relativ gelassen auf, etwa so enthusiastisch wie den Diebstahl eines Schokoriegels durch einen Drittklässler. Er interessierte sich überhaupt nicht dafür, warum ich erst heute gekommen und nicht bereits gestern zu den Kollegen im Tal gegangen war. Um ihn nicht auf die Spur zu bringen, berichtete ich nur das Nötigste. Mir war seine professionelle Dienstauffassung durchaus recht, Hauptsache, wir konnten die Formalitäten rasch beenden.

Bevor ich die Anzeige unterzeichnete, fragte ich der Form halber: „Sag, Herr Revierinspektor, ist denn mein Polo überhaupt wiederzubeschaffen? Wie stehen da die Chancen?"

„Das weißt' nie genau. Manchmal tauchen gestohlene Autos nie mehr auf und enden als Ersatzteillager in Osteuropa. In dem Fall kannst' eh nix machen. Manchmal machen b'soffene Jugendliche damit eine Spritztour, dann kannst' froh sein, wenn's't Auto heil wiederbekommst", informierte er mich.

Ich bedankte mich für seine optimistische Einschätzung, wünschte einen schönen Tag und ging zum Dorfarzt. Er hatte am Wochenende Bereitschaftsdienst und sollte zunächst schauen, ob etwas gebrochen war. Weil wir mitten im Skigebiet leben, führt Doktor Feuerlein eine gut gehende radiologische Abteilung, die sich allein über die Wintersaison mehr als rentiert. Egal welches Ergebnis seine Untersuchung zeigen würde, er sollte mich auf jeden Fall krankschreiben, damit ich für den Rest des Wintersemesters von Prüfungen befreit war. An der Klausur in Entwicklungspsychologie kommenden Freitag wollte ich noch teilnehmen, damit der bisherige Lernaufwand nicht umsonst gewesen war. Mit der Krankschreibung könnte ich aber vielleicht anstehende Privatverpflichtungen erledigen und zusätzlich dem Nummernschild aus Stuttgart nachspionieren. Da keine unmittelbare Gefahr mehr drohte, begann sich in meinem Kopf ein Plan abzuzeichnen.

Doktor Feuerlein diagnostizierte zum Glück nur eine saftige Prellung am Handgelenk. Nach einer Ultraschallbehandlung bekam ich einen Salbenverband angelegt und ein entzündungshemmendes Medikament verpasst. Zusätzlich überreichte mir der Arzt aus seinem Vorrat ein starkes Schmerzmittel. Ich durfte nur eine Pille am Tag einnehmen, da es mich verleiten könnte, die Hand zu früh einzusetzen, was sie nachhaltig schädigen würde. Insgeheim hoffte ich, die Tabletten würden gleichzeitig meine Brustbeschwerden verringern. Davon hatte ich nämlich Doktor Feuerlein nichts erzählt.

Nachdem mir unser Dorfarzt einen medizinischen Vortrag gehalten und mich krankgeschrieben hatte, zog ich von dannen. Dann kaufte ich im Supermarkt Lebensmittel für die nächste Woche ein und schleppte mich mit zwei gut gefüllten Einkaufstaschen in der Linken zum Krug. Inzwischen blinzelte die Sonne ab und an hinter Wolken hervor. Alles sah nach Wetterumschwung aus. Der Föhn konnte vielleicht ein paar Tage Kaiserwetter bescheren, was mich tagsüber zumindest vom Schneeräumen entlasten würde.

Alois und Familie bewohnten die oberen Stockwerke über ihrem Gasthaus. Es musste einfach jemand zu Hause sein, weil ich mir Alois' Zweitwagen leihen wollte. Dem war auch so, und seine Frau Maria war so nett, mir ihren Kia Rio für unbestimmte Zeit zu borgen. Ich bedankte mich überschwänglich mit dem Hinweis, sie habe damit etwas gut bei mir. Endlich fühlte ich mich wieder unabhängig.

Dann fragte ich Alois, ob er gestern Abend zwei Kerle bemerkt habe, die nicht ins Bild üblicher Ski-Touristen passen würden. Einer ziemlich lang, der andere eher untersetzt mit der Figur eines Bodybuilders. Alois bejahte und wollte wissen, warum mich das interessierte. Ich gab an, es wären Gastdozenten unserer Fachhochschule. Ob er ihr Gespräch mitbekommen habe. Alois hatte jedoch nicht weiter darauf geachtet, und da Steffi noch nicht arbeitete, zog ich ergebnislos von dannen.

Daheim verstaute ich alles und aß einen Apfel. Mutter war inzwischen auf und sah fern. Ich erklärte ihr, unbedingt ins Tal fahren zu müssen. „Fahr nur, ich komme schon klar", entließ sie mich gnädig, was ich als Zeichen ihrer Zuneigung wertete.

Mein erstes Ziel war der Elektromarkt im Tal, dort kaufte ich ein Billig-Handy mit Prepaid-Karte und Kode, damit ich beides sofort nutzen konnte. Der Geldverlust schmerzte heftig, doch nun konnte ich wenigstens Karl-Heinz anrufen.

„Hör mal, hier ist Felix. Mit neuer Telefonnummer, die du eigentlich auf dem Display sehen müsstest. Können wir uns Montag treffen, möglichst früh? Ich muss unbedingt was mit dir beraten."

„Hängt davon ab. Worum geht's denn?"

„Mag ich nicht am Telefon sagen, lieber persönlich. Ist wichtig. Hast du nun Zeit oder nicht?", fragte ich ungeduldig.

„Könnte ich schon einrichten, bleib du nur geschmeidig. Ich lasse einfach von neun bis zwölf die Konzett ausfallen, dann treffen wir uns um neun an der FH", schlug er vor.

‚Die Konzett' war eine externe Referentin im Fach Neurobiopsychologie, Oberärztin der Psychiatrie im Landeskrankenhaus. Sie hielt eine klassische Vorlesung mit medialer Unterstützung, war aber selten langweilig, weil ihre Fallbeispiele immer aus dem prallen Leben stammten.

„Wenn du dir das leisten kannst, wäre es genial", spornte ich ihn an.

„Kein Problem, Jürgen zeichnet für mich ab, wir machen das öfter gegenseitig, weil wir uns grob ähnlich sehen. In dem Gedränge kann Konzett uns sowieso nicht auseinanderhalten. Ich glaube nicht, dass sie die Köpfe zählt und mit der Anwesenheitsliste vergleicht", antwortete Karl-Heinz.

Damit war die Sache geklärt. Wir verabredeten uns der Einfachheit halber im Aufenthaltsraum der Studenten, den uns die Fachhochschule freundlicherweise in Eigenverantwortung überließ.

Unsere Fachhochschule ist der Stolz des gesamten Bundeslandes, angefangen bei den Politikern über Vertreter aus der Wirtschaft, dem Non-Profit-Bereich, der Landesverwaltung und den Gemeinden bis hin zu den Hochschulangehörigen und sicher auch von vielen Studenten. Und dies meist zu Recht. Unser Haus übte nämlich in der Aufbauphase des österreichischen FH-Wesens durch seine innovativen Konzepte eine Vorreiterrolle aus, was sich in vielen wissenschaftlich hochwertigen und zugleich praxisnahen Studiengängen und Forschungsprojekten zeigt. Viele Lehrende waren daher stolz darauf, den Ruf des Hauses mitzutragen, hier ihre Fachkompetenz ausbauen und an uns Studierende weitergeben zu dürfen. Einigen gelang es gar, dieses Feuer nachhaltig auf uns zu übertragen und die Freude am Lernen und am eigenen Fachgebiet zu vermitteln – einige Nörgler, Schaumschläger und Schmarotzer, die es in jeder Organisation gibt, einmal ausgenommen.

Der Studentenraum, in dem ich mich am Montag mit Karl-Heinz traf, liegt im Altbau-Untergeschoß, einem Langhaus, vor dessen Breitseite seit elf Jahren in Form eines auf dem Kopf stehenden ‚L' ein respektabler fünfstöckiger Neubau platziert wurde. Das Ensemble umschließt einen Mini-Campus, auf dem sich Studierende wie Lehrkörper aufhalten, sobald es das Wetter zulässt. Mitte Jänner war alles verschneit, und nur zwei Hauptwege – einer für Fußgänger, ein anderer für Rollstuhlfahrer – wurden täglich freigehalten. Seitlich neben dem Neubau befindet sich der öffentliche Parkplatz. Dort stellte ich den geborgten Wagen ab und löste ein Kurzparkticket, weil ich nicht länger als eine Stunde bleiben wollte. Im Studentenraum wartete Karl-Heinz auf mich.

„Hoi, Karl-Heinz. Komm, lass uns nur kurz beraten, wo wir hingehen und dann von hier verschwinden," begrüßte ich ihn.

„Du musst ein besonderes Problem haben, wenn du so knapp angebunden bist. Das hat sicher mit deinem rechten Arm zu tun", antwortete er.

Das Schöne an Karl-Heinz ist, er stellt keine überflüssigen Fragen, kann prima kombinieren und ist ziemlich kreativ. Außerdem hatte ich ihn in studentischen Angelegenheiten stets als zuverlässig erlebt, so auch in dieser Situation. Karl-Heinz kannte mich ausreichend gut. Er erkannte sofort, wie wichtig mir seine Hilfe war.

„Lass uns bitte zuerst etwas einschieben. Ich falle sonst vom Fleisch", bat er mich.

„Keine Frage. Was hältst du vom Café Netzer in Weilersdorf? Da sitzen um diese Zeit höchstens tattrige Pensionisten rum. Das Café hat gemütliche Ecken, wo uns keiner so schnell sieht und hört", bot ich an.

„Bieten die auch was Anständiges?", fragte er.

„Na ja, wenn du mit der kleinen Karte auskommst und dir zur Not Wienerle mit Salat und Brot reichen, dann ja. Kannst ja noch einen Apfelstrudel mit Vanillesauce nachschieben", machte ich ihm den Speiseplan schmackhaft.

„Hört sich nicht schlecht an. Fahren wir mit deinem oder meinem Wagen?", erklärte er sich einverstanden.

„Mit meinem, ich habe nur für wenige Minuten gelöst und du sicher für den ganzen Tag."

Dann fuhren wir los. Café Netzer liegt zwei Orte weiter. Ich kannte die Stätte, weil ich dort ab und an meine Altvorderen aus dem Oberland traf, wenn sie in der Nähe der Fachhochschule waren und mich sehen wollten. Im Café waren die meisten Tische frei, wir verzogen uns nach hinten und gaben unsere Bestellung auf. Karl-Heinz bestellte nicht die Würstchen, sondern eine Semmel mit Fleischkäse, ich nahm gleich etwas Süßes, und dann berichtete ich ihm meine Erlebnisse seit der gestrigen Heimfahrt mit Ausnahme der familiären Dinge. Eine weitere prima Eigenschaft von Karl-Heinz besteht darin, sehr gut zuhören zu können und nicht permanent zu unterbrechen, noch nicht einmal an den ungewöhnlichsten Stellen. Nachdem ich mein Garn abgespult hatte, verstieg er sich zu einem epochalen Kommentar.

„Ich bin geplättet."

Dann herrschte eine Weile Funkstille zwischen uns. Im Zuge einer Eingebung packte Karl-Heinz seine Tasche aus, warf den heutigen Tagesanzeiger auf den Tisch und blätterte, bis er die gesuchte Stelle gefunden hatte: „Hier, Seite sieben: ,Mysteriöser Autoabsturz an der Schwarzen Fluh'. Das hat mit dir zu tun! Lies selbst."

Der Tagesanzeiger offenbarte ausnahmsweise relevante Neuigkeiten: *,Freitagnacht stürzte aus unbekannten Gründen ein dunkelblauer Polo von der Wullenwiese über die Schwarze Fluh. Wie aus Polizeikreisen zu vernehmen, ist derzeit unklar, ob es sich um einen Unfall oder ein Verbrechen handelt. Oberstleutnant Zwischenegger, Leiter der Bregenzer Verkehrspolizei: <So etwas haben wir hier noch nie erlebt. Der Halter des Wagens ist bekannt. Sachdienliche Hinweise nimmt die Verkehrspolizei Bregenz jederzeit entgegen.> Was steckt dahinter? Verkehrskorrespondent Werner Labsal ermittelt. Wir halten unsere Leserinnen und Leser auf dem Laufenden.'*

„Weißt du, was das bedeutet?", fragte Karl-Heinz.

„Ich fürchte, ja", sagte ich, „jetzt wissen die Verfolger, dass ich nicht mit der Schüssel abgestürzt bin und noch lebe."

„Ja, ja, das wohl auch. Weißt du, was der Artikel noch bedeutet?", fragte Karl-Heinz erneut.

„Nein, was denn?"

„Jetzt schnüffelt zu allem Überfluss die Journaille an dem Fall herum", klärte er mich auf.

Na prima. Das hatte gerade noch gefehlt. Sofort schob Karl-Heinz seine nächste Frage nach: „Wenn du auf dem Parkplatz vor eurem Dorfkrug die Autonummer von den Attentätern erkannt hast, wie willst du denn den Halter identifizieren?" Wie ich ihn öfter in studentischen Gruppenarbeiten erlebt hatte, dachte Karl-Heinz sofort lösungsorientiert.

„Ich habe da eine Idee", antwortete ich, „die ist nur ein wenig unausgegoren."

„Lass hören", forderte mich Karl-Heinz auf.

„Also, der Vater von Alex arbeitet doch bei der Kripo in Ulm." Alex – Alexandra – war eine von mir heimlich verehrte Kommilitonin, die mich zu meinem Leidwesen absolut ignorierte. „Vielleicht könnten wir über den was erfahren", trug ich meine Idee vor. „Allerdings ist das brisant, denn ich kann ihm nicht die Wahrheit sagen, und er wird kaum für mich eine illegale Abfrage durchführen. Außerdem schaut mich Alex nicht einmal mit ihrem süßen Po an. Wir müssen anders eine offizielle Auskunft bekommen."

„Ich würde die Frau nicht unterschätzen", meinte Karl-Heinz. „Aber na klar, es gibt durchaus andere Möglichkeiten, den Namen des Fahrzeughalters zu beschaffen."

„Welche denn?"

„Du gehst auf ein deutsches Polizeirevier und zeigst den Halter an mit der Begründung, er habe dich auf der Autobahn geschnitten und dir einen Vogel gezeigt. Wenn sie die gerichtliche Vorladung schicken, hast du die Adresse und den Namen."

Karl-Heinz war immer für eine Überraschung gut. Ich aber hatte so meine Bedenken: „Das ist doch illegal. Dann würde ich eine strafbare Falschanzeige aufgeben. Ich möchte nicht in den Knast kommen. Was ist außerdem, wenn sie dem Halter meine Daten übermitteln? Dann haben sie mich gleich am Haken."

„Na, das mit der Anzeige hättest du dir früher überlegen sollen", sagte er, „du hast nämlich schon das Gesetz gebrochen. Glaubst du denn, dein gemeldeter Autodiebstahl ist keine strafbare Falschanzeige?"

Krass. Das hatte ich nicht bedacht. Bedrömmelt schaute ich aus der Wäsche.

„Aber geh doch stattdessen zu einem deutschen Straßenverkehrsamt", fuhr Karl-Heinz fort. „Sag denen, du hättest eventuell beim Parken einen Kratzer in sein Auto geschrammt, was dir erst hinterher an deinem Auto aufgefallen ist, als der Wagen weg war. Und willst nun die Sache mit dem Halter direkt klären, um dem Staat Verwaltungskosten und dir eine Anzeige zu ersparen. Wenn du Glück hast, geben sie dir die Adresse."

Karl-Heinz' zweiter Vorschlag gefiel mir schon besser.

„So machen wir's", rief ich halblaut aus.

„Wieso wir? Was habe ich damit zu tun?", fragte Karl-Heinz.

„Na ich dachte, du kommst mit. Zu zweit sind wir glaubwürdiger. Du kannst die Geschichte mit Einsprengseln hervorragend stützen. Außerdem hinterlässt du einen seriösen Eindruck, wenn du willst", erwiderte ich. „Du trittst doch im Unterschied zu anderen nicht immer im Freizeitlook auf. Wenn's drauf ankommt, siehst du wie ein echter BWL'er aus. Heute trägst du doch auch ein Sakko und den langen Wintermantel", versuchte ich ihm zu schmeicheln.

Männliche Betriebswirtschaft-Studenten waren gut von denen anderer Disziplinen zu unterscheiden. Viele kleideten sich, als ob ihnen bereits ein mittelständisches Unternehmen gehörte, vermutlich war das bei einigen Exemplaren sogar tatsächlich der Fall. Doch wahrscheinlich diente der Kleidungsstil den meisten nur als postpubertäre Mimikry, um dem Träger das gesellschaftliche Überleben zu sichern oder den Praxisschock zu mildern. Vielleicht fanden sich sogar einige im Business-Look schön und identifizierten sich bereits mit der späteren Berufsrolle. Ich musste Karl-Heinz später unbedingt fragen, wie er es damit hielt. So nebenbei hatte ich damit ein neues Thema für meine Bachelorarbeit gefunden, was in der augenblicklichen Situation aber nicht wirklich weiterhalf.

Karl-Heinz überlegte kurz: „Okay, das machen wir. Weil du's bist und das Risiko gering ist. Dann lass uns gleich loslegen", schlug er vor. „Wie spät ist es? Meinst du, die haben drüben noch auf? Und wo finden wir überhaupt das nächste deutsche Straßenverkehrsamt?"

„Garantiert im Allgäu. Schau doch auf deinem Smartphone nach. Wozu hast du das Ding denn?", schlug ich vor.

Gesagt, getan. Karl-Heinz fand den Ort und die Öffnungszeiten heraus. Auf dem Weg zum Amt spannen wir aus, wie wir auftreten und was wir sagen wollten. Ich sollte als Hauptredner das Wort führen. Er würde in das Gespräch eingreifen und einen Zwischendialog mit mir starten, wenn der Beamte vielleicht zögerte, oder auch einfach so, um das Schauspiel zu beleben.

Wider Erwarten ging der Auftritt glatt über die Bühne. Ohne dumme Rückfragen bekamen wir Name und Anschrift des Halters ausgehändigt. Allerdings notierten sie meine Adresse und das Kennzeichen, wobei ich statt des Polos den geborgten Kia angab. Mir war's in dem Moment recht, und so schoben wir ab.

„Hermann Hammerer. In 70182 Stuttgart, Katharinenstraße 224", rekapitulierte ich auf dem Rückweg.

„Kennst du den?", fragte Karl-Heinz.

„Nie gehört", sagte ich. „Was meldet dein Smartphone über ihn?", fügte ich hinzu.

Nach einiger Tipperei kam die überraschende Antwort: „Nichts. Keine Firma, keine Postadresse. Nichts. Und nun?"

„Es ist jetzt sechzehn Uhr. Lass uns zurückfahren, ich setze dich bei der FH ab. Und dann schlafen wir über die Sache, verfolgen morgen und übermorgen unser übliches Programm und treffen uns Donnerstag zum Lernen. Vielleicht fällt uns bis dahin was Zündendes ein", führte ich den kurzfristig ausgedachten Plan aus.

Karl-Heinz war einverstanden, weil ihm momentan nichts Besseres einfiel. Nachdem ich ihn abgeladen und eine schmerzsenkende Tablette eingenommen hatte, um den Wagen einigermaßen lenken zu können, kaufte ich in einem entlegenen Supermarkt etwas ein und fuhr über die längere aber flachere zweite Bergstraße zu uns nach Hause. Mit gesunder Vorsicht, die momentan bei mir dicht neben ungesunder Paranoia angesiedelt war, sah ich mich nach Verfolgern um. Mögliche Attentäter waren jedoch gut getarnt oder einfach nicht vorhanden. Während der Fahrt blickte ich häufiger in den Rückspiegel als geradeaus und erschreckte vor jedem größeren Auto. Gottlob passierte nichts. Niemand verfolgte mich bis zum Dorf. Niemand fuhr mir zu unserem Hof hinterher.

Zum Abendessen hatte ich Mutter und Benny versprochen, heute die versäumten Spaghetti Bolognese nachzuholen, wenn Benny helfen würde. Daraufhin schnippelte mein Bruder brav Zwiebeln und Paprika, während ich alles andere vorbereitete. Plötzlich klingelte es an der Tür.

Mein erster Gedanke war: ‚Jetzt haben die mich gefunden.' Das Klingeln zu ignorieren half nichts, weil überall Lichter brannten und wir durch die bestickten Vorhänge zu sehen waren. Ich rief Mutter und Benny zu: „Bleibt hocken, ich mach auf."

Schnell ein langes Küchenmesser aus dem Block genommen und leise zum Schopf im Erdgeschoß geschlichen. Ein verstohlener seitlicher Blick aus dem Schopffenster zum Eingangsbereich. Dort standen ein Mann und eine Frau, die ich beide nicht kannte.

In unserer Gegend gehört der Schopf zum Bauernhaus wie die Fotosynthese zur Pflanze. Ein Schopf ist ein überdachter Vorbau an der gesamten Länge des Wohnhauses. Er ist mit Holzlatten und schlecht isolierenden Glasfenstern abgeschlossen; bei einfacher gebauten Häusern kann er auch vorne offen sein. Unser Schopf war verbaut und befand sich seitlich neben dem Eingang. Im Frühjahr ist es herrlich, in ihm auf einem alten Sofa zu sitzen und ein schönes Buch zu lesen, wenn die Sonne ihre ersten warmen Strahlen schickt.

Soweit erkenntlich, standen weder der schwäbische Gorilla noch sein Dompteur vor unserer Haustür. Also beschloss ich, in den Hausflur zurückzugehen und aufzumachen, versteckte zuvor das Messer hinter dem Sofapolster.

„Ja bitte?", fragte ich durch die spaltbreit geöffnete Haustür.

„Kriminalpolizei Bregenz. Grüß Gott. Abteilungsinspektor Harald Leipoldsheimer", erklärte sich der Besucher militärisch knapp und zückte für den Bruchteil einer Sekunde eine Art Kreditkarte, die er mir kurz unter die Nase hielt. „Das ist meine Kollegin, Gruppeninspektorin Emilie Rüsch. Sind Sie Herr Felix Moosburger?"

Beide standen in Zivil vor mir. Der Abteilungsinspektor war ein drahtiger Typ mit braunem Kurzhaarschnitt und ausgeprägten Wangenknochen. Sein Gesicht war hager, braungebrannt und zerklüftet, als ob er öfter ausdauernd in den Bergen unterwegs war. Seine Begleiterin trug eine hellblaue Winterjacke. Sie sah darin mit ihrem blonden Pferdeschwanz, dem hübschen Gesicht und den blauen Augen recht niedlich aus. Ein Polizeipüppchen im Look einer Touristin auf Männerfang.

„Ja. Worum geht's denn? Kann ich den Ausweis sicherheitshalber noch einmal sehen? Das war mir eben zu schnell", verlangte ich vom Inspektor.

Meine Alarmglocken schrillten. Der Polizist fummelte die Karte erneut hervor. Auf ihr konnte ich Lichtbild, behördliche Angaben und rückseitig Name, Dienstnummer und Dienstbezeichnung von Abteilungsinspektor Leipoldsheimer erkennen. Nach einer genauen Inspektion meinerseits verzichtete ich darauf, den Ausweis seiner Begleiterin ebenso intensiv in Augenschein zu nehmen, gab ihm das Kärtchen zurück und öffnete die Tür.

„Kommen Sie bitte herein und direkt geradeaus in die Küche. Wir wollen gerade essen", bat ich sie einzutreten. „Würde es Ihnen etwas ausmachen, die Schuhe auszuziehen? Ich kann Ihnen auch Schlappen geben", fuhr ich fort.

„Nein danke, wir können das Ganze hier im Flur abhandeln", sagte Leipoldsheimer, „dauert nicht lang."

„Dann muss ich kurz das Sugo und das Nudelwasser vom Herd nehmen und drinnen Bescheid geben. Ginge das?" Leipoldsheimer stimmte zu, was mir Zeit zum Überlegen verschaffte. Jetzt bloß keinen Fehler machen und weiter so tun, als ob das Auto gestohlen worden wäre.

„Also, worum geht's? Haben Sie etwa meinen Polo wiedergefunden?", ging ich nach der Küchenaktion in die Offensive.

„Sie meldeten heute auf der Polizeiinspektion Rotenstein um sieben Uhr sechsundfünfzig eine illegale Entwendung des Wagens mit dem Kennzeichen B-Felix-200?", fragte der Inspektor in Bürokratendeutsch und mit scharfem Unterton zurück, anstatt meine Frage zu beantworten.

„Ja, und?", bestätigte ich vage.

„Wann und wo kam Ihnen der Wagen abhanden?", ging die Inquisition weiter.

Seine Begleiterin fixierte mich dabei unablässig. Ich hoffte, unser Vierzig-Watt-Flurlicht wäre trübe genug, damit sie nicht meine unbewussten Regungen und Gesichtsverfärbungen erkennen konnte. Außerdem hoffte ich, sie würde nur geringe Menschenkenntnis und Intuition mitbringen.

„Na, wie ich schon angab. Freitagabend. Unten auf dem Parkplatz vom Supermarkt im Dornbirner Messepark. So um Viertel nach fünf bis halb sechs am frühen Abend. Ich war beim Einkaufen. Bin kurz zurückgegangen, weil ich mir Kaugummis kaufen wollte, und als ich zurückkam, war der Polo weg."

Jetzt bloß nicht unnatürlich aufmüpfig oder arrogant werden. Damit outen sich Täter im Fernsehen immer gleich zu Beginn. Und nicht in Widersprüche zur Aussage von heute Morgen auf der Polizeiinspektion Rotenstein verwickeln. Dann auch immer genau die richtige Mischung aus fabulösen und wahrheitsgemäßen Details einstreuen, damit das Ganze glaubhaft rüberkommt. Wenn ich die Version inzwischen nicht zum sechsten Mal erzählt hätte, wäre sie deutlich schlechter geraten.

„Wir dürfen Ihnen mitteilen, dass Ihr Wagen gefunden wurde und wir ihn identifizieren konnten", eröffnete er mir die Neuigkeit mit einem abwartenden Blick aus graublauen Augen.

Ich, Freude heuchelnd: „Da bin ich echt erleichtert. Wo kann ich ihn abholen, oder haben Sie ihn gleich mitgebracht?"

Abteilungsinspektor Leipoldsheimer machte mir nicht den Eindruck eines kognitiv unterbemittelten Ordnungshüters. Hinter seiner angeblich unbeteiligten Fassade ratterte ein waches Hirn, damit durfte ich rechnen. Und irgendwie nervte mich langsam seine Begleiterin, die mich kaum weniger aus den Augen ließ als ein Jagdhund seine Beute. Leipoldsheimer ließ Sekunden verstreichen, wahrscheinlich, um die Spannung zu steigern. Ich steigerte mit, hatte das schließlich schon als Knabe von meiner Großmutter beim Jassen gelernt, unserem traditionellen Kartenspiel. Schließlich gab der Polizist nach und rückte mit Tatsachen heraus:

„Eine Bürgerin im Wullenbacher Weiler meldete bei der Bergwacht den Abgang einer größeren Steinlawine an der Schwarzen Fluh. Die Bergwacht alarmierte uns, weil sie unterhalb der Felswand Ihr Fahrzeug fand", brachte Leipoldsheimer die Sache auf den Punkt. Er wartete meine Reaktion ab.

„Was? Mein Auto in einer Steinlawine?", fragte ich scheinbar erstaunt, „wie geht das denn?"

„Das wollen wir gerade von Ihnen wissen. Wie könnte Ihr Fahrzeug dorthin gekommen sein?", setzte er nach.

„Ist mir völlig schleierhaft. Haben Sie denn alles genau abgesucht? Gibt es keinen Hinweis, wer meinen Polo gestohlen hat?"

„Wir suchen immer alles genau ab, das ist unser Job", hielt sich Leipoldsheimer geheimnisvoll zurück, ohne mir zu verraten, ob es verwertbare Spuren gab. „Warum haben Sie denn den Diebstahl erst am nächsten Morgen gemeldet?"

Verdammt. Seine Dienstauffassung war weniger phlegmatisch als die seines Kollegen heute Früh. Meine Antwort hatte ich mir bereits gestern zurechtgelegt, weil Toni dasselbe wissen wollte. So konnte ich die Legende von der wartenden Familie einigermaßen überzeugend vortragen. Von der Aushilfe im Krug erzählte ich nichts, um nicht auch noch steuerliche Scherereien zu bekommen.

„Haben Sie denn die mit dem Auto entwendeten Lebensmittel für die Familie gestern Abend erneut eingekauft?", bohrte er nach. Jetzt wurde es langsam übel.

„Nein", antwortete ich, „weil die eh länger auf mich warten musste und weil es zu spät war. Mir blieb nichts anderes übrig, als mit dem Bus oder per Anhalter heimzukommen", war meine durchaus annehmbare Ausrede. „Wann bekomme ich denn den Karren wieder, und wie kann ich die Verschrottung organisieren? Gibt es Verwertbares daran?", fragte ich.

Die Story war dünn. Würden sie Benny oder Mutter fragen, müsste ich vom Krug erzählen und würde mich in der typischen Ausreden-Schlinge verfangen, die sich einem bei kleinster Unlogik um den Hals legt.

Zu meiner Rettung schaltete sich die Polizistin ein: „Zunächst muss ja Ihr PehKahWeh ja kriminaltechnisch untersucht werden. Eventuell haben wir ja noch Fragen. Wenn alles geklärt ist, können Sie ja entweder das Fahrzeug, beziehungsweise was davon übriggeblieben ist, von unserer Autosammelstelle direkt verschrotten lassen. Oder Sie kommen zuerst vorbei und schauen, ob Sie davon noch etwas gebrauchen können. Ja, oder Sie transportieren Ihren PehKaWeh selbst ab. Das muss mit einem dafür zugelassenen und fahrtüchtigen Kraftfahrzeug passieren, da ja Ihr PehKahWeh Totalschaden hat."

Abteilungsinspektor Leipoldsheimer schaute seine Adjutantin missbilligend an. Sie hatte ihn genau an der Stelle unterbrochen, an der er mich beinahe aufs Glatteis geführt hätte. Sein unterdrückter Ärger war ihm anzumerken.

„Wie lange kann das denn dauern?", fragte ich schnell nach, damit er sich nicht wieder einschaltete, und wandte mich dabei ausschließlich ihr zu.

„So vier bis sechs Wochen müssen Sie ja schon rechnen. Wir melden uns ja anschließend bei Ihnen", sagte die Polizistin.

Das schien es gewesen zu sein. Mit Grußworten verabschiedeten sich Abteilungsinspektor Leipoldsheimer und seine Jasagerin, die mich besonders faszinierte. Denn noch nie hatte ich jemanden kennengelernt, der es schaffte, innerhalb von zwei Minuten einhundert Mal ,ja' zu sagen. Ich grüßte beide Beamte, öffnete ihnen die Tür, und sie traten hinaus.

„Ach, eine Frage habe ich noch", drehte sich Leipoldsheimer um. Wie es schien, war er ein Fan von Columbo: „Sie können mir nicht erklären, warum niemand in dem Auto aufgefunden wurde? Es kann wohl kaum alleine dorthin gefahren sein."

Dabei fixierte er mich eindringlich, was ihm einen herabgezogenen Mundwinkel und mäßiges Schulterzucken meinerseits einbrachte. Nach einem letzten tiefen Blick in meine unschuldig dreinblickenden Augen schoben die Exekutivkräfte endlich ab.

5. Alkohol

Der restliche Abend verlief wie oft. Nach dem Essen zog sich Mutter ins Zimmer zurück. Ich war froh, dass sie sich überwunden hatte, gemeinsam mit ihren Söhnen zu essen, auch wenn sie tat, als wäre sie auf einer Tausend-Kalorien-Diät. Wahrscheinlich holte sie die zweiten Tausend in flüssiger Form nach, worüber ich in den letzten drei Jahren öfter erfolglos mit ihr gestritten hatte und es deshalb nicht mehr versuchte. Benny setzte sich vor den PC, um seinen Blog weiterzuführen. Ich schlitterte auf glatten Wegen zum Krug, um dort auszuhelfen. Inzwischen hatte sich das Wetter mehr und mehr als Kaiserwetter entpuppt. Der Föhn hatte schwer zugeschlagen, zur Nacht war der Himmel sternenklar. Als Erstes schenkte ich Maria eine Tafel Schokolade als vorläufiges Dankeschön für den geborgten Wagen. Nach einer weiteren Pilleneinnahme schwang ich wieder recht forsch das Tablett.

„Zicke-Zacke, Zicke-Zacke, hoi, hoi, hoi! Zicke-Zacke, Zicke-Zacke, hoi, hoi, hoi!" Eine sich ihrem Sportgerät physiologisch annähernde Bowlinggruppe aus Wanne-Eickel verbreitete jenen Piefke-Humor, weswegen wir die Deutschen seit Jahrzehnten lieben. Die Gurkentruppe unterstrich ihre kosmopolitische Haltung durch internationales Liedgut: „Es gibt kein Bier auf Hawaii, es gibt kein Bier …", und schob zwischendurch den einen oder anderen halbversauten Trinkspruch ein: „Zieht der Arsch auch Falten, wir bleiben stets die Alten. Hoch die Tassen, Mädels!"

Ganz klar: Die Truppe kam in Rotenstein zum Skisaufen zusammen. Ich wusste, nicht alle Deutschen führten sich so auf, vermutlich sogar die wenigsten, verspürte aber heute Abend überhaupt keine Lust, auf deren Laune einzugehen. Konsequenterweise fiel dann das Trinkgeld entsprechend niedrig aus.

Am Dienstagmorgen entfiel das routinemäßige Schneeräumen. An dessen Stelle kam der Verbandswechsel hinzu, und ich setzte eine Waschmaschine mit dunkler Wäsche in Gang, nicht ohne Mutter zu bitten, das Zeug später auf die Leine zu hängen. Benny steckte seine Brote ein. Nachdem er sich diesmal verabschiedet hatte, fuhr ich mit Laptop, Aufsatzkopien und einem Rucksack voller Lehrbücher an die Fachhochschule.

Vormittags besuchte ich zwei Veranstaltungen: ‚Klinische Psychologie, Schwerpunkt Suchterkrankungen' und ‚Historische Entwicklung der Psychologie zur anerkannten Profession'. Das erste Seminar hielt Oberärztin Konzett, eine engagierte Psychiaterin aus dem Landeskrankenhaus. Sie trug einen gewellten braunen Kurzhaarschnitt und war von unscheinbarer Statur, ansonsten jedoch eine ausgewachsene Persönlichkeit. Heute beschäftigte sie sich und uns mit dem Unterthema ‚Co-Abhängigkeit'. Dabei existiert zunächst eine abhängige Person, wobei die Abhängigkeit stofflicher oder nichtstofflicher Natur sein kann. Das heißt nichts anderes als entweder von Alkohol, Drogen, Medikamenten und so weiter abhängig zu sein oder von eingeschliffenen Verhaltensweisen.

Neben der abhängigen Person wirken oft Partner, Familienangehörige, Arbeitskollegen oder Bekannte als Co-Abhängige. Sie suchen die Abhängigkeit des Betroffenen zu bemänteln, bestärken sie aber durch ihr Verhalten. Das kann zum Beispiel die Ehefrau sein, die ihren Mann beim Arbeitgeber mit einer Ausrede entschuldigt, wenn er spätnachts sturzbesoffen nach Hause gebracht worden war. In der Regel ‚haben' Co-Abhängige etwas davon, wenn sie diese Rolle spielen. Etwa kann die co-abhängige Ehefrau endlich die stärkere Position in der Partnerschaft ausüben.

Und ich? Was hatte ich davon? Ich sann dem Gedanken minutenlang nach, ohne auf das Seminar zu achten.

Dann widerfuhr mir Erleuchtung. Konzett beschrieb das Phänomen so, wie ich es gegenüber meiner Mutter lebte. Ich unterstütze Mutters Abhängigkeit, indem ich ohne zu murren Aufgaben des verstorbenen Mannes übernahm und etliche ihrer eigenen zudem.

Nachdem ich mein Verhalten überdeutlich erkannt hatte, konnte ich kaum still sitzen und fieberte dem Ende der Veranstaltung entgegen, um die Oberärztin in privater Angelegenheit zu sprechen. Ab und an scharen sich nach einem Seminar Studierende um sie, manchmal rennen alle aus dem Raum, um die Pause anderweitig zu nutzen. Heute kam ich bald zum Zug. Nur eine Fragestellerin besprach vor mir mit der Dozentin ihre Hausarbeit.

„Frau Professor Konzett, kann ich Sie bitte einen Augenblick sprechen?", fragte ich sie, nachdem die Mitstudentin gegangen war.

„Selbstverständlich, Herr ... äh ... Herr ..."

„... Moosburger", half ich ihr aus der Klemme.

„Ja, ja, Moosburger. Womit kann ich Ihnen dienen?"

48

„Moment bitte." Ich schaute mich um, ob sich niemand mehr im Raum aufhielt, schloss die Tür und unterbreitete mein Anliegen: „Wissen Sie, ein Freund von mir hat vermutlich einen Fall von Alkoholismus in der Familie. Seine Mutter zieht sich in sich zurück, seit ihr Mann gestorben ist. Das war vor drei Jahren. Und sie hat zu trinken angefangen und kümmert sich um nichts mehr. Mein Freund will nun wissen, was er in der Situation machen kann", sagte ich.

„Was hat denn Ihr ‚Freund' bisher unternommen?", fragte sie mich freundlich. Dabei schaute mich die Professorin über ihre Lesebrille milde lächelnd an.

„Nichts", antwortete ich, „er hat halt mich gefragt, weil ich Psychologie studiere. Ansonsten hilft er viel zu Hause."

„Wissen Sie, Herr Moosburger, lassen Sie uns kurz hinsetzen, dann spricht es sich besser über ein wichtiges Thema", forderte sie mich auf. „Wollen Sie mir nicht mitteilen, inwiefern Sie davon persönlich betroffen sind?"

Mehr musste die Oberärztin nicht sagen. Sie hatte mich sofort durchschaut. Es machte mir in dieser Situation nichts aus, weil ich ihr ohne Eintrübung vertraute. Also konnte ich gleich die Wahrheit sagen. Nach einem kleinen Zögern meinerseits stellte ich unsere jüngere Familiengeschichte in groben Zügen dar – von Vaters Tod über Mutters zunehmender Apathie, meine Mehrfachbelastung durch Studium, Arbeit und Familie und Bennys Pubertät bis hin zu meinem drohenden Burnout. Nur vom Attentat des Geländewagens erzählte ich nichts, obwohl es mir nach wie vor in den Knochen hing, im doppelten Sinn des Wortes, und weder ein guter noch ein schlechter Grund dafür in Sicht war.

„Wissen Sie, Herr Moosburger, das Problem ist nicht einfach zu lösen. Sie können Ihre Mutter nicht zwingen, professionelle Hilfe anzunehmen, das haben Sie bereits festgestellt. Und, ich schätze mal, Sie wollen sie nicht gleich entmündigen lassen", machte sie einen gütigen Scherz.

„Natürlich nicht!"

„Tja, da gibt es Möglichkeiten, die Ihnen jedoch einiges an zusätzlicher Kraft im seelischen Sinn abverlangen. Für Sie selbst gibt es dabei nur einen Weg: Bewahren Sie auf jeden Fall Ihre Hoffnung. Bleiben Sie ehrlich sich selbst und Ihrer Mutter gegenüber. Und konsequent in Dingen, die Sie ihr gegenüber ankündigen, ansonsten werden Sie nicht für voll genommen."

„Das ist generell für mich in Ordnung, aber insgesamt ein wenig abstrakt. Kann ich ihr denn nicht konkret helfen?"

„Wissen Sie, Herr Moosburger. Darin liegt das Grundproblem. Die Hilfe fängt nicht bei Ihrer Mutter an, sondern zunächst bei Ihnen. Helfen Sie sich selbst. Machen Sie sich nicht von der Zuneigung Ihrer Mutter abhängig. Ohne Ihre Mutter sehen und sprechen zu können, will ich keine Diagnose wagen, doch ich vermute, sie zeigt in ihrem augenblicklichen Zustand Ihnen gegenüber sowieso wenig Zuneigung. Das kann sich völlig ändern, nur muss sich davor auch bei Ihnen etwas ändern."

Ich kapitulierte und musste wohl oder übel zustimmen, war den Tränen nah, weil die Situation verfahren war und ich keine Lösung erkennen konnte. In den vergangenen drei Jahren hatte ich mehr als je zuvor Mutters Zuwendung gesucht, paradoxerweise umso mehr, je stärker sich ihre Depression ausprägte.

Oberärztin Konzett riet mir, eher an mir zu arbeiten als daran, die Depression oder das Trinken meiner Mutter behandeln zu wollen, gab mir dann doch noch ein paar praktische Tipps mit auf den Weg. So sollte ich zum Beispiel meiner Mutter gegenüber Gefühle ehrlich, offen und liebevoll ausdrücken, wenn ich sie trinken sah oder wenn es eine andere konkrete Situation gäbe, in der mich ihr Verhalten störte. Manchen habe es auch geholfen, wenn wie zufällig Broschüren über Selbsthilfegruppen oder Therapieangebote herumlagen, die man unbemerkt lesen konnte. Auf jeden Fall sei es ihrer Ansicht nach sinnvoll, darauf hinzuarbeiten, dass Mutter einen Arzt aufsucht. Das könne gerne der Vertrauensarzt im Dorf sein. Darin läge oft der Schlüssel. Ich solle mit dem Arzt sprechen und ‚einfach' einen Termin für sie verabreden. Wenn es ein guter Dorfarzt wäre, würde er sogar Hausbesuche machen. Abschließend bot Oberärztin Konzett eine Beratung für mich an, falls ich das Thema vertiefen und weiter daran arbeiten wollte.

Ich bedankte mich herzlich bei ihr und rannte in das zweite Seminar, kam allerdings über eine Dreiviertelstunde zu spät. Dem dortigen Thema folgte ich nur oberflächlich, stattdessen grübelte ich am letzten Gespräch herum.

Mir schwante, ein Gutteil meiner Studienmotivation war vom Familienthema beeinflusst. Helfersyndrom. Vaterrolle. Beschützerinstinkt. Erwachsenenstolz. Verantwortungsbewusstsein. Altruismus. Traumabewältigung. Viele Motive konnten mein Handeln unbewusst bestimmen. Jetzt

kamen sie schlagartig ins Bewusstsein, als ob jemand ein Schleusentor geöffnet hätte. In dem Zusammenhang überlegte ich, ob der Aushilfsjob in
der Gaststätte wirklich gut für meinen Seelenfrieden sei und wälzte Alter-
nativen im Kopf.

Kurzentschlossen rief ich Alois an und teilte ihm mit, ich könne am
Wochenende nicht kommen, weil ich fürs Studium lernen müsse. Außer-
dem gingen mir die besoffenen Touries langsam auf den Keks. Ich würde
sowieso überlegen, ob ich besser anderswo mein Geld verdienen sollte.
Ich ließe mir das durch den Kopf gehen und gäbe ihm dann Bescheid.
Alois war nicht sehr erfreut über die Botschaft, aber was blieb ihm übrig?

Kommendes Wochenende wollte ich dann zwei, drei gehobenere
Hotels im Ort abklappern. Vielleicht brauchte wenigstens eines davon eine
erfahrene Aushilfskraft im Service.

6. Alexandra

Tags darauf ergab sich die Chance, endlich einer lange Angebeteten nahezukommen. Alexandra – mein Traum. Alexandra verkörperte etliche Ideale von Psychologiestudenten, zum Beispiel einen IQ von 145 (nachgewiesen durch den Eingangstest im ersten Semester), tiefgründige braune Augen, ein warmes Lächeln und eine sportliche Figur, auf die zu meinem Leidwesen die meisten Kameraden voll abfuhren. Die heiße Figur dürfte von ihrer halbprofessionellen Karriere als Abfahrtsläuferin stammen, die sie zugunsten des Studiums nur noch halbherzig durchzog, also viertelprofessionell. Die Augenfarbe war mit hoher Wahrscheinlichkeit geerbt.

Wie auch immer, ich hatte bis dato nur einmal die Chance bekommen, ihr tief in die Augen zu blicken, und zwar in der Mensa auf dem Weg von der Essensausgabe zu meinem Sitzplatz in ihrer Nähe. Leider war ich zuvor über ein Stuhlbein gestolpert. Warum müssen die den Raum dermaßen eng mit Tischen und Stühlen bepflastern? Vergeblich ließ sich das latente Gleichgewicht auf meinem Tablett wiederherstellen, die Halbliterflasche Mineralwasser hatte etwas dagegen. Sie war seitlich auf den Rand des Suppentellers gefallen – oh unrühmliche Kausalkette – und im vergeblichen Ansatz, das Ganze zu retten und selbst auf den Beinen zu bleiben, war das Tablett in Schieflage geraten. Infolgedessen schwappte der Tiroler Knödel auf Alexandras Teller und die Suppe darüber hinaus quer über den Tisch. Wenigstens hatte ich meinen Sturz durch geschicktes Ellenbogenaufstützen abfedern können.

„Wollte schon immer Putencurry mit Speckknödel essen. Vielleicht machst du ein Haubenlokal auf?", hatte Alexandra staubtrocken reagiert.

Ich stammelte nur: „Äh, äh, entschuldige. Bin ausgerutscht", und hatte verstohlen die schmerzenden Ellenbogen gerieben. Kurz nach meiner lahmen Entschuldigung hätte ich mir sonst wohin beißen können. ‚Tolle Anmache, Don Juan', führte ich meinen inneren Monolog, ‚du bist längst nicht schlagfertig genug, um bei ihr Eindruck zu schinden.' Während die Tischnachbarinnen – eine fliederfarben angehauchte studentische Frauenclique um Rosmarie, Marianne und Karin, mit der Alexandra öfter abhing, als mir lieb war – das Malheur mit Servietten einzugrenzen suchten, hatte ich den entlaufenen Knödel mit dem Löffel eingesammelt und der heimlich Angebeteten ein frisches Putencurry angeboten.

„Nein danke. Bin spontan gesättigt. Bedien' dich ruhig", hatte sie mir den Rest gegeben und dabei ihre linke Augenbraue mit einer Mischung aus Ärger und Belustigung angehoben. Ihr Blick stach direkt ins Herz. Die Fliedergruppe hatte ätzende Kommentare beigesteuert: Felix habe schon immer ein Gespür für fulminante Auftritte an den Tag gelegt. Tief innen hege er eine unbewusste Abneigung gegen Tiroler Spezialitäten. Das sei sicher auf ein Kindheitstrauma zurückzuführen. Mama habe ihn garantiert in der oralen Phase mit Knödeln zwangsernährt. Ich war bedient gewesen und hatte mein Heil in der Flucht gesucht.

Mit dieser Begegnung hatte es sich dann auch schon zwischen Alexandra und mir. Für sie existierte ich seither nicht mehr. Ich dagegen war von ihr schon seit dem zweiten Semester hin- und hergerissen, als wir eine Gruppenarbeit über emotionale Intelligenz verfasst hatten. Alexandras erfrischende Art, ihr rassiges Aussehen und ihr leichter Duft nach Maiglöckchen hatten bei mir einen bleibenden Eindruck hinterlassen.

Nach dem Mensavorfall hatte sich anscheinend eine Tarnkappe über mein Haupt gestülpt, die nur bei Alexandra wirkte. Trotz verschlungener Fachliteratur konnte ich mir diesen Effekt nicht erklären. Vielleicht sollte ich noch mehr Aufsätze lesen? Andere Studentinnen bemerkten mich dagegen durchaus, denn hier und da gestikulierten sie armschwingend, wenn ich in der Nähe war, und kicherten sich einen ab. Aus Gründen des Selbstschutzes verspürte ich keine Lust, ihre Gesten inhaltsanalytisch zu deuten.

Stattdessen suchte ich seither unauffällig Alexandras Gegenwart, so auch am Mittwoch im Vertiefungsseminar zur Methodenlehre. Meist saß ich zwei bis drei Reihen schräg hinter ihr, um mir einbilden zu können, alles unter Kontrolle zu haben, und um zusätzlich zu den Seminarinhalten ihr hübsches Profil zu studieren. Zog die Luft vom Fenster zu mir, konnte ich sogar ihren Frühlingsduft erhaschen. Außerdem wusste sie der wissenschaftlichen Methodenlehre etwas abzugewinnen. Vielleicht hatten wir darin etwas gemein.

Dass Psychologiestudenten für Forschungsmethoden brennen, ist nicht selbstverständlich. Denn wer sich in Psychologie einschreibt denkt meist, er habe mit Mathematik im restlichen Leben nichts mehr zu tun. ‚Werch ein Illtum', würde Ernst Jandl auch hierzu gesagt haben. Diese unbegründete Annahme wird spätestens in der Methodenlehre korrigiert. Ein Baustein davon ist nämlich die Statistik. Es ist das meistgehasste Fach, was ich nie verstand, denn nichts ist schöner, als einer spannenden Forschungsfrage nachzugehen und sie anhand gesammelter Daten beantworten zu können. Das ist wie Detektivarbeit.

Im Seminar war heute ‚ALM' dran. Dabei handelt es sich nicht etwa um menschliche Tragödien während des Almabtriebs, sondern um das Allgemeine Lineare Modell, eine Zusammenhangsprüfung mehrerer Einflussgrößen auf eine abhängige Größe. Alexandra interessierte sich für das Thema und ich hoffte, mit Statistik etwas Intellektuelles zwischen uns aufzubauen, das dazu führen würde, sich auch anatomisch näherzukommen. Typisch verquere Psycho-Logik unserer Profession.

Kurz vor Seminarbeginn sortierte ich Unterlagen vom vorigen Mal, da traf mich ein Stück zusammengeknülltes Papier an der Schulter: „Mensch Felix, glücklicher Australier! Hast du inzwischen für die Klausur in Entwicklungspsychologie gelernt?"

Karl-Heinz blickte mich erwartungsvoll an. Den Spruch mit dem ‚glücklichen Australier' trug er auf den Lippen, seit ich vom International Office meinen Antrag für ein Auslandssemester bei unserer Partnerhochschule in Queensland, Australien, bewilligt bekommen hatte. Ich würde kommenden Oktober, also im fünften Semester, dort antreten und langsam in den australischen Sommer gleiten. Vielleicht lernte ich sogar surfen, das konnte nicht so schwer sein, denn meine Snowboard-Technik war passabel.

„Sieht momentan schlecht aus", antwortete ich. „Muss mich verstärkt um den Haushalt und den kleinen Bruder kümmern. Und der Schnee will bewältigt werden, diesmal nicht auf dem Brett."

„Dann also bis Donnerstag. Ich hab' auch noch nicht gepaukt."

„Passt bestens. Heute muss ich einkaufen, mit Benny Schularbeiten machen, für uns drei kochen, noch mal Schnee räumen und abends bis Mitternacht im Krug aushelfen."

„An dir geht eine prima Hausfrau verloren", witzelte Karl-Heinz.

„Erzähl das Alex", nuschelte ich in meinen nicht vorhandenen Bart.

„Was?"

„Ach, nichts", antwortete ich. „Wir können gerne Donnerstag zusammen lernen. Meinetwegen bis Mitternacht. Egal wo. Meinetwegen auch bei uns."

Karl-Heinz wohnte etwa zwanzig Kilometer von Rotenstein entfernt im Studentenheim nahe der Fachhochschule. Unser Erbhof befindet sich dagegen in einer etwa achthundert Meter über dem Meeresspiegel liegenden Gemeinde. Zu unserem Hof gehören einige Wiesen weiter oben in mittlerer und höherer Alpenlage und Forstabschnitte in der Umgegend. Wegen der Höhenlage fallen im Winter hohe Schneemassen an, entsprechend arbeitsintensiv ist die Wintersaison. Entsprechend länger, oft rutschiger, ist die Anfahrt zur Hochschule, vor allem, wenn ein ausländischer Brummi ohne Ketten den Anstieg blockiert und andere Verkehrsteilnehmer deshalb den Umweg über die Seitenstraße nehmen müssen.

Bis Vaters Tod lebten wir in der x-ten Generation von der Vieh- und Forstwirtschaft, und die forderte auch uns Kindern einiges ab. Stallausmisten und Melken war eher Tätigkeiten der Erwachsenen, beim Heuen ,durften' dagegen wir Kinder helfen. Unsere Eltern hielten uns mit der Aussicht bei Laune, mit dem Traktor fahren zu dürfen, wobei Benny und ich das Ungetüm bereits mit sechs Jahren auf Vaters Schoß einige Meter über den Feldweg lenkten. Nach seinem Tod verpachtete Mutter die Stallungen und Wiesenwirtschaft. Auch die Holzschlägerei gab sie ab. Insgesamt brachte das zwar weniger ein als zuvor, doch was unsere Möglichkeiten betraf, galt es realistisch zu bleiben. Mit den Pachteinnahmen und unseren schmalen Renten kam wir drei gerade so über die Runden.

,Rogge' führte dagegen im Studentenheim ein lockeres Leben, weil ihn seine Eltern unterstützten und er nicht nebenbei zu arbeiten brauchte. Doch unabhängig von unseren unterschiedlichen Lebensumständen mochte ich Karl-Heinz sehr, obwohl ich ihn zunächst nie direkt als Freund angesehen hatte und auch nie so bezeichnete. Kumpel oder Genosse trafen es da schon eher, allerdings ohne die ursprüngliche proletarisch-politische Wortbedeutung. Denn mit dem Begriff Freundschaft gehe ich weniger inflationär um, als es soziale Netzwerke suggerieren. Dafür wurde ich viel zu konsequent nach traditionellen Werten erzogen – von denen jedoch bereits als Jugendlicher nur jene für mich galten, die mir ethisch wertvoll erschienen. Freundschaft gehört klarerweise dazu.

Karl-Heinz lachte: „Klar: Als Bergfuzzi bist du bei dem Wetter eine ziemliche Null. Traust dich mit dem Polo kaum den Hügel herunter", kommentierte Karl-Heinz.

„Dankesehr. Wo wollen wir uns denn nun wirklich treffen?"

„Guten Tag und Ruhe bitte!"

Professor Hans Woltershauser betrat den Raum. Wie üblich schob er den Habitus des renommierten Sozialpsychologen meterweit vor sich her. Einige wundern sich, dass er vor lauter wissenschaftlicher Bürde überhaupt laufen kann. Die hohe Zahl seiner Veröffentlichungen erstaunte niemanden, befand er sich doch kurz vor der Pensionierung und hatte ein Leben lang dem goldenen Kalb ‚publish or perrish' gehuldigt: dem früh einsetzenden Zwang seiner Berufsgruppe, möglichst viele Aufsätze in anerkannten Fachjournalen zu veröffentlichen. Ohne riesige Publikationsliste ist es kaum möglich, in der akademischen Welt auf der Karriereleiter voranzukommen. Woltershauser hatte es geschafft. Er war internationaler Experte und im deutschen Sprachraum als Guru verschrien. Im Gegensatz zum bescheidenen Auftreten anderer Kollegen protzte er mit seinem akademischen Stolz nicht nur gegenüber uns Studenten.

„Kann mir jemand sagen, wie viele unabhängige Variablen maximal in die Gleichung des Allgemeinen Linearen Modells aufgenommen werden können und warum?"

Allein der Ton, in dem Woltershauser die Frage stellte, versetzte alle in Schrecken. Dies war eine typische Prüfungsfrage, mit der wir rechnen mussten. Mir schwante in meinem mathematischen Unterbewusstsein, es könnten etwa vier bis fünf Kenngrößen sein. Nur fiel mir die Begründung partout nicht ein.

„Elf", tönte es aus der vorderen Reihe. Die dummdreiste Streberin Mizzi Furtbichler rückte wie so oft gegenüber dem Professor ihren monströsen Ausschnitt ins rechte Licht. Nur zog diese Masche bei Woltershauser nicht.

„Netter Versuch, Frau Furtbichler. Hätten Sie dafür auch eine passende Begründung?" fragte er. Mizzi überlegte – ein wenig zu lange. Die anderen schwiegen.

„Herr Rogalla, was sagen Sie dazu?"

Karl-Heinz zuckte zusammen. „Vier bis fünf", raunte ihm mein mathematisches Unterbewusstsein zu, „weil sonst zu viele Merkmalskombinationen entstehen."

„Vier bis fünf, weil das die Merkmale sonst nicht verstehen", setzte ‚Rogge' das Stille-Post-Phänomen fort.

„Herr Rogalla, wenn Sie schon die Ansage von Herrn Moosburger verwenden", damit war ich gemeint, „dann wenigstens richtig. Ich darf Sie trösten: Sie sind nicht der Einzige, der das weder akustisch noch inhaltlich korrekt versteht. Wenn Sie zwei unabhängige Variablen mit je drei Merkmalsausprägungen haben: Wie viele Merkmalskombinationen entstehen daraus?"

Woltershauser ließ die Pause dramatisch wirken und setzte dann seine Instruktion fort: „Na, ich will Ihnen das Rechnen ersparen. Es sind insgesamt fünfzehn. Und, vulgär formuliert, erreicht damit die Kuh in etwa die Grenze der Alm. Verstanden?"

Alle nickten unwahrheitsgemäß und waren fleißig am Pinseln. Hatte Woltershauser hier einen Camcorder versteckt installiert? Waren wir heute seine Versuchskaninchen, ohne es zu wissen? Egal. Mich interessierte zusätzlich die dahinterliegende Formel, weil der Professor garantiert ähnliche Zahlenkombinationen in der mündlichen Prüfung abfragen würde. Außerdem wollte ich mit meinem Engagement vor Alexandra punkten:

„Wie wird denn dieser Zusammenhang als Formel ausgedrückt? Könnten Sie das bitte an die Tafel schreiben?"

Er tat es, und ich war zufrieden. Nicht ganz vielleicht, weil ich von meiner Position schräg hinter Alexandra kaum eine konstruktive Reaktion von ihr bemerkte. Nur Karl-Heinz zischelte mir ein „Streber" zu, was ich geflissentlich überhörte.

Leider konnte ich die anschließende Pause nicht nutzen, um die Beziehung zu Alexandra voranzubringen. Weil im verschulten Studium der Stundenplan auf die Minute festgelegt ist und wir innerhalb von zehn Minuten in den nächsten Raum wechseln mussten, langten kleinere Pausen gerade mal dazu, etwas Notdürftiges zu erledigen oder sich mit jemandem knapp abzustimmen. Über den sogenannten heimlichen Lehrplan – also das, was wir im Sozialsystem Hochschule über das allgemeine Leben nebenbei mitbekamen – lernten wir schnell, dass Zeit ein knappes Gut darstellt.

Mizzi Furtbichler hatte anscheinend nichts gelernt: „Hi, Felix. Wie geht's denn so? Erklär mir kurz noch mal die Formel!", trompetete der Furtbichler'sche Imperativ beim Rausgehen in mein linkes Innenohr.

Das hatte gerade noch gefehlt! Blasen- und Bluthochdruck kündigten sich an. Schon länger versuchte Mizzi, ihre unterirdischen Kenntnisse nicht nur durch textile Offenherzigkeit aufzumöbeln. Anscheinend hatte sie erkannt, damit Woltersdorfer nicht beeindrucken zu können. Nun machte sie sich stattdessen an mich heran. Mizzi interessierte nicht wirklich die Komplexität der Formel. Beim besten Willen, den sie überdies nie zeigte, würde sie vielleicht mit Ach und Krach die Prüfung bestehen. Unklar blieb der Beweggrund, warum sie annahm, dass ausgerechnet ich ihr Manko ausgleichen könnte.

„Kurz geht gar nicht", versuchte ich sie abzufertigen, „muss mal aufs Klo und die zehn Minuten würden sowieso nicht dafür reichen."

Dass ich damit weniger die Formel als ihre eng begrenzte Formel-Verarbeitungskapazität meinte, verschwieg ich galant.

Mizzi jedoch besaß einen Sturschädel: „Na, dann können wir uns mittags im Studentenraum treffen! Ich brauche nicht so lang zum Mittagessen, und du bist in der Mensa eh kaum zu sehen."

Jetzt war guter Rat teuer. Karl-Heinz hatte den Disput mitbekommen und erlöste mich von meiner Qual: „Das geht erst recht nicht. Da sind wir schon verabredet. Wollen unsere Hausarbeit vorbereiten: Sexual Harassment akademischer Nachwuchskräfte unter besonderer Berücksichtigung männlicher Opferrollen."

„Ach so, dann will ich nicht weiter stören. Wir sehen uns", drohte sie mir abschließend, während ihr rechter Zeigefinger wie d'Artagnans Degen auf mein linkes Auge zuschoss. Dann zog sie halb beleidigt ab. Mit diebischem Grinsen zwischen den Ohren tauschten Karl-Heinz und ich uns fünf aus, verabredeten uns für Donnerstagmittag in der Mensa und gingen anschließend unserer getrennten Wege.

Alles in allem verlief der restliche Tag geruhsam. Draußen tobte sich Atlantiktief Brigitte mit permanentem Schneegestöber aus. Drinnen tobte niemand, nicht einmal der Klassenkampf. In der Mittagspause war Alexandra leider nirgends zu entdecken, Mizzi gottlob auch nicht. Ich aß meine mitgebrachte Brettljause und genehmigte mir dazu ein Mineralquell. Das war ungefähr alles, was ich jeden Mittag zu mir nahm, wenn ich zu geizig war, in der Mensa Knödelsuppe zu verschütten.

Abends absolvierte ich das übliche Familien- und Arbeitsprogramm und fiel nach Mitternacht wie immer erschöpft ins Bett. Kurz vor dem Wegnicken, als bereits kräftige Alpha-Wellen die Synapsen umspülten, geisterte unerwartet Alexandra durch den Kopf.

,Gute Nacht Alex!'

7. Anschlag

Am Donnerstag besuchte ich vor dem Treffen mit Karl-Heinz das International Office unserer Fachhochschule, Herzstück des Studenten- und Dozentenaustauschs. Die Administratorinnen des ‚IO' genannten Büros hatten mir am Tag des Attentats eine recht dicke Mappe in die Hand gedrückt; auf diversen Info-Zetteln waren dort Informationen für mein Auslandssemester zusammengestellt. Nachträglich wollte ich etwas zum Studienplan erfragen.

Einige Professoren aus dem festangestellten Lehrkörper lehrten und forschten im Rahmen europäischer und überseeischer Austauschprogramme weltweit an anderen Hochschulen und Universitäten. Damit trugen sie ihren Teil dazu bei, die ambitionierte Internationalisierungsstrategie unserer Fachhochschule umzusetzen, die darauf abzielte, wenigstens fünfundzwanzig Prozent des Lehrkörpers und fünfzig Prozent der Studentenschaft für den Austausch zu motivieren. Basis dieser Strategie waren über hundertundzwanzig bilaterale Hochschulverträge, in denen die näheren Bedingungen für Studenten- und Dozentenmobilität geregelt waren.

Und einen dieser Verträge hatte die Fachhochschule mit der University of the Sunshine Coast in Queensland, Australien, abgeschlossen. Allein der Name reizte mich, dort ein halbes Jahr zu studieren. Die Lage der Universität, mitten an der Westküste Australiens nahe der vielversprechenden Coral Sea, versprach endlose Badestrände, Tauchen und Surfen. Ein völlig anderes Freizeitprogramm wartete dort auf mich. Fachlich hatte es mir dabei der ‚Bachelor of Social Science – Psychology' angetan. Sein Programm kombinierte allgemeine psychologische Aspekte, Forschung und interkulturelle Themen miteinander, was reizvoll war.

Im Internationalisierungsbüro angekommen, erbat ich von Julia, einer der vier Administratorinnen, Aufschlüsse über unklare Details: „Grüß dich, Julia. Hast du Zeit, ein paar Fragen zu meinem Auslandssemester zu beantworten?" Das Büro war relativ klein. Gerade tummelten sich ein Dutzend Studenten aus aller Herren Länder und einige Professoren darin. Heftiges Schnattern in nie gehörten Abarten der englischen Sprache füllte den Raum.

„Klar, Felix. Wart' einen Moment, ich muss kurz die Informatik-gruppe einweisen", antwortete sie.

Während sie sich zu den Studenten umdrehte und deren Aufmerksamkeit durch heftiges Gestikulieren und ein lautes: ‚Attention please' zu erheischen suchte, wartete ich darauf, meine Fragen stellen zu können. Plötzlich sprach mich Professor Dimundi an, ein Fachmann für ‚Intercultural Aspects and Diversity' mit italienischen Wurzeln, der bei uns in verschiedenen humanwissenschaftlichen Studiengängen lehrte.

„Herr Moosburger. Sie trifft man ja auch jeden Tag hier. Wie geht's denn so?"

Professor Dimundi war schlaksig, aufgeschossen, mittelblond und ohne besondere Konturen. Unter seiner dicken Hornbrille und rund um seinen schmallippigen Mund ließ er einen Bart im Stil von Heinrich dem Vierten sprießen, um sein Gesicht etwas markanter aussehen zu lassen, was allerdings nur bedingt gelang. Unter anderem organisierte Professor Dimundi Auslandspraktika für Studenten in Lateinamerika und kooperierte mit mehreren Universitäten dieser Länder, genau wusste ich das nicht. Für sein soziales Engagement in den Favelas von Mexiko City war er von offizieller Seite mehrfach geehrt worden. Ich glaubte, dass er auch einen gemeinnützigen Verein leitete, über den gewisse Hilfsaktionen liefen. Tatsächlich war Dimundi letzte Woche im IO gewesen, als ich meine Studienmappe in Empfang genommen hatte. In der Psychologie hielt er nur eine Basisveranstaltung im ersten Semester, daher kannte ich ihn nicht so gut.

„Danke der Nachfrage, bestens", antwortete ich unwahrheitsgemäß und schob eine Erklärung nach, „vor allem, weil ich im kommenden Wintersemester nach Australien gehen kann."

Dimundi wollte mir anscheinend ein Gespräch aufdrängen und ließ nicht locker: „Was haben Sie mit Ihrer Hand gemacht?", fragte er nach.

„Ooch … kleiner Unfall im Geräteschuppen", log ich, „nichts Besonderes, nur verstaucht."

„So, so", schob er nach, „der gefährlichste Ort soll angeblich das eigene Haus sein. Da passieren die meisten Unfälle, einige davon sogar tödlich."

War Unfallprävention Teilgebiet der interkulturellen Kompetenz? Ich schaute den Professor perplex an. Die Informatikgruppe drängte sich derweil zwischen uns und aus dem Büro hinaus.

„So, Felix. Jetzt habe ich Zeit für dich. Was gibt's?" Julia unterbrach das Gespräch zwischen Dimundi und mir und war, wie immer, äußerst zuvorkommend. Davon konnten sich einige Kollegen aus anderen Fachbereichen eine dicke Scheibe abschneiden.

„Hab' noch Fragen zum Lehrplan in Australien. Pfüeti, Herr Professor Dimundi."

„Wollen wir ins Nebenzimmer gehen? Da ist es ruhiger."

Mir war im Moment nichts lieber als das, bevor der aufdringliche Professor weiterbohren würde. Wir zogen ab, und ich konnte alles zufriedenstellend klären. Im Rahmen des eigenen Studienfachs durfte ich Veranstaltungen an der Sonnenküsten-Universität quer durch das Angebot frei wählen, musste nur dieselbe ECTS-Punktezahl wie bei uns erbringen. Das ‚European Credit Transfer System', kurz ECTS, bezeichnet den vorgegebenen Arbeitsaufwand der Studierenden für eine Lehrveranstaltung an der Hochschule. Darin sind sowohl die Präsenzzeiten in den Veranstaltungen enthalten als auch die Selbstlernphasen zur Vorbereitung von Prüfungen, Referaten und so weiter. Ich musste nach dem australischen System auf meine siebenhundertundfünfzig Stunden im Semester kommen und sie durch erfolgreich abgeschlossene Fachveranstaltungen nachweisen.

Nach der erfolgreichen Beratung rief ich Karl-Heinz an, um mich jetzt mit ihm zum Mittagessen in der von mir seit dem Knödelunfall gemiedenen Mensa zu treffen. Vor dem Eingang stellten wir uns an der Warteschlange an. Heute gab es beim Dreigang-Menü Flädle-Suppe, Rindsgeschnetzeltes mit Polenta und Fisolen und zum Nachtisch eine Schale Obstsalat. Karl-Heinz schlug beim Dreigang-Menü zu, ich bevorzugte etwas Rutschfestes und nahm den Studententeller (ausgelöstes Backhendl mit Kartoffelsalat). Für eine Mensa bot die Gastronomie abwechslungsreiche und schmackhafte Kost, und sie verwendete möglichst Produkte aus biologischem Anbau und aus der Region.

Bei unserem politisch und ökotrophologisch korrekten Essen saßen wir mit einer Gruppe Maschinenbauer in Begleitung von zwei angehenden Designerinnen am Tisch.

„Wenn das Schüttgut in mittlerer Granularität vorliegt, und ein spezifisches Gewicht von 5,2 vorweist, wie steil darf dann der Winkel der flurgebundenen Förderanlage maximal sein?", fragte einer in die Runde.

„Schütt di Brüh no", antwortete ihm ein Kommilitone, erhob sein Glas und trank es leer. Seinem Idiom nach zu urteilen, kam er aus dem fränkischen Raum bei Nürnberg.

Eine der Möchtegern-Designerinnen reagierte unwirsch: „Geh, Rudi, lass uns mit dem technischen Zeugs in Ruhe", warf sie ein. „Kannst du das nicht später klären? Sag lieber, wo wir heute Abend hingehen."

Zwischen Rudi und einem Tischgenossen entspann sich trotz der deutlichen Ansage ein Fachdiskurs, den die anderen mit Frozzeleien kommentierten.

„Wann und wo sind wir zum Lernen verabredet?", fragte ich Karl-Heinz.

„Sum hampffier wompf mimandren treffn. Imm Aufenhapfsraum", mümmelte er aus vollen Backen.

Nach dem Mittagessen besuchten wir eine weitere Lehrveranstaltung und trabten gegen Viertel nach drei zum Aufenthaltsraum für Studenten. Er war ziemlich gut besetzt. Durch die summende Betriebsamkeit steuerte Karl-Heinz zielstrebig auf eine Sitzgruppe in der hinteren Mitte zu.

„Darf ich vorstellen: Marianne und Alexandra. Ihr kennt euch schon. Und nebenan sitzt Klaus. Klaus kommt aus Kärnten. Hallo Leute, das ist Felix aus dem malerischen Rotenstein, gewiefter Erbsenzähler", stellte Karl-Heinz die Kombination in der Sitzgruppe und mich gegenseitig vor.

„Hallo, Rogge", tönte Klaus. Karl-Heinz lief aufgrund des ungeliebten Spitznamens rot an. Mir verschlug es ebenso die Sprache, und meine Halsschlagader fing heftig an zu pochen – allerdings aus einem anderen Grund. Hatte es doch Karl-Heinz gewagt, eine Lerngruppe zusammenzustellen, an der Alexandra teilnahm, und mir nichts davon erzählt. Sie schien von der Begegnung ebenso überrascht zu sein wie ich. Ausnahmsweise brachte Alexandra keine spöttische Bemerkung heraus, sondern nur ein erstauntes: „Du?"

„Ja, ich hab's bis vor Kurzem auch nicht gewusst", antwortete ich darauf. „Ich kann wieder gehen, wenn's euch nicht passt", schlug ich nicht wirklich ehrlich, eher trotzig, vor.

„Nein, lass mal. Ohne Suppenteller in der Hand bist du völlig ungefährlich", entgegnete Alexandra mit süffisantem Lächeln, nachdem sie sich schnell wieder gefasst hatte und zur alten Schlagfertigkeit zurückgekehrt war.

Nach weiterem Vorgeplänkel breiteten wir unsere Unterlagen auf dem Boden aus und verabredeten, wie wir gemeinsam lernen wollten. Eine harmonische Lösung schien nicht sofort greifbar.

„Lass uns jeder sagen, was er oder sie zum Thema weiß", schlug Marianne vor.

„Und dann? Was passiert dann?", fragte Klaus.

„Na, wir tragen das irgendwie zusammen. Da kommt irgendwas zusammen. Was da zusammenkommt, müsste ja eigentlich für jeden von uns reichen, um die Klausur zu bestehen."

Einen bescheuerteren Vorschlag zum systematischen Lernen in der Kleingruppe hatte ich noch nie gehört und dachte daran, lieber gleich abzuhauen, um Zeit zu sparen und alleine zu lernen. Ich hoffte nur, nie wieder mit Marianne zusammenkommen zu müssen, geschweige denn vom Zusammen-Kommen. Sie war zwar intellektuell recht schmal ausgestattet, dafür körperlich deutlich zu stark, und ihre rosafarbenen Plusterbacken trugen auch nicht zur Gesamtästhetik bei. Kurz: Marianne war absolut nicht mein Typ.

„Ja, das wäre schon mal eine gute Möglichkeit", intervenierte Alexandra psychologisch und kommunikationstechnisch äußerst geschickt. Anscheinend konnte nur sie Marianne stoppen. „Ich gebe zu bedenken: Wir können nicht sicher davon ausgehen, dass selbst unser gesammeltes Wissen zum Bestehen reicht. Hat denn jemand alle vier empfohlenen Aufsätze gelesen?", fragte sie.

Ich gab zu, in einen reingeschaut zu haben, Karl-Heinz hatte bislang nichts getan, Klaus zwei der vier Aufsätze gelesen, Alexandra ebenfalls zwei, Marianne einen. In Summe waren drei der vier Aufsätze in unserer Schwarmintelligenz repräsentiert, und auf meinen Vorschlag hin einigten wir uns auf ein gemeinsames Vorgehen. Zunächst las jeder einen Aufsatz, den er oder sie noch nicht gelesen hatte. Dann formulierten wir zu unserem Aufsatz eine Anzahl von W-Fragen – wer, wie, was – um die Hauptinhalte herauszuarbeiten. Da alle ihren Laptop dabei hatten, tippten wir Fragen und Antworten direkt ein. Nach und nach kamen wir in Schwung.

Der Vorgang dauerte drei Stunden, teilweise unterbrochen durch gegenseitige Verständnisfragen. Dafür war die Lerngruppe letztlich prima geeignet. Es zeigte sich, dass wir uns in vielen Bereichen passabel ergänzten. Als alle fertig waren, fügte Karl-Heinz die Teildokumente zusammen, und jeder bekam das neu entstandene Zentraldokument. ,Hoffentlich ist die Qualität der Einzelteile wirklich brauchbar', dachte ich. Denn jeder musste natürlich bis zur morgigen Klausur aus den Unterlagen der anderen schlau werden. Wegen der extrem kurzen Vorbereitungszeit war diese Taktik aber effizienter, als alles selber lesen zu müssen.

Ich unterbreitete einen weiteren Vorschlag: „Leute, hört mal: Wollen wir uns nicht gleich morgen Früh zwei Stunden vor der Klausur treffen? Wir könnten uns fürs Kurzzeitgedächtnis gegenseitig abfragen oder Dinge klären, die unklar geblieben sind."

Karl-Heinz und Alexandra stimmten zu, Klaus und Marianne hielten das für unnötig. Während Klaus und Marianne ihre Sachen packten und sich auf den Weg machten, verabredeten wir drei uns und notierten Zeit und Ort in unseren Kalendern.

„Ich mache mich auch auf den Weg", sagte Karl-Heinz, „will heute Abend ins Dokument schauen und muss vorher eine Kleinigkeit zum Essen holen, damit ich das durchhalte."

„Okay, Bursche, wir sehen uns", verabschiedete ich ihn.

Höchstwahrscheinlich würde Karl-Heinz seinem Lieblingshobby Essen ausgiebig frönen und viele Leckereien kaufen, die er dann vor seinem Mini-Fernseher in der Studentenbude in sich hineinstopfte. Er hatte es auf einmal ziemlich eilig, raffte seinen Kram zusammen und verschwand. Der Studentenraum war inzwischen relativ leer. Nur vereinzelt hingen noch Studiosi wie in die Sitzpolster geschleudert herum.

„Und? Was machst du jetzt?", fragte Alexandra.

„Wieso? Hast du was Bestimmtes vor?", fragte ich zurück.

Sie lachte glucksend: „Kennst du den Witz mit den fragenden Juden?"

‚Was kommt denn jetzt?', dachte ich: „Nein, wie geht der?"

„Treffen sich zwei Juden. Fragt der eine den anderen: ‚He Moshe, weißt du, warum Juden eine Frage immer mit einer Gegenfrage beantworten?' Sagt der andere: ‚Weißt du's denn?' "

Ich prustete. Alexandra stimmte darin ein, obwohl sie den Witz wahrscheinlich nicht zum ersten Mal erzählt hatte.

„Na, dann frage ich nicht länger und schlage vor, wir gehen eine Pizza essen", wurde ich mutig.

„Einverstanden", antwortete sie. „Weißt du, wo?"

„Weißt du's denn?", war meine Replik. In diesem Augenblick hatte es zum ersten Mal heftig zwischen uns gefunkt.

Wir legten unsere Texte ins Auto, nahmen die Laptops mit und gingen zur nahegelegenen Pizzeria. Nur wenig Gewissensbisse plagten mich, weil ich nicht zu Hause war und Mutter und Benny bekochte. In Alexandras Nähe schwebte ich mehr als ich ging. Ihre Schritte sahen dagegen ganz normal aus. Nachdem das Eis zwischen uns gebrochen war, verlief der weitere Abend völlig zwanglos. Über das Lernthema kamen wir auf Persönliches zu sprechen. Ich erfuhr, was ich schon von Karl-Heinz wusste, nämlich dass ihr Vater bei der Kripo in Ulm arbeitete.

Alexandra erzählte, sie sei Einzelkind und habe sich immer eine Schwester oder einen Bruder gewünscht. Ihren Hang zur Psychologie habe sie von ihrer Patentante, die sei Therapeutin in Tirol. Deren Erzählungen fand sie immer spannend, und daher wollte sie unbedingt ergründen, was Menschen denken und sie bewegt.

Nicht nur in diesem Punkt entdeckten wir eine Gemeinsamkeit. Vor zwei Jahren waren wir zur gleichen Zeit bei demselben verregneten Freiluftkonzert von Sting gewesen, allerdings ohne uns zu treffen. Es freute mich, in ihr eine musisch Verwandte zu finden, für die John Fogerty und David Lee Roth keine amerikanischen Austauschstudenten waren. Auf Nachfrage erklärte sie, ich könne sie gerne Alex nennen. Damit würden unsere Vornamen jeweils zweisilbig sein, beide ein ‚L' enthalten und zudem beide auf ‚X' enden.

Von mir erfuhr sie einiges über mein früheres Hobby, das Snowboardfahren. Ich erzählte ihr von zwei internationalen Wettbewerben, an denen ich ziemlich erfolgreich teilgenommen hatte. Auf ihre Nachfrage, warum ich denn jetzt nicht mehr fahren würde, verriet ich ihr die spezifische Problematik meines familiären Hintergrunds, welche Rolle ich nun in unserem Familiensystem einnahm und dass ich nebenbei in der Gastronomie dazuverdienen müsse. Alex blickte mich nachdenklich an.

Das Thema erinnerte mich wieder an meine Erleuchtung über Co-Abhängigkeit, und auch dazu öffnete ich mein Inneres. Nur den Anschlag auf mein Leben verschwieg ich, weil ich sie nicht belasten und schon gar nicht die zauberhafte Stimmung verderben wollte. Stattdessen verriet ich, ich sei seit der Suppenaktion in der Mensa in sie verknallt. Und sie offenbarte, sie habe mich in den Seminaren bemerkt und wollte sich nur vor dem Frauenzirkel keine Blöße geben, weil sie seit dem ersten Semester gut zusammenarbeiteten. Welche Rolle Marianne in dieser Zweckgemeinschaft spielte, hinterfragte ich nicht, das hätte nicht zum schönen Abend gepasst.

Anschließen unterhielten wir uns übers Studium, speziell über die geplanten Auslandssemester. Alex hatte etwas Angst vor der mündlichen Statistikprüfung bei Woltershauser und wollte sich mit mir darauf vorbereiten. Das konnte ich mir sehr gut vorstellen, weil ich ihr damit näherkommen würde und mir zudem das Fach Spaß machte. Und sie hatte sich bei Dimundi fürs Wintersemester an einer Universität in Peru eingeschrieben – Spanisch war schulisches Hauptfach gewesen, so dass ihr die Orientierung nicht schwerfallen würde. Der Professor sei für zwei Wochen ebenfalls dort und habe ihr nebenbei ein Volontariat in einer Klinik eröffnet, was eine einmalige Chance bedeute, die dringend benötigte Praxiserfahrung zu erlangen. Ich schwärmte ihr vom Surfen und Studieren in Australien vor, und dann tauschten wir Handynummern und Adressen aus. Nach einem Toilettenbesuch, bei dem ich unter anderem zwei schmerzstillende Pillen einwarf, sahen wir auf die Uhr.

„Schon halb elf. Jetzt wird's aber Zeit", bemerkte Alex.

„Musst du auch zum Parkplatz? Ich gehe jedenfalls in die Richtung", fragte ich.

„Nimmst du mich denn mit?", fragte sie zurück. Schätzungsweise hatten wir beide lange nicht mehr so ausgelassen gelacht wie in diesem Moment. Ich war glücklich und konnte kurz nachempfinden, was es bedeutet, ganz entspannt im Hier-und-Jetzt zu leben.

Am Parkplatz angekommen, brachte ich Alex zu ihrem Wagen. Er stand vorn, meiner weiter hinten. Außer unseren Autos waren kaum andere zu sehen. Nachdem Alex ihren Laptop verstaut hatte, zögerten wir einen verschämten Augenblick, und wieder einmal rettete sie die Stimmung. Alex breitete ihre Arme aus. Meine Laptoptasche schlenkerte mir unpassend an der Hüfte. Irgendwie schafften wir es dennoch, uns kurz zu umarmen. Alex drückte mir ein schnelles Küsschen auf die Wange. Ein zarter Hauch von Maiglöckchen stand in der Winterluft.

„Komm gut heim, Felix. Es war ein ausgesprochen netter Abend. Wir sehen uns morgen", verabschiedete sie sich.

„Und übermorgen?", fragte ich zurück.

„Wenn nicht übermorgen", antwortete Alex diesmal unerwartet ernst ohne weitere Gegenfrage, „dann bestimmt recht bald in nächster Zeit. Wir müssen sie nur für uns finden."

„Das schaffen wir", versprach ich. Dann stieg sie in ihren Wagen, startete den Motor und fuhr los.

Ich winkte Alex hinterher, bis sie um eine Ecke verschwand, und schritt nachdenklich zum geborgten Auto. Dort öffnete ich die Heckklappe und legte den Laptop in den Kofferraum zum Rucksack mit den Papieren. Als ich die Klappe herunterziehen wollte, wurde es schlagartig dunkel. Urplötzlich hatte mir jemand einen schwarzen Sack über den Kopf gestülpt, der bis zur Hüfte reichte. Zusätzlich verpasste man mir einen heftigen Schlag auf den Kopf.

8. Aufgeschmissen

„Du kommst jetzt ohne Geschrei mit, sonst bist du dran. Kein Wort!", vernahm ich dumpf. Mein Kopf brummte.

„Häscht die Täsch?", fragte ein mir bekannter schwäbischer Bariton. Trotz des Überzugs konnte ich anhand der Stimme eindeutig einen der Attentäter auf mich und meinen Polo erkennen.

„Na klar. Pass bloß auf, dass er nicht abhaut oder Stress macht. Und mach seine Taschen leer", antwortete der Erste, der meines Erachtens Schorsch sein musste. Der schwäbische Ganove fummelte unter dem Sack umständlich in meinem Parka herum und grub das neu erstandene Handy und meine Brieftasche aus.

„Und du", tönte er, „gehscht jetzt brav der Richtung nach, in die du g'zoge wirscht, sonst muss i di Kaa-Ooh schlage und trage. D's kascht net wirklich wolle", lautete die klare Ansage.

Das wollte ich wirklich nicht, und so folgte ich leicht benommen dem Zug, den der Sack auf mich ausübte. Die Ganoven konnten einem die Abende wirklich gehörig verderben. Wenigstens schienen sie mich diesmal nicht sofort umbringen zu wollen.

Wir gingen einige Schritte, dann befahl man mir, rasch in einen Kofferraum zu klettern und keinen Laut von mir zu geben. Würde ich den Kopf auch nur ansatzweise vom Sack befreien, wäre es aus mit mir. Ohne echte Alternative folgte ich brav den Anweisungen. Die Klappe schloss sich über mir, ich nahm noch einen muffigen Geruch wahr, als wenn jemand zuvor seinen nassen Hund hatte mitfahren lassen, und dann fuhr der Wagen los.

Bei der Aktion dürfte uns kaum jemand beobachtet haben. Auf einer Seite des Parkplatzes floss die Ache hinter einer um diese Zeit unbefahrenen Querstraße zum Industriegebiet. Auf der zweiten Seite endete eine kurze Straße zur Fachhochschule als Sackgasse. Und auf den zwei verbleibenden Seiten wurde der Parkplatz von einem Industriegebäude und einem Industrieparkplatz umschlossen, auf dem sich niemand mehr herumtrieb. Für solch einen entlegenen Ort war der Parkplatz der Fachhochschule zudem äußerst schlecht beleuchtet. Alles in allem war zu dieser späten Stunde nicht mit Beobachtern zu rechnen.

Nach dieser beinharten Erkenntnis sank meine Hoffnung auf Rettung rapide. Ich bedauerte es jämmerlich, nicht doch die Polizei über den Anschlag auf mein Leben und die Stuttgarter Autonummer informiert zu haben. Nun konnten mich die Entführer seelenruhig dort entsorgen, wo mich auf absehbare Zeit niemand finden würde. Es gab noch nicht einmal den kleinsten Anhaltspunkt, wozu das alles diente und wer dahinter stand. Angst vor dem, was mich erwartete, und Wut über die eigene Sturheit und Dummheit trieben mir Tränen der Hoffnungslosigkeit in die Augen.

Die gekrümmte Haltung im Kofferraum war, physiotherapeutisch betrachtet, kontraproduktiv. Trotz der beiden Tabletten tobten Schmerzen in Schädel, Brustkasten und rechtem Handgelenk. Die embryonale Seitenlage drückte mir bald auch auf Schulter und Hüfte, die ratternde und kurvenreiche Fahrt tat ihr Übriges. Anfangs ging es wohl noch durch die Stadt, später eine Weile ebenerdig geradeaus und dann bergauf, wie ich an den Fliehkräften mitbekommen konnte. Wohin wir fuhren, konnte ich nur vermuten. Dabei half mir meine Uhr, die sie mir glücklicherweise ebenso wenig abgenommen hatten wie die beiden Alustreifen mit den Tabletten. Im Kofferraum konnte ich mit einigen Verrenkungen ungestraft den Sack über den Kopf schieben und während der Fahrt auf die Uhr schauen. Elf Minuten Stadtfahrt. Sechsunddreißig Minuten ebenerdig mit leichten Kurven. Keine Autobahn. Vierzig Minuten bergauf, leicht bergab und dann wieder bergauf, mit enger werdenden Kurven. Schließlich zwei Minuten im Schritttempo.

Schätzungsweise würden die Entführer nicht im Straßenverkehr auffallen wollen und sich daher exakt an die Geschwindigkeitsbeschränkungen halten und auch den rutschigen Zustand der Straßen berücksichtigen. Zwar wurde weiterhin gut geräumt, doch landesweit mangelte es immer noch an Tausalz, und so waren in der Nacht neuralgische Stellen an Brücken und in Kurven mit Vorsicht zu genießen. Speziell die Bergfahrt ging langsam voran, schätzungsweise mit höchstens vierzig Stundenkilometern. Der Fahrer gab sich Mühe, den Wagen nicht ausbrechen zu lassen. Es handelte sich eindeutig nicht mehr um den Geländewagen vom letzten Dienstag, sondern um eine größere Limousine.

Elf, sechsunddreißig, vierzig, zwei. Elf, sechsunddreißig, vierzig, zwei. Sollte ich Lotto spielen, würde ich diese Zahlen keinesfalls als Glückszahlen ankreuzen. Jetzt musste ich sie mir gut einprägen, denn sie waren meine einzige Orientierungshilfe. Sobald ich zur Ruhe käme, würde ich mir ein geistiges Bild darüber machen, wo in etwa wir sein könnten.

Nach der Bergfahrt hielt der Wagen an. Die letzten Minuten durch den knirschenden Schnee verliefen nicht auf einer geräumten Landstraße. Die Entführer würden mich auch nicht in einer Ortschaft rauslassen, denn innerorts würden einen die Leute hinter den Fensterscheiben beobachten. Nachbarn neugierig auszuspionieren und sich anschließend die Mäuler über sie zu zerreißen, war geradezu Volkssport in unserem Ländle. Eventuell konnte es sich um eine Privatstraße zu einem abgelegenen Hof handeln. Ich würde das sehen, oder auch nicht, da ich mir gegen Ende der Fahrt wieder den Sack bis zur Hüfte heruntergezogen hatte.

Kantholz zerrte mich grob aus dem Kofferraum und zupfte an meiner Burka für den modernen Mann. „Mitkommen", lautete der militärisch formulierte Befehl, dem ich unverzüglich Folge leistete, um nicht sofort Stress zu bekommen, obgleich es mir schwergefallen war, mich aus der gekrümmten Haltung aufzurichten. Sie führten mich durch den Schnee und einige Holzstiegen hinauf, durch eine Tür hindurch und im Haus in einen hinteren Raum. Dort ging es zwei kleine Stufen hinab. Ich verzichtete darauf, provozierende Fragen zu stellen und wartete ab.

„Hinsetzen!"

Kantholz drückte mich an den Schultern nach unten. Wie ich erinnerte, war ich mit etwa einsfünfundachtzig ein gutes Stück größer als er. Mein nicht gerade schwächlich gebauter Körper konnte jedoch mit seiner Statur und seinen Kräften nicht mithalten. Ich sank auf ein durchgesessenes Sofa und lehnte mich auf Verdacht nach hinten.

„Wir geh'n jetzt raus. Neben dir liegt eine Haube. Du ziehst den Sack runter und die Haube über den Kopf. In fünf Minuten sind wir wieder da. Hast du dann das Ding nicht auf dem Kopf, war's das für dich", drohte Schorsch. „Und glaube mir, wir meinen es auch so", fügte er trocken hinzu. Dann fiel die Tür ins Schloss, und ein Schlüssel wurde umgedreht.

Hastig befreite ich mich vom Sack. Ich zweifelte nicht an den Worten des Anführers und sah mich schnell um. Der Raum entpuppte sich als Badezimmer mit gefliestem Boden, einem Waschbecken, einer Toilette in der Mitte und hinten mit einer Duschkabine. Vorne seitlich stand – quasi als Sonderausstattung – die kleine Couch, auf der ich mich befand. Die schwarze Lederhaube neben mir ließ mich schaudern. Sie würde über den Kopf bis zur Kehle hinunterreichen. Einzig Mund und Nase waren frei, die Augen wurden abgedeckt. Man konnte sie hinten mit einem Klettverschluss zumachen. Ich durfte mich keinen längeren Gruselvisionen hingeben, denn fünf Minuten waren bald vorbei. Ein rascher Test am viel zu kleinen Fenster neben der Toilette. Der hölzerne Fensterladen war von außen vernagelt. Das Fenster war überdies viel zu schmal, um durchkriechen zu können. Das hätte noch nicht einmal die kleine Frau Konzett geschafft. Nun schnell die Horrormaske aus dem Bondage-Zubehör übergezogen und mich wieder hingesetzt. Prompt ging kurz darauf die Tür auf.

„Hör zu. Du kannst es einfach haben oder auch schmerzhaft. Es liegt ganz bei dir", eröffnete Schorsch die Konversation, der natürlich in Begleitung des schwäbischen Monsters war – ich hörte es an den Schritten. Also gönnten sie mir keine Ruhepause. Sie wollten gleich loslegen. Nun war es an der Zeit, Zeit zu schinden.

„Was wollen Sie denn von mir? Ich hab nichts getan. Ich sag alles, was Sie wissen wollen, nur lassen Sie mich bitte wieder frei. Ich bin auch nicht reich, ein Lösegeld wird niemand zahlen", jammerte ich. Ich spielte den Angsthasen. Jetzt auf Heldentum zu machen, würde sicher unangenehme Reaktionen hervorrufen.

„Woos mer von dir wolle, wirscht scho noch erfahre.", schwäbelte es mich an.

„Lass mich reden und pass einfach nur auf", mischte sich Schorsch ein. „Ich erkläre ihm erstmal die Lage." Und zu mir gewandt: „Wir wollen kein Lösegeld, und du hast eine reelle Chance freizukommen, wenn wir haben, was wir wollen. Verstanden?"

Ich nickte und sagte: „Ja."

„Gut. Wir durchsuchen deinen Kram. Wenn du Glück hast, und das, was wir wollen, ist dabei, fahren wir dich zurück und lassen dich irgendwo raus. Wenn nicht, fragen wir dich und du sagst es uns."

„Was suchen Sie denn? Vielleicht kann ich Ihnen gleich sagen, wo es ist", gab ich mich kooperativ.

„Das erfährst du früh genug", antwortete Schorsch, „halt jetzt einfach die Klappe. Wenn wir draußen sind, kannst du die Haube abnehmen. Völlig klar, dass du verspielt hast, wenn du versuchst auszubrechen. Wenn wir dich etwas fragen wollen, klopfen wir zweimal an und rufen dich. Du setzt dann die Haube wieder auf. Hast dafür eine Minute Zeit. Ist die Haube nicht drauf, hast du verspielt. Verstanden?"

Ich schluckte, nickte wieder und sagte: „Ja."

„Wir verstehen uns", sagte er, und dann verließen beide das kleine Bad.

Schorsch war augenscheinlich ein Profi der kriminellen psychologischen Kriegsführung. Zuckerbrot und Peitsche – er hatte sicher Tucholsky und Macchiavelli gelesen und hätte gut in die Zeit der Machtergreifung gepasst. Typen wie er und sein Adlatus sind zum Leidwesen der restlichen Menschheit zeitlos und kulturübergreifend anzutreffen.

Ich wusste nicht, was die von mir haben wollten und war darüber ziemlich verzweifelt. Schleunigst nahm ich die Haube ab, behielt aber Parka und Handschuhe an und die Kapuze des Parkas auf dem Kopf, denn das Bad war in diesem Holzhaus nicht geheizt. Gefühlte sechs Grad. Wie lange würde es dauern, bis sie meine Unterlagen durchgeschaut hatten? Garantiert würden sie nicht die vier Aufsätze zu den entwicklungspsychologischen Grundlagen der Pubertät lesen und dann W-Kärtchen daraus erstellen.

Ich horchte an der Tür, doch nur mein Puls rauschte in den Ohren. Dann suchte ich das Bad nach nützlichen Gegenständen ab. Der hölzerne Vorratsschrank unter dem Waschbecken war mit mehreren Ersatzrollen Toilettenpapier und einem vollen Seifenspender bestückt. Hinter der Toilette steckte eine Klobürste mit Holzstiel in einem dreckigen Auffangbehälter. Neben der Schüssel verteilte eine halbleere Rolle Klopapier ihre restlichen Blätter. Das Waschbecken zierte ein versifftes Händehandtuch, und über dem Ensemble hing ein Spiegel im à-3-Format an einem rostigen Haken. Um die halbrund geschnittene Duschkabine wand sich ein schmierig-lindgrüner Plastikvorhang an einer Leichtmetallschiene und über allem verbreitete eine trübe Glühbirne traniges Licht. Die Innenausstattung des Bads trug nicht dazu bei, meine Stimmung aufzuhellen.

Nach höchstens zehn Minuten klopfte es an der Tür, also befand sich das Gesuchte nicht unter meinen Sachen. Mit Schaudern schluckte ich trotz der Warnung unseres Bergdoktors prophylaktisch eine weitere Schmerztablette und trank dazu einige Schlucke Brunnenwasser aus dem Hahn. Die Tablettenfolien und meine Armbanduhr versteckte ich tief in einer seitlichen Tasche unter dem abknöpfbaren Innenfutter des Parkas.

Das Gewese mit der perversen Lederhaube ließ mich hoffen und fürchten zugleich. Sie nahmen wohl an, ich hätte sie nicht gesehen, was bedeuten konnte, sie würden mich möglicherweise freilassen. Andererseits mochte es auch nur eine routinemäßige Vorsichtsmaßnahme sein, und sie wollten mich auf jeden Fall beseitigen, so wie sie es letzte Woche vorgehabt hatten. Ich durfte sie keinesfalls zu Gesicht bekommen, dann wäre mein Ableben so sicher wie der nächste Frühling. Auch musste ich höllisch aufpassen, ihnen nicht einmal ansatzweise zu verraten, dass ich ahnte, wie sie aussahen, oder welchen Geländewagen sie neulich gefahren hatten. Wie auch immer, allein das schreckliche Ding auf dem Kopf zu haben, darunter zu schwitzen wie Sau und nicht zu sehen, was passiert, aber dafür umso mehr Unheil zu befürchten, war Folter genug. Später wünschte ich mir, es wäre dabei geblieben.

Plötzlich kam Bewegung in die Sache, die Tür wurde geöffnet und klappte zu.

„Kann ich jetzt gehen? Haben Sie gefunden, was Sie gesucht haben?", fragte ich ins Dunkel.

Eine wuchtige Ohrfeige klatschte an meinen Kopf: „Schnauze! Du redest nur, wenn du gefragt wirst." Das Leder milderte den Schlag etwas ab, aber weil ich nicht darauf vorbereitet war, riss es mir den Schädel kräftig zur Seite.

„Mitkommen. Ich führe dich am Arm", sagte die Stimme.

Dem Tonfall nach musste es Schorsch sein. Der andere war sicher auch nicht weit. Schorsch führte mich vor dem Bad drei bis vier Schritte seitlich und dann abwärts, eine schmale Stiege hinab. Unten angekommen, pflanzte man mich auf einen Holzstuhl und band mir die Handgelenke über den Handschuhen mit einem massiven Klebeband hinter dem Rücken zusammen.

„Ich stelle dir jetzt eine einfache Frage, und du wirst sie einfach beantworten", sagte Schorsch, „wo ist die Seite mit den Zahlenangaben?"

„Ich weiß nicht, wovon Sie sprechen", war meine einzig wahre und spontane Antwort.

Der Schwabe verstand sein Handwerk. Sein erster Schlag landete punktgenau auf meiner Leber, knapp unterhalb der letzten Rippe auf der rechten Seite des Brustkorbs. Obwohl der Parka einige Härte abmilderte, krampfte sich alles in mir zusammen. Der zweite Schlag landete direkt auf der Mitte zwischen dem Rippenbogen und traf voll den Solarplexus. Aus.

Ich musste seitlich vom Stuhl gefallen sein, bekam davon nur bedingt etwas mit. Als ich zu mir kam, lag ich gekrümmt am Boden. Mein Hauptproblem war die Atmung. Die Lunge war paralysiert, wie verkrampft. Obwohl ich mich anstrengte, fand ich keine Kraft für einen einfachen Atemzug. Das Ganze war ein Alptraum. Einer, aus dem man nicht einfach erleichtert aufwacht. Plötzlich folgte Entlastung. Jemand hob mich am Gürtel in der Körpermitte hoch und bewegte mich auf und ab. Stoßweise setzte die Atmung ein, und auch der Nebel im Kopf verschwand etwas. Man pflanzte mich wieder auf den Stuhl.

„Wo ist die Seite mit den Zahlenangaben?"

„Ehrlich! Ich weiß es nicht!", krächzte ich, „ich habe ..."

Der Schläger konnte so dumm nicht sein, denn er hatte kreative Varianten drauf. Sein dritter Faustschlag traf mich links am Kinn wie eine Holzlatte. Dem Gesetz der Energieübertragung folgend, kippte ich rechts vom Stuhl. Meine Beine zuckten wie bei einer durchgeknallten Marionette.

Sie führten das Spiel zweimal mit mir durch. Abwechselnd bekam ich Schläge auf den Leib und ins Gesicht. Nach der vierten Tortur fiel ich erneut vom Stuhl und lag wimmernd am Boden.

„Wenn du Idiot ihn nicht den Hang abwärts gestoßen hättest, anstatt seinen Wagen am Rand zum Stehen zu bringen wie geplant, könnten wir uns das Theater hier ersparen", meinte Schorsch.

Sein Kumpan versuchte sich rauszureden: „Kann i do nix dafür, wenn der uf amol abgeht wie Lumpi. Die Straß' war eisglatt."

Schorsch gab sich mit der müden Ausrede nicht zufrieden und konnte sich kaum beruhigen: „Wir könnten das Papier längst in den Händen halten. Verdammter Mist! Nächstes Mal pass besser auf. Egal, das hilft uns jetzt nicht weiter. Glaubst du, er weiß, wo es ist, oder weiß er's nicht?"

„I würd die Froag annersch schtelle", war die Antwort, „vielleicht weiß er's wirklich net."

Ich keuchte schwer. Der Schläger hob mich auf und pflanzte mich auf den Holzstuhl. „Wo legst du üblicherweise deine Studiensachen ab?", fragte mich Schorsch.

Ich antwortete wahrheitsgemäß: „Daheim in meinem Zimmer. Entweder auf den Schreibtisch, oder ich sortiere sie in einen Ordner und stelle sie in den Aktenschrank."

„Wo ist ‚zu Hause'?", ging die Inquisition weiter.

„I habbs hier", sagte der andere, „steht in seinem Ausweis, den hab ich aus'm Rucksack g'fischt."

Es raschelte, kurze Schritte waren zu vernehmen, ein Moment verstrich, dann meldete sich Schorsch wieder: „Felix Moosburger, geboren am dreizehnten Vierten Neunzehnhundertzweiundneunzig in Bregenz, Österreich. Wohnhaft in 7982 Rotenstein, Österreich. Untersiedlerweg 42", las er die Daten vor.

„Dann werden wir dem Untersiedlerweg morgen einen netten Besuch abstatten und uns gemeinsam deine Studienunterlagen anschauen", verkündete Schorsch.

„Wieso? Was wollen Sie denn von mir haben?", fragte ich. Das war anscheinend eine Frage zu viel.

„Du sollst Maul halde unnur rede wanscht g'fragt wirscht", schrie mich der Schwaben-Schläger an. Dann donnerte er mir noch mal aufs Kinn. Im wahrsten Sinne des Wortes wurde es schlagartig duster. Ich musste wieder vom Stuhl gefallen sein, bekam davon gnädigerweise nichts mehr mit. Keine Ahnung, wie lange die Bewusstlosigkeit dauerte, wach wurde ich durch Stimmen, die sich über mir leise unterhielten.

„Du hast ihn zu hart getroffen. Es nützt uns nichts, wenn er nicht mehr aufstehen kann und sein Gehirn aussetzt. Pass das nächste Mal gefälligst besser auf", wies Schorsch an.

Der Schläger wiegelte ab: „Ah geeh. I hab amol nur fuffzisch Brozent gebbä", rechtfertigte er sich, „der verträgt oinfoch nix."

Wenn das fünfzig Prozent waren, wollte ich ihn nicht in voller Fahrt erleben, zumindest nicht an meinem inzwischen arg zerschundenen Körper. Das waren Schläge von einem echten Profiboxer, die ich garantiert nicht länger durchhalten würde.

„Wollen hoffen, dass er das Papier über den Scheißverein zu Hause liegen hat, sonst wird Hermann wild, und wir müssen andere Saiten aufziehen", sagte Schorsch. „Komm, richte ihn auf. Ich glaube, für heute hat er genug."

„Mogst'n net noch mal fragge?", schlug der Boxer vor.

Der Schläger hatte sichtlich Lust, sich weiter an mir auszutoben. Reflexartig zog sich mein Magen zusammen. Bloß das nicht. Ich blieb stocksteif liegen.

„Nein, lass gut sein. Er ist völlig fertig. Außerdem wird das nichts Neues mehr bringen. Ist auch schon spät. Wir nehmen 'ne Mütze voll Schlaf und machen morgen Früh weiter. Schütt' ihm mal Wasser auf den Hals."

Der Schläger trat mir zum Abschied testend vor den Bauch. Als ich mich daraufhin nicht regte, tat er wie geheißen. Auf den Wasserschwall reagierte ich mit tiefem Stöhnen und leichten Bewegungen.

„Komm hoch!"

Ich krümmte mich langsam und simulierte den Akt ein wenig mitgenommener, als ich wirklich war. Doch dazu gehörte kein besonderes Talent; aufgrund der schmerzhaften Blessuren fiel das Theaterspielen leicht. Auf den Knien angelangt, riss mich der Peiniger vollends auf die Beine.

Schorsch kommandierte: „Auf geht's. Zurück ins Bad. Und du kommst hinterher."

Dabei zog er mich am Parka durch den Raum. Und so watschelte der Heldenchor wortlos treppauf. Schorsch stapfte voran. Dahinter ich, krampfhaft darauf bedacht, das wiedergefundene labile Gleichgewicht zu halten, um ja nicht zu stürzen. Spaßeshalber boxte mir der Schwaben-Schläger von hinten ab und an in die Nieren, was ihm allerdings mehr Spaß bereitete als mir. Nachdem wir im Bad angelangt waren, schubste er mich heftig auf die Couch. Die Tür schlug zu, der Schlüssel wurde herumgedreht. Na prima.

Halb benommen und deprimiert blieb ich zunächst eine Weile liegen, wie man mich hingeworfen hatte. Die Entführer waren außerdem so freundlich gewesen, mir die hinter dem Rücken gefesselten Hände nicht vom Klebeband befreit zu haben.

‚Was für ein beschissener Kuhmist', ärgerte ich mich über meine hoffnungslose Lage. In dieser unbequemen Haltung konnte ich nicht einmal die blöde Haube abnehmen.

9. Ausbruch

Auf keinen Fall durfte ich mich lange ausruhen oder eventuell einschlafen, dafür war die Ansage im Keller eindeutig genug. Sie würden morgen Früh zu uns fahren und das Papier suchen. Und Mutter und Benny in die Sache reinziehen. Und wehe, wenn die ominöse Unterlage nicht vorhanden wäre, dann würden sie mich und meine Familie nach allen Regeln der Kunst auseinandernehmen, und ich wusste noch nicht einmal, warum.

Zunächst musste ich den bescheuerten Klebestreifen um die Handgelenke loswerden, um überhaupt etwas unternehmen zu können. Natürlich: graues Gaffa-Tape, wie es Musiker benutzen, um Kabel am Boden zu fixieren. Das gewebeartige, stark klebende Zeug kann man zwar leicht senkrecht von der Kante her durchreißen, aber quer unmöglich zerstören. Damit befestigen sie ganze Wagenladungen und improvisieren allerlei Halterungen, die einem festen Zug standhalten müssen.

Doch Schorsch und Schwaben-Schläger hatten einen Fehler gemacht: Das Tape war nur halb um meine Handgelenke gewickelt. Halb umschlang es die Stulpen meiner Handschuhe, womit ich auf der Haut einigermaßen beweglich geblieben war. Ich drehte und wand die Hände wie ein Aal, bis sich die Klebehaftung löste. Dann konnte ich einen Handschuh hochschieben, der Rest war schnell erledigt: Klebeband lösen, rechten Handschuh ausziehen, was sich etwas schwerer gestaltete, weil darunter mein Handgelenksverband fest saß. Folterhaube absetzen. Durchatmen – aber nicht zu lange.

Im Spiegel testete ich mein Erscheinungsbild. Obwohl ich harte Schläge am Kopf hatte einstecken müssen, hatte anscheinend die Lederhaube den direkten Kontakt etwas gemildert. Nur taten die Zähne im rechten Unterkiefer weh, und die vom Autounfall bereits mitgenommene Bauchdecke war höllisch verkrampft. Wenigstens blutete ich weder im Mund noch im Gesicht.

Bereits nach der ersten Inspektion des Bads hatte sich ein vager Plan abgezeichnet. Bei diesem absoluten Notfallplan betrug die Erfolgsquote maximal eins zu eins. Genauso gut hätte ich mein Leben einem Münzwurf anvertrauen können, doch die Alternative sah wesentlich schlechter aus.

Die anderen Saiten des Schlägers und seiner Hintermänner wollte ich keinesfalls erleben, mir langten die ersten. Also begann ich, den Plan schrittweise umzusetzen.

Als Erstes dröselte ich beide Handschuhe vom Klebeband frei, legte das restliche Tape so gut es ging auf den Rücken, um es noch verwenden zu können, erneuerte den Mullverband und zog die Handschuhe wieder an. Die rechte Hand fühlte sich einigermaßen stabil an. Den Handschuh über den Mullverband zu ziehen, war zwar umständlich, doch ich wollte auf keinen Fall Spuren hinterlassen. Dann holte ich den Seifenspender aus dem Unterschrank, drehte die Düse ab und schüttete etwa die Hälfte des Inhalts auf die erste und den Rest auf die zweite Stufe unterhalb der Badezimmertür. Mit der Klobürste verteilte ich die Schmiere breit auf den Fliesen, möglichst dort, wo man hauptsächlich langging. Der Kopf der Klobürste ließ sich abschrauben, und so steckte ich den Holzstiel in die hintere Hosentasche. Für einen guten Ninja-Kämpfer ist halt alles eine Waffe.

Dann löste ich den Plastikvorhang aus der Dusche von seinen Klemmen, nahm etwas Tape – in den richtigen Händen ist das ein Zauberband – und klebte ihn damit halb vor die Tür. Der Vorhang sollte beim Öffnen nicht sofort nach hinten gerissen werden können, stattdessen nur ein wenig die Sicht versperren. Es war zwei Uhr zwanzig; ich hatte also noch genügend Zeit.

Schließlich brauchte ich eine Zweitwaffe, dafür musste der Spiegel herhalten. Ich nahm ihn ab und legte das schmutzstarrende Handtuch darüber. Mit einem kurzen Ellenbogenstoß in die Mitte brach der Spiegel entzwei. Das geöffnete Handtuch offenbarte gefährliche Zacken, die sich leicht aus dem Rahmen lösen ließen. Um die Basis der größten wickelte ich das restliche Tape und schnitt mit dem Glas vorsichtig einen Streifen aus dem Händehandtuch, den ich um das Tape knotete. Zwar konnte die Scherbe nicht als stabiles Messer bezeichnet werden, aber für eine üble Kurzattacke sollte das Behelfsinstrument genügen.

Die Lederkappe steckte ich als Souvenir in den Parka. Zuletzt legte ich den Rest des Handtuchs über die kleine Lampe am Waschbecken und schraubte die Birne der Deckenlampe heraus. Nun war es im Bad nicht nur saukalt, sondern auch schummrig.

Sicherheitshalber wollte ich mit der weiteren Aktion bis kurz vor der Dämmerung warten. Einerseits waren die beiden Entführer dann vielleicht schlaftrunken, andererseits würden die Lichtverhältnisse zu meinen Gunsten ausfallen. Der Plan bestand darin, im Dämmerlicht auszubrechen und mein Glück im Gelände zu suchen, denn die Straße kam nicht in Frage. Auf ihr waren mir die Ganoven haushoch überlegen, weil motorisiert. Zudem gab ich mich nicht der Illusion hin, den Autoschlüssel finden und entwenden zu können. Deshalb musste ich alles Denkbare für eine weitere Schneewanderung berücksichtigen. Eine spätere Maßnahmen sollte darin bestehen, meine Jeans mit zerknülltem Klopapier als improvisierte Isolationsschicht auszustopfen.

Mitte Januar geht die Sonne bei uns zwischen halb und Viertel vor acht auf, die Morgendämmerung setzt etwa vierzig Minuten früher ein, also etwa um sechs Uhr fünfzig bis sieben Uhr zehn. Das wusste ich von Onkel Jodok, weil wir um diese Zeit ab und an im Januar zum Skiwandern aufbrachen. Um nicht einzuschlafen, überlegte ich, wo ich gelandet sein könnte. Wie war das noch? Elf. Sechsunddreißig. Vierzig. Zwei. Geht doch!

Elf Minuten durch die Stadt, mitten in der Nacht, das konnte nur Richtung Süden sein, denn unsere Fachhochschule liegt im Südosten der Stadt. Direkt nach Osten ginge es auch, doch da fangen fast sofort Steigungen an, und das stimmte nicht mit der langen ebenen Strecke überein, die sich an die elf Minuten anschloss. Westen und Norden fielen aus, da der Weg durch die Stadt selbst bei geringem Verkehr deutlich mehr Zeit benötigt hätte. Sechsunddreißig Minuten nach Süden zu fahren hieß, eng an den Ausläufern der Alpen zu bleiben, denn danach ging es vierzig Minuten kontinuierlich bergauf, die leichten Senken nicht berücksichtigt. Ich konnte mir daraufhin nur zwei Möglichkeiten vorstellen, an welcher Stelle wir in etwa den Anstieg hochfuhren. Entweder waren wir auf dem Weg ins Laternsertal, oder wir fuhren eine Talschaft weiter Richtung Thüringerberg, denn über die Autobahn waren wir meines Erachtens nicht gefahren.

Bei beiden Möglichkeiten musste es irgendwo seitlich abgehen, das hatte mir der knirschende Schnee unter den Autoreifen am Ende der Fahrt verraten. Wahrscheinlich befanden wir uns in einem Ferienhäuschen oder einer Jagdhütte.

Zur Absicherung stellte ich den digitalen Wecker meiner Uhr auf fünf Uhr ein. Sollten die beiden, oder einer von ihnen, zuvor unvorhergesehen im Bad erscheinen, müsste ich die Sache zwangsläufig schlechter vorbereitet durchziehen. Sie würden auf jeden Fall anklopfen, bevor sie ins Bad kämen. In der verbleibenden Minute müsste ich mich halt rasch positionieren und noch rascher handeln. Nachdem ich Boden und Eingang präpariert hatte, wäre ein Rückzieher für mich sowieso unmöglich gewesen.

Dann hatte mich tatsächlich der Schlaf übermannt. In voller Montur, im Parka mit übergezogener Kapuze und in Winterhandschuhen, war ich aufs Sofa gesackt. Die piepsende Armbanduhr weckte mich pünktlich um fünf. Langsam stieg die Anspannung, ähnlich dem Gefühl, wie ich es von früher her kannte, bevor ich mit dem Board bei einem Freestyle-Rennen startete.

Ich griff zwei Klorollen aus dem Unterschrank, knäuelte die Blätter und stopfte sie vorne und hinten in die halb offene Hose. Nun hieß es noch etwas zu warten. Die kurze Tiefschlafphase hatte einigermaßen gut getan. Adrenalin tat mal wieder sein Übriges. Eine Tablette gegen Entzündungen und eine gegen Schmerzen mussten heute als Frühstück reichen. Zu guter Letzt wickelte ich mir mehrere Lagen Klopapier kunstvoll um den Kopf, nicht ohne den Bereich um die Augen und den Mund aufzureißen und den Turban elegant in sich zu schlingen, damit er nicht sofort herunterfiel.

Mein Plan folgte einer einfachen Logik: Täuschen. Ablenken. Überraschen. Überrumpeln. Wegrennen. Ich war unsicher, ob er funktionieren würde, denn jede Sequenz hätte scheitern können. Ein anderer Ausweg war dagegen nicht in Sicht.

Kurz vor sechs Uhr schlich ich seitlich zur Tür und bummerte mit der linken Faust heftig dagegen.

„He! Hört ihr mich? Mir ist eingefallen, wo sich das Papier befindet. Macht auf! Ich will endlich nach Hause", schrie ich durch die Papierlagen hindurch und hämmerte weiter, „Hallo, hallo! Ich sage euch, wo das Dokument liegt!"

Eine Tür schlug zu. Schwäbisches Brummeln erklang an der Badezimmertür:

„Wirscht ruhisch sei. Kumm ja scho. Was is'n mit dir los? Warum gibst kei Ruh?"

„Mir ist eingefallen, wo das Dokument liegt, und ich wollte es gleich sagen."

„Dann setz de Kabbe uff. I kumm eini en'd Bad."

Jetzt ging es los. Ich stellte mich etwas weiter hinter vor das Handwaschbecken. Nicht zu nah an den Stufen und nicht zu weit davon entfernt, um aktionsfähig zu bleiben. In der rechten Hand den Stiel der Klobürste halbfest umschlossen, in der linken den Griff meines provisorischen Stichinstruments, beide Hände hinter dem Rücken versteckt. Die restlichen Bruchstücke des Spiegels hatte ich schon längst unter die Couch geschoben.

Die Tür öffnete sich und drückte den Plastikvorhang nach innen. Zwei Klebestreifen rissen ab. Der Vorhang baumelte schlaff vor dem Eingang.

„Was soll'n dees wern?" Schwungvoll fetzte der Schwabe das schäbige Plastik beiseite und stierte in den halbdunklen Raum. „Bischt deppert?", fügte er hinzu, als er mich in meinem Tut-Ench-Amun-Outfit stehen sah, „Jetz kaascht was erleeem!"

Das Ablenkungsmanöver schien zu funktionieren. Kantholz achtete nicht auf den Boden. Bereits beim ersten Schritt auf der oberen Treppenstufe glitt er aus. Sein Manöver, das Gleichgewicht mit dem anderen Bein zu bewahren, ging wörtlich in die Hose. Das zweite Bein setzte auf und zischte ebenfalls nach vorne weg. Für den Bruchteil einer Sekunde lagen beide Beine annähernd waagerecht in der Luft. Stan und Ollie hätten den Stunt nicht schöner hinbekommen. ‚Anscheinend können auch Boxer olympiareife Bodenübungen hinlegen‘, kam mir in den Sinn.

Bevor sein Kleinhirn synästhetisch verarbeiten konnte, wie Körperlage und Raum harmonierten, knallte der Schwaben-Schläger fürchterlich aufs Kreuz. Die Kante der unteren Stufe krachte dabei in sein Rückgrat. Sein Hinterkopf schleuderte wie bei einem Auffahrunfall auf die Fliese.

Jackie Chan lehrt, immer sofort nachzusetzen, um den Gegner nicht durch Verschnaufpausen aufzubauen, also tätigte ich zwei kurze Schritte, dann einen mittleren Satz und landete mit beiden Fersen auf seinem beträchtlichen Brustkorb. Das leichte Knacken dabei billigend in Kauf nehmend, zog ich meinem Peiniger zum weiteren Andenken an den netten Abend den Holzprügel schräg über die Schläfe. Schwaben-Schläger grunzte nur. Leider gelang es ihm, sich mit seiner linken Hand an meinem Parka festzukrallen und mich halb hinunterzuziehen. Deshalb fetzte ich ihm die Glasscherbe ziemlich unschön über den Handrücken, worauf er sofort losließ. Zur Absicherung donnerte ich noch zweimal heftig den Toilettenprügel auf seinen Kopf. Endlich erschlaffte der Muskelberg.

Schnell riss ich mir das alberne Toilettenpapier vom Haupt, horchte kurz, ob noch jemand käme. Dem war aber nicht so. Die Gunst der Minute nutzend, fingerte ich hastig in den Jackentaschen meiner Jagdbeute. ‚Ooiii. Er trägt eine Waffe. Eine Glock sogar.' Die hatte immerhin siebzehn Schuss und war mir von Onkels Schützenverein her bekannt. Früher hatte ich dort unter seiner Aufsicht mit Sport- und Jagdwaffen Übungen absolviert und den Umgang mit Waffen gelernt, daher kannte ich mich mit der Pistole österreichischer Bauart einigermaßen aus.

Raus damit und in die Außentasche des Parkas gesteckt. Gibt es noch mehr zu entdecken? Tatsächlich fand ich in der Hose des narkotisierten Schlägers eine dicke Brieftasche, die ich nach kurzer Inspektion ebenfalls einsteckte. Sie enthielt Geldscheine und Ausweispapiere. Doch damit musste ich mich später beschäftigen, wollte ich ungeschoren entkommen. Nichts wie weg. Kantholz stöhnte und rührte sich bereits, so briet ich ihm wohl oder über noch ein Ding über.

Draußen schloss ich die Badezimmertür ab und steckte den Schlüssel ein. Im Flur brannte ein schwaches Licht. Nun fing tatsächlich die Glückssträhne an: An der Garderobe lehnte mein Rucksack. Ein kurzer Blick ins Hauptfach zeigte, dass sie den Laptop und vermutlich alle Unterlagen wieder darin verstaut hatten. Ich wischte die leicht blutige Spiegelscherbe an einem Mantel in der Flurgarderobe ab und steckte sie mit dem umwickelten Teil nach unten vorsichtig in eine Seitentasche des Rucksacks. Dann schob ich den Prügel am Kopfende senkrecht ins Hauptfach, schulterte alles und schlich langsam zur Haustür. Keine Lust, jetzt dem anderen Totschläger zu begegnen.

Glücklicherweise war die Tür nur durch einen Knauf von innen verschlossen, womit sie kein Hindernis darstellte. Gerade, als ich sie außen leise ins Schloss zog, tönte es von der oberen Etage: „Hey. Was ist da unten los?"

Ich bekam das nur noch gedämpft mit und machte mich hurtig vom Acker. Jetzt kam alles darauf an, sich schnell zu orientieren und einen sinnvollen Fluchtweg zu finden, denn die zwei würden bestimmt nicht lange fackeln. Ein weiteres Mal durfte ich denen auf gar keinen Fall in die Hände fallen.

10. Alpenstock

Die Morgendämmerung gab noch nicht alle Konturen frei. Neben dem Haus zeichnete sich dunkel ein Schuppen ab. An ihm lehnten übermannshohe Stecken. Der gelb-schwarzen Markierung nach zu urteilen, waren es Schneestangen. Im Winter werden sie neben der Straße in den Boden gerammt, um die Fahrwege zu markieren. Ich griff eine Stange und sah mich um. Vorne parkte ein schwarzer A6. Dahinter war deutlich eine schmale Zufahrtsstraße zu erkennen. An ihrem Rand stand einer der in Vorarlberg typischen Wegweiser für Wanderer. Pfeile wiesen in drei Richtungen.

Das Wandersystem ist in unserem Bundesland bestens organisiert und präpariert. Vor etlichen Jahren hatten Dutzende Ortskundige alle ihnen bekannten und sinnvollen Wege auf Berge, über Almen und durch Ortschaften beschritten und kartiert. Anschließend wurde ein einheitliches und gut ausgebautes System von Schildern und Wanderzeichen installiert. Auf den in Gehrichtung angebrachten Schildern ist knapp das Ziel angegeben, also der Flur-, Berg-, Alm- oder Ortsname. Weiterhin informiert eine Zeitangabe, wie lange man bis zum Ziel benötigt und auf welcher Höhe über dem Meeresspiegel man sich gerade befindet. Lokale Wegwarte halten Schilder und Wege permanent in Schuss.

Anhand der Schilder können Wanderer bereits erkennen, welcher Schwierigkeitsgrad für sie angemessen ist, und sich dann für oder gegen einen Weg entscheiden. Es gibt bei uns zwei touristische und einen alpinen Schwierigkeitsgrad. Weiß-gelb deutet auf einen flachen Weg mit höchstens geringer Steigung hin. Die Farben der österreichischen Landesflagge, rot-weiß-rot, kennzeichnen einen steilen Pfad, der durchaus stundenlang treppenähnlich bergauf führen kann. Beim weiß-blauen Zeichen wird es dann für Sonntagswanderer gefährlich. Denn hier beginnt ein alpiner Steig, auf dem Schwindelfreiheit und Trittsicherheit gefordert sind. So ein Steig kann über Grate führen, an schroffen Felswänden entlang, über Leitern und Stahlseile ein Steilstück hinauf oder schräg über eine steile Schotterpiste. Derartiges Gelände ist ohne Kletterausrüstung und Können nicht zu bewältigen.

In meinem Fall handelte es sich um zwei gelbe und einen roten Wanderweg. Ich betrachtete das Schild von Nahem, um die Angaben lesen zu können, spitzte dabei die Ohren und schielte ab und zu zum Hauseingang. Ein gelb markierter Pfeil zeigte Richtung Zufahrtsstraße, ein weiterer seitlich rechts in ein Waldstück. Beide Hinweisschilder verwiesen auf eine Ortschaft, die in dreißig beziehungsweise fünfundvierzig Minuten zu erreichen sein sollte. Der Ort würde sich etwa auf gleicher Höhe befinden. Gegenüber zeigte ein weiß-rot-weißer Pfeil auf eine abschüssige Wiese, die allerdings unter einer dichten Schneedecke begraben lag. Hier begann ein zweistündiger Weg nach Schlins, einem Ort am Rande des Tals. Der Weg führte bergab.

Das war definitiv die bevorzugte Route. Denn ob ich zu dieser Zeit hilfreiche Leute in den Häusern antreffen würde, die mir meine Geschichte abkauften, war völlig unklar. Außerdem würden die braven Einwohner gegen höchstwahrscheinlich immer noch bewaffnete, skrupellose Verbrecher kaum etwas ausrichten können, und ich wollte niemanden schädigen – meine beiden Peiniger ausgenommen. Ich befürchtete auch, die Entführer könnten mir über eine gelbe Route zu einfach folgen, woraufhin meine Lage kaum besser sein würde als vor einer Stunde.

Im Winter sind die weiß-rot-weiß markierten Wege saugefährlich. Wo im Sommer das Wandern bereits durch Wurzelwerk, Steine und Geröll erschwert wird, bringt einen im Herbst der rutschige Untergrund leicht zu Fall. Im Winter ist dann alles von Schnee bedeckt. Oft bildet die gefrorene Herbstfeuchte eine spiegelglatte untere Schicht. Aufwärts zu gehen ist dann annähernd unmöglich, auch wenn man sich seitlich an Büschen und Bäumen festklammert. Abwärts sieht es etwas besser aus, die Sturzgefahr ist dennoch um ein Vielfaches höher als ohne Schneebelag.

Aus diesem Grund hatte ich mir die handliche Schneestange gegriffen. Sie würde mir zunächst als wichtige Stütze dienen und das Abwärtsgehen um gefühlte vierzig Prozent erleichtern. Zudem beherrschte ich eine in Vergessenheit geratende Technik, wie man mit einer langen Stange verschneite Berghänge elegant abwärts rutschen kann. Damit dürfte schon Ötzi sein Lebtag durch die Alpen gezogen sein. Die Technik funktioniert im freien Gelände am besten, und auf der steilen Wiese konnte ich sie sinnvoll einsetzen.

Mit einem Alpenstock steile Berge zu bezwingen, basiert seit Urzeiten auf derselben Technik. Der mindestens mannshohe Stab ist sommers wie winters ein treues Werkzeug – wenn man es einzusetzen vermag. Ich lernte den Umgang damit von Onkel Jodok und er sie von einem Schweizer Bergführer. Man kann damit im steilen und verschneiten Gelände abwärts rutschen oder in etwa wie beim Stabhochsprung bergab hüpfen.

Ich entschied mich fürs Rutschen. Als Rechtshänder griff ich in der Hocke weit vorne mit der linken Hand unter den Stab, den Arm fast völlig gestreckt, wobei der Unterarm auf dem leicht vorgeschobenen Bein ruhte. Die rechte Hand bildete das Gegengewicht und stützte sich auf dem Stab knapp hinter der Hüfte ab. Handschuh, Bandage und Schmerzmittel halfen, den improvisierten Alpenstock mit der nötigen Kraft zu führen. Wie ein Ruderblatt zeigte sein Ende nach hinten und steckte hangaufwärts im Schnee. Und schon ging die Rutschpartie los. Während ich parallel zum markierten Weg am Waldrand zügig abwärts glitt, hörte ich die Haustür aufgehen.

„Du Idiot! Was lässt du dich von einem Anfänger übertölpeln! Ich dachte, du hättest ihn für die Nacht auf die Bretter geschickt", keifte Schorsch.

Die Antwort verstand ich nicht mehr, denn der Schall flog inzwischen über den Hang hinweg. Klar war nur, Schorsch hatte den anderen befreit, und nun waren wieder beide Verbrecher hinter mir her. Von mir aus brauchte das kein Dauerzustand zu werden.

Ich bremste, weil ich unbedingt den Einstieg in den Waldweg finden musste, sonst würde ich hoffnungslos im alpinen Nirwana landen, wo mir auch die Schneestange nicht weiterhelfen konnte. Die Wiese endete nämlich nach fünfzig Metern, irgendwo musste einfach der Wanderweg rechts abzweigen. Die Suche drängte, denn meine breite Spur im Schnee konnten selbst die zwei Asphaltcowboys nicht übersehen.

Eigentlich müsste ich den Wanderhinweis zumindest von seinen Umrissen her gut erkennen können, denn die Dämmerung ging bereits in den Sonnenaufgang über. Oft wird eine Abzweigung durch ein Schild auf einem Pfosten gekennzeichnet. Oder es findet sich in Blickrichtung der Wandernden ein rot-weiß-rotes Zeichen an einen Baum oder auf einem Stein. Doch hier war nichts dergleichen zu sehen. Trotz gründlicher Suche konnte ich keine Markierung ausmachen.

„Da unten. Da ist er", rief Schorsch.

Ein Schuss bellte auf. Die Kugel strich durch Tannenwipfel. Ich zuckte unwillkürlich zusammen.

„Bleib gefälligst stehen!"

Nichts lag mir ferner. Also schnell die Rutschpartie enden und rechts in den Wald hineinlaufen. Dort ging es heftig bergab. Immer noch kein Wanderzeichen zu sehen. Aber, da ich aus der akuten Gefahrenzone herauskommen musste, gab es zum Waldabstieg keine Alternative.

Die alten Walser, Nachkommen der Walliser, konnten Bergwiesen in einem Winkel bis zu fünfundsechzig Grad mähen und bis zu vierzig Grad abwärts gehen, wobei der Alpenstock ihnen wundersame Dienste leistete. Zwangsweise musste ich es ihnen heute nachtun. Ich tröstete mich damit, während meines Abstiegs wenigstens nicht mähen zu müssen. Hier betrug die Hangneigung keine vierzig Grad, doch unter diesen Bedingungen langten bereits sechzig, um hoffnungslos abzustürzen.

In dem abschüssigen Gelände setzte ich den Stab anders als auf der Wiese ein. Rutschen ging im Wald wegen der eng stehenden Bäume nicht mehr. Über den Stock talwärts zu hüpfen, verbot sich bei der dämmerigen Sicht und der ungewissen Landung ebenfalls. Leicht könnte ich umknicken, und dann wäre alles aus. Weil der Wald nicht stark von Unterholz durchzogen war, gab es jedoch zwischen den Bäumen ausreichend Platz, um den Stab talwärts einstechen und vorsichtig und mit angemessenem Tempo bis zu seinem Ende hinabsteigen zu können. Dann das Ganze von vorne. Und noch einmal. Und wieder. Und immer wieder. Tiefer Schnee bremste die Bewegung, doch langsam fand ich den richtigen Rhythmus.

Nach etwa zweihundert Metern blieb ich stehen, um mich zu orientieren. Der Hang wurde zunehmend steiler. Schlechtes Zeichen. Um nicht wie mein Auto an einem Felssturz oder in einem Tobel zu enden, musste ich mich unbedingt seitlich ins Gelände schlagen. Langsam war der Sechzig-Grad-Winkel unterschritten. Vorsichtig stakste ich abwärts, bis der bewaldete Hang deutlich abschüssiger wurde. Deshalb drehte ich um und stapfte etwa dreißig Meter bergauf in der eigenen Spur zurück. Ohne Stange wäre ich kaum aufwärts gekommen, denn unter dem Schnee war der Boden rutschig wie frisch gebohnertes Parkett.

An einer weniger steilen Stelle entschied ich mich seitlich auszuscheren. Auch hier half mir der inzwischen liebgewordene Stab. Ich drehte mich talwärts und hielt ihn oben mit der rechten Hand fest. Die linke umklammerte ihn etwa auf Hüfthöhe. Mit Schwung steckte ich das Ende neben der Spur in den Schnee, links unterhalb der Füße. Dann schwang ich mich abwärts über den Schnee hinweg. Sollten die Entführer meiner Spur folgen, würde ihnen weiter unten ihr totes Ende ziemlich zu denken geben. In der Zwischenzeit wollte ich hinter ihnen wieder unbemerkt bergauf klettern. Ich rechnete schwer damit, dass die Schläger ohne Wanderstöcke kaum schnell genug nachkommen würden. Vorsichtig arbeitete ich mich horizontal neben meiner Spur voran. Bei jedem Schritt stützte ich mich mit der Stange talseitig ab.

Weiter oben rauschte und fluchte es. Großwildjäger kamen, den einsamen Wolf zu schießen. Um mich nicht zu verraten, hockte ich mich nach etwa dreißig Metern hinter junge Fichten. Da es jetzt todernst werden konnte, fischte ich die Glock aus der Tasche, zog den rechten Handschuh aus und entsicherte die Waffe. Notfalls musste ich die Schmerzen ignorieren und mit rechts schießen, da ich Rechtshänder bin und damit eher treffen würde.

Trotz pazifistischer Grundhaltung war ich in diesem Moment ernsthaft bereit, die Waffe zu benutzen, würden mich die beiden Schergen ausfindig machen. Wie schnell im Krisenfall der dünne Lack der Zivilisation bröckelt, verfolgen wir jeden Abend im Fernsehen, wenn Schreckensnachrichten aus aller Welt ihren Weg in gemütliche Stuben finden. Eine derartige Grenzerfahrung real machen und aufkommende Gewissenskonflikte emotional aushalten zu müssen, ist aber etwas völlig Anderes, als sie nur am Bildschirm zu verfolgen. Warten. Hoffen. Bangen. Fürchten.

„Still, hast du nichts gehört?" rief Schorsch durch den Wald.

Die Antwort wurde von den Bäumen verschluckt. Schorsch schien schneller auf den Beinen zu sein als sein Kumpan, dem hoffentlich seine lädierten Rippen zu schaffen machten.

„Komm gefälligst herunter und hilf suchen", schrie Schorsch. Eine Weile war nichts zu hören. Dann, ziemlich leise und für mich unverständlich, folgte eine knapp geführte Unterhaltung. Danach setzten sich die Geräusche talwärts fort. Die Großstadtratten hielten sich an allen möglichen und unmöglichen Ästen und Sträuchern fest, um das Gleichgewicht zu halten, das war nicht zu überhören. Und sie folgten meiner Spur.

Auf einmal hallte ein langgezogener, unartikulierter Schrei durch den Wald. Kurz danach schrien beide Entführer im Duett. Unterholz knackte und rauschte. Dann … Stille.

Tiefe, friedliche Stille, deren Phonzahl nicht von tödlichem Schweigen zu unterscheiden war. Der ich aber nicht wirklich traute, obwohl in meinem Kopf wilde Fantasien tobten. Ich wagte es nicht, mich zu rühren und lauschte, aber da war nichts. Nach langen Minuten entschied ich mich nachzusehen. Diese Partie musste endlich für mich entschieden werden, sonst würden mich die Verbrecher den Rest des Lebens verfolgen. Übervorsichtig schlich ich zurück, bis zur Stelle, bei der ich horizontal ausgeschert war, wobei die Glock wieder gesichert in der Außentasche des Parkas steckte. Neben der senkrechten Spur wartete ich einen Moment. Inzwischen hellte der Wald auf, wenngleich die Sonne nicht durch die Zweige hindurch schien, weil der Berg immer noch seinen Schatten warf.

Bevor ich den Verbrechern nachgehen wollte, hängte ich den Rucksack an einen Ast, um beweglicher zu sein. Mit Hilfe der Stange schritt ich vorsichtig in der alten Spur hinab. In etwa dort, wo das Gelände deutlich steiler wurde, war nun eine breite Schneise hangabwärts erkennbar. An ihrem Ende, etwa fünfzig Meter unterhalb meines Standorts, befanden sich zwei Menschen. Einer lag mit dem Oberkörper quer vor einem Baum, einen Arm pittoresk nach hinten verdreht. Wie es aussah, war sein Genick gebrochen, denn der Kopf hing schlaff seitwärts. Von der Figur her musste das Schorsch sein. Ziemlich unchristlich machte sich klammheimliche Freude in mir breit. Der andere lag daneben als erkennbares Häufchen Elend in einem Gebüsch. Das Gebüsch bewegte sich leicht; der schwäbische Schläger lebte also noch.

Da ich kein Killer bin, verzichtete ich darauf, ihm den Gnadenschuss zu verpassen, und machte mich stattdessen bergauf. Besonderes Mitleid verspürte ich allerdings auch nicht. ‚Liebet eure Feinde und betet für die, die euch verfolgen‘, heißt es im Lukasevangelium. Nun gut, ein kleines Gebet konnte sicher nicht schaden: ‚Möge der Mistkerl am Leben bleiben und jahrelang im Gefängnis schmoren‘, wünschte ich ihm und mir. Dann sammelte ich den Rucksack auf und stapfte bergan. Verschwitzt und klapprig erreichte ich kurz vor neun Uhr die Hütte, in der ich über Nacht gefangengehalten worden war und stellte die nützliche Stange wieder an ihren Ort. Der A6 parkte an seinem Platz, es waren keine Veränderungen zu erkennen. Ich testete, ob die Haustür offen war und hatte Glück; in der Verfolgungshektik hatten die beiden sie nicht abgeschlossen. Vielleicht fand sich drinnen etwas Brauchbares, vor allem ein Hinweis darauf, was sie eigentlich bei mir gesucht hatten.

In der Küche entdeckte ich Brot, Margarine und Bergkäse. Für den Moment half der Proviant schon mal weiter. Ich schmierte zwei Klappbrote, steckte eines in den Rucksack und das andere in den Mund. Nach einigen Schlucken Wasser suchte ich weiter die Hütte ab. Auf dem Wohnzimmertisch fand ich zum Glück mein Handy, nebenan lagen die Schlüssel des Audi. Im Obergeschoß war außer Kleidungsstücken nichts Weltbewegendes zu finden. Ich ging kurz zum Pieseln ins Bad, dann wurde es Zeit, sich zu verabschieden.

Der Audi sprang an wie eine Katze. Einen Eiskratzer konnte ich nirgends auftreiben, darum enteiste ich die Scheiben ökologisch nicht ganz einwandfrei bei laufendem Motor über das Warmluftgebläse. Nach zwei, drei Minuten ließ sich der angetaute Frost mit den Scheibenwischern beiseite schieben. Inzwischen hatte ich alle Sachen verstaut und den Sitz zurechtgerückt. Jetzt bloß keine Fingerabdrücke oder DNS-Krimskrams im Auto hinterlassen, darum tätigte ich alles mit Handschuhen und aufgesetzter Kapuze.

Als der Wagen abfahrbereit war, fuhr ich die Privatstraße bis zur Einmündung in die Hauptstraße, dann talwärts. Zwei Kilometer später erkannte ich auch, wo ich war, und zwar am Dünserberg oberhalb von Schlins. Während ich den Weg zur Fachhochschule einschlug, rief ich Karl-Heinz an.

„Hallo Karl-Heinz.“

„Ja, wo bleibst du denn? Wir sind schon lange dabei, uns gegenseitig abzufragen. Und in vierzig Minuten fängt die Klausur an. Sieh zu, dass du das noch schaffst“, gab er empört durch.

„Du, Rogge, pass auf! Ich bin gleich bei euch und will auch mitschreiben. Lernt inzwischen ohne mich weiter. Ich muss dich und Alex aber unbedingt danach sprechen. Du glaubst nicht, was mir passiert ist.“

„Was denn?“

„Es hat etwas mit neulich zu tun, das möchte ich nicht am Telefon sagen. Es ist auf jeden Fall äußerst dringend.“

„Das scheint es in letzter Zeit bei dir immer zu sein. Sei bloß pünktlich. Ich sag' Alex Bescheid.“

Erleichtert, wieder eine nicht nur normale, sondern auch mir freundlich gesonnene Stimme zu hören, liefen mir unkontrolliert Tränen die Wangen hinunter.

11. Auszeit

Die Straßen waren heute bestens geräumt, und so konnte ich mit dem gestohlenen Wagen normales Tempo aufnehmen. Um keinesfalls auf mich zu verweisen, stellte ich den Audi vorsorglich nicht auf dem Parkplatz hinter der FH ab, sondern zwei Busstationen davor in einer Seitenstraße. Nachdem ich den Rucksack herausgenommen und das Kennzeichen notiert hatte, schloss ich den Audi ab. Nach kurzer Suche versenkte ich den Autoschlüssel, die Spiegelscherbe und den Badezimmerschlüssel in einen nahebei stehenden braunen Plastiksack für Restmüll, der am Rande eines Grundstücks darauf harrte, entsorgt zu werden. Dann stiefelte ich zur Haltestelle, nahm den nächsten Bus und sprintete in der FH zur Klausur. Gerade noch rechtzeitig traf ich im Prüfungsraum ein.

Die Klausur betrachtete ich als eine Art unfreiwillig auferlegte Pflichtübung. Sie wollte ich trotz offizieller Krankschreibung und der jüngsten Vorkommnisse absolvieren, um nicht allzu sehr mit dem Studium hinterher zu hinken. Während der zwei Stunden konnte ich mich recht gut auf die Prüfungsfragen einlassen. Ein gewisser Lerneffekt von gestern ließ sich nicht leugnen, mein Geschreibsel müsste eigentlich zum Bestehen gelangt haben. Mehr wollte ich auch nicht erreichen, getreu dem Motto: ‚Vier gewinnt!' Direkt nach der Abgabe trafen wir uns im Flur.

„Hört zu! Lasst uns irgendwohin gehen, wo wir ungestört reden können", bat ich Alex und Karl-Heinz, „ich hoffe, ihr habt jetzt Zeit für mich. Es ist unwahrscheinlich wichtig."

„Ich frage mich sowieso bereits, was du mit deinem Gesicht gemacht hast. Die linke Seite ist ja fürchterlich geschwollen. Hast du einen eitrigen Backenzahn?", wollte Alex wissen.

„Felix hatte ein Casting bei der Rocky Horror Picture Show und die Wattestäbchen im Mund vergessen", spottete Karl-Heinz.

Rasch hörte er damit auf, als ich die Lage schilderte: „Ich bin entführt worden. Kein Witz! Und sie haben mich zusammengeschlagen. Also los, ich erzähle euch gleich alles." Ich ließ sie einfach stehen und eilte die Treppe hinauf.

Die Klausur hatte auf der zweiten Etage stattgefunden. Eventuell wäre auf der dritten oder vierten ein Kleingruppenraum frei, in dem wir alles besprechen konnten. Raum dreihundertvierzehn fanden wir schließlich unbesetzt vor und nahmen ihn in Beschlag.

„Jetzt lass hören", sagte Karl-Heinz.

„Ich fange mal mit Dienstag an, damit Alex im Bilde ist", erwiderte ich. Dann schilderte ich, was bis zur Entführung vorgefallen war: Das Auffahr-Attentat bei der Heimfahrt vor einer Woche und meine gelungene Flucht. Meine Gedanken, wie ich mit der Situation umgehen solle. Wie die beiden Attentäter in etwa aussahen und dass der eine Schorsch hieß, der andere ein breitestes Schwäbisch von der Alm sprach. Die Falschanzeige bei unserer Dorfpolizei. Das Auskundschaften des Kennzeichens vom SUV auf dem Parkplatz neben unserem Dorfkrug. Meine Verletzungen am Brustkorb und am rechten Handgelenk. Die Krankschreibung vom Dorfarzt. Den Hausbesuch von Abteilungsinspektor Leipoldsheimer und seiner Kollegin. Die erfolgreiche Recherche von Karl-Heinz und mir beim Straßenverkehrsamt, und dass wir nun Name und Adresse vom Halter des Stuttgarter Geländewagens hatten.

„Das ist der Sachstand bis zu unserer Pizza gestern Abend", schloss ich meinen Bericht.

„Was? Ihr wart gestern noch zusammen Pizza essen?", fragte Karl-Heinz interessiert, „ist ja spannend."

„Nicht halb so spannend, wie das, was danach passiert ist", sagte ich, wobei ich in Alex' Richtung zwinkerte.

„Und was ist jetzt mit der Entführung?", wollte sie wissen.

„Ihr müsst mir unbedingt sagen, was davor zwischen euch los war", drängte sich Karl-Heinz dazwischen. Ich ignorierte ihn geflissentlich.

„Also, kurz nachdem du weggefahren warst", ich blickte Alex an, „zog mir einer einen Sack über den Kopf. Sie steckten mich in einen Kofferraum und fuhren in eine Jagdhütte oberhalb von Schlins. Die Kerle wollten irgendwas über irgendein Papier aus mir rausprügeln. Wartet mal. Es ging, glaube ich, um eine Information über einen Verein, und dass ein gewisser Hermann sauer werden würde, wenn ich ihnen die Information nicht gebe."

„Sagtest du Hermann?", fragte Karl-Heinz.

„Ja, wieso?"

„Na, so heißt doch der Stuttgarter." Karl-Heinz fischte einen Zettel aus der Tasche: „Hermann Hammerer. 70182 Stuttgart, Katharinenstraße 175", las er vor. Er hatte jüngst die Notiz vom Straßenverkehrsamt in seine Jacke gesteckt.

„Das heißt, die handeln in seinem Auftrag", schlussfolgerte Alex.

Ich korrigierte: „Handelten. Jetzt handelt wohl nur noch einer. Wenn er noch handeln kann."

„Was soll'n das nun schon wieder heißen?", fragte Karl-Heinz.

„Na ja. Ich bin denen entkommen und in meiner Not bergab durch den Wald geflüchtet. Einer hat sogar hinter mir her geschossen."

Beide schauten mich völlig entgeistert an. Alex war mit der Antwort überhaupt nicht zufrieden und setzte eine zielsichere Frage nach: „Das erklärt gar nichts. Wieso handelt nur noch einer?"

Ich druckste herum: „Na ja. Im Abhang muss es sie erwischt haben. Sind steil bergab gerauscht. Dabei hat sich wahrscheinlich der Anführer das Genick gebrochen."

Karl-Heinz war ganz und gar aus dem Häuschen: „Mann, ist das verrückt. Wie konntest du überhaupt entkommen? Ich stelle mir das nicht einfach vor, nachdem sie dich extra eingesackt hatten, um etwas aus dir rauszuprügeln, wie du sagst. Und was haben sie genau mit dir angestellt? Du bist ja grün und blau geschlagen."

Auf Drängen der Freunde rückte ich Stück für Stück mit den Details heraus, möglichst sachlich, damit sie nicht dachten, ich wollte ihnen einen Bären aufbinden. Sogar dass ich eine Pistole erbeutet hatte, verschwieg ich nicht. Bei Karl-Heinz rief das ehrfurchtsvolles Staunen hervor, bei Alex eine Abwehrreaktion.

„Du musst das Ding loswerden. Am besten der Polizei geben. Oder in die Ache werfen", schlug sie vor.

„Antrag abgelehnt", erwiderte ich. „Ich kann der Polizei jetzt nicht die ganze Geschichte erzählen, dann fliege ich ja auf. Und weitere Lügenmärchen zu erfinden macht die Sache nur noch schlimmer. Die Ache kommt schon gar nicht in Frage, weil sie ja halb zugefroren ist. Was ist, wenn mich jemand sieht oder die Waffe an Eisschollen hängen bleibt?"

Karl-Heinz dachte inzwischen weiter: „Hast du uns wirklich alles erzählt? Oder hast du vielleicht etwas Wichtiges vergessen? Am besten gehen wir die Stunden Schritt für Schritt durch. Ich werde mitschreiben, was dir einfällt, und anschließend ziehen wir Bilanz."

Sein Vorschlag war gar nicht so übel. Nachdem wir überlegten, wie der Freitag verplant war und feststellten, dass nichts Spezielles anstand, sollte es zur Tat gehen. Doch nicht hier. Die Atmosphäre der Fachhochschule passte nicht dazu, und außerdem könnten wir gestört werden.

So schlug ich vor, zu mir zu fahren. Benny und Mutter würden sich garantiert ängstigen, weil ich gestern Nacht nicht zu Hause war. Wir könnten ihnen sagen, ich hätte bei meiner neuen Freundin, Alex, übernachtet und wir würden nun den Rest des Tages gemeinsam lernen. Alex war der Legende nicht abgeneigt, und Karl-Heinz sprühte vor Tatendrang.

Bevor wir starteten, inspizierten wir meinen Rucksack. Wohnungs- und Autoschlüssel lagen darin, ebenso alle Studienunterlagen und der Laptop, was ich bereits wusste. Aber meine Brieftasche mit ein paar Euroscheinen und meinen Ausweisen war verschwunden. Viel Geld war nicht zu bedauern. Der Verlust der Papiere traf mich härter, weil ich nun mühsam alle Ämter abklappern musste.

Ich borgte mir Karl-Heinz' Smartphone und rief zunächst meine Hausbank an, um die Karten sperren zu lassen, falls die Entführer auf die Idee kämen, größere Einkäufe zu tätigen oder die Karten zu verscherbeln. Dann meldete ich telefonisch Ausweis und Führerschein bei der Polizei als Verlust an. Ich hätte sie irgendwo verloren und wüsste nicht wo. Als wir anschließend den Gruppenraum verließen, liefen uns auf dem Flur Rosmarie, Marianne und Karin über den Weg, die lilafarbene Studiengruppe, mit der Alex öfter unterwegs war.

„Hallo, Alex. Kommst' mit ins Café Schräg? Wir wollen eine Petition gegen die professorale Bevorzugung und Ungleichbehandlung weiblicher Studierender mit animierendem Kleidungsstil verfassen. Die überreichen wir der Gleichstellungsbeauftragten", sagte Karin.

Alex blickte verständnislos: „Wie bitte?"

„Na, die beschweren sich darüber, dass Mädels mit halbdurchsichtiger Bluse von einigen Professoren, wie zum Beispiel Titten-Herbert, gegenüber ihrer lilanen Trachtengruppe bevorzugt behandelt werden. Hab ich recht oder hab ich recht?", lästerte Karl-Heinz.

Mein Freund spielte auf Herbert Unterstein an, Professor für Urheberrecht. Dessen zweifelhafter Ruf, gut gebauten Studentinnen auf den Busen zu stieren, reichte weit über den eigenen Fachbereich hinaus. Wäre Karin Supergirl, hätte ihr Blick jetzt zwei zusätzliche Löcher in Karl-Heinz' Schädel geschmolzen.

Alex versuchte die Situation zu retten: „Ooh. Äähm, grundsätzlich komme ich gerne mit. Hab' nur heute leider keine Zeit. Muss für die Prüfungen nächste Woche lernen", redete sie sich heraus.

„Wenn du lieber mit *den* Macho-Kerlen rumhängst", schaltete sich Rosmarie ein und schwenkte dabei den Kopf verächtlich in Richtung von Karl-Heinz und mir, „brauchst' dich nicht wundern, wenn wir nix mehr von dir wissen wollen." Dann drehte sich das stark im Kindheits-Ich verhaftete Trio wie einstudiert gemeinsam um und dackelte den Flur entlang Richtung Treppenhaus.

„Starker Abgang", tat Karl-Heinz trocken seinen Beifall kund.

„Los, Macho-Kerle. Wir haben viel zu tun", befahl Alex und stapfte in die andere Richtung zum zweiten Treppenaufgang. Folgsam trabten wir Macho-Kerle hinterher.

Auf dem Parkplatz hinter der FH verabredeten wir die nächsten Schritte. Ich schlug vor, daheim zu kochen. Ob ihnen Bratkartoffeln mit Gurkensalat und Brühwürsten auch langen würden, fragte ich. Sie stimmten zu, und so kauften wir im Supermarkt im Oberdorf das volle Programm für fünf Personen ein. Karl-Heinz fuhr bei Alex mit, weil er vom Studentenheim immer zu Fuß zur Fachhochschule kam.

Gegen halb drei waren wir zu Hause. Benny und Mutter waren anwesend und hatten ebenfalls noch nichts gegessen. Mein Bruder kam freitags immer früher aus der Schule und wollte sich gerade selbst ein Brot schmieren. Toller Bursche. Mutter lag ausnahmsweise nicht im Bett, sondern schaute sich auf einem Privatsender eine Bescheißertruppe an, die den Zuschauern vorgaukelte, im Gerichtssaal echte Fälle mit echten Menschen zu lösen. Diese Plastikwelt zog sie der wirklichen Welt vor, aber damit war sie nicht die Einzige im Boulevard-Universum.

Ich stellte meine Begleitung vor und entschuldigte das nächtliche Fernbleiben mit der neuen Freundin. Die Nachricht rief bei Mutter nicht gerade Begeisterungsstürme hervor, also verzogen wir uns erst einmal in die Küche. Beim Schälen von Kartoffeln, Gurken und Zwiebeln halfen alle, sogar mein Bruder. Benny amüsierte sich königlich über Karl-Heinz' Albernheiten, die er aus purer Gewohnheit zu jedem kleinen Anlass von sich gab. Über den Küchentisch hinweg schaute mich Alex so nachdenklich an wie gestern Abend. Hoffentlich blieb sie mir gewogen.

Zwischendurch schaute Mutter nach dem Treiben in der Küche. Sie wollte jedoch nicht mit uns essen.

„Ach, bleibt ihr jungen Leute ruhig unter euch. Eine alte Frau wie ich ist keine lustige Gesellschaft", wollte sie sich verabschieden.

Alex' Mimik drückte echtes Bedauern aus: „Ach, kommen Sie, Frau Moosburger. So alt sind Sie nun auch nicht. Außerdem müssen Sie mir unbedingt erzählen, wie Sie so einen tollen Sohn hinbekommen haben", versuchte sie eine Brücke zu schlagen. Mutter nahm aber das Angebot nicht an. Sie murmelte Unverständliches, griff sich eine halbvolle Flasche Weißwein aus dem Kühlschrank und verschwand.

Beim Essen war die Stimmung anfangs leicht getrübt. Sie lockerte erst wieder auf, als Karl-Heinz einen schalen Witz über Kartoffeln riss: „Leute, was macht der Koch, wenn sich der Küchenhelfer beim Kartoffel-holen auf der Stiege den Hals bricht?"

„Was denn?", fragte Benny. „Raus damit."

„Nudeln!"

Mein Bruder krümmte sich vor Lachen. Alex und ich verzogen über den Kalauer nur leicht genervt die Mundwinkel.

Nach dem Essen räumten wir gemeinsam auf und wuschen ab, fast wie in einer richtigen Familie oder einer gut funktionierenden WG. Benny wollte sich zum Eislaufen mit Kumpels treffen und düste ab. Wir drei übrigen griffen unsere Studiensachen, ein paar Wasser- und Bierflaschen und verzogen uns in mein Zimmer ins Obergeschoß.

Karl-Heinz moderierte die Séance: „Also, legen wir los. Felix setzt sich am besten in den Sessel dort. Ich setze mich an den Schreibtisch und notiere auf dem Laptop alles, was uns vielleicht weiterhilft. Alex, du könntest Felix mit schlauen Fragen durch seine Erinnerungen führen. Herauf-beschwören, was er im Geist sieht, fühlt und hört. Meinetwegen auch, welche Gerüche er wahrgenommen hat. Das soll angeblich helfen."

So taten wir es. Karl-Heinz räumte Unterlagen von meinem Schreib-tisch zur Seite und aktivierte seinen Laptop. Ich bequemte mich in den Sessel und lehnte mich zurück. Alex griff sich einen Stuhl und setzte sich seitlich neben mich, um mir nicht direkt ins Gesicht zu blicken und meine Reaktionen dennoch gut beobachten zu können. Ich begann zu erzählen, schilderte alles, was geschehen war, woran ich mich erinnern konnte, was ich gesehen, gehört, gerochen, gefühlt hatte, einschließlich der privaten Dinge. Wo kam auf einmal mein Vertrauen her?

Von Minute zu Minute forderte die Übung mehr ab, als anfänglich vermutet. Stück für Stück ging ich die Zeit vom Attentat bis jetzt durch.

Alex erwies sich dabei als überaus einfühlsam. Sie ließ mich reden, wenn ich im Flow war, fragte sanft nach, wenn die Erzählung ins Stocken geriet oder zu allgemein gehalten war oder wenn sie zusätzliche Details herauskitzeln wollte. Auch baute Alex Zwischenbemerkungen von Karl-Heinz in Fragen ein. Wenn sie mitbekam, dass mich die Rückerinnerungen seelisch zu sehr mitnahmen, verkündete sie eine kleine Pause, in der ich trank oder auf die Toilette ging und wir kurz den Raum lüfteten.

Nach neunzig Minuten war alles gesagt. Beide schauten mich wortlos an. Alex trat an den Sessel, zog mich hoch und umarmte mich ohne etwas zu sagen. Ihr Mitgefühl und ihre Zuneigung zu spüren, trug mehr zur Gesundung bei als alle Tabletten der Welt. Sanft legte mir Karl-Heinz die Hand auf die Schulter.

„Denen zeigen wir es jetzt", sagte er leise.

Daraufhin brach ich mal wieder in Tränen aus. Die aufgestaute Spannung und die fast unwirklich anmutenden Stresssituationen lösten sich in Weinkrämpfen auf: „Ich wusste gar nicht, dass es so gute Freunde wie euch gibt", schniefte ich. „Ich kann aber nicht verlangen, dass ihr da tiefer reingezogen werdet. Nachher tun die Kerle euch auch noch was an", versuchte ich mich ihrer Hilfe zu erwehren.

Doch Karl-Heinz öffnete mir die Augen: „Komm schleunigst von deinem Lonely-Cowboy-Trip runter und lass dir gefälligst helfen. Wenn du uns als echte Freunde ansiehst, was ich übrigens auch so sehe, dann weißt du, wofür wir da sind", sprach er das Offensichtliche an. Ich blickte zu Boden, konnte nur ein leises ‚Danke' herausbringen.

Nach einigen halb peinlichen Momenten lüfteten wir das Zimmer und machten uns an die Bilanzierung. Karl-Heinz las vom Computer ab: „Also, wir haben auf der Positivseite … oder soll ich mit der Negativseite anfangen, damit wir mit dem Positiven aufhören können?", fragte er.

„Ist doch Povidel, fang einfach an", sagte ich, nachdem ich mich kurz mit Alex nonverbal darüber verständigt hatte.

„Also, wir haben auf der Positivseite: Das Kennzeichen des Geländewagens. Adresse und Name von seinem Halter. Die begründete Vermutung, dass der Halter namens Hermann Hammerer in Stuttgart ein Hintermann der beiden Entführer ist. Dann soll Felix ein Stück Papier mit höchstwahrscheinlich brisanten Informationen über einen Verein besitzen. Einen Klobürstenstiel aus Holz. Eine blutige Scherbe. Eine geladene Pistole mit siebzehn Schuss Munition. Die Brieftasche vom zweiten Entführer. Einen vermutlich toten Entführer namens Schorsch und einen zweiten Entführer mit schwäbischem Dialekt und Verletzungen unbestimmten Grades – ja, das finde ich positiv. Das Kennzeichen des Audi, in dem Felix entführt wurde. Die Lage des Hauses, in dem er gefangen gehalten wurde. Die Stelle, wo Felix den Audi geparkt hat. Und Felix, der in Gefahr über sich hinauswächst."

„Jetzt hör mal auf!"

„Nein, Felix, das ist so. Ich hätte das nie überlebt", sagte er. „Positiv ist auch, dass wir dir in der Sache helfen", fügte er hinzu.

„Und was hast du auf der Negativseite notiert?", fragte Alex.

Karl-Heinz referierte: „Die Polizei schöpft Verdacht wegen dem Totalschaden am Polo. Die Presse ist auch hinter dem Thema her. Die Entführer kennen Felix' Namen und Anschrift. Sie haben noch seine Brieftasche mit Ausweisen und Kleingeld. Der zweite Entführer lebt ...""

„Du kannst doch den zweiten Entführer nicht gleichzeitig auf beiden Seiten auflisten. Das ist doch unlogisch", unterbrach ihn Alex.

„Na klar kann ich. Negativ ist, dass er nicht auch hinüber ist, dann wären wir ihn ein für allemal los. Positiv ist, dass er, wenn er überlebt, befragt werden kann und vielleicht etwas über die Hintermänner verrät. Negativ ist daran gleichzeitig, dass ihn auch die Hintermänner über Felix ausfragen können. Und dann werden sie vielleicht noch wütender. Außerdem wissen die Hintermänner von Felix Bescheid. Selbst wenn beide Entführer ausgeschaltet wären, schicken sie einfach zwei neue."

Die Konsequenz hatte ich so noch nicht bedacht. Schlagartig sank langsam aufgekeimte Hoffnung wie ein angestochenes indisches Fladenbrot in sich zusammen. Wir wussten zu dem Zeitpunkt nicht, wie recht Karl-Heinz mit seiner letzten Vermutung hatte.

„Was hältst du davon, einfach eine dritte Spalte aufzumachen, mit dem Titel ‚Unbestimmt', und den zweiten Entführer da aufzulisten?", schlug ich vor.

„In Ordnung." Karl-Heinz griff den Vorschlag auf und fuhr nach kurzem Tippen fort: „Weiterhin negativ: Felix ist körperlich und seelisch angeschlagen. Er hat seine Arbeit gekündigt, damit fehlt ihm ein notwendiger Verdienst. Außer Namen und Adresse wissen wir nichts über den Halter des Geländewagens. Wer weiß, was der in Stuttgart treibt, im Netz hat er sich jedenfalls nicht verewigt. Wir kennen den Halter des Audi nicht, eventuell ist's der gleiche. Übrigens scheinen sich Entführung und schwere Körperverletzung für ein simples Stück Papier zu lohnen, über das wir absolut nichts wissen."

Wir schwiegen eine Weile. Jeder sinnierte vor sich hin.

Dann löste Alex die Spannung auf. „Es fehlt nun noch die Spalte ‚Unbestimmt'. Lies die doch bitte auch vor."

„Auf der unbestimmten Seite haben wir also, wie eben gesagt, jetzt den schwäbelnden Entführer. Felix hat hoffentlich keine Spuren im Audi hinterlassen, das wissen wir nicht hundertprozentig. Wahrscheinlich würden sich von ihm genetische Spuren oder Fußspuren im Haus finden lassen. Außerdem haben wir das fragliche Papier noch nicht gefunden und zudem keine Ahnung, wo es sein könnte und vor allem, worum es sich dabei handelt. Es ist unklar, ob die Entführer von Felix' Prepaid-Handy die gespeicherten Telefonnummern von Alex und mir notiert haben."

„Doch!", rief ich plötzlich aus. Es war mir sonnenklar. „Wir können das Papier finden. Die haben mich gefragt, wo ich Studiensachen aufbewahre. Im Rucksack fanden sie das Papier ja nicht. Und ich hab ihnen gesagt: ‚Hier. Zu Hause'. Es muss hier im Raum sein! Woanders leg ich meine Sachen nicht ab."

Die beiden schauten mich erstaunt an. Alex schlug sich die flache Hand an die Stirn: „Dass wir daran nicht früher gedacht haben. Es muss hier sein", wiederholte sie. Und an mich gewandt: „Felix, wo könnte der verdammte Zettel liegen?"

„Woher soll ich das wissen? Lass uns einfach alles absuchen. Es ist etwas, das nicht zu meinen Studienunterlagen gehört. Also, die aktuellen Sachen aus dem Semester liegen dort auf dem Schreibtisch. Dinge, die ich später brauche, habe ich in die Schubladen des Rollcontainers gelegt. Und die Sachen aus den vorigen Semestern und der Schulzeit sind im Schrank, in Ordnern. Ich nehme mir den Schrank vor, Karl-Heinz, du den Schreibtisch, und Alex den Rollcontainer", dirigierte ich uns.

Die Suche dauerte nicht lange, da schrie Alex: „Ich glaube, ich habe was gefunden!"

Ich: „Wo?"

Karl-Heinz: „Was? Zeig her!"

Alex wedelte mit einem Blatt à-4-Papier in der Luft herum: „Hier. In deiner Mappe fürs Auslandssemester. Das gehört ganz klar nicht zu den Unterlagen aus dem International Office."

Alex legte die Seite auf den Schreibtisch. Wir stellten uns links und rechts von ihr auf und lasen, was darauf geschrieben stand. Verständnislos schüttelte ich den Kopf. Der Zettel gehörte wirklich nicht zu den Unterlagen über einen Gastaufenthalt in Australien.

„Das sind Zahlenkolonnen", lautete meine leicht zu stellende Diagnose. „Die ergeben keinen Sinn. Wahrscheinlich haben wir's hier mit einer Verschlüsselung zu tun", vermutete ich.

Das Blatt war beidseitig mit Zahlenfolgen befüllt, die ab und an durch Leerstellen unterbrochen wurden. Mit ihrer serifenlosen Schrift und dem einzeiligen Abstand wirkten die Einträge wie der Alptraum eines durchgeknallten Mathematikers.

„Kryptographie", sagte Alex. „Wenn das der Zettel eines Vereins sein soll, sind das hier Vereinsinformationen."

„Aah, sieht man gleich, wer gebildet ist und aus einer Kripo-Familie stammt", kommentierte Karl-Heinz.

„Mein Vater hat ab und an in seinem Beruf mit verschlüsselten Botschaften zu tun. Die schlaueren Kriminellen sind mindestens so gewieft wie ein ausgewachsener Informatiker. Sie verschlüsseln wichtige Dinge, speziell die Wirtschaftskriminellen, sagt Vater. Beim organisierten Verbrechen ist das gang und gäbe. Waffenhandel, Drogenhandel, Menschenhandel, Falschgeld, Computersabotage im großen Stil – das sind so deren Schwerpunkte. In Deutschland wird in solchen Fällen das BKA tätig."

„BKA gibt's bei uns in Österreich auch", kommentierte Karl-Heinz, „ich nehme mal an, die machen in etwa dasselbe."

Ich dachte an eine mögliche Lösung: „Aber wir können doch nicht einfach das Papier deinem Vater oder dem BKA geben, und das war's dann für uns. Denkt dran: Ich habe hier immer noch eine Falschanzeige laufen. Wir müssen das Ding irgendwie knacken und dann weitersehen."

„Und ich weiß auch schon wie." Nun blickten Alex und ich Karl-Heinz erwartungsvoll an.

„Ihr kennt doch den Alfi. Der, der früher mal an der Fachhochschule in der EDV gearbeitet hat. Er war Systemadministrator, glaube ich, und studiert jetzt bei uns Informatik."

„Nö, kenne ich nicht", sagte Alex, „mit Informatikern hab ich nichts zu tun." Ich kannte ihn auch nicht und schüttelte den Kopf.

Karl-Heinz erzählte uns mehr über seinen Bekannten: „Ich kenne den vom Bowling. Alfons Winterstein. Ab und an schieben wir mit einer

Truppe aus dem Studentenheim eine ruhige Kugel. Ist allerdings selten, hi, hi", amüsierte er sich über den eigenen Gag. Wahrscheinlich hatte er sich den Witz noch nie selbst erzählt, und er war daher neu für ihn. „Da haben wir den Alfi kennengelernt, und der bowlt hin und wieder mit uns."

„Und der kann uns helfen?", fragte ich.

Karl-Heinz breitete die Arme aus: „Wenn nicht der, dann jedenfalls kein anderer. Fragen kostet nichts. Soll ich ihn fragen?"

Nach kurzem Hin und Her, vor allem um die Frage, wie weit wir Alfi in die Hintergründe einweihen wollten, stimmten wir zu. Karl-Heinz sollte seinen Bowling-Partner sofort anrufen. Außerdem benötigten wir unbedingt mehrere Kopien von der Seite, falls sie uns abhanden käme. Wir kopierten das Papier auf meinem Scan-Drucker, und jeder packte sich die pdf-Datei auf den eigenen Rechner. Sicherheitshalber nahm ich sie zusätzlich auf einen Stick, den ich kurz darauf im Stadel in einem Stapel aus jungen Brennholzscheiten versteckte. Junge Scheite werden frühestens in zwei Jahren verbrannt, wenn sie ausgetrocknet sind. So war der Stick vorerst vor Entdeckung geschützt.

Karl-Heinz erreichte seinen Bekannten prompt. Er organisierte kurz die nächste Bowling-Partie und schloss seine Bitte an. Alfi schien Feuer gefangen zu haben, auch wenn Karl-Heinz ihn über den wahren Hintergrund des Papiers im Unklaren ließ und er seine Neugierde nur dadurch weckte, indem er sagte, wir hätten es im Flur der FH gefunden und hielten es für eine kryptographische Studentenarbeit. Uns würde der Inhalt prinzipiell interessieren. Alfi konnte allerdings mit einer pdf-Datei nichts anfangen. Er brauchte die Kolonnen als Word-Dokument, aber bitte mit exakt denselben Kombinationen, Zeilenumbrüchen und Leerzeichen. Damit stand ein Haufen Tipparbeit an.

Da wir keine Software besaßen, die aus pdf-Dokumenten Word-Dokumente generieren kann, erklärte sich Alex bereit, alles abzutippen und wie im Original zu formatieren. Ich las die Kolonnen vor. Nach einer Dreiviertelstunde waren wir fertig. Karl-Heinz verglich danach Abschrift und Original und teilte Tippfehler mit. Alex korrigierte. Dann übertrugen wir die Textdatei auf unsere Rechner. Ich holte den Stick aus der Scheune und platzierte ihn mit der hinzugefügten Kopie wieder im Holzstapel, während Alex den Text per Mail an Alfi sandte.

Nach getanem Werk schauten wir uns erwartungsvoll an.

„Mir ist, als hätten wir etwas Wichtiges übersehen", sagte ich. „Was kann das bloß sein?"

Wir grübelten und gingen erneut die Liste mit den Zahlenkolonnen durch. Dann hatte Alex den richtigen Riecher:

„Die Mappe! Die Mappe für dein Auslandspraktikum! Wir haben das Ding in deiner Mappe fürs Auslandspraktikum gefunden. Wie kommt es da hin?", stellte sie die einzig richtige Frage.

„Keine Ahnung, muss halt irgendwie reingerutscht sein."

„Das kann dann nur im International Office gewesen sein. Hast du sie sonst irgendwohin mitgenommen?", hakte Karl-Heinz nach.

Das war nicht der Fall, und so kam Alex auf die grausame Idee, den Moment, in dem ich die Mappe in Empfang genommen hatte, zusätzlich retrospektiv durchzugehen. Ich war völlig erschöpft und hatte dazu keine Lust mehr, aber meine beiden Studienkameraden meinten, es sei wichtig und wir hätten gerade Zeit dafür. Also begaben wir uns wie zuvor in die Ausgangsposition. Ich rekapitulierte im Sessel die Sequenz aus dem IO. Alex lenkte meine Erinnerung durch geschicktes Nachfragen. Langsam entstand vor dem geistigen Auge ein zusammenhängendes Bild:

Wie immer großer Bahnhof. Dutzende Austauschstudenten. Die Mädels aus dem Büro geben in gelassener Hektik Auskünfte, schwingen Akten hin und her. Ab und an taucht ein Professor auf. Ich bitte um meine Auslandsunterlagen. Bekomme sie. Wie üblich legt jemand sie auf den Tresen. Im Raum sind Professor Kiekbusch aus der Kognitionspsychologie, Professor Dimundi, der Fachmann für Interkulturelles, Frau Professor Klein-Pernersberg aus dem Gestaltungsstudiengang und ein Prof, den ich nicht kenne. Keiner von denen hat mir etwas gegeben. Die meisten Profs kommen mir nicht nahe. Dimundi steht kurz neben mir. Wälzt einen Stapel Unterlagen und packt weitere Papiere aus dem IO dazu. Ist vielleicht dabei das Blatt in meine Mappe gerutscht? Möglich.

Tieferes Bohren brachte uns nicht weiter, und so kreisten bald unsere Gedanken um Professor Dimundi. Vielleicht hatte das ominöse Vereins-Dingsbums etwas mit seinen internationalen Aktivitäten zu tun? Warum dann den Text verschlüsseln? Hatte Dimundi einen Spleen? Wollte er Kollegen nicht in die Karten gucken lassen? Angeblich sind manche Wissenschaftler nicht zimperlich, Forschungsergebnisse zu fälschen oder Ideen anderer zu klauen, wenn es nur der eigenen Karriere dient. Jüngst waren sogar Prominente deswegen aufgefallen. Wir spekulierten wild drauf los, bis wir feststellten, dass theoretisch auch amphibienartige Aliens – als koreanische Austauschstudenten getarnt – einen Plan zur Eroberung der Erde im IO verloren haben könnten. Dann gaben wir für heute auf.

Inzwischen war es neunzehn Uhr. Erschöpfung machte sich breit und meine Blessuren meldeten sich. Vor allem war die Bauchdecke hart wie Stein und das malträtierte Kinn pochte. Brustkasten und Handgelenk schienen sich dagegen etwas erholt zu haben. Alex und Karl-Heinz sahen mein Bedürfnis nach Ruhe sofort ein. Sie packten ihre Sachen, ich begleitete sie nach unten. Im Eingang nahm mich Alex fest in den Arm, schob mich ein wenig nach vorn, sah mir tief in die Augen, und wir küssten uns für fünf außergewöhnliche Sekunden.

„Ruh' dich aus. Wir können Montag weitermachen", verabschiedete sie sich.

„Bitte so, wie wir gerade aufgehört haben", bat ich.

„Servus, Alter. Bleib gelassen", fügte Karl-Heinz hinzu, und dann verschwanden beide mit Alex' Wagen. Mit Schmetterlingen im Bauch starrte ich minutenlang dem längst entschwundenen Auto hinterher.

Anschließend folgte ein obligatorischer Blick in Mutters Stube. Jetzt lief derselbe Quatsch wie heute am frühen Nachmittag, nur als Arztdoku verkleidet. Mutter nahm meinen Lagebericht mit einem Weinglas in der Hand stoisch auf und ich verließ fluchtartig ihre TV-Grotte.

Inzwischen musste mein Bruder heimgekommen sein. Mit einem Gast, denn aus seinem Zimmer drang zweistimmiges Johlen. Ein Intermezzo in Bennys Zimmer offenbarte zwei junge Burschen vor dem Computer, die sich über Einträge auf Bennys Blog amüsierten. Ich sagte den Jungs, sie könnten sich gerne Brote streichen, und verzog mich. Zwei Tabletten, ein Bett, und ich war hinüber.

Das Wochenende verlief unspektakulär. Ich schlief geschlagene vierzehn Stunden, ohne den Wecker gestellt zu haben. Wolken zogen auf, trugen aber keine bedeutende Schneelast. Vereinzelt rieselten Eiskristalle zu Boden. Es langte also, wenn ich den dünnen Belag einmal täglich vom Gehsteig kratzte. Zu essen war reichlich vorrätig, einzukaufen erübrigte sich damit auch.

So startete ich Samstags einen Rundgang durch bessere Hotels im Ort. Ich hätte schon am selben Abend beim ‚Hubertus' anfangen können, denn Hans Huber freute sich, in mir eine zusätzliche Aushilfe gefunden zu haben. Allerdings wollte ich erst am kommenden Freitag anfangen, um weiter dem Fall nachgehen zu können.

Meine neue Aufgabe würde darin bestehen, freitags bis montags von achtzehn bis zweiundzwanzig Uhr den Gästen Abendessen und Getränke zu servieren. Dabei war weniger Trinkgeld zu erwarten als im Krug – Hotelgäste zahlen meist erst bei der Abreise, und dann fließt das Trinkgeld in eine gemeinsame Kasse, die wöchentlich unter allen Bediensteten aufgeteilt wird. Aber die gediegene Arbeitsatmosphäre würde den Verlust mehr als ausgleichen. Keine Sauforgien und Pöbeleien mehr. Kein wüstes Gegröle aus versauten Kehlen. Und vor allem keine pseudoheimatliche Knall-Bumm-Musik. Die Alpenklassiker, die am Wochenende im Hubertus ein Heimat-Trio live vortrug – Keyboard, Trompete und Wanderklampfe, dazu ein ländlich-gebrochener Satzgesang –, waren gerade noch zum Aushalten. Mein erster Dienst im Hubertus würde also kommenden Freitag beginnen, was mir Luft für anstehende Aufgaben verschaffte.

Am Sonntagvormittag stieg ich mit Benny zwei Stündchen auf Schneeschuhen ins Gelände. Keine Gewalttour, denn die konnte ich körperlich noch nicht durchhalten, nur etwas Bewegung verschaffen, um nicht einzurosten. Obwohl wir wenig miteinander redeten, hatte ich das Gefühl, meinem Bruder durch die Wanderung näher gekommen zu sein. Benny war durchaus einverstanden, künftig einige häusliche Pflichten zu übernehmen – vor allem die Aussicht, auch mal mit der Schneefräse ums Haus heizen zu können, mag da den Ausschlag gegeben haben. Ich suchte, ihm die schwierige Lage unserer Mutter zu erklären. Nur sie selbst könne etwas an ihrem augenblicklichen Zustand ändern, wir müssten sie dabei voll unterstützen. Über die Schneeschuhwanderung hatten Benny und ich einen Gleichklang gefunden wie kaum zuvor.

Nach dem Mittagessen und einem heißen Bad ging ich erneut unsere Positiv-Negativ-Liste durch. ‚Mensch! Du hast ja noch die Brieftasche vom Schwaben‘, fiel mir dabei auf. Wie konnten wir beim Erstellen der Liste nicht an deren Inhalt gedacht haben? Ein kurzer Griff ins Innere ergab fette Beute: ein dickes Bündel Fünfhunderter und einen Ausweis:

‚Edmund Otterbach, 72525 Münsingen, Leonidenstrasse 17‘, las ich vom Personaldokument ab. Der prügelnde Schwabenverbrecher hatte mir unfreiwillig neuntausend Euro und etwas Kleingeld geschenkt.

12. Ausnahmezustand

Der Montagmorgen begann wie immer, zumindest bis um sechs Uhr in der Früh. Gerade, als Benny langsam aufstand und ich den Frühstückskram vorbereitete, klingelte es an der Tür. Beim Blick durch das Schopffenster überfiel mich ein Déjà-vu. Abteilungsinspektor Leipoldsheimer und seine Assistentin Rüsch standen vor der Tür. Wegrennen schien zwecklos.

Seit Urzeiten besteht die Unsitte der Polizei darin, einen Verdächtigen möglichst früh aufzuscheuchen beziehungsweise einzufangen. Aus deren Sicht ist das verständlich, entsteht doch dadurch ein gewisser Überrumpelungseffekt. Da ich seit fünf Uhr auf den Beinen war, hielt er sich bei mir allerdings in Grenzen. Ich musste das nur noch meinen weichen Knien mitteilen, denn die wussten anscheinend nichts davon. Ich öffnete die Tür und tat überrascht:

„Sie hier? Guten Morgen, Herr Inspektor. Gnä' Frau!"

„Abteilungsinspektor, bitte. Dürfen wir eintreten?", war die rhetorische Frage. Ich ließ sie herein.

„Würde es Ihnen etwas ausmachen, mir in die Küche zu folgen, Herr Abteilungsinspektor? Ich muss das Frühstück vorbereiten. Kann ich Ihnen einen Kaffee anbieten?", lud ich ein.

Kommunikations- und Kaffeeangebot wurden von beiden abgelehnt. Leipoldsheimer kam ohne Umschweife zur Sache:

„Herr Moosburger: Können Sie sich erklären, wie Ihr Ausweis in die Tasche eines Toten gerät?"

Beide fixierten mich wachsam. Jetzt hieß es, endgültig wach zu werden. Meine Unschuldsmine zog erfahrungsgemäß bei allen, außer bei meiner Mutter, also probierte ich sie in dieser Situation aus.

„Nein. Ist ja ein Ding. Mein Ausweis bei einem *Toten*. Wie kommt der denn dazu? Wer ist das überhaupt?", versuchte ich den Rückfrage-Trick. Ohne Erfolg.

„Wo waren Sie von Donnerstagnacht bis zum Freitagmorgen um zehn Uhr?" Jetzt wurde es eng.

„Bei meiner Freundin, wieso?", antwortete ich

„Wie heißt die Dame, und wo wohnt sie?", ging das Blitzverhör weiter. Die Schlinge zog sich mehr und mehr zu. Alex' vollständigen Namen kannte ich, doch wo hatte sie gewohnt? Aus dem passiven Gedächtnis musste ich schleunigst ihre Adresse hervorkramen, hatte sie doch an der Fachhochschule gelesen.

„Alexandra Wieblinger. In Feldkirch."

„Wo dort in Feldkirch?" Hörten die denn nie auf? Jetzt, wo ich die Stadt wusste, fiel mir plötzlich auch der Straßenname ein:

„Laubenweg."

„Hausnummer?"

„Unbekannt", sagte ich wahrheitsgemäß.

„Telefonnummer?"

„Da muss ich oben im Handy schauen. Die habe ich nicht im Kopf."

Wenigstens in einer Sache die Wahrheit gesagt. Die Knie entspannten sich etwas. Leipoldsheimer trug mir auf, die Handynummer von Alex rauszusuchen. Ob mich Gruppeninspektorin Rüsch dazu nach oben begleiten könne. Warum nicht?

Die Kiste wurde immer heißer, denn die erbeutete Glock befand sich noch im Parka, zusammen mit dem Ausweis von Schwaben-Ede und meinem Handy. Die Lederkappe, die mir die Entführer in der Holzhütte aufgezwungen hatten, steckte inzwischen tief in meinem Kleiderschrank. Der Parka hing in meinem Zimmer lose über einem Stuhl.

Es gelang mir, Gruppeninspektorin Rüsch etwas abzulenken. Sie könne sich die Nummer gleich in ihrem Handy oder auf einem Block notieren, wenn ich sie raussuchte, schlug ich vor. Den kurzen Augenblick, in dem sie in ihrer Hosentasche nach Block und Stift kramte und den Notizblock aufschlug, nutzte ich, um das Handy aus dem Parka zu angeln. Mit dem Rücken verdeckte ich dabei meine Handgriffe. Beim Ablegen des Parkas achtete ich darauf, nicht mit der Glock aufzuschlagen. Dann tippte ich einige Kombinationen und las die Nummer vor. Anschließend legte ich das Handy absichtlich auf den Schreibtisch, um zu demonstrieren, dass ich Alex keinesfalls anrufen und warnen wollte, außerdem, um vom Parka abzulenken. Frau Rüsch stiefelte mit mir treppab.

Leipoldsheimer hatte sich inzwischen in der Küche umgesehen.

„Sie sind immer am Essenzubereiten, wenn wir kommen", konstatierte er. „Gibt es denn hier keine Hausfrau?"

Ich klärte ihn oberflächlich über die Lage meiner Mutter auf, was ihn nicht sonderlich beeindruckte. Es sei nicht nötig, sie extra zu wecken, meinte er, weil sie vor allem mich sprechen wollten.

Gruppeninspektorin Rüsch telefonierte. Vermutlich mit Alex. Gottlob schien Alex' Handy noch ausgeschaltet zu sein, denn es kam kein Gespräch zustande, was um diese Zeit kein Wunder war. Dann betrat Benny die Küche und sorgte für Ablenkung. Ich stellte ihn und die Polizei einander vor. Leipoldsheimer fragte sogleich meinen Bruder aus. Zum Glück hatte ich ihm von den Vorfällen nichts erzählt, und so kam Benny sehr authentisch rüber. Er erzählte sogar, er habe Alex und einen witzigen Studienkollegen von mir kennengelernt, als wir hier am Freitag zusammen gelernt hatten.

Währenddessen wuselte ich zwischen Broten und Kaffee hin und her. Leipoldsheimer und Kollegin verzichteten auf eine Kostprobe. Ich fragte, wann ich das Schrottauto und meinen Ausweis wiederbekommen könnte, und ob meine anderen Papiere auch gefunden wurden – Führerschein, Bankomatkarte, eCard von der Sozialversicherung, Bibliotheksmitgliedschaft. Leipoldsheimer sagte, ich könne die Brieftasche mit dem gesamten Inhalt morgen bei der Landespolizeidirektion in Bregenz in Empfang nehmen, Geld sei leider keines dabei. Die kriminaltechnische Untersuchung am Autowrack sei dagegen noch nicht abgeschlossen.

Wenn ich glaubte, die Befragung wäre damit beendet, hatte ich mich geschnitten. Leipoldsheimer wollte noch wissen, wann ich die Brieftasche zuletzt bei mir getragen und ab wann ich sie vermisst hatte. Ich gab an gedacht zu haben, sie sei mit dem Auto gestohlen worden. Oder vielleicht hatte ich sie in einem Lokal oder einem Supermarkt verloren. Ich wisse es nicht so genau. Dann verabschiedeten sich die Polizisten endlich. Erfahrungsgemäß erwartete ich einen Nachschlag, und so war es auch: „Was haben Sie mit Ihrer Wange gemacht? Sieht ja schlimm aus", wollte Leipoldsheimer wissen.

„Wurzelentzündung, muss mal damit zum Zahnarzt", log ich. Und weg waren sie.

Benny frühstückte, während ich nach oben rannte und Alex eine SMS schrieb, in der Hoffnung, diese würde sie eher erreichen als der Anruf der Polizei: ‚Stelldirvor polizei war hier. Fragt nach unsrem beischlaf von Do-Nacht bei dir. Mein ausweis wurde bei einem toten gefunden. Melde dich mal. Ild F'. Ich verfasste den Text in dieser Form, weil ich wusste, die Polizei kann bei begründetem Verdacht SMS-Inhalte abrufen und überprüfen. Dann steckte ich die Glock, die lederne Folterkappe und einen Großteil der erbeuteten Euro hinter eine lose Holzlatte in der Zwischenwand meines Zimmers. Seit der Kindheit nutzte ich den Hohlraum als sicheres Versteck für kleine Schätze.

Nachdem Benny zur Schule gegangen war und ich die Küche aufgeräumt hatte, zog ich mich an den Schreibtisch zurück. Zunächst tütete ich die Krankschreibung ein und adressierte den Umschlag an die Studiengangsleitung der Psychologie unserer Fachhochschule. Dann überlegte ich weitere sinnvolle Schritte. Mittendrin klingelte das Handy.

„Morgen Felix. Hast du heute schon die Zeitung gelesen?" Karl-Heinz. „Nein? Also pass auf. Sie schreiben:

,Absturz am Dünserberg. Am Freitagmorgen barg die Bergrettung einen Toten und einen Verletzten aus unwegsamem Gelände. Zwei unpassend gekleidete Touristen waren zu einer Frühwanderung am Dünserberg aufgebrochen, als unter ihnen ein Schneebrett losbrach. Einer erlitt einen Genickbruch, sein Kamerad konnte schwerverletzt ins Landeskrankenhaus Feldkirch gebracht werden. <Ohne seinen Notruf wäre auch der zweite Wanderer nicht lebend davongekommen>, meint Rettungsleiter Gerold Ramoser.

Warum die Touristen sich im Gelände verstiegen hatten, ist unklar. Starreporter Werner Labsal vermutet ein Verbrechen, denn Spuren verweisen auf einen unbekannten Dritten. Warum hat dieser nicht die Rettung gerufen? Das ist die alles entscheidende Frage. In letzter Zeit passieren in unserem schönen Land zu viele mysteriöse Abstürze. '

Ob sie wohl deinen Autoabsturz und den Vorfall am Dünserberg in Verbindung bringen?"

„Weiß nicht. Hör zu: Heute Morgen um sechs war wieder die Polizei bei mir. Die haben meinen Ausweis in der Tasche von diesem Schorsch gefunden. Das ist der mit dem Genickbruch. Und sie wollten von mir wissen, wie der da hingekommen sei – der Ausweis, natürlich, nicht der Schorsch. Ich habe sie hoffentlich hinhalten können. Hab gesagt, vielleicht ist die Brieftasche mit meinem Auto zusammen geklaut worden. Ich Depp hab sie quasi mit der Nase auf den Zusammenhang gestoßen!"

Logischerweise fand Karl-Heinz diesen unbeabsichtigten Ausrutscher nicht sehr erbaulich. Er teilte mir noch mit, was Alex und er bei der Heimfahrt am Freitag ausbaldowert hätten. Sie seien kurz am abgestellten

Audi der beiden Entführer vorbeigefahren, der stünde noch da. Dann hätten sie sich am Sonntag abwechselnd mit ihrer Handykamera in Alex' Auto vor dem Audi auf die Lauer gelegt, um zu sehen, ob ihn jemand holen komme. Trotz Pudelmütze, Schlafsack und einer Thermoskanne heißen Tees war es saukalt gewesen. Bis um null Uhr sei niemand gekommen. Länger hatten sie nicht gewartet, doch Alex wollte unbedingt die Observation heute Morgen ab acht Uhr fortsetzen. Karl-Heinz würde sie dann um zwölf Uhr ablösen. Beide wollten mir davon nichts mitteilen, damit ich mich am Sonntag ausruhen konnte.

Während des Gesprächs klopfte ein Anruf an. Ich drückte Karl-Heinz kurz weg. Es war Alex.

„Morgen, Alex", begrüßte ich sie, „bist du denn ausgeschlafen?", fragte ich scheinheilig nach.

„Sag mal, liebst du mich wirklich, oder war das nur eine Floskel in deiner SMS?", fragte sie zurück. ‚Ild', die klassische Kurzform für ‚Ich liebe dich', hatte ich bewusst als Gruß verfasst, weil ich die Polizei damit in die Irre führen konnte. Und, wenn ich ehrlich war, weil es auch stimmte.

Das teilte ich ihr dann auch so mit: „Ich liebe dich."

„Weißt du, ich glaube, ich bin mir auch ziemlich sicher, dass ich dich lieb hab'", druckste sie herum. Lange Sekunden schwiegen wir uns an. Ich kam als Erster auf den Boden der härteren Realität zurück:

„Du, es ist so, wie ich's geschrieben habe. Ich habe der Polizei gesagt, ich habe von Donnerstag auf Freitag bei dir geschlafen. Wir wären dann zusammen zur FH gefahren, um die Klausur zu schreiben. Sie rufen dich sicher gleich an, haben das schon heute Früh vergeblich getan. Stell dir vor, die waren bereits um sechs Uhr hier, weil sie meine Brieftasche bei dem toten Entführer gefunden hatten. Bitte, du musst mir unbedingt ein Alibi geben. Ich hoffe, die Geschichte geht in Ordnung und deine Eltern kriegen das nicht mit", jammerte ich ihr vor.

Alex beruhigte mich, denn ihre Eltern würden in Ulm wohnen und sie zur Untermiete im Souterrain bei einer annähernd tauben Witwe in Feldkirch. Das Untergeschoß habe einen Seiteneingang, gehörte früher zum Dienstbotenbereich und werde inzwischen vermietet, so dass die Vermieterin nichts mitbekäme. Die Geschichte wolle sie gerne bestätigen, schade nur, dass sie nicht wahr sei. Ob ich ‚bei ihr geschlafen' oder ‚mit ihr geschlafen' angegeben hätte, neckte sie mich. Nicht allein alkoholisch aufgemotzte Energiegetränke können Flügel verleihen. Heute tat es auf jeden Fall Alex' erfrischende Art.

Mit fiel noch etwas ein: „Stell bitte eine zweite gebrauchte Zahnbürste in deinen Becher, falls sie ,mal auf die Toilette' müssen. Das machen sie immer und stöbern dort die Badezimmerschränke durch."

„Geht klar. Ich packe noch einen Einweg-Nassrasierer dazu, damit es echter aussieht."

Alex teilte noch mit, dass sie und Karl-Heinz sich weiter beim Audi der Entführer auf die Lauer legen wollten. Wenn nötig, würden sie dafür den Rest des Semesters investieren. Wir könnten uns später gemeinsam auf die Wiederholungsprüfungen vorbereiten, meinte sie. Verlegen bedankte ich mich bei ihr und sagte, ich wisse nicht, wie ich das ausgleichen könne. Alex meinte, ich hätte primitive utilitaristische Ansätze zum Thema Helfen verinnerlicht. Die würde sie mir schon austreiben.

Ich teilte ihr noch mit, tagsüber nach Stuttgart fahren zu wollen, um mir die Adresse von Hermann so-und-so anzusehen und alles unauffällig zu fotografieren. Die Bilder könnten wir uns abends anschauen und überlegen, wie wir weiter vorgehen wollten. Alex sollte alles mit Karl-Heinz abstimmen. Ich würde bald losfahren. Sie sandte mir einen Kuss durch den Äther, dann kappten wir die Verbindung.

Gerade wollte ich nach Mutter schauen, da klingelte es erneut an der Tür. Schon wieder die Polizei? Der Blick durch das Schopffenster zeigte einen mittelgroßen Mann mit einer albernen Kosakenmütze und einer daunengefütterten, halblangen Winterjacke in Diarrhöe-Braun. Nie gesehen, den Typ. Ich machte auf:

„Grüß Gott?"

„Grüß Gott. Labsal, Werner. Von der Vau-Enn", stellte er sich vor. „Hätten Sie kurz Zeit für mich? Geht ganz schnell." Meine Glückssträhne schien zu reißen.

„Worum geht es denn?"

„Ich hätte Fragen zu aktuellen Vorkommnissen. Sie sind doch der Herr …", er kramte einen Zettel hervor und las davon ab, „…Felix Moosburger?"

„Ja. Was denn für Vorkommnisse? Vielleicht erklären Sie das lieber im Haus", lud ich ihn unvorsichtigerweise ein. Der Reporter zog im Flur brav seine Winterstiefel aus, und wir setzten uns an den Küchentisch.

„Na, dann legen Sie mal los", forderte ich ihn auf.

Werner Labsal, Verkehrsreporter des landesüblichen Anzeigers und selbsternannter Starreporter fühlte mir mit Fragen zum meinem zerschollenen Auto und zum gefundenen Ausweis auf den Zahn, was darauf schließen ließ, dass er einen inoffiziellen Draht zur Polizei besaß. Ich spulte dieselbe Leier ab wie gegenüber den Gesetzeshütern und ließ mich nicht durch Nachfragen irritieren. Im Unterschied zur Polizei vermutete Labsal zwischen den Vorfällen allerdings einen Zusammenhang. Das nutzte ich für eine gezielte Desinformation, verpackt in eine subtile Nachfrage:

„Jetzt, wo Sie es erwähnen: Halten Sie es für möglich, dass einer der Autodiebe vielleicht meine Brieftasche hat mitgehen lassen?" Wir ergingen uns in Spekulationen. Ich stellte mich ahnungslos, bedankte mich sogar für seine Nachforschungen und bat ihn, mir bitte mitzuteilen, falls er etwas Neues herausfinden sollte.

Nachdem der pulitzerpreisverdächtige Journalist verschwunden war, schaute ich nach meiner Mutter in die Stube. Sie war ‚schon' wach und wollte sich gerade in der Küche einen Kaffee kochen. Was, zum Teufel, hier heute los sei. Vordergründig klärte ich sie über die frühen Besuche und die Sachverhalte auf. Wisse selber nicht, was die alle von mir wollten. Mutter schien sich damit zufriedenzugeben, und so leistete ich ihr etwas Gesellschaft. Dann kam sie auf Alex zu sprechen: Ob es mir mit ihr ernst sei. Ich bejahte spontan, und dann überraschte mich ihr Angebot:

„Wenn's dir recht ist, kann sie gerne hier einziehen. Das Dachgeschoß ist frei, seit die Großeltern tot sind und ich unten lebe."

Das Leben birgt Überraschungen, wenn man am wenigsten damit rechnet. Obzwar nicht immer so erbaulich, wie das gerade erhaltene Angebot, wird es dadurch lebenswert. Mich rührte Mutters Einladung sehr, weil ich gedacht hatte, sie würde Alex als Konkurrentin um meine Zuneigung ablehnen.

„Ach weißt', Mutter, noch ist es nicht soweit. Aber dankeschön für dein nettes Angebot. Vielleicht komme ich irgendwann darauf zurück", bedankte ich mich bei ihr.

„Übrigens war gestern Früh, als du mit Benny unterwegs warst, ein Herr Waldowitz-Leitner hier. Ich habe ihn rausgeworfen, weil er unser Land ums Maisäß herum und die oberen Wiesen kaufen will", verkündete sie plötzlich.

Ein Mai- oder auch Vorsäß ist eine Berghütte in mittlerer Höhenlage. Nach Frühlingsanfang, wenn der Schnee in dieser Lage verschwunden ist, werden die Kühe beim Almauftrieb zunächst dorthin geführt. Den Hochsommer verbringen sie dann auf den oberen Almen. Früher waren ganze Familien in die hochgelegene Weidewirtschaft gezogen und hatten dort den Sommer mit schwerer Heu-, Melk- und Milcharbeit verbracht.

Nicht wenige Leute aus dem Rheintal würden ihre Oma umbringen, um ein Maisäß zu erwerben und als Ferienhaus zu nutzen. Na ja, wenn nicht gerade das, dann wären einige immerhin skrupellos genug, alte Holzschuppen auf der Alm ohne Baugenehmigung auszubauen, damit auch sie einen Feriensitz ihr Eigen nennen können. Ab und an funktioniert das, weil illegale Baubetreiber wegen guter politischer Verbindungen keine Sanktionen fürchten müssen. Kurz gesagt: Ein Maisäß und Weiden drum herum sind Gold wert.

„Wie bitte? Wer?" Ich wollte mehr über den Landkäufer wissen.

„Kennst du den nicht? Siegfried Waldowitz-Leitner. Das ist der Ski-König vom Oberland. Der kauft seit Jahren stückweis' Almen auf. Betreibt keine Viehwirtschaft, sondern baut sie nach und nach zu Skigebieten um. Aber nicht mit mir, hab ich ihm gesagt. Hab ihm gezeigt, wo der Zimmermann s'Loch gelassen hat."

Von Waldowitz-Leitner hatte ich beiläufig gehört, wobei mich Nachrichten über ihn nicht sonderlich interessierten. Sieh an, nun will er in Rotenstein expandieren. Wer weiß, wen er inzwischen alles schmiert, und wer ihm seine Wiesen bereits verkauft hat. Unser Skigebiet war durchaus interessant, denn rund um den Kessel konnten noch ungenutzte Hänge für den Wintersport erschlossen werden. Da wäre auf längere Sicht einiges Kapital zu machen, wenngleich man zunächst heftig investieren müsste. Im höheren zweistelligen Millionenbereich, schätzte ich, und das nur für neue Pisten und ohne Hotellerie und Skihütten. Unserem Ort würde der Ausbau finanzielle Vorteile bringen. Jedenfalls solange bei der zunehmenden Klimaerwärmung genug Schnee fällt, die Beschneiungsanlagen nicht das gesamte Grundwasser abschöpfen und wir nicht im touristischen Müll ersticken. Am Ausbau unseres Skigebiets würden sich einige Honoratioren garantiert eine goldene Nase verdienen.

„Recht getan, Mutter", bestätigte ich sie, „wir brauchen sein Geld nicht. Unsere Familie hält seit Jahrhunderten ihren Grund beisammen. Das soll auch künftig so bleiben."

Mutter nickte zufrieden, weil ich voll und ganz ihrer Meinung war. Dann schlug sie, statt in die Küche zu gehen, die Richtung zur Kellertreppe ein, zauberte eine Flasche Rotwein hervor und verschwand in der Stube.

Nach dem erfreulich netten Mutter-Sohn-Gespräch machte ich mich auf nach Stuttgart, um einen Blick auf die Katharinenstraße 224 zu werfen. Auf der Fahrt über die Autobahn schaltete ich den regionalen Verkehrsfunk ein, weil er ab und an ältere Rockklassiker dudelt. Wenigstens lenkte mich die Musik etwas von aktuellen Problemen ab.

Die Katharinenstraße liegt in einer unspektakulären Wohngegend im südwestlichen Stuttgart. Mehrstöckige Häuser, ein Bildungszentrum, ein Parkhaus mit anschließender Tankstelle, ab und an ein Restaurant und kleine Läden wechseln einander architektonisch reizlos ab. Nummer 224 verbarg einen auf dem Hinterhof liegenden Gewerbebetrieb, zu dem man durch eine Toreinfahrt gelangte. ‚Karosserie- und Fahrzeugbaumechanik Hammerer' stand eingangs geschrieben. Komisch: Im Internet war er nicht aufzufinden, wo doch heutzutage jeder Frisör eine Homepage betreibt. Schnell das Schild und den Außeneindruck fotografiert. Das Tor war beidseitig von Mietshäusern eingefasst. Wollte ich mehr erfahren, musste ich wohl näher heran. Kurzerhand steuerte ich Marias Auto auf den Hof.

Der Hinterhof war links und rechts ummauert, an einer Seite standen diverse Mülltonnen. Hinten links ging es in die Werkstatt, rechts daneben in ein Dixi-Büro. Aus dem linken Mietshaus führte eine Tür auf den Hinterhof. Ich stellte das Auto auf einer freien Parkfläche ab und schoss aus dem Wagen heraus unbemerkt weitere Fotos. Dann tat ich, als würde ich telefonieren, und nahm beim Gehen Schnappschüsse durch das halboffene Werkstattor auf. Egomanen, die Umstehende lautstark an Privatgesprächen teilhaben lassen, gehören heutzutage zum normalen Straßenbild, also würde ich hier mit meinem Verhalten kaum auffallen.

Falsch gedacht. Urplötzlich schoss ein schwarzes Ungetüm laut bellend um das Werkstor herum und geiferte mich aus nächster Nähe an. Hätte nicht die Kette den Radius der Bestie eingegrenzt, wäre es um meine Hose und die darin steckenden Beine geschehen gewesen. Diese Töle kannte ich doch? Tatsächlich. Ziemlich sicher war es der schwarze Rottweiler, der mich am Abend des Attentats im Geländewagen der beiden späteren Entführer angekläfft hatte. Zum Glück können Hunde nicht reden, sonst wäre ich direkt aufgeflogen.

Hinter dem Hund rollte ein mittelgroßes Weinfass auf zwei Beinen in ölverschmierter Latzhose und muffigem T-Shirt aus dem Innern der Halle hervor und schnauzte mich nicht weniger rüde an als sein Rüde:

„S'Bürro is aufer annrenn Seide. Hier hamse nix verlorn." Und zu seinem Hund: „Wotan, sitz!"

Den Typen zierte eine Glatze und auf der Oberlippe eine schwarze Popelbremse, wie sie noch nicht mal geschmacksverwirrte Fußballer der achtziger Jahre getragen hatten. Martialische Abziehbildchen mit Schwertern und Totenköpfen entlang seiner stämmigen Unterarme vervollkommnete das fotogene Erscheinungsbild. ‚Kara Ben Nemsi als Rocker verkleidet', kam mir bei seinem Anblick in den Sinn, sicherheitshalber hielt ich ihm gegenüber meinen Eindruck zurück. Stattdessen bedankte ich mich höflich für die freundliche Auskunft und betrat die Dixi-Kammer. Dort saß eine gelangweilte Brünette im Disco-Fummel hinter einem Schreibtisch und spielte am Computer Solitär. Die abgestandene Luft trug eine moosige Note mit einer gewissen Weihrauchkomponente zu mir herüber. Der Duft stammte nicht nur von französischen Zigaretten.

„Grüß Gott. Ich hab' einen Kia Rio, und der macht seit kurzem immer so komische Geräusche."

„Japaner reparier'n wir hier nicht."

„Ist aber ein Koreaner", wollte ich argumentativ überzeugen.

„Reparier'n wir auch nicht. Wir reparier'n keine Ausländer."

„Na, Sie sollen ja auch nicht mich reparieren, sondern den Karren", sagte ich aufgeräumt im etwas breiteren Dialekt meiner Heimat, während ich mit dem Handy fototechnisch draufhielt.

„Wohl 'ne CD von Mario Barth auswendig gelernt, was?"

„Tschuldigung vielmals. Wissen Sie vielleicht, wo ich mit dem Kia hin kann?" Geschickt bereitete ich den strategischen Rückzug vor.

„In der Kia-Werkstatt natürlich." Langsam machte mir die Tussi Spaß. Reparierten die hier überhaupt etwas?

„Ach was. Na, vielen Dank dann auch. Und einen schönen Tag", verabschiedete ich mich.

Ich wollte nicht noch mehr durch dummes Rumfragen auffallen und machte, dass ich vom Hof kam. Bei meiner Abfahrt sahen mir Kollege Weinfass und sein Höllenhund versonnen nach.

Die Fahrt nach und von Stuttgart mit dem Zwischenstopp in der Werkstatt und jeweils einem Halt zum Essen und Pieseln hatte über sieben

Stunden gedauert, und ich war entsprechend müde. Nachmittags um fünf fuhr ich durch den Pfändertunnel und rief auf der Bregenzer Seite sogleich Alex an. Im Moment gab es ihrerseits einen Besuch der Polizei zu vermelden. Sie sei tatsächlich bei ihr zu Hause aufgetaucht und wollte mein Alibi bestätigt sehen. Ich berichtete, wie es in Stuttgart so gelaufen war, und wir verabredeten uns für sechs Uhr in der von uns bevorzugten Pizzeria.

Dann wollte ich Karl-Heinz Bescheid geben, denn seine Observierung schien eine absolute Schnapsidee zu sein. Wer weiß, wann in der Nebenstraße das geparkte Auto der Polizei auffallen oder einem Autofahrer zum Ärgernis werden würde. Die Aktion hatten Alex und Karl-Heinz meiner Meinung nach nicht konsequent durchdacht. Doch bei Karl-Heinz meldete sich nur die Mobilbox, auf der ich unseren Treffpunkt hinterließ.

Pünktlich um sechs am Abend trudelten Alex und ich annähernd zeitgleich in der Pizzeria ein. Wir setzten uns ins hintere Eck. Minuten später stieß Karl-Heinz dazu.

„Ihr glaubt nicht, was eben los war", eröffnete er hektisch das Gespräch. „Ich hab sie. Zur selben Zeit wie dein Anruf, Felix. Gerade als das Telefon klingelt, schleichen zwei Kerle um den Audi herum. Einer schließt den Wagen auf und steigt ein, der andere kramt im Kofferraum. Darum hab ich deinen Anruf weggedrückt und wie wild fotografiert."

Auf einen Schlag wurden Alex und ich hellhörig.

„Ja und? Mach's nicht so spannend", drängte ich. „Wer war es? Was haben die sonst noch gemacht?"

„Nun man langsam, mein Guter. Das wollte ich gerade erzählen. Die Handykamera hat im Dunkeln auf große Entfernung eine schlechte Bildqualität. Also schäle ich mich aus dem Schlafsack, laufe über die Straße und von hinten auf den Audi zu. Dabei hab ich weiter fotografiert."

Jetzt wurde Alex nervös: „Nun langt's mit deiner Räuberpistole, Rogge. Kommst du bitte auf den Punkt? Die technischen Details interessieren kein Schwein. Wer war denn nun am Wagen?"

„Also, während ich mich ranpirsche, richtet sich der Kofferraum-Typ auf. Den habe ich seitlich gut abgelichtet. Bin dann langsamer gelaufen. Hab den anderen erwischt, als er aus dem Wagen stieg. Wisst ihr, wer das war?", fragte Karl-Heinz rhetorisch.

„Archimedes? Tom Cruise? Mann, rück' endlich mit dem Kram raus!", blaffte ich ihn an.

Karl-Heinz zögerte, grinste und sonnte sich einige lange Sekunden in seinem ersten Erfolg als verdeckter Ermittler. Dann haute er uns mit seiner Antwort aus den Socken: „Dimundi!"

Alex und mir klappte im wörtlichen Sinn der Unterkiefer nach unten. Ich schloss die Augen und dachte nach. Langsam dämmerte mir der Zusammenhang. Nachdem ich ihn meinen Freunden Stück für Stück erläutert hatte, lag die Verbindung plötzlich für uns drei eindeutig auf der Hand:

Professor Dimundi musste am Tag des Attentats aus Versehen im International Office sein Papier in meine Auslandsmappe geschoben haben. Das Papier enthielt höchstwahrscheinlich brisante Informationen, die er unbedingt wiederhaben wollte. Dimundi hatte vermutlich mit einem Typen engen Kontakt, der einen Schlüssel zu jenem Auto besaß, in dem ich entführt worden war. Das wiederum bedeutete, Dimundi hatte eventuell die Schläger angeheuert, um mir den Zettel mit Gewalt abzujagen. Dabei hatten es die beiden übertrieben und mich von der Straße geschoben, anstatt den Polo an die Seite zu drängen und mir die Tasche abzunehmen. Als sie feststellen mussten, dass ich noch lebte, wollten sie in der Hütte die Information über das Papier aus mir rausprügeln. Sie konnten mich schnell finden, weil Dimundi sie darüber am Donnerstag nach unserer Begegnung an der Fachhochschule sogleich informiert hatte. Und das konnte nur bedeuten, dass mich Dimundi von Anfang an verdächtigt hatte, sein Papier zu besitzen. Augenscheinlich war er zu allem bereit, um es wiederzuerlangen. Die Information auf dem Zettel musste mega-brisant sein.

„Und bei so einem willst du ein Auslandspraktikum machen?", fragte ich Alex. „Wer weiß, was der in Peru so alles treibt."

Alex rechtfertigte sich: „Ich kann ja wohl kaum ahnen, dass der in einen Anschlag und eine Entführung verwickelt ist. Peru ist für mich interessant. Auch die Chance, dort in einem Krankenhaus Erfahrungen zu sammeln. Außerdem möchte ich aus unserem Kulturkreis ausbrechen und mal was anderes sehen."

Ich sinnierte: „Das Papier muss Dimundi sehr belasten, wenn er gleich harte Bandagen anlegt, anstatt nur nachzufragen, ob ich es vielleicht eingesteckt habe. Sicher wollte er mich nicht auf die Zeichenkolonnen aufmerksam machen. Das ist nun gänzlich in die Hose gegangen."

Plötzlich bekam ich Angst um Karl-Heinz: „Hat er dich beim Fotografieren gesehen? Kennt er dich?"

„Kennen schon, gesehen nicht. Glaube ich zumindest. Das Handy hab' ich dicht vors Gesicht gehalten, das kann er kaum gesehen haben. Und mit der albernen Mütze sehe ich aus wie ein Hafenarbeiter oder wie DJ Alpli. Ich werde sie jetzt wohl nie mehr an der Fachhochschule tragen können." Ein wenig schien Karl-Heinz der Mutterwitz abhanden gekommen zu sein.

Wir bestellten Pizzen und Getränke und berieten beim Essen, was wir aufgrund der Sachlage am besten tun könnten, aber uns fiel so rasch nichts Schlaues ein. Auch von Alfi und der Entschlüsselung des Zeichensalats hatte Karl-Heinz bis dahin noch nichts gehört. Der Kerl ging einfach nicht ans Handy, wenn er nicht wollte. Da wir an dieser Stelle nicht weiterkamen, stellte ich meine in Stuttgart gewonnenen Eindrücke dar. Über Bluetooth tauschten wir unsere heutigen Beutefotos aus.

Dimundi und der andere Typ waren auf Karl-Heinz' Schnappschüssen einigermaßen gut zu erkennen, wenn man wusste, um wen es sich handelte. Meine Fotos waren wegen des Tageslichts sehr gut gelungen, allein der Schuss in die Werkstatt ließ Kontraste vermissen. Zwei Wagen waren darauf zu sehen, einer im aufgebockten Zustand, der andere ebenerdig. Mechaniker werkelten an beiden herum. Da die Displays für eine nähere Analyse zu klein waren, beschlossen wir, uns die Fotos auf einem Computer anzusehen, allerdings an keinem aus dem PC-Pool der FH, weil wir nicht Dimundi über den Weg laufen wollten. Die Studentenbude von Karl-Heinz lag am nächsten, also zogen wir kurzerhand dorthin.

Auf dem Laptop erkannten wir dann einen Chevrolet und eine aufgemotzte Volvo-Limousine mit einem fetten Airbrush auf der Motorhaube: ein Poolbillardspieler, der die schwarze Acht mit Wucht aus dem Hintergrund nach vorne vom Tisch ins Gesicht des Betrachters stößt.

„Und die Disco-Mieze sagte mir, sie bearbeiten keine Ausländer", kommentierte ich die Entdeckung.

Karl-Heinz aktivierte seine neuronale Witzecke: „Das schon. Doch wohl eher mit Fäusten."

Wir blödelten weiter, um den Ernst der Lage zu mildern, dann wurde es langsam spät. Alex und ich verabschiedeten uns von Karl-Heinz. Auf dem Parkplatz vom Studentenwohnheim küssten wir uns diesmal ausgiebig. Nur winterliche Außentemperaturen verhinderten den fließenden Übergang ins Petting.

„Ich habe das am Telefon ernst gemeint", flüsterte ich ihr ins Ohr.

Alex wusste, worauf ich anspielte: „Ich auch. Wenn wir nur mehr Zeit für uns hätten. Wenn wir nur jetzt nicht den Ärger am Hals hätten."

Von Mutters Angebot, gemeinsam in meinem Elternhaus wohnen zu können, wollte ich ihr noch nicht erzählen. Es schien verfrüht zu sein. Dafür tröstete ich uns: „Es kommen sicher bessere Zeiten. Wart's ab."

So schnell sollten die aber nicht einsetzen, denn als ich nach unserem Abschiedskuss daheim eintraf, fand ich Mutter völlig aufgelöst vor. Sie saß am Wohnzimmertisch und war über eine mit Buchstaben beklebte Seite gebeugt, Rotz und Tränen liefen ihr im Gesicht herunter.

In ausgeschnittenen Zeitungslettern stand auf dem Blatt zu lesen: ‚wennsieihrenbubengesundwiederhabenwollengebensieunszurück-wasunsgehörtkeinepolizeiwirmeldenuns'.

Da ich relativ gesund neben ihr stand, konnte sich die Nachricht nur auf Mutters anderen Buben beziehen.

13. Angriff

„Er lag nachmittags einfach vor der Tür. Es hat geläutet. Ich wollte zuerst nicht nachsehen. Sie haben Benny. Wollen ihm was antun. Warum nur? Was wollen die von uns?"

Ich suchte eine Packung Taschentücher und drückte meiner armen Mutter ein Tuch in die Hand. Sie nahm es, schnäuzte sich, nahm ein zweites und wischte sich die Tränen aus dem Gesicht. Dann setzte ich mich neben sie und hielt ihre Hand. Nun musste ich alles beichten. Eine andere Möglichkeit wäre für mich nicht in Frage gekommen, dafür war die Situation inzwischen zu verfahren und unser Vertrauensverhältnis zu wertvoll, um es durch Hinhaltetaktiken zu zerstören.

„Ich glaube, ich weiß, was los ist. Dass sie Benny und dich mit reinziehen, habe ich nicht gewollt. Damit war nicht zu rechnen."

Mutter sah mich überrascht an: „Du hast etwas damit zu tun? Junge, was machst du bloß für Sachen? Wenn doch nur Josef noch leben würde. Der wüsste, was zu tun ist."

Traurig schüttelte meine Mutter den Kopf. Wahrscheinlich nahm sie an, ich sei inzwischen fürchterlich kriminell geworden, was ich sofort richtigstellen musste, damit die Welt für sie nicht noch mehr zusammenbrach. In einer Kurzversion, die sich nicht in Details verlor, sondern bekannte Tatsachen zusammenfasste, klärte ich Mutter über die Geschehnisse auf. Jeder an ihrer Stelle wäre ebenso fassungslos gewesen, wie sie es war.

Minutenlang sprachen wir nicht, saßen nur da und hielten uns bei den Händen. Hätte ich besser sofort zur Gendarmerie gehen sollen? Dem Dorfpolizisten sagen sollen, dass ich einen der Attentäter in den Krug gehen sah? Hätte ich wenigstens am nächsten Tag die Wahrheit sagen sollen? Wären dann die Gangster weniger entschlossen vorgegangen? Gedanken drehten sich hoffnungslos im Kreis.

Mutter rappelte sich als Erste auf und durchbrach den Bann. Ich bekam das über ihre Hand mit. Sie richtete sich aus ihrer zusammengesunkenen Sitzhaltung auf, straffte den Rücken und drückte meine Hand fester.

Mit der flachen Rechten schlug sie auf die hölzerne Tischplatte, dass die Gläser wackelten. Offensichtlich hatte sie einen Entschluss gefasst.

„Niemand tut meinen Buben etwas an!", erklärte sie unserem Wohnzimmer in unbestimmter Richtung. Und zu mir gewandt: „Ich weiß zwar noch nicht, was wir am besten unternehmen. Auf keinen Fall schalten wir die Gendarmerie ein. Ich möchte Benedikt unversehrt wiederhaben. Wir tun alles Menschenmögliche, damit das gelingt. Ich würde zuerst meinen Schwager fragen. Jodok ist ein patenter Mann, wenn auch sehr eigenwillig, aber wer ist das nicht? Was denkst du?"

So energisch hatte ich meine Mutter in den letzten drei Jahren nicht mehr erlebt. Anscheinend legte die Krisensituation verschüttete Mutterinstinkte frei. „Wir tun alles, was nötig ist, Mama", antwortete ich mit zittriger Stimme.

Dann fügte ich Details hinzu, die ich bei meiner ersten Darstellung der Ereignisse ausgelassen hatte, besonders, inwiefern Onkel Jodok mir in der letzten Woche durch seine Jagdleidenschaft bereits indirekt zweimal das Leben gerettet hatte. Dass Karl-Heinz und Alex mir zur Seite standen und wir dabei waren, Hintergrundinformationen zu sammeln. Und dass ich Benny zutraute, die kritische Situation eine Weile gut durchzustehen. Die Entführer würden ihm hoffentlich nichts antun, solange er sie nicht identifizieren konnte und sie sicher waren, das Blatt Papier zurückzubekommen.

„Guter Junge", erteilte sie mir Absolution, „kommst ganz nach Josef. Der hat auch keine Gefahr gescheut und immer anderen geholfen, wenn es nötig war. Wenn er auch letztlich zu leichtsinnig unterwegs war. Dann packen wir gleich morgen Früh die Dinge an und gehen jetzt ins Bett, damit wir gehörig ausgeruht sind."

Nicht nur an ihren Worten, auch an den Handgriffen konnte ich die unglaubliche Veränderung meiner Mutter erkennen. Schwungvoll stand sie auf und räumte Gläser und zwei leere Weinflaschen in die Küche. Nach einer kurzen Dusche erschien sie erfrischt im Morgenmantel. Zwar sah meine Mutter immer noch verweint aus, aber nun ließ sie sich ersichtlich nicht mehr hängen.

„Ich gehe jetzt ins Bett und würde dir das auch empfehlen. Für heute können wir eh nichts mehr unternehmen, oder? Komm, Felix. Lass es gut sein. Wir treffen uns morgen um sieben am Küchentisch."

Und dann umarmte mich meine Mutter nach gut drei Jahren zum ersten Mal wieder: „Gute Nacht, Felix."

„Gute Nacht, Mama!"

In der Küche und am Laptop bereitete ich Dinge für den nächsten Tag vor und legte mich danach schlafen.

Am nächsten Morgen waren wir beide etwas ausgeruhter, wenngleich man meiner Mutter immer noch ansah, wie sehr sie Bennys Entführung mitnahm. Wahrscheinlich bot ich keinen besseren Anblick. Zu meiner Freude hatte sie bereits das Frühstück hergerichtet. Ich interpretierte das als gutes Zeichen.

„Was ist, Felix, wollen wir gleich zu Jodok gehen?"

„Meinetwegen gerne. Ist er denn um diese Zeit schon auf?"

„Besondere Ereignisse erfordern besondere Maßnahmen, das sagt Jodok doch selbst, wenn er etwas gegen einen Widerstand durchsetzen will. Also, auf geht's!"

Ich kannte meine Mutter kaum wieder. Sie war deutlich angeschlagen, doch von Depression keine Spur mehr. Kein Gedanke daran, sich hängen zu lassen. Stattdessen blitzte in ihren Augen eine Energie auf, die hoffentlich nicht als aggressive posttraumatische Gegenreaktion zur vorherigen Trauerphase zu erklären war. Als Alkoholtherapie war die Methode nicht zu empfehlen, denn wirkliche oder angebliche Kindesentführung als Therapie für alkoholkranke Mütter hätte keine Chance, die Ethikkommission zu passieren. Ich wünschte nur, Mutter würde sich nachhaltig stabilisieren und unser Vorhaben, Benny heil zurückzubekommen, erfolgreich verlaufen. Hoffentlich würden dann die Verbrecher endgültig von uns ablassen. Die Alternative war nicht auszudenken.

Ein kurzes Telefonat mit meinem Onkel brachte ihn dazu, uns sofort aufzusuchen. Bei uns wären wir ungestörter, und wenn ein wirkliches Problem vorliege, sollte Sieglinde, seine Frau, nichts davon erfahren, um ihren Blutdruck nicht künstlich in die Höhe zu treiben. Onkel Jodok wohnt in Rotenstein ums Eck. Mit dem Auto brauchte er kaum fünf Minuten bis zu uns. Trotz seiner siebenundsechzig Jahre ging er locker für Anfang fünfzig durch. Ein stattlicher Kerl mit fast vollem Haar, das allerdings vollends ergraut war. Mutter setzte frischen Kaffee auf, ich deckte in der warmen Stube ein, und dann versammelten wir uns dort. Erneut legte ich mit der Geschichte los, während Mutter uns den aromatisch duftenden

Kaffee einschenkte. Es war fast wie früher nach getaner Arbeit, nur dass diese heute noch vor uns lag.

Die erste Reaktion von Onkel Jodok, nachdem ich zu Ende erzählt hatte, war ein kräftiger Schlag auf meine Schulter, gefolgt von einem markanten Spruch: „Bub. Sunzi hätte seine helle Freude an dir gehabt! Wie du bislang die Strategie des Gegners vereitelt hast, und zwar mehrmals kurz hintereinander, ist beispielhaft. Täuschung, Entschlossenheit, Gegenangriff, taktische Schwächung – alles dabei."

Sunzi war ein alter chinesischer Militärstratege aus der Zeit vor Christi Geburt, dessen Buch über die Kriegskunst anscheinend auch in der Jagdausbildung und nicht nur beim Militär gelesen wurde. Onkel hatte mir seinerzeit das schmale Heftchen mitgegeben. Als Siebzehnjähriger hatte ich damit allerdings wenig anfangen können.

Dann schlug Jodoks Begeisterung in Nachdenklichkeit um. Nun realisierte er unser Hauptproblem: „Sie haben Benedikt entführt."

Mutter: „Ja, und ich will meinen Jungen heil zurückhaben. Und natürlich, dass die uns nichts mehr antun. Glaubst du, die lassen uns in Ruhe, wenn Felix ihnen das verfluchte Papier zurückgibt?"

„Damit ist kaum zu rechnen."

Onkel Jodok beraubte uns direkt aller Illusionen, sofern wir welche gehabt hatten. Mit einem Tausch des Papiers gegen meinen Bruder schien es nicht getan zu sein. Wenn die anderen einigermaßen intelligent agierten, und Dimundi traute ich das mehr als zu, konnten sie sich denken, dass ich vom besagten Papier eine Kopie angefertigt hatte. Eigentlich mussten sie alle Mitwisser entweder ausschalten oder mit Zwangsmaßnahmen für alle Zeit mundtot machen. Anders könnten sie nie sicher sein. Die Information auf dem Zettel könnte später zu ihrem Nachteil verwendet werden, um was immer es sich auch dabei handelte.

„Was können wir dann unternehmen?", fragte meine Mutter, „wir müssen in erster Linie Benny retten."

„Tricksen und tarnen", sagte ich. Beide schauten mich überrascht an. „Wir tricksen sie aus – hoffentlich. Erstens ahnen sie nicht, dass Dimundi enttarnt ist. Und zweitens nehmen sie im Moment auch nur an, dass ich das Papier besitze und wissen nicht, dass ich den schwäbischen Gorilla gesehen habe. Aber sie können sich nicht sicher sein, ob ich das Papier wirklich zu Gesicht bekommen habe. Schließlich lag es ja vorher auch eine Woche zu Hause herum, ohne dass ich davon etwas geahnt habe.

Was, wenn sie die Mappe so zurückbekommen, dass sie denken, ich hätte das Papier nie gesehen? Dann müssten sie sich eigentlich sicher fühlen. Darin liegt vielleicht unsere Chance."

„Und dann zum Gegenangriff übergehen. Und sie vernichtend schlagen. Das hätte Sunzi in letzter Konsequenz auch getan.", fügte Onkel Jodok hinzu.

Jetzt war es an mir und Mutter, ihn verständnislos anzuschauen. In der folgenden halben Stunde unterbreitete uns mein Onkel seine Ideen, wie wir von der passiven in die aktive Rolle wechseln konnten und welchen Part jeder dabei zu spielen hätte. Die Strategie stimmte. Der Plan war allerdings noch etwas unausgereift, und so feilten wir an ihm herum, bis plötzlich das Festnetztelefon läutete. Wir schauten uns ahnend an, Onkel Jodok gewann seine Fassung als Erster wieder.

„Elfriede, geh du ran, das sind sie bestimmt. Merk' dir gut, was sie sagen. Und sei am Telefon aufgelöst und unterwürfig. Du tust alles, was sie sagen."

„Moosburger", meldete sich Mutter am Apparat. Dann: „Ja, ich höre." Pause. „Bitte tun Sie meinem Kind nichts. Geht es ihm gut?" Pause. „Ja, mache ich alles. Kann ich meinen Sohn sprechen? Bitte! Ich will wissen, ob es ihm gut geht." Pause. „Benny, geht es dir gut? Hab' keine Angst, wir holen dich da raus." Pause. „Ja, habe ich schon gesagt, mache ich alles." Dann legte sie den Hörer auf.

„Was haben sie gesagt?", fragten Jodok und ich fast gleichzeitig.

„Ich soll mit Felix sprechen. Er soll das besagte Papier suchen, er wisse schon welches. Dann sollen wir auf einen Anruf von ihnen warten. Sie würden mitteilen, wo die Übergabe stattfindet."

„Also haben wir nicht mehr viel Zeit. Lasst uns unseren Plan zu Ende ausarbeiten", schlug Onkel Jodok vor.

Ich trug einige Ideen bei, wie uns Alex und Karl-Heinz unterstützen könnten. Dann rief ich beide an und bat sie um ein Treffen bei Karl-Heinz, um in seiner Studentenbude die nächsten Schritte durchzugehen, bei denen ich sie unbedingt brauchte. Beide sagten für die nächste Stunde zu, und so musste ich mich sputen.

Mein Onkel wollte als graue Eminenz im Hintergrund die Fäden zusammenhalten und Dinge organisieren. Er habe als Pensionist genug Zeit dafür, nur dass wir bitte Tante Sieglinde nichts von allem erzählen. Bei ihm sollten alle Informationen zusammenlaufen, ähnlich wie in einer

Kommandozentrale. Jeder, der einen Teilabschnitt des Plans bewältigte oder etwas Neues erfuhr, sollte ihn anrufen. Er würde alles chronologisch notieren und die Anrufer über den aktuellen Stand informieren. Wenn man eine Zeitlang nichts zu tun hätte, sollte man sich immer zur vollen Stunde bei ihm melden. Ein Gegenanruf seinerseits würde erfolgen, um uns zu warnen oder Wichtiges weiterzuleiten. Onkel Jodok speicherte noch die Telefonnummern von Alex und Karl-Heinz in seinem Smartphone.

Elfriede würde weiterhin das spielen, was sie war: die besorgte Mutter, die vor allen Dingen ihren zweiten Sohn lebendig und gesund wiederhaben wollte und alles tun würde, was die Entführer ihr vorgaben. Nur sollte sie sie möglichst hinhalten, damit wir Zeit gewinnen konnten. Wir würden die Polizei nicht einschalten, weil das die Entführer deutlich gefordert hatten. Bei Bedarf könnten wir uns damit hinterher gegenüber der Polizei rausreden.

Eine gute Stunde später teilte ich im Studentenwohnheim Alex und Karl-Heinz den aktuellen Grund unserer Zusammenkunft, die allgemeine Strategie und die nächsten taktischen Details mit.

„Passt auf: Sie sollen glauben, ich hätte nie das fragliche Papier gesehen, hätte es nie in den Händen gehabt. Meine Mutter wird ihnen beim nächsten Anruf sagen, dass ich nachgeschaut und versehentlich die Mappe vom Studienkollegen XY eingesteckt oder mit ihm getauscht hätte. Den richtigen Namen geben wir ihr nachher durch. Meine Mappe liege sicher noch an der Fachhochschule im International Office. Ich hätte keine Ahnung, was das für ein Papier sein sollte. In der Mappe von XY würde jedenfalls nichts Besonderes stecken."

„Und wie gehen wir jetzt vor?", fragte Alex.

„Hier ist meine Auslandsmappe. Das Papier liegt darin, wie wir es vorgefunden haben. Wir gehen jetzt ins International Office und tauschen die Mappe mit einer anderen. Ihr müsst die Anwesenden geschickt ablenken, während ich den Tausch vornehme. Bei Julia liegen immer fertig bearbeitete Akten im Regal. Den Namen auf der getauschten Mappe geben wir anschließend meiner Mutter durch. Euer Ablenkungsmanöver muss nur gut funktionieren."

Karl-Heinz fragte: „Und wie stellst du dir das vor?"

„Ganz einfach, du kriegst einen Anfall."

„Was für einen Anfall? Eine Fressattacke?"

„Trottel. So ähnlich jedenfalls. Du hast mal wieder zu viele Drogen durcheinander genommen. Nun schüttelt's dich im IO. Du schlägst hin und dir tritt Schaum vor den Mund. Das Ganze muss vor Julias Tisch passieren, damit alle um dich herum stehen und die Sicht auf das Regal verdecken. Alex ist dabei und scheucht alle raus oder hin und her, die zu wenig auf dich achten. Sie weist an, was zu tun ist, zum Beispiel dir einen Mantel unter den Kopf legen, ein Glas Wasser holen, stabile Seitenlage und so weiter. Ich tausche derweil die Mappen, und sobald ich draußen bin, erholst du dich, und ihr macht schnell einen Abgang."

Karl-Heinz war nicht begeistert: „Warum ich? Warum kann das nicht Alex machen? Und wie soll ich Schaum vor den Mund kriegen?"

„Hier habe ich Magnesiumtabletten mit Vitamin C", erklärte ich, „die schmecken wie Brausetabletten und schäumen schön. Du nimmst im Flur vor dem IO zwei in den Mund und speichelst sie gut ein. Wird schon werden. Und übrigens gehorchen die Umstehenden einer resoluten Frau eher als dir."

So wappneten wir uns, gingen zur Fachhochschule und enterten das International Office. Unsere Hauptsorge war Professor Dimundi. Er konnte uns zufällig über den Weg laufen. Wo er sich zur Zeit aufhielt, klärten wir daher vorher telefonisch ab. Alex rief unter falschem Namen im Studiengangsbüro an und fragte, wann und wo Herr Dimundi denn heute unterrichte, sie müsse ihn noch etwas zu ihrer Hausarbeit fragen. Alex bekam die gewünschte Auskunft. Wir planten den IO-Auftritt, während Dimundi lehrte.

Das Theater lief ab wie am Broadway. Karl-Heinz legte einen begnadeten Zusammenbruch auf die Bretter, die das IO bedeuteten. Er röchelte und zuckte wie ein angeschossener Hirsch. Der Sabber lief ihm eindrucksvoll das Kinn hinunter. Währenddessen scheuchte Alex die Anwesenden wie General Wallenstein einst die Schweden. Vor ihren militärisch ausgestoßenen Befehlsketten wuselten Administratorinnen und Austauschstudenten wie aufgezogen hin und her. Die unfreiwilligen Statisten unserer Komödie waren damit gut abgelenkt. Nun rasch hinter Julias Bürostuhl ins Aktenregal langen. Unauffällig zwei Mappen tauschen. Und dann schleunigst verschwinden. Auf der Treppe hörte ich Karl-Heinz und Alex lachend aus dem IO stürzen. Wie sie mir später erzählten, hatten sie den Anwesenden erklärt, der Auftritt sei ein psychologisches Experiment gewesen, das sie für eine Studienarbeit durchführen sollten.

Ich rief sofort Mutter an und gab ihr den Namen auf der getauschten Praktikumsmappe durch: Mizzi Furtbichler!

Was für eine Gaudi! Laut Unterlage wollte Mizzi ihr Auslandssemester in Italien absolvieren. Karl-Heinz lästerte noch darüber, dass sich die dümmsten Bäuerinnen mit den dicksten Melonen dort vor Latin Lover nicht würden retten können. Dann riefen wir Onkel Jodok an und teilten ihm mit, Phase eins sei erfolgreich abgeschlossen.

Eine halbe Stunde später saßen wir wieder in Karl-Heinz' Studentenbude. Damit dieser Zwischenerfolg kein Pyrrhussieg gewesen sein sollte, hielten wir uns nicht lange mit selbstbeweihräuchernden Kriegsgeschichten auf – obwohl uns diese schon Spaß machten und psychisch stärkten. Ich erläuterte meinen Freunden die nächsten Schritte, und die waren deutlich anspruchsvoller und auch gefährlicher.

„Hört her! Ihr habt schon sehr viel für mich getan. Wenn ihr jetzt aussteigen wollt, hätte ich dafür vollstes Verständnis", eröffnete ich ihnen.

Beide dachten aber nicht im Traum daran. Was denn nun Schlimmes käme? Ich sagte, das wüsste ich im Detail auch nicht genau, die Sache wäre aber auf jeden Fall riskant. Deshalb würde ich ihnen zusichern, sich jederzeit aus der Aktion zurückziehen zu dürfen. Das betraf vor allem Alex, da doch ihr Vater bei der Kripo sei und sie vielleicht darauf Rücksicht nehmen wolle.

Karl-Heinz und Alex schauten sich kurz an und schüttelten die Köpfe. Also gingen wir zu Phase zwei über.

Jemand sollte auf dem Handy von Dimundi eine Spionagesoftware installieren. Damit könnten wir seine Telefonate mithören, angewählte Telefonnummern notieren, SMS mitlesen, ihn über das Handy orten und sein Handy als Abhörgerät verwenden. Es wäre doch gelacht, wenn wir dadurch nicht auch die nächsten Schritte des Professors auskundschaften könnten. Und vielleicht würden wir sogar erfahren, wo sie Benny gefangen halten. Die Sache hatte nur einen großen und viele kleine Haken. Sie war erstens absolut illegal. Zweitens mussten wir uns die Software zulegen, was allerdings wegen der großzügigen Geldspende von Schwaben-Ede das geringste Problem darstellte. Und drittens bis zehntens musste das Spionageprogramm unbemerkt auf Dimundis Handy installiert werden.

Unbekümmert von technischen und rechtlichen Konsequenzen, die dieses Vorhaben mit sich bringen würde, bekräftigte Alex erneut, weiterhin dabei sein zu wollen. Karl-Heinz brannte bereits von Beginn meines

Vortrags an voll dafür und entwickelte langsam ein noch nie gekanntes Jagdfieber. Ich erinnerte beide daran, dass es hier immerhin um das Leben meines Bruders gehe, eventuell auch um meines und das meiner Mutter. Sie würden mit ihrer Entscheidung auch ihr eigenes Leben aufs Spiel setzen, vielleicht mindestens ihre Karriere. Ob sie das wirklich wollten. Ich würde den Plan auch alleine durchziehen.

Karl-Heinz und Alex ließen sich jedoch durch meine Negativszenarien nicht von ihrer Hilfsbereitschaft abbringen. Stattdessen wollten sie wissen, wie die Sache im Detail umgesetzt werden sollte, und was es mit dieser Software auf sich habe.

Gerade wollte ich alles detailliert erläutern, da klingelte Karl-Heinz' Smartphone. Alfi. Er wollte sich unbedingt mit uns treffen. Da wäre noch eine Sache offen, die er uns nur persönlich geben könnte, orakelte er. Als Informatiker zeigte Alfi von Haus aus weniger Vertrauen in die moderne Telekommunikation als wir, die wir uns über Spionage-Software unterhalten hatten.

Alfi besuchte uns umgehend, und damit glich Karl-Heinz' kümmerliche Bude langsam einem Auffanglager für Erdbebenopfer. Alfi, mit bürgerlichem Namen Alfons Winterstein, trug eine dieser angesagten dickwandigen Brillen mit poppigem Bügel. Er war lang aufgeschossen aber recht schmächtig, sein blasser Teint charakterisierte einen Stubenhocker. Lange schwarze Haare hatte er am Hinterkopf zu einem Pferdeschwanz zusammengebunden. Nachdem er auf dem einzigen Stuhl im Raum Platz genommen hatte, breitete Alfi sein Erfolgserlebnis vor uns aus. Wir anderen saßen ihm gegenüber auf dem Bett.

„Entschlüsselung kryptografischer Texte", hob er an, „ist eine Wissenschaft für sich und ein breites Feld. Bereits die alten Chinesen hatten vor Tausenden von Jahren ihre Spione ..."

„Stop mal, Alfi", unterbrach ihn Alex unsanft. „Verschone uns bitte mit dem Popanz. Dafür haben wir leider keine Zeit. Was ist denn bei deiner Recherche herausgekommen?"

„Das ist keine Recherche, sondern eine ausgewachsene Dechiffrierung", maulte Alfi leicht beleidigt.

Ich hoffte, er würde seinen Enthusiasmus behalten und trotzdem schnell zum Kern kommen. Ein wenig musste Alfi aber noch seine fachliche Reputation wiederherstellen.

„Es gibt mindestens fünf traditionelle und drei moderne Formen der Verschlüsselung. Verschlüsselt werden in der Regel Buchstaben, Zahlen und Zeichen, die zu anderen Buchstaben, Zahlen oder Zeichen umgewandelt werden – im Computer als Binärcode. Die Verschlüsselungsmethoden – ich sag das mal so volksnah, damit ihr es versteht – sind mehr oder weniger gut. Je besser sie sind, umso teurer wird die Dechiffrierung, und umso länger dauert es. Damit ihr eine Ahnung bekommt: Das momentan beste Verschlüsselungssystem bräuchte bei der gesamten auf der Erde verfügbaren Rechenleistung Milliarden von Jahren, bis es geknackt wäre.“

Karl-Heinz wurde es zu bunt. Er trieb zur Eile: „Nu mach mal halblang, Alfi. Du wärst ja kaum hergekommen, wenn du das beste System vor der Nase gehabt hättest. Das hättest du uns auch am Telefon sagen können.“

Alfi bekam Aufwind: „Nicht so ungeduldig, Alter. Wart's ab. Wo war ich stehengeblieben?“

„Du wolltest uns mitteilen, ob es sich bei dem Zettel um ein gutes oder schlechtes System handelt“, half ich auf die Sprünge.

„Um ein schwaches. Kein ganz schlechtes. Keines, das selbst die CIA nicht knacken kann. Dafür eines, das Alfi der Begabte immerhin in wenigen Tagen geöffnet hat, Alter.“

„Alfi der Beknackte, wolltest du wohl sagen“, schob Karl-Heinz ein.

„Ruhe jetzt, lass ihn ausreden!“ Nun trat Alex unserem Computerspezi bei. „Das ist eine *Super*leistung von dir, Alfi. Wie hast du das nur geschafft? Und was ist das Ergebnis?“ suchte Alex die Situation durch Schmeicheleien zu entschärfen.

„Wie ich das geschafft habe? Betriebsgeheimnis. Eins kann ich verraten: Nur mit einem eurer Laptops hätte das nie funktioniert. Alfi *der Begabte* musste auf seine SETI-Ressourcen zurückgreifen.“

„Was hat denn der Yeti damit zu tun?“, fragte Karl-Heinz.

„*SETI*, du Birne! Search for extraterrestrial intelligence. Die zapfen weltweit PC's von Freiwilligen an, die sich bereiterklärt haben, ihre Computer für eine globale, gemeinsame Rechenleistung zur Verfügung zu stellen, um außerirdische Intelligenz aufzuspüren. Damit werden Datenpakete der Universität von Berkeley im Hintergrund berechnet, wenn ein PC mal weniger zu tun hat.“

„Und warum sollten die dir helfen wollen?, fragte ich nach.

„Wollen die nicht, müssen die aber", meinte Alfi knapp angebunden. „Ich hab' die SETI-Software funktional adaptiert und den kostenlosen download reframed."

Ich glaubte zu verstehen: „Stopp mal. Heißt das, da laufen weltweit irgendwelche Tausende von Rechnern, die für dich etwas ausrechnen, was die gar nicht wollen?", dämmerte es mir.

„Tausende trifft es nicht ganz", meinte Alfi affektiert, „es geht in den dreistelligen Millionenbereich."

„Wahnsinn!" Nicht nur Alex war von den Socken. Karl-Heinz applaudierte gemächlich, wir beiden anderen stimmten frenetisch darin ein.

„Juuuhuu", grölte ich. „Du bist der Größte."

Alex war rational am besten von uns allen drauf und fragte nach: „Was hast du aber rausbekommen? Sag schon. Und du, Felix, hör bitte auf, wie ein Hund zu winseln. Das hält niemand aus."

Alfi musste sich noch etwas im Ruhm sonnen und kam umständlich zur Sache: „Zunächst musste ich den Algorithmus knacken. Dafür gibt's nette kleine Helferprogramme. Die können mehr als nur einen Brute-Force-Angriff starten." Ich wollte weder wissen, was ein Brute-Force-Angriff war, noch woher Alfi die Programme hatte. Alfi fuhr fort: „Die hatten zwar einen Hundertzwölf-Bit-Stream zum Verschlüsseln verwendet, aber meine Programme dechiffrieren ja nicht einfach Zeichen für Zeichen drauflos, sondern wenden intelligentere Methoden an."

Nun waren wir drei perplex, weil wir nur noch Bahnhof verstanden. Alfi lief sich gehörig warm: „Mit dem Knacken war es lange nicht getan. Von Tausenden Möglichkeiten, die als Lösung entstanden, konnte nur eine richtige dabei sein, vorausgesetzt, es befinden sich im Dokument nicht nur Zahlen, sondern auch sinnvolle Worte. Wenn es nur Zahlen gewesen wären, wäre mein Plan sowieso daran gescheitert. Ich musste erst ein Meta-Programm schreiben, das auf den potenziellen Lösungen nach verständlichen Buchstabenkombinationen sucht. Sicherheitshalber habe ich dafür Datenbanken des Duden und des Oxford Dictionary hinterlegt."

Da ich auch nicht wissen wollte, wie zum Teufel Alfi daran gekommen sein konnte, unterbrach ich ihn immer noch nicht.

„Mein kleines Sprachprogramm hat mir dann fünf Seiten ausgeworfen, die einigermaßen Sinn machen, weil darauf echte Wörter stehen. Übrigens alle in Deutsch. Ich habe euch Ausdrucke mitgebracht und einen

Stick. Ich hätte einen Favoriten. Den verrate ich aber nicht, weil ihr euer Hirn ruhig auch anstrengen könnt."

Endlich war Alfi am Ende seiner Litanei angelangt. Wir schnappten nach seinen Ausdrucken wie Krokodile nach den Gnus. Die in Frage kommende Seite identifizierten wir sofort, weil die anderen trotz einiger Treffer keinen Sinn ergaben. Es handelte sich um ein tabellarisch aufgebautes Verzeichnis mit Namen, Zahlen und Zeichen. Pro Reihe kam zuerst ein Name, ein Beistrich, ein Vorname, ein Beistrich. Dann ab und an eine fünf-, meistens eine sechsstellige Zahlenkombination, unterteilt durch einen Punkt vor der drittletzten Stelle. Dann ein Leerzeichen. Zuletzt kam eine weitere Zahlenkombination aus drei Paaren. Zwischen den Paaren befand sich jeweils ein Punkt. Insgesamt waren dreißig Zeilen ausgedruckt, alle nach demselben Schema gegliedert. Alfi war ziemlich neugierig:

„Könnt ihr damit was anfangen?", fragte er in die Runde. Wir hatten zuvor schon verabredet, ihn auf keinen Fall einzuweihen. Was immer als Ergebnis herauskäme, wir wollten die Angelegenheit herunterspielen.

„Schaut wie eine Datenbankrecherche aus einer Masterarbeit aus", fabulierte Alex.

Ich gab meinen Senf dazu: „Ja. Manche Kommilitonen schützen ihre Forschungsergebnisse vor Plagiaten mit den unmöglichsten Verfahren. Am besten, wir posten das auf der Lernplattform, und dann kann sich derjenige seinen Zettel bei uns abholen. Alfi, danke für deine wahnsinnige Rechenarbeit. Was kriegst'n dafür?"

Die Veröffentlichung im Intranet der Fachhochschule war eine saublöde Idee, die wir nicht wirklich umsetzen durften, weil Studierende und Lehrende darauf zugreifen konnten. Dimundi hätte sofort bemerkt, dass ich entgegen meiner Ankündigung den Zettel besaß. Schlimmer noch: Dann würde er wissen, dass ich unverfälscht an die darauf befindlichen Informationen herangekommen war, obwohl noch unklar war, was sie bedeuteten.

Die Nachfrage zog. Alfi wollte seine Arbeit entgolten sehen: „Zunächst haltet ihr absolut das Maul über das, was ich euch über meine Arbeitsmethoden gesagt habe. Dann wäre mein Verdienstausfall zu entlohnen. Ich hätte mit diesem PC sicher dreihundert Euronen nebenbei real verdienen können."

„Du meinst illegal", setzte Karl-Heinz ihn unter Druck.

„Real, legal, scheißegal. Geht in Ordnung, Alfi. Warte einen Moment", suchte ich zu vermitteln.

Ich zog drei Hunderter aus meiner Brieftasche – das Geld von Schwaben-Ede hatte ich wohlweislich gut versteckt, seine Börse in eine Mülltonne geworfen und mir tausend Euro eingesteckt – und überreichte Alfi den verdienten Lohn.

Um den Computer-Nerd elegant loszuwerden, fragte ich meine Mitstreiter: „Wollen wir jetzt weiter für die Statistikprüfung lernen, oder habt ihr was anderes vor?"

Alex und Karl-Heinz gingen auf das Ablenkungsmanöver ein. Unser Top-Informatiker verkrümelte sich zügig, nicht ohne uns die fünf Dateien mit den Lösungen überspielt zu haben. Ich telefonierte nach seinem Abgang mit Onkel Jodok, teilte ihm die Ereignisse mit und dass wir uns gleich über die Lösung hermachen würden. Er überbrachte Neuigkeiten.

Vor fünf Minuten hatte sich die Kontaktperson erneut gemeldet. Meine Mutter habe den Sachverhalt wie verabredet geschildert. Ihrer Ansicht nach hätte der Anrufer nichts daran auszusetzen gehabt, würde aber natürlich alles überprüfen. Für den Fall eines Misserfolgs hätten wir mit ‚Konventionalstrafen' zu rechnen.

Wie es schien, hatten wir meine Mappe keinen Augenblick zu früh getauscht.

14. Außendienst

Bisher schien alles bestens aufzugehen. Ich teilte Onkel Jodok mit, wir würden nun ‚am Papier' arbeiten und danach mit Phase zwei fortfahren. Er möge bitte inzwischen drei Lizenzen der Software, über die wir uns heute Früh unterhalten hatten, vom Internethändler beziehen. Ich staunte nicht schlecht über meinen Onkel. Seit seiner Pensionierung musste er sich intensiv mit den Neuerungen des Computerwesens beschäftigt haben. Er konnte bei allen Themen voll mithalten.

Mehrere Eigenschaften fielen uns auf der Liste direkt ins Auge. Sie enthielt zunächst eine Kopfzeile mit einem Kürzel und einem Stichwort: ‚FFLE: Einnahmen'. Dann klangen etwa drei Viertel der Namen und Vornamen einheimisch. Es handelte sich dabei um traditionelle Familiennamen aus dem Ober- und Unterland und den Seitentälern. Vier Namen wiederholten sich mehrfach. Vermutlich stellten die drei hinteren Zahlenpaare Datumsangaben dar, in der amerikanischen Schreibweise mit den letzten beiden Ziffern der Jahrszahl beginnend. Eine knappe Überprüfung dieser These verwies auf die Jahre 2006 und 2007. Die beiden anderen Zahlenpaare entsprachen den üblichen Monats- und Tagesangaben. Die Datumsspalte war aufsteigend sortiert. Bei der Interpretation der vor dem Datum stehenden Zahlenkolonne zögerten wir auch nicht lange.

„Dabei kann es sich nur um Euro handeln, weil das mit der Kopfzeile bestens zusammenpasst. Etwas anderes macht in meinen Augen keinen Sinn", meinte Karl-Heinz.

Ich überlegte laut: „Überwiegend sechsstellige Beträge? Die klotzen ganz schön rein, Mann-o-Mann. Wenn das Einnahmen sind: Wofür mögen die sein?"

Alex wollte sogleich das Zahlenwerk analysieren: „Ich rechne kurz nach, wie viel da in einem Jahr zusammenkommt."

„Das macht Sinn, bietet nur keinen genauen Hinweis. Du weißt nicht, ob es davor oder dahinter zusätzliche Seiten mit Einträgen von 2006 und 2007 gibt. Wenn wir zuverlässig schätzen wollen, nehmen wir uns von dieser Seite einfach einen Zeitraum von zwölf Monaten vor, über beide Jahre hinweg, meinetwegen von Anfang April 2006 bis Ende März 2007. Dann kommen wir der Sache vielleicht näher."

„Erbsenzähler-Felix mal wieder voll in seinem Element", kommentierte Karl-Heinz. „Wir können im April anfangen. Wir könnten genauso gut im Mai oder im Juni anfangen, das wäre mit den Zahlen auch möglich. Wir kommen damit immer auf zwölf Monate."

„Dann berechnen wir einfach alle drei Versionen und schauen, was dabei rauskommt. Wir kopieren das Dokument ins Tabellenprogramm und bilden drei Summen."

Die Umsetzung dauerte nicht lange. Karl-Heinz tippte, wir schauten ihm über die Schulter. Als das Ergebnis vorlag, schnalzte er mit der Zunge. Wir waren ziemlich baff. „Egal wie du's nimmst, es sind immer zwischen siebeneinhalb und acht Millionen pro Jahr – mal mehr, mal weniger", verwies er auf das Offensichtliche.

„Kein schlechter Jahresumsatz, wenn das tatsächlich Einnahmen sind", kommentierte Alex. „Welche Organisation verbirgt sich denn hinter dem Kürzel FFLE?"

Wir recherchierten im Internet und fanden alsbald eine plausible Antwort. Es handelte sich um einen Verein mit dem Namen ‚Freunde zur Förderung lateinamerikanischer Emanzipation.'

„Mensch, das ist doch die Organisation, die Dimundi in Südamerika ins Leben gerufen hat, und wo du dein Praktikum machen willst", sagte ich zu Alex.

Sie war von den Socken: „Tatsächlich. Womit machen die soviel Geld in einem Jahr mit sechsstelligen Beträgen von Einzelpersonen? Das verdienen bei uns vielleicht Topmanager von Großunternehmen. Das kann doch kaum legal sein", spekulierte sie.

„Waffen, Drogen, Menschenhandel. Hast du uns doch von deinem Kripo-Vater erzählt", sagte ich.

Alex überlegte: „Import südamerikanischer Waffen oder Frauen in unser Ländle? Ist absurd. Wir haben hier zwar eine illegale und geduldete Prostitutionsszene, die sich in Privaträumen abspielt. Die Frauen kommen aber nicht aus Lateinamerika, eher aus Ost- und Südosteuropa. Und bei Waffen ist's doch so, dass die vornehmlich in die andere Richtung verschifft werden, in Krisengebiete. Für mich bleiben da nur Drogen übrig", argumentierte Alex schlüssig.

Alex hatte recht, man musste sich nur die vielen Kleinanzeigen in den Werbeblättern mit pseudojournalistischem Charakter anschauen, in denen sich gut gebaute und willige „Jessicas' und „Sabrinas' jederzeit feilboten. Gemessen an den Annoncen gab es bei uns eher ein Überangebot an Liebesdienerinnen, so dass an weiteren willfährigen Damen kein Interesse bestehen dürfte.

Karl-Heinz war gedanklich woanders: „Ich finde Alex' Frage unvollständig. Sie müsste lauten: Womit macht Dimundi im Verein soviel Geld neben seiner Vollanstellung an der Fachhochschule? Ein Geheiminstitut zur Erkundung der Mondrückseite wird es kaum sein. Meines Wissens forscht er nicht. Und mit seinem Hilfsverein für Lateinamerika wird er kaum peruanische Zipfelmützen importieren, die acht Millionen jährlich abwerfen. Und mit Aktien ist seit einigen Jahren schon gar nicht mehr viel zu verdienen, dafür vermisse ich auf der Liste außerdem Minusbeträge. Für mich sind das hier eindeutig illegale Transaktionen, sonst hätten die nicht so krass reagiert."

Mir dämmerte, Phase zwei würde riskanter verlaufen als gedacht. Bevor ich fortfahren wollte, sie meinen Freunden zu erläutern, rief ich noch einmal Onkel Jodok an und teilte ihm die Details unserer Entdeckung in kryptischer Ausdrucksweise mit. Er verstand mich, wollte gerade die besagte Software im Internet bestellen und hatte ansonsten nichts Neues zu vermelden.

„Leute, können wir jetzt bitte wieder darauf zurückkommen, wie wir weiter vorgehen wollen?", unterbrach ich unsere Spekulationen. „Die Zeit drängt. Die nächsten Schritte sind heikel. Hört zu und unterbrecht mich bitte nicht. Außer bei Verständnisfragen, die klären wir zwischendurch. Wollt ihr etwas zum Thema beitragen, besprechen wir's hinterher. Ich fange mal mit dem ursprünglichen Plan an. Wie schon mitgeteilt, gibt's da diese wahnwitzige Spionagesoftware fürs Handy. Damit infizieren wir einfach Dimundis Smartphone. Die Vorbereitung übernimmt Alex. Zunächst muss sie sich unter einem Vorwand an ihn ranmachen, vielleicht ihn etwas zu ihrem Volontariat in Peru fragen. Wenn sie in Dimundis Büro ist, rufe ich ihn über ein Prepaid-Handy an, das ich noch kaufen muss. Alex kann dann sehen, was für ein Fabrikat sein Smartphone hat. Anschließend müssen wir Dimundi abwechselnd observieren, bis sich eine Gelegenheit ergibt, die Software per Bluetooth darauf zu überspielen.

Karl-Heinz ist immer in der Nähe, damit er die Software schnell übertragen kann. Laut Herstellerangaben soll das vier bis fünf Minuten dauern. Traut ihr euch das zu?"

„Hört sich fast unmöglich an. Du sagtest ‚ursprünglicher Plan'. Wieso? Ist der jetzt anders?", fragte Alex.

„Generell nicht, nur ein wenig erweitert", erwiderte ich. „Ich kaufe nämlich zwei Prepaid-Handys und drei Lizenzen. Mit einer infizieren wir das Smartphone von Dimundi, mit den beiden anderen die neuen Geräte."

„Wozu das denn nun wieder?", fragte Karl-Heinz.

„Ganz einfach: als Abhörgeräte. Einmal für die gemeinnützige lateinamerikanische Hilfsorganisation, einmal fürs Büro von Dimundi. Die verstecken wir dort und können dann alles mithören."

„Das können wir doch sowieso über sein Smartphone, wenn die Software drauf ist", stellte Alex fest.

„Richtig. Aber erstens kann die Übertragung nicht funktionieren. Zweitens leuchtet immer kurz das Display auf, wenn man sich von außen heimlich einschaltet. Das könnte er bemerken. Und wenn der Apparat neben einer elektrischen Quelle liegt, zum Beispiel neben einem Lautsprecher, gibt es außerdem dieses charakteristische Brummen. In beiden Fällen wäre Dimundi gewarnt, also hören wir ihn nicht ab und registrieren nur seine Telefonate und SMS. Wir bekommen die Telefonnummern und Texte übers Internet. Die kann man beim Hersteller mit der erworbenen Lizenz abrufen."

„Irre!"

„Ach, eines noch: Durch die Senderpeilung über die Einwahlknotenpunkte findet man auch heraus, wo sich das Handy befindet. Auf einer Landkarte ergibt sich daraus ein Bewegungsprofil. Auf dreihundert Meter genau."

Viele Fragen von Karl-Heinz und Alex prasselten nach meinem Kurzvortrag auf mich ein. Wie ich denken könne, Dimundi wäre so leicht zu übertölpeln. Wie das Programm im Detail funktioniere. Ob ich den beiden ihre Teilaufgaben wirklich zutraute. Wer die Telefonate mithörte und die Nummern und SMS-Texte checkt. Welche Ausreden wir hätten, wenn wir bei der Handy-Aktion erwischt würden. Wie lange die Akkus reichen. Keiner von beiden fragte mich jedoch, wie hoch das Strafmaß für illegale Telefonüberwachung sei, oder ob ich enttäuscht wäre, wenn sie jetzt ausstiegen.

Die meisten Fragen konnte ich zufriedenstellend beantworten: Alle Infos würden bei Onkel Jodok zusammenlaufen. Aus den Internetangaben würde er ein Protokoll zusammenstellen und den Weg des Handys dokumentieren. Alex sollte eines der beiden zusätzlichen Geräte in Dimundis Büro platzieren. Wenn ich ihn anriefe, sollte sie auf den Typ seines Handys achten, weil die Spionagesoftware nur einige gängige Marken anspricht. Die beiden Handys könnten über sechzig Tage in Bereitschaft stehen oder beim Telefonieren für knapp vierundzwanzig Stunden aktiv sein. Mit einer All-Net-Flatrate ausgestattet, könnte man damit zum Flatrate-Preis permanent in alle Netze telefonieren.

Karl-Heinz sollte das zweite Handy dem Lateinamerikaverein unterschieben unter dem Vorwand, dort Mitglied werden zu wollen. Ich würde den Professor mit dem Auto verfolgen und Onkel Jodok benachrichtigen, wenn Dimundi in eines der beiden Büros ginge. Dann könne mein Onkel die Mithöraktion starten.

Während ich Handys und SIM-Karten kaufte, machte sich Karl-Heinz über das Programm schlau, und Alex arbeitete an ihrem Aktionsplan für unseren nächsten Besuch an der Fachhochschule. Die Kaufaktion dauerte etwas; sicherheitshalber gab ich für die Rechnung einen anderen Namen einschließlich einer Adresse an.

Inzwischen war es später Nachmittag, und der Feierabendverkehr setzte bereits ein. Während ich auf der Rückfahrt zur Studentenbude in der Rush-Hour sanft dahinrollte, überfiel mich urplötzlich ein Bild: Vor lauter Listen- und Handy-Alarm hatte ich eine Sache völlig übersehen: Der Ski-Tycoon, der unsere Mutter belästigt hatte, war auf der dechiffrierten Liste viermal namentlich aufgeführt.

15. Aua

Heute konnten wir die Nummer an der FH nicht mehr durchführen, dafür war es zu spät. Alex bekam immerhin noch telefonisch heraus, dass Dimundi am nächsten Vormittag zwischen neun und zwölf Uhr anwesend und anschließend außer Haus sein würde. So sollte sie bereits ab halb neun vor seinem Büro warten, während wir auf der Herrentoilette lauerten. Würde sie bei Dimundi vorgelassen werden, bekämen wir eine präparierte SMS, woraufhin ich mit dem zweiten Handy Dimundi anrufen sollte. Seine Mobilnummer war allgemein bekannt, wir hofften nur, dass er nicht mehrere Smartphones nutzte.

Kurz vor achtzehn Uhr rief Onkel Jodok bei uns durch. Er hätte zwei sehr gute Nachrichten für uns. Erstens habe Elfriede gerade den dritten Anruf erhalten. Die Entführer hätten ihr mitgeteilt, das Papier sei tatsächlich gut angekommen. Der ‚Gegenwert' würde in Bälde eintreffen. Sollte jemals etwas über die Vorfälle bekannt werden, würden sie jedem Beteiligten eine Reise auf die schöne Insel Nirwana spendieren.

Die Insel gehörte weder zu meinen beliebten Reisezielen, noch konnte die kaum bemäntelte Drohung als gute Nachricht angesehen werden. Dennoch freute ich mich riesig darüber, dass unser Plan funktioniert hatte. Was mich nur ziemlich überraschte, war die Geschwindigkeit, mit der die Entführer im International Office agiert hatten. Sie mussten eng mit der Fachhochschule zu tun haben. Und damit deutete erneut alles auf Professor Dimundi hin.

Jodok übermittelte noch seine zweite sehr gute Nachricht. Das gewünschte Programm liege dreifach digital vor. Er würde nun die Codes zum Download Karl-Heinz schicken. Am Telefon unterdrückte ich aus verständlichen Gründen meine Freude, gab nur durch, dass wir uns heute Abend auf Klausuren vorbereiten wollten. Er möge bitte daheim Bescheid sagen, ich käme später, würde aber auf jeden Fall erscheinen.

Nach dem Telefonat liefen mir vor Erleichterung die Tränen übers Gesicht, wobei ich lachte und weinte zugleich. Sie hatten unseren Köder geschluckt! Karl-Heinz und Alex waren ebenso gerührt wie ich, mahnten aber zur Besonnenheit. Noch sei Benny nicht zu Hause. Grund zur Freude gebe es erst, wenn mein Bruder unbeschadet wieder daheim sei.

Als Nächstes rief Karl-Heinz Mails ab, lud die Passwörter und die drei Softwarelizenzen herunter. Wir überprüften eine an einem neuen Handy. Beide hatte ich zwischenzeitlich ausgepackt und aufgeladen. Karl-Heinz mühte sich mit der verquasten englischsprachigen Beschreibung einer südvietnamesischen Programmierbude ab. Nach einiger Zeit gelang es ihm, das Programm zu installieren. Nach weiteren Minuten brachte er es zum Laufen.

Nicht gerade zur Erbauung von Alex – sie murmelte kurz: ‚postpubertäre Kerle‘ – starteten wir den Prototyp auf der Herrentoilette der zweiten Etage im Studentenwohnheim. Ich belegte eine Schüssel und gab zwecks Tontest simulierte ortsübliche Geräusche von mir. Karl-Heinz testete in seiner Bude die Übertragungsqualität.

„Funktioniert hervorragend. Ich präge mir die Schritte genau ein, damit es später schneller geht", freute sich Karl-Heinz, als ich sein Zimmer trat. Wir freuten uns mit ihm. „Hab noch einen zweiten Versuch zum Üben frei", fügte er hinzu. Auf den würde er sich ohne uns vorbereiten, da er zunächst fürs leibliche Wohl sorgen wollte.

Im Internet stellten wir fest, dass der lateinamerikanische Förderverein nur zweimal in der Woche für Publikumsverkehr geöffnet hatte. Morgen war einer der beiden Tage, was bezeichnenderweise mit der Abwesenheit unseres Zielobjekts – so bezeichneten wir Dimundi ab heute – von der Fachhochschule korrespondierte. Also könnte Karl-Heinz morgen unser Abhörgerät im Verein installieren.

Alex verabschiedete sich. Über den Tag hatte es wieder stärker zu schneien begonnen, und sie wollte nicht zu spät über glatte Straßen heimwärts fahren. Wie sie sich von mir verabschiedete, rührte mich erneut zu Tränen, denn Alex hatte sich in den letzten Tagen von ihrer einfühlsamen und intelligenten Seite gezeigt. Mein Eindruck, den ich seit dem Suppendrama von ihr hatte, sie sei überheblich und wolle von mir nichts wissen, war für immer ausgelöscht.

„Gute Nacht, Felix. Weißt du, ich würde dich unter normalen Umständen fragen, ob du nicht mitkommen möchtest. Aber du musst jetzt bei deiner Familie sein. Sicher kommt dein Bruder heute Abend zurück. Meine Frage werde ich schon noch mal stellen."

Wir umarmten uns innig und schwiegen einige Minuten, bevor ich mich traute, ihr meine Gefühle und Gedanken auszudrücken: „Weißt du, Alex. Ich habe dich seit meinem idiotischen Auftritt in der Mensa völlig falsch eingeschätzt. Als arrogant und zickig und schnippisch. Und wenn du jetzt so lieb bist und außerdem mit uns durch dick und dünn gehst, ist das für mich etwas ganz Besonderes. Ja, das ist es. Ich weiß nicht, wie ich es dir sonst sagen soll."

„Du hast es wunderschön gesagt. Es ist leicht für mich, mit dir durch dick und dünn zu gehen. Weil ich dich nämlich auch sehr lieb gewonnen habe."

Während Alex heimfuhr und Karl-Heinz sich leiblich und mental fit machte, musste ich mich zunächst im geborgten Auto sammeln. Alex' Eröffnung bescherte mir in der Ausnahmesituation ein unwirkliches Glücksgefühl zwischen Euphorie und surrealistischer Traumwelt, dem ich mich im Auto eine Zeit lang hingab. Doch irgendwann musste ich notgedrungen weitermachen. Nach gefasstem Entschluss startete ich Marias Koreaner. Ich wollte allerdings noch nicht heimfahren, sondern erst jemanden unangemeldet besuchen. Etwas Unbestimmbares trieb mich manisch dazu an. Fast wie unter Zwang musste ich unbedingt Schwaben-Ede, meinen im Berg verunglückten Entführer, im Krankenhaus aufsuchen.

Rational war dieses drängende Bedürfnis nicht zu erklären, denn ein Besuch bei meinem Peiniger barg nur weitere Risiken. Er würde mich auf jeden Fall sehen und erkennen. Seine Kumpane würden wissen, dass ich um ihn wusste und höchstwahrscheinlich seinen Namen kannte. Dadurch könnte die Kette zu den Hintermännern wiederhergestellt werden. Diese Möglichkeit war allerdings auch durch das Kennzeichen des Audi theoretisch vorhanden, denn der gehörte garantiert dem Stuttgarter mit der KFZ-Werkstatt, und die Bande konnte davon ausgehen, dass ich mir die Nummer notiert hatte. Ich wusste auch gar nicht, was ich von Ede wollte – ein nettes Gespräch über Flüssigseife führen sicherlich nicht. Später dämmerte es mir, dass ich mit dieser Aktion vorhatte, mein Verfolgungstrauma zu überwinden und mir einzureden, er könne meiner Familie, meinen Freunden und mir nichts mehr anhaben.

Kurz gesagt, es war eigentlich eine Riesendummheit, ihn aufzusuchen. Ihn zu finden war dagegen nicht schwer. Höchstwahrscheinlich lag er in einem Krankenhaus aus dem Oberland. Ich brauchte mich nur am Telefon als seinen Bruder auszugeben, ‚Kurt Otterbach', ob denn bei ihnen mein Bruder läge, Edmund Otterbach. Wie sich schnell herausstellte, war er ins Landeskrankenhaus Feldkirch eingeliefert worden. Bevor ich dort hineinging, machte ich einen Abstecher ins Einkaufszentrum, erstand einen langen Frotté-Bademantel mit Kapuze und ein Paar feste Badelatschen aus beeindruckend steril aussehendem weißen Plastik.

Das Krankenhaus ähnelt einem futuristischen Raumkreuzer. Mehrere Unterdecks zum Parken, ein halbrunder seitlicher Anbau mit einer Verkleidung aus Glas und Chrom und das langgezogene Mutterschiff vermitteln diesen Eindruck. Dienstag war nur bis sechzehn Uhr Besuchszeit, das hieß, ich musste mich an diesem Abend möglichst unbemerkt hinein und hinaus schleichen, dabei etwas anziehen, womit ich auf den Überwachungskameras nicht zu erkennen war. Hierbei halfen Bademantel und Badelatschen.

Das Auto parkte ich in der Nähe des Westeingangs in einer Seitenstraße, was mich leider zu der krassen Nummer zwang, bei dem saukalten Wetter mit Sandalen durch den Schnee zum Krankenhaus zu schlurfen. Auf dem Weg zog ich den Bademantel über den Parka, was mich ziemlich unförmig aussehen ließ. In dieser Montur ähnelte mein Körperbau dem meines angeblichen Verwandten, was sicher hilfreich wäre. Ab dem Eingang gab ich einen gebeugten Patienten mit leichten Hüftproblemen ab und schlurfte entsprechend langsam durch die Gänge.

Die Unfallchirurgie liegt auf der Seite des Westeingangs im zweiten Stock. Reingehen. Verstohlen orientieren. Zum Treppenaufgang rüber. In den ersten Stock und auf die Besuchertoilette. In eine Kabine einsperren. Mein Plan: Auf jeden Fall darin bis nach der Übergabe zur Nachtschicht warten, die so um zweiundzwanzig Uhr sein musste. Sicherheitshalber wollte ich bis ein Uhr auf der Toilette ausharren und dann schauen, wie ich ungesehen in den zweiten Flur und dort ins Zimmer 217 käme. Bis dahin konnte ich es mir auf einer Toilettenschüssel bequem machen, wobei ich zuvor Bademantel und Parka auszog und vorsichtshalber den Armbandwecker stellte.

Ich musste tatsächlich in einer Art Kutschersitz eingenickt sein, denn der Wecker riss mich um Viertel nach zwölf aus dem Halbschlaf. Rein in die Sachen, Kapuze über und auf blanken Socken losgeschlichen, die Latschen in die Außentaschen des Bademantels gesteckt. Nur nicht zu laut, wir wollen ja niemanden aufwecken, erst recht nicht die Nachtschwester.

Wie ein Meuchelmörder schlich ich hinkend ins zweite Stockwerk zum Meuchelmörder.

An der Nachtschwester kam ich gut vorbei, sie wurde gerade aus einem anderen Zimmer weiter hinten per Blinklicht gerufen. Als sie verschwunden war, schlüpfte ich rasch ins Krankenzimmer 217, öffnete und schloss die Tür dabei so unaufgeregt wie möglich. Hinter der Tür blieb ich erst einmal stehen. Rechter Hand befand sich das obligatorische Bad. Im einzigen Bett lag jemand still und schlief, wie es schien. Die Decke war beiseite geschoben und hing auf der mir abgewandten Seite etwas herunter. Sie gab den Blick auf Beine und Becken des Patienten frei. Leise schob ich mich zentimeterweise voran.

Das Becken des Mannes – es war eindeutig ein Mann – wurde durch ein halbkreisförmiges, futuristisch anmutendes Metallgestänge zusammengehalten. Schwerer Beckenbruch, wie es aussah. Als ich weiterschlich, konnte ich den Oberkörper erkennen. Es handelte sich eindeutig um Edmund Otterbach. Nur schlief er nicht. Er war eindeutig tot. Jemand hatte ihm den Schädel weggepustet.

16. Aufbruch

Sofort setzte der Fluchtreflex ein. Meine Gedanken schwirrten wie ein Schwarm Fliegen. Unter der Verkleidung bekam ich einen Hitzestau wie in einer finnischen Sauna. Was hatte ich angefasst? Wie komme ich schnellstens und unbemerkt hier raus? Wer hat ihn ermordet? Warum? Keine Zeit für sinnvolle Antworten, denn auf dem Gang näherten sich energische Schritte. Die Nachtschwester nahte.

Rein in das Patientenbad und hinter der Tür versteckt. Das war allerdings das dümmste Versteck in dieser Situation. Jeder, der hier jemanden sucht, würde ins Bad schauen, doch ich hatte keine andere Wahl.

Ebenso leise wie bei meinem Eintritt öffnete sich die Tür zum Krankenzimmer. Trippelschritte nach hinten. Beim Anblick der Leiche hatte sich die Nachtschwester im Griff. Anstatt loszuschreien, wimmerte sie bloß verhalten: „Au weia, au weia." Dann rannte sie aus dem Zimmer. Damit bot sich die einzige Chance, ungesehen zu entkommen. Mit dem Ärmel des Bademantels wischte ich innen und außen – am Gang war niemand zu sehen – die Klinken der Eingangstür ab und huschte wie ein Wiesel ins nächste Krankenzimmer. Dessen Türklinke fasste ich von vornherein mit dem Ärmel an und ließ die Tür einen Spalt offen, um mitzubekommen, was draußen vor sich ging. Gottlob schnarchten die beiden Patienten, in deren Zimmer ich eingedrungen war, selig vor sich hin.

Kurze Zeit später kam die Nachtschwester mit einem weißbekittelten Mann zurück, vermutlich einem Arzt in Bereitschaft. Als beide im Zimmer des Toten waren, schlüpfte ich auf Socken aus dem Nachbarzimmer und machte mich aus dem Staub. Klinkenputzen war jetzt angesagt, denn ich musste noch weitere Klinken von meinen Fingerabdrücken befreien, nämlich mindestens jene an der Tür zum Flur der Unfallchirurgie und an der vom Treppenhaus zum Fahrstuhlbereich. Dann rannte ich die Treppe hinunter; dort waren keine Kameras installiert. Die Toilettentüren der ersten Etage ließ ich aus nachvollziehbaren Zeitgründen aus. Selbst wenn sie hier Fingerabdrücke sammelten, würden meine hoffentlich unter den anderen nicht auffallen.

Im Erdgeschoß zog ich die Schlappen an und schlurfte hinkend und gebeugt zum Haupteingang. Mit weit über den Kopf gezogener Kapuze am Nachtaufseher in seinem Glashaus vorbei und dann nichts wie humpelnd und fußkalt zum Auto. Da ich nicht wusste, ob mich eine Kamera einfing, und wie weit sie im Zweifelsfall reichen würde, oder ob mich jemand aus einem Haus beobachtete, hielt ich das Theater bis zum Auto durch. Ich startete den Wagen ohne Licht anzuschalten und fuhr im Dunkeln davon. Wenigstens hatte ich zuvor einen Parkplatz gefunden, der vom Krankenhaus wegzeigte.

Es ist schon interessant, wie der Körper auf Stresssituationen reagiert. Im Moment höchster Anspannung hast du nicht wirklich eine Wahl. Je nach Art der Gefahr und psychischer Verfassung bist du entweder gelähmt vor Angst oder die Stresshormone zwingen dich zur übersteigerten Aktivität. Angriff oder Flucht sind dann bekanntlich die klassischen Handlungsmöglichkeiten. Mein Körper hatte in den letzten sieben Tagen eindeutig zu oft zwischen beiden Optionen wählen müssen.

So befand ich mich nach dem Erlebnis im Landeskrankenhaus in einem unwirklichen Zustand und war eigentlich reif für einen dreimonatigen Urlaub auf den Malediven. Aber ich durfte nicht durchhängen, musste unterwegs noch Schlappen und Bademantel nachhaltig entsorgen. Nach einem kleinen Umweg über eine abgelegene Marktgemeinde stopfte ich die Sachen in einen Container der Caritas und hoffte erneut, dass mich dabei niemand bemerkte.

Übermüdet und aufgekratzt zugleich kam ich gegen vier Uhr früh zu Hause an. Die vorsichtige Fahrt auf der verschneiten Straße nach Rotenstein weckte üble Erinnerungen, doch diesmal war niemand hinter mir her. Es kam auch niemand entgegen. Im Flur zog ich den Parka und die, bei der Sammelstelle barfuß angelegten, Winterstiefel aus und schaute leise in Mutters Schlafzimmer. Als ich Benny und sie im Ehebett nebeneinander liegen sah, Mutters Arm im Schlaf oben um das Kissen meines Bruder gelegt, liefen mir, wie so oft in letzter Zeit, unkontrolliert die Tränen. So viel geheult wie in der vergangenen Woche hatte ich die letzten sieben Jahre nicht. Hoffentlich würde das kein Dauerzustand werden. Im Bett schwor ich, niemandem, wirklich niemandem, auch Alex nicht, von meinem Ausflug ins Landeskrankenhaus zu erzählen. Dann schlief ich ein, ohne den Wecker gestellt zu haben.

„Aufwachen! Hallo! Felix!"

142

Wer rüttelte unsanft an meiner Schulter und riss mich aus dem Schlaf? Ein Blick durch verklebte Augen präsentierte mir meinen Bruder im schicken Sportanzug. Er schmiss sich in voller Montur auf meine Bettdecke, und wir führten einen brüderlichen Ringkampf durch, so wie früher auf der Wiese. Das war unsere Art, ganz ohne Worte das Wiedersehen zu feiern. Schließlich saßen wir nebeneinander auf dem Bett, und Benny erzählte mir von seinen jüngsten Erlebnissen.

Seine Entführung war ähnlich unspektakulär verlaufen wie meine. Benny war am Montag, wie immer, um kurz vor sieben zum Bus gegangen, als ihn auf dem Weg ins Dorf ein dunkler Kastenwagen überholt hatte. Zwei Männer mit Skimasken über dem Kopf waren ausgestiegen, hatten ihm den Mund zugehalten, ihn auf die Ladefläche geworfen, gefesselt und geknebelt. Im Wagen hatten sie ihm einen dunklen Überzug übergeworfen. Die Entführer hatten gedroht ihn zu töten, wenn er schrie oder einen von ihnen zu erkennen suchte. Dann waren sie lange durch die Gegend gefahren. Schließlich hatten sie Benny in einem Raum gefangen gehalten und ihm Sack und Fesseln abgenommen. Mein Bruder meinte, wahrscheinlich habe niemand die Entführung bemerkt, weil er als Einziger um diese Uhrzeit unterwegs gewesen sei.

Nach langer Zeit hatten ihm die Entführer durch die Tür zugerufen, dass sie ihn wieder nach Hause bringen würden. Wenn er außer der Mutter oder dem Bruder jemandem etwas von seinen Erlebnissen erzählte, würden sie die ganze Familie auslöschen. Da könne er absolut sicher sein. Der Bruder würde ihm das schon erklären. Dann sollte sich Benny den Sack über den Kopf ziehen und ruhig bleiben. Sie hatten ihn zum Wagen gebracht und mit seinen Sachen in der Nähe der Grenze zu Liechtenstein abgesetzt. Sein Handy hatten sie ihm weggenommen und ihn nur mit Geldscheinen für ein Bahn- und Bus-Ticket ausgestattet. Gestern gegen dreiundzwanzig Uhr war er dann endlich daheim eingetroffen.

„Wie geht es dir jetzt?", erkundigte ich mich, „hast du große Angst gehabt? Fürchtest du dich noch?"

„Nö", antwortete er mit der Gelassenheit des Jugendlichen, der das Leben noch nicht auf die schwere Schulter nimmt. „Ich habe mich einfach darauf verlassen, dass du mich rausholen wirst. Auf die Matheklausur hatte ich sowieso keinen Bock. Und sie haben mir einen Berg Romane reingelegt, da war's nicht so langweilig. Ich bin noch nicht mal mit dem ersten fertig geworden."

Ich staunte nicht schlecht über meinen kleinen Bruder, wollte das Thema aber nicht vertiefen und blickte auf die Uhr: „Kurz vor zehn, dann werde ich jetzt duschen und mich anziehen. Kannst schon mal vorgehen, ich komme gleich nach."

„Du musst mir alles genau erklären. Mutter sagt, wir würden uns zusammensetzen und darüber reden. Übrigens hat vorhin dein Komikerfreund von der Fachhochschule angerufen, wo du denn bleibst. Ihr wolltet heute zusammen lernen."

‚Ach ja‘, fiel mir plötzlich voller Schrecken ein, ‚wir hatten für heute Großes vor.‘ Allerdings war ich mir im Augeblick gar nicht mehr sicher, ob wir wirklich das Smartphone des Professors impfen sollten. Die Aktion schien mir nun nach Bennys sicherer Rückkehr zu riskant, also wollte ich sie zunächst telefonisch abblasen. Auf meinem Handy funkten mich sogleich zwei Messages an, eine SMS und ein Hinweis meiner Mobilbox. Karl-Heinz schrieb, wo ich denn um alles in der Welt bliebe, ohne mich liefe nichts. Sein Sprüchlein auf der Mobilbox ging in dieselbe Richtung.

Ich rief zurück, teilte ihm mit, ich hätte verschlafen und bat um verständnis. Ich bräuchte heute unbedingt eine Auszeit. Wir sollten uns morgen Vormittag bei Karl-Heinz treffen, um gemeinsam ‚weiterzulernen‘. Karl-Heinz stimmte zu und fragte mich, ob ich denn schon die Zeitung gelesen hätte. Ausnahmsweise seien gute Kulturtipps darin, so wie in der letzten Woche. Ich verstand ihn zunächst nicht, begriff dann, dass er auf die Berichterstattung zu unserem Fall anspielte.

Noch ein kurzes Telefonat, um General Jodok über die aktuelle Sachlage zu informieren, die er teilweise bereits kannte und an meine Freunde gestern schon weitergeleitet hatte, dann folgte mein Morgenritual im Badezimmer. Auf den Handgelenksverband verzichtete ich inzwischen. Dank der Tabletten schmerzte die Hand kaum noch und die Brust- und Bauchgegend gar nicht mehr. Mein Gesicht sah auch wieder annähernd normal aus.

Das späte Frühstück hatte Mutter breit aufgefahren: Karreespeck, Bergkäse, Blauschimmelkäse, Rettich, Tomaten, Paprika, Eier, Vollkornbrötchen, heißen Kakao, Tee und Kaffee. Sie strahlte mich kommentarlos an – bereits gestern Nacht hatte sie ihren Schwager über den Heimkehrer informiert und Benny heute Früh von der Schule entschuldigt. Und sie hatte mal wieder seit Langem mit der Schneefräse hantiert, Hofeinfahrt und Gehsteig geräumt.

Ich erklärte meinem Bruder das Nötigste, ohne in Details zu gehen, schärfte ihm vor allem ein, die Geschichte unbedingt zu vergessen, wie einen bösen Traum, dann würde uns nichts passieren. Keinen Eintrag von ihm im Blog oder sonstwo. Kein Wort zu niemandem. Keine Unterhaltung zwischen uns darüber, wenn jemand dabei sei. Die Kerle seien garantiert nicht zu unterschätzen, das habe er wohl am eigenen Leib gespürt. Ungeachtet dessen könne er zu jeder Zeit mit Mutter oder mir darüber sprechen, wenn ihm danach zumute sei. Benny versprach uns hoch und heilig, sich fest an meine Worte zu halten, und machte sich zum Eislaufen fertig. Wie es schien, kam mein Bruder mit der ungewöhnlichen Situation hervorragend klar. Ein Urvertrauen hatte der Kerl, beneidenswert.

Ich dagegen glaubte nicht wirklich an das, was ich ihm gerade eingetrichtert hatte. Obwohl Benny wieder gesund und munter bei uns war, konnten wir nicht einfach so tun, als sei nichts geschehen. Unsere Lage war nach wie vor prekär. Wir befanden uns immer noch in der Abhängigkeit von Kriminellen, die uns kannten und uns jederzeit etwas antun konnten, wenn sie auf die Idee kämen, wir würden für sie eine Gefahr darstellen. Um uns daraus ein für alle Mal zu befreien, mussten wir unsere geplanten Aktivitäten fortsetzen. Dies beschwor andererseits die befürchtete Gefahr geradezu herauf. Was wäre das kleinere Übel? Was die richtige Entscheidung? Ich musste unbedingt mit Mutter darüber reden, wollte wissen, wie sie dazu stand, wenn wir wie geplant weitermachten.

Als Mutter die Küche aufräumte und Benny zum Eislaufen gegangen war, schnappte ich mir zuerst die Tageszeitung. Das Gesuchte fand ich im Lokalteil. Ein wahrlich nicht kulturell gefärbter Artikel fuhr mir in die Glieder.

,Abgestürzter Tourist brutal ermordet.

Letzten Freitag kam ein mangelhaft ausgerüsteter Tourist bei einer Schneewanderung ums Leben, ein zweiter wurde schwerverletzt ins Krankenhaus eingeliefert. Wir berichteten.

Gestern wurde dieser zweite Wanderer im LKH Feldkirch brutal ermordet. Kopfschuss. Der Getötete lag dort auf der Unfallchirurgie wegen eines komplizierten Beckenbruchs.

Die Polizei sucht in diesem Zusammenhang einen Mann mittlerer Größe mit überdurchschnittlich kräftiger Statur. Sachdienliche Hinweise aus der Bevölkerung sind erbeten. Abteilungsinspektor Leipoldsheimer: <Der Gesuchte war bekleidet mit einem langen Kapuzenmantel und hat

einen Gehfehler. Er schlich sich am späten Abend in das Gebäude und tötete das Opfer mit einem gezielt aufgesetzten Schuss. Sachdienliche Hinweise nimmt die Landespolizeidirektion in Bregenz entgegen.>

Starreporter Werner Labsal weiß aus gut unterrichteten Kreisen, dass die beiden toten Touristen das Auto gestohlen hatten, das an der Schwarzen Fluh über den Felsen gestürzt war. Wir berichteten. War der Mord eine Warnung? Findet gar ein grausamer Bandenkrieg in unserem schönen Ländle statt? Wir hoffen nicht für alle friedliebenden Bürgerinnen und Bürger.'

Da konnten wir Grimms Märchenbuch mal wieder eine nette Geschichte hinzufügen. Die um Wahrheit ringenden Massenmedien eröffneten mir mit meinem Hintergrundwissen einen netten Einblick in ihre Arbeitsweise. Die beiden letzten Sätze könnte man außerdem auch locker im ‚Hohlspiegel' als eine der journalistischen Stilblüten veröffentlichen, die seit Jahrzehnten wöchentlich im Blätterwald aufzufinden sind. Nichtsdestotrotz schüchterte mich der Beitrag gehörig ein. Auch wenn sie nicht die Mordwaffe war, musste ich unbedingt die erbeutete Glock loswerden, falls die Polizei mich verdächtigen würde, etwas mit der Sache zu tun zu haben. Und dann war da noch der USB-Stick mit dem gescannten Dokument im Stadel zwischen den Scheiten versteckt. Am besten würde ich auch alle belastenden Dokumente auf meinem Laptop löschen, die Platte mit einem Lösch-Tool formatieren, Büroprogramme und unverfängliche Dateien neu aufspielen. Zuvor müsste ich außerdem eine externe Festplatte besorgen, um dort die Daten zwischenzulagern. Das alles wollte ich nach meinem Besuch bei der Landespolizei in Bregenz organisieren.

Ich zog die erbeutete Glock samt den restlichen Euro aus ihrem Lattenversteck in meinem Zimmer und wusste keinen besseren Platz, als die Waffe erneut in die Außentasche des Parkas zu stecken. Das Geld kam in eine Innentasche. Zur Tarnung packte ich Laptop und Studienunterlagen in den Rucksack. Dann legte ich die Folterhaube dazu und ging in den Stadel. Dort zog ich den USB-Stick hervor und steckte ihn ebenfalls ein. Bevor ich ging, wollte ich auf jeden Fall mit meiner Mutter sprechen.

„Sag mal, wenn du hier fertig bist, hast du dann etwas Zeit? Ich muss etwas Wichtiges mit dir besprechen", eröffnete ich.

Sie entgegnete: „Das können wir gerne gleich machen", und so setzten wir uns zusammen an den Stubentisch.

Ich sprach unseren Plan mit Dimundi an und wie riskant es sei, ihn fortzusetzen. Wie sie dazu stünde. Sie überlegte eine Weile. Wir diskutierten Vor- und Nachteile. Schließlich kamen wir überein weiterzumachen, aber das Risiko möglichst gering zu halten. Wir hielten es inzwischen für zu riskant, Dimundis Smartphone zu manipulieren.

Mutter teilte mir mit, dass dieser Ski-Möchtegern-Baron Waldowitz-Leitner gestern wiederholt bei ihr angerufen habe: Ob sie es sich nicht überlegen wolle, nicht benötigte Wiesen an ihn zu verkaufen. Sie habe nach dem ersten Gespräch einfach seine Nummer weggedrückt, wenn sie sie auf dem Display erkannte.

Dann wollte ich noch ihre augenblickliche seelische Verfassung ansprechen, hoffentlich fand ich dafür den richtigen Ton.

„Liebe Mama, ich muss dir jetzt etwas sagen, und du bist dann bitte nicht böse auf mich. Versprichst du mir das?" Sie nickte. „Weißt du, die Sache mit Benny … und mit mir natürlich …"

Nun fehlten mir doch die Worte, ich war aufgewühlt, wie sonst kaum. Mehr als unzusammenhängende Halbsätze brachte ich nicht hervor und fürchtete, Mutter würde sich gleich wieder in sich zurückziehen. Doch sie half uns beiden aus der Kommunikationsklemme.

„Ich glaube, ich weiß, was du sagen willst. Es musste erst etwas Schlimmes passieren, bevor ich eingesehen habe, dass das Leben viel wert ist und ich für meine Buben da sein muss, weil sie mich brauchen."

„Und auch für dich. Nicht nur für uns", fügte ich leise hinzu.

„Ja, du hast recht. Auch für mich. Sonst kann ich schlecht für euch da sein, wenn ich nicht auf mich achte." Sie lächelte und fuhr fort: „Jetzt, wo Josef tot ist, habt ihr nur mich und euch. Haben wir nur uns gegenseitig. Zumindest im engsten Kreis. Es ist schön, wenn Schwager Jodok uns unterstützt und du an der Fachhochschule neue Freunde gefunden hast, aber die engste Beziehung haben nur wir drei – auf eine ganz besondere Weise. Mit deiner Freundin wirst du eine andere Art der Beziehung eingehen, vielleicht später sogar eine Familie gründen. Und Benny wird später auch eine nette Freundin finden."

Mutter ging ganz schön ran, was Alex und mich anbelangte, doch Hauptsache, sie würde endlich wieder zu sich finden. Um Benny machte ich mir dagegen weniger Sorgen.

„Ich fürchte, der findet mehr als eine Freundin. Möchte nicht wissen, was er so in seinen Blog schreibt und was ihm die Mädels übers Internet antworten", führte ich den Gedanken fort. „Weißt du Mutter, ich habe mir in den letzten drei Jahren viele Sorgen um dich und unsere kleine Familie gemacht. Um deinen Rückzug nach innen und deine Trauer. Um deine Weintrinkerei. Ich wollte dich sowieso drauf ansprechen, auch ohne Bennys Entführung. Jetzt ist anscheinend der richtige Zeitpunkt."

„Und was wolltest du mir sagen?"

„Im Studium haben wir gelernt, dass man durch kritische Lebensereignisse völlig abrutschen kann. Geistig und körperlich. Vaters Tod ist so ein Ereignis, und dein Abrutschen war zum Schluss nicht mehr zu übersehen." Mutter nickte erneut bedächtig.

„Und seit dem Vorfall mit Benny", ich drückte mich um die direkte Formulierung herum, „bist du fast wieder die Alte. Ich freue mich, dass du wieder kochst und so. Es schmeckt eh besser als bei mir. Ja, und wir haben da eine ganz tolle Dozentin, Oberärztin Konzett. Die ist für psychologische Themen zuständig. Ich habe sie um Rat gefragt, weil ich einfach nicht weiter wusste, und sie meinte, du könntest über deinen Hausarzt bei ihr auf Kosten der Gebietskrankenkasse Sitzungen bekommen."

„Was für Sitzungen denn?"

„Na Gespräche. Um deine Trauer mit jemandem aufzuarbeiten und deine Lebensperspektive wiederzufinden. Ich halte das für eine gute Idee, auch, wenn du jetzt vielleicht glaubst, du hättest deine Trauer durch den Schock mit Benny schon überwunden. Ich denke, solche Gespräche mit einer wirklich kompetenten Vertrauensperson könnten dich zusätzlich noch unterstützen. Was hältst du davon?"

Mutter überlegte einen Augenblick und zeigte sich danach überhaupt nicht abgeneigt. Sie wollte gleich heute noch einen baldigen Termin mit unserem Dorfarzt ausmachen und dann einen mit der Oberärztin.

Mir fiel ein ganzes Bergmassiv vom Herzen. Die unfreiwillige Schocktherapie hatte tatsächlich etwas Gutes für sich gehabt. So scheint es oft im Leben zu sein: Ereignisse sind nie ausschließlich schlecht. Oft bergen sie eine positive Seite, die man allerdings entdecken und für sich nutzen muss, will man daran wachsen.

Nach unserem hochemotionalen Gespräch machte ich mich Richtung Bregenz auf, besuchte allerdings zuerst Onkel Jodok, um ihm das restliche Geld und den USB-Stick zu übergeben und mitzuteilen, wie ich die Pistole loswerden wollte. Ich sagte ihm auch, Mutter und ich seien der Meinung, das Smartphone von Dimundi nicht zu manipulieren, weil es zu riskant sei. Er möge bitte Karl-Heinz diesbezüglich sofort informieren. Während er telefonierte, legte ich die Glock auseinander und putzte alle Einzelteile, bis weder Fingerabdrücke noch Waffenöl an ihnen hafteten. Onkel gab mir zwei alte Plastiktüten, in denen ich das Magazin und die restlichen Teile getrennt aufbewahren konnte. Ich steckte alles in die Außentaschen des Parkas.

Nach getaner Arbeit führte ich von Onkels Festnetzanschluss aus dem Nebenzimmer ein kurzes Telefonat mit Alex. In verklausulierter Form bat ich sie, mir zum gestrigen Abend wieder ein Alibi zu verschaffen. Auf ihr Drängen, warum das nötig sei, vertröstete ich sie auf später.

Onkel Jodok informierte mich dann über seine ersten erfolgreichen Dokumentationen zu unseren präparierten Handys. Er hatte unsere Abhörtests mitverfolgt und außerdem die beiden Handys lokalisiert. Eines sei in etwa am selben Ort, an dem wir unsere Tests durchführten, nur wenige hundert Meter weiter davon entfernt. Das andere befände sich in der kleinen Gemeinde Schlins im Oberland, was ich mir zu diesem Zeitpunkt nicht erklären konnte. Wir verabredeten ein späteres Telefonat, und dann verabschiedete ich mich.

Den Weg nach Bregenz nahm ich zwar nicht über Australien, aber fast über das ganze Tal. Ich musste unbedingt alle verdächtigen Gegenstände loswerden. Unter den normalen Winterhandschuhen trug ich die feinen Mikrofaserteile, mit denen ich im Herbst draußen joggte. Sie waren für die Aktion gerade richtig.

In einigen voneinander entfernten Orten spazierte ich durch Straßen, suchte und fand verschiedene Möglichkeiten, die Lederkappe und jeweils ein bis zwei Bauteile der Glock und einzelne Patronen loszuwerden. Mal warf ich sie in den Mülleimer eines Supermarkts, mal in einen Gully, mal in den Kübel einer Hamburger-Kette, mal in den Container einer Metallsammelstelle, mal in ein Waldstück außerhalb einer Ortschaft.

Vor allem drei große Bauteile erinnern selbst eine unbedarfte Person am auffälligsten an eine Pistole, darum musste ich bei deren Entsorgung besonders vorsichtig sein. Den Griff mit dem Unterteil des Laufs klumpte ich auf einer abgelegenen Fußgängerbrücke in einen Mega-Schneeball und schmiss ihn in den Fluss. Den Schlitten und das leere Magazin wurde ich anschließend geschickt auf dem Parkplatz einer Bergstraße im Nebental los. Als niemand mit dem Auto vorbeikam, warf ich sie, so weit ich konnte, und möglichst weit voneinander entfernt, eine unbewohnte Schlucht hinab.

Drei Stunden später trudelte ich bei der Landespolizeidirektion in Bregenz ein und fragte in der Lobby nach meinem verlorengegangenen Ausweis. Man bat mich zu warten. Keine fünf Minuten später tauchte Abteilungsinspektor Leipoldsheimer auf. Auf den konnte ich gerade noch verzichten, aber mein Gewissen war rein wie waffengespickter Schnee.

„Ja grüß Gott, Herr Moosburger. Ich dachte, sie würden bereits gestern kommen?", eröffnete er die Partie.

„Grüß Gott, Herr Abteilungsinspektor. Ich musste für Prüfungen lernen, wollte halt heute die Papiere holen. Haben Sie sie dabei?", fragte ich.

„Oben in meinem Büro. Wenn Sie bitte mitkommen wollen?" Leipoldsheimer wartete die Antwort nicht ab und schritt hinter der Eingangspforte eine Treppe empor. Ich also hinterher, kräftig an mein Alibi von gestern Abend denkend. Da drehte er sich plötzlich auf den Hacken um:

„Wo waren Sie eigentlich gestern Abend zwischen zwanzig Uhr und zwei Uhr nachts?"

„Ääh, bei meiner Freundin. Die Nummer haben Sie ja schon, oder soll ich sie Ihnen noch mal geben?", antwortete ich mit leicht fragender Miene. „Wieso?"

„Ach nichts. Ist nicht so wichtig", antwortete er und ging weiter treppauf, während er in sein Handy tippte. „Grüß Gott, Abteilungsinspektor Leipoldsheimer von der Bregenzer Landespolizeidirektion am Apparat. Spreche ich mit Frau Alexandra Wieblinger?" Pause. „Ich hätte nur eine kurze Frage: Wo waren Sie gestern Nacht zwischen zwanzig und zwei Uhr?" Pause. „Reine Routineangelegenheit. Kann das jemand bezeugen?" Pause. „Dankesehr, auf Wiederhören." Leipoldsheimer legte auf.

In seinem Büro händigte er mir knapp angebunden meine Brieftasche aus. Auf die Frage, wann denn die kriminaltechnische Untersuchung an meinem Autowrack endlich fertig sei, vertröstete er mich auf die nächste Woche, und nach einer brummeligen Verabschiedung seinerseits verließ ich die gastliche Stätte. Auf dem Weg heimwärts kaufte ich im PC-Fachhandel eine externe Festplatte. Nachdem ich im Kreis unserer Kleinfamilie zu Abend gegessen hatte – es gab Schupfnudeln mit gelben Rüben und eine große Schüssel gemischten Salat – machte ich mich daran, die Daten des Laptops zu sichern, ihn zu formatieren und unkritische Daten zurückzuspielen.

Zwischendurch schaute Mutter ins Zimmer: „Du Felix. Wollt' bloß kurz sagen, dass ich heute bei unserem Dorfarzt war und für nächste Woche einen Termin bei Frau Doktor Konzett ausgemacht habe. Nur, dass du's weißt."

„Ich freue mich riesig für dich – und natürlich auch für Benny und mich! Toi, toi, toi!"

„Gute Nacht, Felix!"

„Gute Nacht, Mutter!"

Nach dieser frohen Botschaft drängte es mich, alles im Netz Auffindbare zu Herrn Siegfried Waldowitz-Leitner, dem regionalen Ski-Tycoon, zu recherchieren und in einer Sammeldatei zu speichern. Bei etwa zweitausend Treffern kamen auf den ersten Seiten etliche Zeitungsartikel, eine ausgiebige Chat-Diskussion, Broschüren, Veranstaltungsberichte und zwei Bücher zusammen, in denen sein Name eine Rolle spielte. Alex und Karl-Heinz erhielten von mir die Datei per Mail – für Alex fügte ich einen Kussmund hinzu. Nach der Abendhygiene legte ich mich geschafft ins Bett. Endlich bekam ich wieder vor Mitternacht meinen ach so wichtigen Gesundheitsschlaf.

17. Aufgedeckt

„Waldowitz-Leitner ist ein ungewöhnlich beliebter und erfolgreicher Mensch. Seht mal: Ehrungen anlässlich einer Neueröffnung eines seiner Skigebiete. Berichte über die Traumhochzeit mit seiner dritten Frau – die ist dreißig Jahre jünger natürlich: ‚Hält die Ehe von Waldowitz-Leitner diesmal länger?‘ Zeitungsartikel über diverse Hotelbauten. Eine Homepage über das im Bau befindliche Ski-Ressort ‚Snow-White‘. Ein Buch von ihm mit dem Titel ‚Gesellschaftlicher Erfolg für Dummies‘. Clubmitgliedschaften. Parteimitgliedschaft. Ehrengast bei der Papstaudienz, et cetera, et cetera. Einfach ein Strahlemann." Alex referierte aus den gestern Nacht von mir gesandten Unterlagen.

Am Donnerstag hatten wir uns wie verabredet bei Karl-Heinz getroffen, um den Sachstand durchzugehen. Alex war erleichtert, dass ich die Glock nicht mehr besaß. Auf das zweite Alibi für Leipoldsheimer sprach sie mich nicht an, ich registrierte aber diesbezüglichen Gesprächsbedarf. Beide Freunde waren nun erleichtert, keine riskante Comedia dell'arte mehr aufführen zu müssen. Ich kam nicht umhin, ihnen die Alternative mitzuteilen. Zwei Handys sollten in Räuberhöhlen, nämlich im Lateinamerikaverein und in Dimundis Büro, untergebracht werden.

„Längst geschehen", grinste Karl-Heinz mich an.

„Wie jetzt?"

„Na, was glaubst du, was wir gestern gemacht haben?"

„Ach, deshalb hat Onkel Jodok ein Handy in Schlins lokalisiert."

Jetzt war alles klar. Sie hatten die Handys bereits im Verein und im Büro von Dimundi untergeschoben. Ich staunte nicht schlecht über meine Freunde. Ohne zu zögern waren sie ein nicht unerhebliches Risiko eingegangen, obwohl ich sie gestern nicht unterstützen konnte.

Alex hatte am Vormittag eine halbe Stunde Gesprächszeit bei Dimundi eingeräumt bekommen, Karl-Heinz ihn mittendrin abgelenkt, indem er an die Tür klopfte und ihn in ein Gespräch über ein mögliches Auslandspraktikum verwickelte, das er angeblich bei ihm durchführen wollte. Derweil hatte Alex einen intensiven Blick auf einige Bücher geworfen, die sich an zwei Wänden auf Regalreihen stapelten und hinter denen sie schnell das Handy versteckte. Außerdem erkannte sie das Smartphone von Dimundi. Es war genau die Marke, auf der wir die Spionagesoftware hätten raufkopieren können. Da wir jedoch davon Abstand genommen hatten, nutzte uns diese Information nichts mehr.

Karl-Heinz hatte gestern Nachmittag in Schlins bei ‚Freunde zur Förderung lateinamerikanischer Emanzipation e.V.', so der Name des Vereins FFLE, eine vorläufige Mitgliedschaft unter falschem Namen beantragt. Weil der Geschäftsführer nicht anwesend war, wurde er vorne im Sekretariat beraten. Über die Toilettenausrede konnte mein Freund rasch ins Leitungsbüro schlüpfen und das Handy in den toten Winkel auf einen Aktenschrank legen.

„Habt ihr das Onkel Jodok mitgeteilt?", wollte ich wissen. „Er hat weder mir noch meiner Mutter davon erzählt. Meinte nur, ein Handy sei in Schlins und das andere hier in der Nähe."

„Ach du ahnst es nicht! Das haben wir in der Aufregung ganz vergessen", sagte Karl-Heinz.

„Hab' mich eh gewundert. Jetzt ist alles klar: Die FH liegt in der Nähe des Studentenwohnheims, darum hat mein Onkel ein Handy hier im Umkreis geortet."

Karl-Heinz rief sogleich den Onkel an und berichtete die Neuigkeiten. Meine Freunde mussten sich noch einen moralisierenden Kurzvortrag über Informationsflüsse, Absprachen, Zuverlässigkeit und Geschäftsrisiken von mir anhören, was angesichts ihrer gestrigen Heldentaten nicht ganz korrekt war. Dann sichteten wir wieder das gesammelte Material. Aufgeregt präsentierte Alex Informationen über Waldowitz-Leitner in der Schnellversion, während Karl-Heinz und ich wie wild in dem vierzigseitigen Ausdruck blätterten.

„Gibt es eine Information, die auf unseren Fall hinweist?", fragte ich. „Eines ist äußerst merkwürdig: Er hat zur selben Zeit bei meiner Mutter angerufen, als wir vorgestern den Stress hatten. Vor allem ist er einer der Meistgenannten auf Dimundis Verteilerliste."

„Bisher nichts zu erkennen", antwortete Alex.

„Was, wenn wir im Internet seinen Namen und den des Fördervereins suchen?", schlug Karl-Heinz vor. Gesagt getan. Die Suche war tatsächlich erfolgreich. Siegfried Waldowitz-Leitner war Vorstandsmitglied des Vereins, wie ein kleiner Nebensatz in einem Schüleraufsatz aufklärte.

„Ein Schüleraufsatz über malerische Bergwelten, veröffentlicht bei: ‚Wer_braucht_gelöste_Hausaufgaben.at' – das ist doch keine seriöse Quelle. Das haben wir doch im ersten Semester gelernt. Gibt's da nicht etwas Besseres?", empörte sich Alex zu Recht.

„Dann lasst uns doch den Verein durchleuchten. Wir starten eine Abfrage beim Österreichischen Vereinsregister", schlug ich vor.

„Geht das so einfach?", wollte Karl-Heinz wissen.

„Klar. Kannst du kostenlos übers Netz beziehen. Beim Innenministerium. Brauchst nur den Vereinsnamen einzugeben und zu entern. Das hab ich vor einem Jahr über unseren Skiverein gemacht, weil ich fürs Pfarrblatt einen kleinen Beitrag zum vierzigjährigen Jubiläum geschrieben hab. Die geben Auskunft wer die Repräsentanten des Vereins sind, welche Funktion sie haben, wann der Verein gegründet wurde und so."

Sofort, nachdem Karl-Heinz bei einem Provider eine anonyme Mailadresse eingerichtet hatte, beantragten wir einen erweiterten Vereinsregisterauszug. Über ihn würden wir auch Informationen über die Geburtsdaten der ‚organschaftlichen Vertreter/innen' und die Dauer ihrer Funktionsperiode bekommen. Für diesen Auszug war eine besondere Begründung gefordert, die wir leicht erbringen konnten. Karl-Heinz gab unter falschem Namen an, er wolle Mitglied werden und sich vorab über den Verein informieren.

Zwischenzeitlich klingelte Onkel Jodok durch. Seit heute Morgen um sieben Uhr hörte er im Rhythmus von fünfzehn Minuten die ‚Verkehrsnachrichten' auf zwei verschiedenen Sendern ab. Das sei jetzt sein neues Hobby, um herauszufinden, wo die meisten ‚Staus' und ‚Blitzer' sich befinden. Ich schmunzelte. Mein Onkel im Jagdfieber. Dass er stundenlang regungslos auf dem Hochsitz hocken kann, hatte er zum Leidwesen meines malträtierten Hinterteils oft genug bewiesen.

„Und nun? Wie geht's weiter?", fragte Karl-Heinz, nachdem ich Onkels Nachricht weitergeleitet hatte.

„Alex und ich holen was zu essen und zu trinken. Ich gehe vorher bei der FH vorbei, um Mizzis Mappe im IO abzugeben und meine mitzunehmen. Dann setzen wir uns noch mal an die Verteilerliste. Vielleicht bekommen wir über die Anderen auch etwas heraus", schlug ich vor.

Karl-Heinz war einverstanden: „Na, dann hau mal ab. Ich schiebe mir als Vorspeise inzwischen ein paar Müsliriegel rein, um nicht vom Fleisch zu fallen."

Alex nahm mich in ihrem Wagen auf die Einkaufstour mit. Zunächst besprachen wir das Alibi von vorgestern Abend, das ich Abteilungsinspektor Leipoldsheimer für die Tatzeit im Landeskrankenhaus genannt hatte. Ich eröffnete ihr, ich könne wirklich nicht mitteilen, weshalb ich das Alibi gebraucht hatte, weil ich sie nicht noch mehr belasten wolle. Alex reagierte ziemlich ungehalten und enttäuscht. Ich sei ein Dummkopf, weil die Ungewissheit sie viel mehr belaste. Wo sie in den letzten Tagen uneingeschränkt zu mir gehalten hätte. Die Standpauke saß. Meinen Freunden und Verwandten nicht zu vertrauen, war mir enorm peinlich, und so rückte ich Stück für Stück mit der Wahrheit heraus. Schließlich machte mich Alex auf meine Widersprüche aufmerksam:

„Soviel zum Thema ‚Zuverlässigkeit‘, mein Lieber. Uns predigst du Offenheit, und dass wir uns an Absprachen halten müssen, und du machst einfach was du willst."

„Ja, ja. Die Wasser-Wein-Metapher. Hör schon auf, ich hab's kapiert, soll nicht wieder vorkommen. Verzeih bitte", bat ich betroffen. Wir besiegelten unsere Versöhnung mit einer verkrampften Umarmung im Auto. Alex war sichtlich nicht mehr gram, womit sich meine Stimmung deutlich besserte.

An der Fachhochschule stiefelte ich direkt ins International Office, wo ich Mizzis Mappe zurückgab und meine in Empfang nahm. Alex wartete in der Cafeteria auf mich, denn wir wollten nicht gemeinsam auffallen. Sie würde folgen, wenn ich durch das Selbstbedienungsrestaurant durchginge. Dimundi bekamen wir zu unserer Erleichterung nicht zu Gesicht. Im Auto schauten wir dann sogleich in meine Mappe. Tatsache! Der kryptographische Zettel war verschwunden – wie hatte das Dimundi nur so schnell zustande gebracht?

Nach dem Einkauf verabredeten wir Details über den angeblichen gemeinsamen Abend von neulich: Was wir gegessen hatten, wann wir ins Bett gegangen seien, wann aufgestanden. Damit kein Widerspruch zu Mutters und Bennys Aussage entstand, würden wir sagen, ich wäre um fünf Uhr früh heimgefahren. Und wir einigten uns, Karl-Heinz die Geschichte ebenfalls mitzuteilen, was ich später bei der gemeinsamen Zwischenmahlzeit auch tat. Karl-Heinz war nicht sauer, fand das eher mächtig spannend, und so grübelten wir über die Frage, wer wohl den Schwaben auf dem Gewissen haben könnte und warum. Dimundi trauten wir aufgrund der bisherigen Vorkommnisse voll und ganz zu, darin verstrickt zu sein. Ob er aber so weit gehen würde, eigenhändig eine Pistole abzudrücken, war zu bezweifeln, dafür kannten ihn zu viele hier im Land. Für den Mord kamen für uns nur noch die Hintermänner aus der Stuttgarter KFZ-Bude oder eventuell sogar aus dem Lateinamerikaverein infrage.

Da sich unsere Gedanken bald im Kreis drehten, beschlossen wir, im Netz den anderen drei Namen nachzuspüren, die am häufigsten auf der Liste von Dimundi genannt wurden.

Die Ergebnisse halfen aber nur bedingt weiter, weil mehrere Menschen mit denselben Vor- und Nachnamen auffindbar waren. Denn in unserer Region werden einige hundert traditionelle Familiennamen über Generationen hinweg vererbt. Naturgemäß sind heutzutage eine große Anzahl der Nachkommen landesweit verbreitet. Als Vornamen werden sehr oft landesübliche Formen gewählt – Hermann, Josef, Maria, Margrit, Peter, Aloisius, Johanna, Anna und andere. So ist es nicht ungewöhnlich, wenn eine bestimmte Kombination traditioneller Vor- und Nachname mehrfach vorkommt.

Traditionelle Familiennamen sind bei uns in der Mehrheit – doch was heißt schon traditionell? Denn aufgrund permanenter Migrationswellen vermischen sich seit über hundert Jahren europäische und außereuropäische Namen im ganzen Land. Wie andernorts, stammen regionale Familiennamen entweder von Berufen, gesellschaftlichen Positionen, Eigenschaftszuschreibungen oder Flur- und Ortsnamen ab. So könnten Vorfahren einer ‚Sabine Ludescher‘ zum Beispiel aus der kleinen Gemeinde Ludesch im Oberland kommen. Bei einem ‚Hermann Baumeister‘ liegt die Namensgebung seiner Altvordern auf der Hand, und eine ‚Klothilde Egger‘ stammt vermutlich aus einer Bauernfamilie.

Der für uns wichtige Familienname Dimundi verweist dagegen auf italienische Wurzeln. Vor dem Ersten Weltkrieg gab es nämlich eine italienische Wanderbewegung in die nördlich der Alpen gelegenen Städte. Nachfahren dieser spezifischen Migranten leben heute unter uns, ohne dass etwas anderes als ihr Familienname auf vormalige Zuwanderung hinweist. In zweihundert Jahren wird sich wahrscheinlich eine hier gebürtige ‚Jasmin Güngör‘ weder von ihrer Sprache noch vom allgemeinen Äußeren oder von ihren Werten her von einer hier gebürtigen ‚Jasmin Zumtobel‘ unterscheiden – halt nur noch durch den Nachnamen.

Alex referierte unsere Internet-Ausbeute zu den drei zentralen Namen: „Also, wir finden im Internet zehn verschiedene ‚Herbert Untersteiner‘, acht ‚Lukas Amman‘ und fünf ‚Albert Holzegger‘. Einige von denen leben außerhalb unseres Landes, in Bayern oder Tirol, einige bei uns in Vorarlberg. Eines fällt jedoch auf."

„Was denn?", intonierten Karl-Heinz und ich synchron.

„Bei jedem Namen findet sich eine öffentliche oder wenigstens halb-öffentliche Person aus unserem Land, während zu den anderen einheimischen Namensträgern außer Einträgen im Adressbuch keine Texte aufzufinden sind", dozierte Alex. „Ein Herbert Untersteiner ist Bürgermeister in einem Grenzort zur Schweiz. Ein Lukas Ammann ist Inhaber und Geschäftsführer der Firma ‚Plätterbau AG‘ im Montafon. Das ist ein größerer mittelständischer Betrieb. Vertreibt für den gehobenen Geldbeutel Marmor, Tropenhölzer und anderes wertvolles Material. Und einer von den fünf Albert Holzeggers ist Landtagsabgeordneter. Kann das Zufall sein?"

„Was haben wir denn bei Professor Woltershauser über den Zufall im Statistikkurs gelernt?", stellte ich die rhetorische Frage. „Das sind mir hier drei Zufälle zuviel. Wie wahrscheinlich ist es, dass jemand mit *einem* dieser Namen auf der Liste in einem bestimmten Verein sich engagiert, der, sagen wir, in maximal zwanzig Kilometern Entfernung von seinem Wohnort den Sitz hat? Schätzungsweise ist ein Durchschnittsbürger unserer Region in zwei Vereinen aktiv – ihr wisst, dass das Vereinsleben bei uns sehr gut ausgeprägt ist. Im Umkreis von zwanzig Kilometern sind – grob unterstellt, ich hab' für die Schätzung keine realen Zahlen zur Verfügung – fünfzig Vereine aktiv. Seine Chance, einem bestimmten Verein davon beizutreten, beträgt zwei Fünfzigstel, weil er halt zwei Mitgliedschaften theoretisch hat."

„Wie kommst du darauf?", fragte Alex.

Ich fuhr fort: „Eigentlich ist's komplizierter, weil er sowohl bei der ersten als auch bei der zweiten Wahl in diesem bestimmten Verein sein kann. Nehmen wir an, beim ersten Mal ist er kein Mitglied dieses Vereins, sondern beispielsweise einer Blasmusik beigetreten. Beim zweiten Mal wäre die Wahrscheinlichkeit der Mitgliedschaft in unserem lateinamerikanischen Verein dann nur noch ein Neunundvierzigstel, weil ja ein Verein bereits aus der Wahl ausscheidet und er nur in zweien Mitglied wäre – ich gehe davon aus, dass jemand nicht zweimal im selben Verein Mitglied wird. Also müssten wir eigentlich ein Fünfzigstel und ein Neunundvierzigstel addieren. Lassen wir's mal ausnahmsweise bei der einfacheren Variante, weil die sich besser rechnet und keine Kommastellen hat."

Karl-Heinz wurde aufmüpfig: „Ich verstehe nur Bahnhof. Was, zum Schnulli, soll daran einfach sein?"

„Wart's ab. Die Wahrscheinlichkeitsrechnung kommt erst noch", tröstete ich ihn. Karl-Heinz schien nicht wirklich zufrieden zu sein. „Nun haben wir es hier mit drei Herren zu tun, die weit voneinander und vor allem vom gemeinsamen Vereinssitz entfernt leben und deren Beitritt in einen bestimmten Schlinser Verein voneinander unabhängig ist. Selbst wenn jeder nur ein Fünfundzwanzigstel Beitrittswahrscheinlichkeit hätte, wäre die Wahrscheinlichkeit für eine zufällige Mitgliedschaft aller drei Herren im selben Verein eins durch fünfundzwanzig mal fünfundzwanzig mal fünfundzwanzig – nach der einfachen Rechnung. Und warum?"

Beide schauten mich verblüfft an und antworteten nicht.

Alex fasste sich am schnellsten. „Nun rück' schon raus. Ich erinnere mich dunkel. Es hört sich spannend an."

„Weil bei N *unabhängigen* Ereignissen, die *gemeinsam* auftreten, das Produkt der einzelnen Wahrscheinlichkeiten gebildet wird, um die Wahrscheinlichkeit des gemeinsamen Auftretens aller N Ereignisse zu bestimmen", zitierte ich aus dem Lehrbuch.

Karl-Heinz stand auf der Leitung: „Was'n für'n Produkt? Und wer ist Änn?", er sprach den Namen ‚Anne' englisch aus.

„Mensch *Produkt*! Das ist die Multiplikation von Zahlen. Wie ich schon sagte: fünfundzwanzig mal fünfundzwanzig mal fünfundzwanzig. Beziehungsweise ein Fünfundzwanzigstel mal ein Fünfundzwanzigstel mal ein Fünfundzwanzigstel. Das ist jede einzelne Wahrscheinlichkeit unserer drei Herren miteinander malgenommen. Ergibt die Gesamtwahrscheinlichkeit. Rogge, rechne das doch mal kurz aus. Ach ja, und ‚N' ist nicht die Chefin von James Bond oder ein Mitglied der königlichen Familie, sondern der Buchstabe ‚N' wie Nordpol. Das ist die Zahl der Teilwahrscheinlichkeiten."

„Ahaaa." Kurze Pause. „Warte. Ich hab's gleich." Kurze Pause. Karl-Heinz überhörte seinen verhassten Spitznamen, warf den Rechner auf dem Smartphone an und verkündete: „Fünfzehntausendsechshundertfünfundzwanzig."

„Gut gemacht, Dreistein", lobte ich ihn. „Und nun stellt euch vor, die tatsächliche Chance, die drei wären zufällig auf derselben Verteilerliste und dann vielleicht noch zufällig Mitglieder im selben Verein, ist in Wirklichkeit viel geringer als eins zu Fünfzehntausend-hast-du-nicht-gesehn. Hier ist eindeutig ein Muster zu erkennen. Ich weiß nicht, wie es euch damit geht."

Und zu Alex gewandt: „Prima Profiling übrigens, das muss dir der Neid lassen." Sie lächelte verliebt zurück.

„Mensch, Felix, beeindruckender Vortrag. Gibt's den auch schriftlich?", fragte Karl-Heinz.

„Kannst du locker in jeder Grundlagenlektüre nachlesen", antwortete Alex ihm an meiner Stelle, obwohl sie anfangs selbst auf dem Schlauch gestanden hatte.

In den nächsten zwei Stunden fischten wir alles aus dem Internet, was zu den drei einheimischen Prominenten auffindbar war. Jeder legte an seinem Laptop ein Dossier zu einem der Herren an: Name, Vorname, Geburtsdatum und -ort (falls die Angaben als Information vorhanden wären), private und berufliche Adresse, derzeitige Tätigkeiten, Funktionen, Bildungsstand, Lebenslauf, sonstige Informationen. Sicher würde es nicht zu jeder Rubrik eine Auskunft geben, aber wir legten zumindest gut organisiert los. Dabei fühlten wir uns wie Headhunter. Eine Art Kopfgeldjäger waren wir schließlich auch.

Plötzlich fuchtelte Karl-Heinz aufgeregt mit den Händen: „He, Leute. Das Bundesinnenministerium hat geantwortet. Ich drucke den Anhang aus."

Zwei Minuten später hielten wir einen Auszug aus dem Vereinsregister in der Hand. Die ministerielle Information öffnete uns die Augen und bestätigte das von Alex erstellte Profil.

Volltreffer: Alle drei Herren waren Gründungs- und aktuelle Vorstandsmitglieder des Vereins ‚Freunde zur Förderung lateinamerikanischer Emanzipation'. Die Wahrscheinlichkeit, dass die Herren als Gründungsmitglieder des Vereins ebenso zufällig zusammengetroffen waren wie auf der Verteilerliste, betrug nun tatsächlich eins zu mehreren hundert Millionen. Anders gesprochen: Mit Zufall hatte das Ganze wahrlich nichts mehr zu tun.

18. Alarm

Just, als wir den Zusammenhang erkannten, klingelte mein Handy. Onkel Jodok war dran, kurz angebunden. Momentan würde gerade die Polizei in unserem Haus eine überraschende Hausdurchsuchung durchführen, teilte er mit. Meine Mutter sei nicht zu Hause, nur Benny. Das sei eine erneute Stresssituation für den Jungen, der sich in seiner Not beim Onkel gemeldet hatte. Wir führten ein kurzes Pseudogespräch und unterbrachen anschließend die Verbindung. Hatte ich es doch geahnt! Leipoldsheimer ließ nicht locker. Er musste etwas in der Hand haben, das einen Richter veranlasst hatte, einen Durchsuchungsbeschluss auszustellen. Was nur?

Auf einmal meldeten sich meine weichen Knie wieder. Klopfenden Herzens ging ich in Gedanken alle relevanten Einzelheiten durch. Eigentlich glaubte ich, zu Hause und vorgestern Nacht im Krankenhaus kein Detail übersehen zu haben; ich war mir nur momentan unsicher. Wieso kam die Polizei wieder auf mich? Grübeln half nicht. Ich informierte kurz Karl-Heinz und Alex und teilte mit, ich müsse schleunigst nach Hause.

Karl-Heinz sprach zuvor noch knapp unsere Entdeckung an: „Was immer die Liste bedeutet, es *muss* etwas Kriminelles in diesem Verein vorgehen. Kein Wunder, dass sie das vertuschen und die Liste unbedingt zurückhaben wollten. Nur die Gewaltbereitschaft der Herren macht mir richtig Angst."

Damit war er nicht der Einzige.

Bevor ich losfuhr, verabredete ich unsere Legende für die Tage der Zusammenarbeit: „Falls jemand fragt: Wir haben hier für die Statistikprüfung gelernt. Grundlagen der Wahrscheinlichkeitsrechnung an verschiedenen Beispielen: ein und zwei Würfel, Münzwurf mit einer und zwei Münzen und so. Kriegt ihr das hin? Wir müssen aufpassen, dass wir nicht dieselbe Wortwahl verwenden, damit es nicht nach Absprache klingt."

„Bekommen wir hin", bestätigte Alex.

„Muss ich dann wohl oder übel nachlesen", meinte Karl-Heinz.

„Ach, iwo. Das üben wir gleich. Kann man immer gebrauchen", schlug Alex vor.

Trotz der mentalen Anspannung – oder vielleicht gerade deswegen – verliebte ich mich immer mehr in sie.

„Pass bitte gut auf dich auf", gab sie mir zum Abschied bedeutungsvoll mit, „ich möchte dich nicht im Gefängnis besuchen."

Wir küssten uns wie gewöhnlich, diesmal in Karl-Heinz' Studentenbude vor seinen großen Augen, was uns nichts ausmachte, und dann schob sie nach: „Irgendwann sollte unsere Beziehung über eine Abschiedszeremonie hinausgehen, findest du nicht?"

Ich hatte nichts dagegen.

Daheim war die Polizei gerade am Aufbruch. Leger gekleidete Herren stiefelten aus unserem Eingang, hinter ihnen ein mir bekannter Abteilungsinspektor, gefolgt von meinem kleinen Bruder.

„Grüß Gott, Herr Leipoldsheimer. Was ist denn hier los?", fragte ich ihn, „mein Onkel hat mich verständigt, und da bin ich gleich vorbeigekommen."

„Begründeter Verdacht auf potenzielle Verdunkelungsgefahr", war die militärisch knappe Antwort, „konnte Ihr Bruder bereits im Durchsuchungsbeschluss nachlesen."

„Worum geht es überhaupt? Um mein kaputtes Auto?"

Leipoldsheimer kam nicht umhin, mir die Angelegenheit zu erklären: „Wie im Durchsuchungsbeschluss ersichtlich, richtet sich gegen Sie ein Ermittlungsverfahren. Wir haben im Haus Ihrer Mutter nach allgemeinen Beweismitteln für zwei Morde gesucht."

Den Schrecken in meinem Gesicht brauchte ich nicht zu spielen, der war echt. Allerdings rührte er daher, dass mir sofort die Alternative vor Augen kam, die sich ergeben hätte, wenn sie tatsächlich etwas gefunden hätten. Ich nahm jedenfalls an, dass sie nichts gefunden hatten. Zumindest war ich noch nicht verhaftet, das würde Leipoldsheimer garantiert als Erstes getan haben.

„In *unserem* Haus? Um was für Morde handelt es sich denn? Wir haben nichts mit Morden zu tun", eiferte ich mich. Gerade wollte der Abteilungsinspektor antworten, als er über meine Schulter blickte und, zu seinen Kollegen gewandt, ärgerlich losbrüllte.

„Schafft mir sofort diesen Schreiberling vom Hals. Wo kommt der so plötzlich her?" In unserer Hofeinfahrt erschien Werner Labsal mit einer Kamera in der Hand, seines Zeichens provinzieller Starreporter eigener

Gnaden mit anscheinend hervorragenden internen Kontakten zur regionalen Exekutive.

„Keine Fotos, wir haben alle das Recht auf unser eigenes Bild", fuhr Leipoldsheimer gegenüber dem Reporter fort, „und übrigens befinden Sie sich bereits auf Privatbesitz. Wenn Herr Moosburger Sie des Hofs verweist …", sieh an, auf einmal war ich ‚Herr Moosburger', „… dann gehen Sie bitte auch."

Es war eindeutig: Leipoldsheimer konnte den Journalisten so wenig leiden wie Hautkrebs und benötigte zudem dringend meine Unterstützung. Also gewährte ich sie ihm.

„Bitte Herr … verlassen Sie unseren Hof. Ich möchte nicht, dass mein Bild veröffentlicht wird."

Labsal gab sich nicht geschlagen: „Labsal mein Name. Wir kennen uns bereits. Schon vergessen? Oh, es handelt sich hier um einen Akt der Zeitgeschichte, das könnte ich wohl so darstellen", versuchte er zu drohen.

Doch nun schlug sich der Abteilungsinspektor auf meine Seite und focht einen Rechtsdisput aus: „Sie wissen auch, *Herr Magister* Labsal, dass in dieser Situation das berechtigte Interesse des Abgebildeten auf seine Privatsphäre verletzt wird", führte Leipoldsheimer weiter aus. Ping.

„Was im Einzelfall noch juristisch zu prüfen wäre, *Herr Abteilungsinspektor* Leipoldsheimer", konterte Labsal. Pong.

„Meine Herren, ich glaube, es wäre jetzt besser, wenn Herr Labsal unser Grundstück verlässt und darauf verzichtet, mich abzulichten. Würden Sie beide – und Ihre Mannschaft auch, Herr Abteilungsinspektor – bitte gehen? Aus unserem Haus hat niemand etwas Ungesetzliches getan."

Obwohl das nicht stimmte, wurde ich langsam wütend. Die vier mit Leipoldsheimer im Einsatz befindlichen Polizisten hatten sich inzwischen im Halbkreis vor Labsal formiert, was meine Bitte untermauerte. Vielleicht sollte ich später Polizeipsychologe werden, das verbale Geplänkel machte mir sogar ein wenig Spaß.

Labsal verzog sich zum Glück ohne Fotos zu schießen und fuhr mit einem am Straßenrand geparkten Auto davon. Doch Leipoldsheimer war noch lange nicht fertig: „Bitte, händigen Sie mir Ihren Rucksack aus. Ich stelle eine letzte Frage, und dann verlassen wir Sie umgehend", forderte er mich auf. „Gehen wir doch dafür kurz in Ihren Flur."

Ich überreichte anstandslos den Rucksack. Leipoldsheimer grub im Haupt- und Kopffach herum, fischte meinen Laptop und meine Unterlagen heraus, packte beides in einen Karton, den ihm ein Helfer hinhielt, und gab mir die Brieftasche zurück, nachdem er sich davon überzeugt hatte, dass sich noch dasselbe darin befand wie gestern. Das verbliebene Geld von Edmund Otterbachs erstem Tausender interessierte ihn zum Glück nicht. Zu guter Letzt durfte ich die Taschen des Parkas ausleeren, in denen außer meinem Handy nichts mehr steckte. Das Handy verschwand auch im Karton. Nachdem der Helfer diesen versiegelt und ich einen Empfangszettel quittiert hatte, schoss Leipoldsheimer seine Schlussfrage ab:

„Kennen Sie die Kummerer-Hütte oberhalb von Schlins, Richtung Dünserberg? Dort ist anscheinend jemand gefangen gehalten worden."

„Kummerer-Hütte? Nie gehört. Kenne ich nicht." Ich schüttelte den Kopf, musste zwecks Tarnung nachfragen: „Und Sie glauben, *ich* hätte jemanden darin gefangen gehalten?"

„Nein, das eher nicht. Eventuell sind Sie das Opfer gewesen und wollen nun eine Straftat vertuschen, in die Sie verwickelt sind. Es weist einiges darauf hin, deswegen sind wir hier. Hätten Sie etwas dagegen, wenn wir Ihre Fingerabdrücke und eine Speichelprobe nehmen?", fragte er, „das erspart die Vorladung aufs Revier."

Ohne mehr oder weniger versteckte Drohungen kann der Exekutivdienst anscheinend nicht professionell vollzogen werden. Da ich nicht schuldbewusst klein beigeben wollte, hatte ich eine Replik auf Lager: „Ich bin vielleicht Opfer schlechter Hochschuldidaktik im Studium, mehr aber auch nicht."

Mein Einwand hielt Leipoldsheimer natürlich nicht von seinem Vorhaben ab, und so musste ich wohl oder übel das Spiel bis zum bitteren Ende mitspielen. Hoffentlich hatte ich die ungastliche Waldstätte wirklich sauber hinterlassen, denn angeblich finden sie jedes Härchen und jeden Hautpartikel, wenn sie nur gründlich genug suchen.

Nach der polizeidienstlichen Maßnahme verließen die Beamten endlich unser Grundstück. Leipoldsheimer hatte mir auf mein Drängen hin, ich würde Laptop und Handy für mein Studium benötigen, mitgeteilt, beides könne ich morgen Nachmittag in Bregenz abholen, sofern nichts Belastendes darauf zu finden wäre.

Mein Bruder stand die ganze Zeit verloren im Hintergrund herum. Daher kümmerte ich mich sofort um ihn, nachdem alle gegangen waren, erklärte ihm drinnen, er brauche keine Angst zu haben, mit seiner Entführung habe das nichts zu tun. Ich wüsste auch nicht, was die von uns wollten. Ob er denn etwas verraten hätte?

„Kein Sterbenswörtchen", meinte Benny, und dann schwirrte er ab zu einem Kumpel.

Im Unterschied zu meinem Bruder war ich jetzt völlig fertig mit der Welt, musste zunächst einen Erholungsschlaf halten. Währenddessen war wohl unsere Mutter nach Hause gekommen, denn sie weckte mich um sieben zum gemeinsamen Abendessen. Als sich Benny anschließend auf sein Zimmer verzogen hatte, berichtete mir Mutter von ihrer ersten Sitzung bei Frau Doktor Konzett. Diese sei eine wunderbare Person und habe ihr viel zu denken, aber auch Hoffnung gegeben. Die nächsten zehn Sitzungen wären bereits gebucht, darauf freue sie sich wirklich. Ich freute mich auch für sie, hoffte zugleich, dass ihr Verhalten stabil bleiben würde, denn von der Vorlesung her war mir bekannt, dass Rückfälle bei Alkoholpatienten eigentlich an der Tagesordnung sind. Diesen Gedanken teilte ich meiner Mutter natürlich nicht mit, sondern bestärkte vielmehr ihren Optimismus. Sie würde nicht nur von Benny und mir, auch von anderen Menschen mit ähnlichen Problemen seelische Unterstützung benötigen, um langfristig trocken zu bleiben und neue Lebensperspektiven für sich zu entwickeln.

Die kommenden Tage verliefen ruhig und normal, verglichen mit den letzten zwei Wochen. Tagsüber schaute ich in die Bücher und lernte für nachzuholende Abschlussprüfungen. Zwischendurch telefonierte ich über Mutters Apparat mit Alex, ab und an mit Karl-Heinz und Onkel Jodok. Alex und Karl-Heinz lernten ebenfalls. Jodok hielt Telefonwache in seiner Generalzentrale. Es ereignete sich allerdings nichts Besonderes. Wir verabredeten, er würde nur bei uns durchrufen, wenn sich etwas ergäbe, wir bräuchten ihn nicht permanent zu kontaktieren.

Am Freitagnachmittag holte ich Laptop, Handy und Unterlagen von der Landespolizeidirektion ab. Auf Leipoldheimers Frage, wozu ich denn eine Dokumentation über angesehene Vorarlberger zusammengestellt hätte, erklärte ich, dies sei eine Übung, wie man ein Berufsprofil erstellt. Das müssten vor allem Arbeitspsychologen können. Zu meiner Überraschung gab sich der Abteilungsinspektor damit zufrieden.

Freitagabend begann ich den Servierdienst im Hotel Hubertus und setzte ihn, wie verabredet, für vier Abende nacheinander fort. Auch dabei passierte nichts Aufregendes. Wie ich es vermutet hatte, war die Arbeit stressfreier und angenehmer als zuvor im Krug. Am Samstag bewältigte ich mit Benny einige hundert Höhenmeter auf Schneeschuhen.

Am Sonntag wurde die Routine aufs Lieblichste unterbrochen. Alex besuchte mich, und wir gingen vormittags gemeinsam auf die Piste, sie auf Skiern, ich auf dem Board. Anschließend speisten wir zu viert: Geselchtes mit Kraut und Stampfkartoffeln, dazu ein Bier und anschließend einen warmen Apfelstrudel mit Vanillesoße, alles von Mutter fein zubereitet. Beim nachgängigen Jassen kam wirklich seit Langem wieder eine nette familiäre Atmosphäre auf, die uns vieren ersichtlich gut tat. Alex verabschiedete sich am späten Nachmittag, Mutter und Benny machten ihr Ding, und ich ging schaffen.

Auch der Montag brachte nichts Neues. Ich wagte mich zur FH, um die Abschlussvorlesung beim exaltierten Professor Kuzmanov mitzunehmen. Die hätte ich mir auch schenken können. Der stark untersetzte Typ mit Napoleon-Syndrom stolzierte auf italienischen Schuhen mit halbmeterhohen Absätzen vor der Tafel wie ein Pfau hin und her und brabbelte eineinhalb Stunden lang akustisch unverständliches Zeug in seinen pechschwarzen Vollbart, ohne nur mit einem von uns Blickkontakt aufzunehmen oder etwas Hilfreiches an die Tafel zu zeichnen oder über den Beamer an die Leinwand zu projizieren. Pädagogisch war der Typ ein voller Reinfall. Trotz der die Größe unterstützenden Schuhe reichte er den meisten nur knapp bis zum Oberkörper, was an sich überhaupt nicht schlimm wäre, würde er dazu stehen und sich nicht hinter seiner schräg interpretierten Berufsrolle und einem bajuwarischen Outfit mit Tirolerhut verstecken. Die Kombination ließ ihn wie eine Karikatur seiner selbst aussehen, zumal er sich auch noch sein Haupthaar mit Gel affektiert wie ein Mittelmeer-Macho nach hinten striegelte, was überhaupt nicht zum Kleidungsstil und zum Bart passte. Leider war dieser Professor ein typisches Exemplar jener Hochschullehrer, die der Psychologie in der Bevölkerung einen schlechten Ruf geben, getreu dem Motto: ‚Die haben alle selber einen an der Waffel.'

Zum Glück entsprachen real nur die wenigsten Lehrenden an unserer Fachhochschule diesem allgemeinen Vorurteil, wenngleich auch unter uns Studenten nicht zu verheimlichen war, dass etliche das Studium nur gewählt hatten, um ein eigenes psychisches Problem zu lösen. Wenn sie es nicht in absehbarer Zeit würden klären können, würden sie ihr Problem natürlich in den späteren Beruf hineintragen. Ich hatte das Phänomen inzwischen an mir und unserer Familienkonstellation erkannt und nahm mir vor, aktiv dagegen zu steuern. Bei einigen Mitstudierenden vermutete ich allerdings gravierende psychosoziale Missstände. Mizzi Furtbichler oder die Lilafraktion, mit der Alex früher unterwegs gewesen war, stellten für mich eindeutig solche Kandidatinnen dar. Wenn ich mir und ihm gegenüber ehrlich war, gehörte auch die Esslust meines Freundes Karl-Heinz zu den Zeichen, die für eine, wie auch immer geartete seelische Thematik sprachen, obwohl er Betriebswirtschaft studierte. Vielleicht sollte ich mir ein Herz fassen und das Thema mit ihm freundschaftlich ansprechen, wenn alles vorbei sein würde.

Mutter hatte abends wieder gekocht, und bevor ich zur Arbeit gehe musste, plauschten wir zwanglos, fast wie in früheren Zeiten, als Vater noch lebte. Nach meinem Dienst im Hubertus verzog ich mich aufs Zimmer. Es war also ein fast normaler Tag, zumindest bis Onkel Jodok mich kurz vor Mitternacht anrief. Ich wollte gerade ins Bett gehen, da summte der Kommunikationsknochen.

Mein Onkel hatte an einem der präparierten Handys etwas mitgehört, das uns vielleicht einen wesentlichen Schritt voranbringen könnte.

19. Autorennen

Nach Onkels Anruf war ans Schlafen natürlich nicht mehr zu denken, und so zog ich mich an und fuhr sogleich zu ihm. Wie immer hatte er sich am Telefon verschlüsselt ausgedrückt, auch Alex und Karl-Heinz gegenüber, die er zuvor bereits knapp informiert hatte.

„Grüß dich, Onkel Jodok. Sag, sitzt du etwa die ganze Nacht an den Handynachrichten?", fragte ich, nachdem wir in seinem Arbeitszimmer Platz genommen hatten. Die Ausdauer meines Onkels überraschte mich. Tante Sieglinde war bereits vor einer Stunde zu Bett gegangen.

„Die ganze nicht. So von sieben Uhr in der Früh bis Mitternacht schon, abgesehen von Pausen. Ich muss nur alle fünfzehn Minuten abhören, da ist zwischendurch viel Zeit."

Mich interessierte, wie er das vor meiner Tante geheim halten konnte: „Bekommt denn Tantchen nichts davon mit?"

„Nichts", antwortete er, „sie weiß, ich bin ein Sonderling und lässt mir die Marotten, ohne groß nachzufragen. Hat sie immer schon gemacht." Meine Tante gehörte sichtlich zum beinahe überkommenen Typ Ehefrau, die ihrem Mann alles recht machen will und nachsichtig ist – na ja, bei fast allem. Wäre er fremdgegangen, hätte sie sich garantiert scheiden lassen.

„Ich find's speziell, wie du dich da reinhängst", meinte ich anerkennend.

„Du bist mir einer. Deine jüngsten Aktionen sind auch nicht von schlechten Eltern. Als du mir davon erzählt hast, war ich ziemlich stolz auf dich. Dein Vater wäre es garantiert auch gewesen."

Mit diesem überraschenden Lob konnte ich nur schlecht umgehen, denn ein Lob erhält man in unserer Gegend höchstens dreimal im Leben – wenn man Glück hat. Üblicherweise nimmt jeder von jedem an, der eine Aufgabe zu lösen oder sein Leben zu bewältigen hat, die Person werde das anstandslos und selbstverständlich zur Zufriedenheit aller erfüllen. Wenn dem so ist, wird das Tagesgeschäft kommentarlos weitergeführt, jahrein, jahraus. Rückmeldungen gibt es nur, wenn die Leistung tatsächlich oder aus machtpolitischen Gründen angeblich nicht stimmt. Allerdings handelt es sich dabei nicht um Anerkennungen, sondern um deren Gegenteil. Im ersten Fall soll der Kritisierte verbessert, im zweiten elegant abgeschoben werden, um einem genehmeren, das heißt proktologisch begabteren Arschkriecher Platz zu machen. Der Volksmund hat für diese kernige Eigenart unseres abgehärteten Bergvölkchens den Sinnspruch geprägt: ‚Nit g'schumpfa ist g'nug g'lobat.'

Dem Bonmot nach zu urteilen, bekommt bei uns jeglicher aufgeklärte Führungsstil über Dekaden hinweg und bis in höchste Kreise hinein keine Chance, sich nachhaltig zu verankern. Dabei wusste schon Plutarch, dass jener selber arm an Geist und Verdienst ist, der mit Lob geizt. Ich nahm mir fest vor, diesbezüglich einen Kulturwandel zu inszenieren. Schade nur, dass ich ihn wahrscheinlich mein Lebtag nicht erleben würde. Kurz gesagt: Onkels Lob glich einem Ritterschlag, und ich war mächtig stolz darauf.

„Ja sag, was hast du herausgefunden?", wollte ich wissen. In guter Tradition jetzt bloß nicht die Freude über das soeben erhaltene Lob zeigen. Das wäre nicht demütig genug gewesen.

„Sie wollen sich treffen. Im Montafon. In einer Fabrik. Dort soll die nächste Absprache stattfinden, über was auch immer, das haben sie nicht gesagt", berichtete Onkel Jodok knapp.

„Weißt du denn, wann sie sich treffen wollen, und wer?"

„Also einen haben sie immer mit ‚Professor' angeredet", meinte Jodok. Dimundi! „Einen anderen nannten sie ‚Lucki'. Den mit der Fabrik. Andere Namen hab ich nicht rausgehört."

Der Zweite musste Lukas Ammann sein, der Marmorspezialist aus dem hinteren Seitental, vierter Prominenter im Bunde des Vereinsvorstands, neben Ski-Tycoon Waldowitz-Leitner, dem Bürgermeister und dem Landtagsabgeordneten Holzegger.

„Ja, und wann wollen sie sich treffen?", fragte ich nach.

„Samstag in der Nacht auf Sonntag. Um zwei Uhr."

„Mehr haben sie nicht gesagt? Hast' sonst was rausgehört?"

„Nein. Sie waren nur kurz im Büro in Schlins, wo das zweite Handy liegt. Haben rumgekramt und sich verabredet. Vielleicht bin ich auch zu spät ans Telefon gegangen, um mehr mitzubekommen."

Das waren endlich brauchbare Neuigkeiten. Onkel und ich hirnten noch ein halbes Stündchen, was man damit anstellen könnte, dann fuhr ich heim, um den verdienten Nachtschlaf zu bekommen.

Dienstagfrüh folgte eine Lagebesprechung mit Alex und Karl-Heinz in seiner Studentenbude, wo ich beide ins weitere Vorgehen einweihte. Das Wetter hatte sich beruhigt und mehrere niederschlagsfreie Tage angekündigt. Die Schneehöhe auf den Pisten betrug zwischen zweivierzig und drei Metern. Die Tourismusbranche freute sich auf eine lange Skisaison. Die Bergrettung eher weniger, denn regelmäßig musste sie waghalsige Spinner aus unwegsamem Gelände befreien, die zwar Freestyle schreiben können, ihn aber nicht beherrschen und lawinengefährdete Schneeverhältnisse unterschätzen. Wie zu jeder Skisaison waren abseits der Pisten einige Schwerverletzte zu beklagen, manchmal sogar Tote.

Meine Freunde wollten weiter zu unseren vier Vereinsvorständen recherchieren. Ich plante, tagsüber Dimundi zu verfolgen. Vom Sekretariat erfuhren wir, dass er heute bis zwölf Uhr Seminare habe und danach Außentermine. Eine studentische Sprechstunde sei heute leider nicht möglich. Das passte bestens. Um Viertel vor zwölf lag ich beim Parkplatz neben der Tiefgarage auf die Lauer. Dann war es so weit. Langsam bog Dimundis Alfa hinter dem Gebäude um die Ecke, wo sich die Ausfahrt der Tiefgarage befand. Jetzt bloß aufpassen! Er durfte mich auf keinen Fall entdecken.

Ich ließ Dimundi zunächst links vom Parkplatz abbiegen und fuhr ihm dann gemäßigt hinterher, immer mit zwei bis drei Wagen Zwischenraum, so dass ich ihn auch über Grünphasen verfolgen konnte. Bald zweigte der Professor zur Autobahn ab und fuhr Richtung Deutschland. Ich war ziemlich gespannt, wohin es gehen sollte, hoffte, der geborgte Kia war unauffällig genug, um unbemerkt zu bleiben. Dimundi fuhr tatsächlich durch den Pfändertunnel nach Bayern hinein, ich ihm mit größerem Abstand hinterher.

Nach der Ausfahrt Sigmarszell hängte mich der Professor mit gefühlten zweihundert Sachen ab. Die Autobahn war durch das Tausalz nass, aber nicht gefroren und ohne Neuschneebelag. Mit seinem tiefergelegten Sport-Alfa in Burgunderrot – hinten stand ‚Brera' drauf – konnte mein armer Koreaner trotz seiner pseudosportlichen Linie nicht mithalten. Selbst bei trockener Fahrbahn hätte ich keine Lust verspürt, Kias Höchstgeschwindigkeit voll auszufahren. Ich kalkulierte, Dimundi würde mindestens bis Memmingen auf der Autobahn bleiben und vielleicht ab und an durch überholende LKW oder andere Schleicher ausgebremst werden. Dann wäre ich bald wieder hinter ihm. Bei Memmingen entschied sich, ob er Richtung Ulm, München oder Füssen weiterfahren würde. Also hieß es, möglichst dran zu bleiben und ihn hoffentlich erneut zu Gesicht zu bekommen.

Richtig gepokert. Vier Kilometer vor dem Autobahnkreuz fuhr er auf der linken Spur dicht hinter einem Getränkewagen. Rankommen und dennoch genug Abstand halten, lautete nun die Devise. Nach dem Überholvorgang blieb er links, ich auch. Das konnte nur bedeuten, wir würden Richtung Ulm weiterfahren. Mir schwante, er würde vielleicht bis Stuttgart durchbrettern, um eine mir bekannte Nicht-Kia-Werkstatt aufzusuchen. Letztlich war dem auch so. Zwar verlor ich ihn vor der Abfahrt Ulm und fand ihn auf der Autobahn nicht mehr wieder, doch ich war meiner Sache ziemlich sicher. Daher steuerte ich den Kleinwagen durch Stuttgarts Katharinenstraße und fuhr langsam an der besagten Autobude vorbei.

Beim Vorbeifahren war allerdings nichts zu sehen. So parkte ich in der Nähe, zog die Kapuze ins Gesicht und ging zum Mietshaus links neben der Toreinfahrt. Die Tür war abgesperrt. Ein Dutzend Klingelknöpfe mit kunterbunten Familiennamen luden zu kindlichen Streichen ein. Weil die Lage es erforderte, unterdrückte ich allerdings mein Kindheits-Ich und aktivierte mein innovatives Erwachsenen-Ich. Das Erste empfahl dem Zweiten, aus Gründen des Selbstschutzes auf jeden Fall oben mit dem Klingeln anzufangen. Ich drückte also einen der oberen Knöpfe und wartete.

„Hallo, wer ist da?"

„Ärztezeitschrift für die Briefkästen. Bitte aufmachen!"

„Brauchen wir nicht, unsere Briefkästen sind alle gesund."

Oh ihr Schwaben, Volk von Komikern! Nächste Klingel ausprobiert. Keine Reaktion, auch bei der übernächsten nicht. Vierte Klingel, langsam nervös werdend.

„Jo?"

„Ärztezeitschrift. Können Sie bitte aufmachen?" Der Mensch ist lernfähig.

„Is sich gutt."

Der Summer ertönte. Na also, geht doch. Deutsche Mitbürger nichtdeutscher Herkunft sind anscheinend gesundheitsbewusster als Ur-Alemannen. Ich betrat den Flur. Linker Hand zeigte die Treppe aufwärts, geradeaus erstreckte sich der Flur bis zur Hintertür. Die Briefkästen waren an der rechten Wand angebracht, graue Fladen alter Farbe bröckelten hier und dort von ihr ab. Die abgestandene Luft wog schwer nach Fett und

Bratkartoffeln. Ein Griff an die Klinke. Die Hintertür war offen. Da mir für ein glaubwürdiges Schauspiel an den Müllcontainern auf dem Innenhof ein passender Eimer fehlte, blinzelte ich nur kurz durch den Türspalt.

Bingo! Dimundis Alfa parkte direkt vor einem der beiden verschlossenen Rolltore. Mehr brauchte ich nicht zu sehen, denn die Verbrecher durften mich nicht entdecken. Schneller als Niki ein Ohr verkohlt war ich beim Kia und ab durch die Mitte.

Dimundi und die Hammerer-Autoklitsche. Dimundi und der lateinamerikanische Emanzipationsverein. Dimundi und der A6 meiner Entführer. Immer wieder Dimundi. Der Mann war wirklich Kosmopolit. Welche Rolle spielte die Stuttgarter Autowerkstatt bei der ganzen Sache? Welche der Verein? Und wir wussten immer noch nicht, um welche Sache es da ging. Für heute waren mir das eindeutig zu viele ungelöste Rätsel.

Kaum wieder in der Heimat angekommen, rief ich Onkel Jodok an, um ihm verklausuliert mitzuteilen, dass ich den Wagen erfolgreich getestet hätte. Er sei von der Fachhochschule bis zu einer Werkstatt in Stuttgart ohne zu stottern durchgefahren. Das könne er gerne weitererzählen. Mein Onkel war darüber sehr erfreut und sagte, er werde diese gute Nachricht sogleich meiner Tante mitteilen. Vielleicht wolle sie sich dann doch noch so ein Auto zulegen. An diesem Tag hatte ich nichts weiter vor, fuhr daher direkt nach Hause, aß etwas – diesmal alleine – und legte mich ins Bett.

Es folgten zwei ruhige Tage mit Lernen und Snowboarden. Mutter suchte nun einmal wöchentlich Oberärztin Konzett auf. Von ihrer zweiten Sitzung kam sie sehr nachdenklich zurück. Ansonsten machte sie sich prima. Sie ging wieder unter Leute, trug ihren Teil zum gemeinsamen Haushalt bei und war besser aufgelegt als in den Jahren zuvor. Alkoholika rührte sie nicht mehr an, noch nicht einmal ein Gläschen Wein zum Abendbrot. Benny ging brav zur Schule und benahm sich so, als ob nichts vorgefallen wäre. Robustheit kann man halt nicht im Supermarkt kaufen – entweder man hat sie oder man hat sie nicht. In unserer Familie schien eine gesunde Widerstandskraft zur Grundausstattung zu gehören.

Am Donnerstag schnappte mein Onkel noch einmal etwas auf, erneut im Vereinsbüro. Wir tauschten uns in seinem Arbeitszimmer darüber aus. Ich wollte ihn sowieso besuchen, um mir finanziellen Nachschub aus Schwaben-Edes Hinterlassenschaft zu holen. Diesmal hatte Onkel Jodok eine lautstarke Auseinandersetzung um Anteile und Auszahlungen mitbekommen. Ein Mann mit Bassstimme tat sich wichtig. Er forderte von seinem Gegenüber, den er mit ‚Lucki' ansprach, mehr Geld für seine Hintergrundarbeit. Ohne ihn könnten die Transporte nicht unbehelligt durchs Land fahren, was eine Grundvoraussetzung für die guten Geschäfte sei. Was wären sie ohne ihn, wenn er nicht mehr mit Informationen über Straßenkontrollen und Blitzer rausrückte? Lucki antwortete, man würde sich die Geldforderung genau überlegen, den Chef fragen und ihm dann Bescheid geben. Nach diesem Thema ging es nur noch um belanglose Dinge.

Drei Erkenntnisse ergab dieses Telefonat: Anscheinend führte Lukas Amann im Marmor-Business und im Lateinamerika-Geschäft die Bücher. Anscheinend bestand die Rolle eines Beteiligten darin, vertrauliche Informationen über polizeiliche Maßnahmen auszukundschaften und weiterzuleiten. Und anscheinend stand hinter dem Ganzen eine oberste Chefität.

Vom Onkel lieh ich mir beim Abschied sein ultrateures Nachtsichtgerät, mit dem das Schießen von Wild verboten, das Beobachten jedoch erlaubt war. Durch das Fernglas konnte ich sogar in völliger Dunkelheit etwas erkennen. Endlich stand eine Aktion an, die nicht völlig ungesetzlich sein würde – zumindest nicht in Bezug auf das Jagdgesetz –, denn ich hatte nicht vor, mit dem Nachtsichtgerät Rehe zu erlegen.

Freitagfrüh fuhr ich zum Elektronikmarkt und kaufte eine moderne Systemkamera mit Objektiv und Stativ, weil sie handlicher als eine digitale Spiegelreflexkamera ist und trotzdem Spitzenbilder fabriziert. Auf eine große Speicherkarte kam es mir dabei besonders an. Das Teil stellte einen guten Kompromiss zwischen einem Profigerät und meinen Ansprüchen dar, kostete aber mit allem Drum und Dran immer noch um die tausend Euro. Ich hatte das Geld, und Edmund Otterbach würde es nicht mehr benötigen.

Freitagabend ging ich meiner neuen Servicetätigkeit nach und schoss anschließend erste Probeaufnahmen mit der neu erstandenen Kamera: einen leeren Innenraum des Hotels mit schwacher Beleuchtung, den Dorfplatz unter Lampenlichtern, den Waldrand im Hintergrund bei sternenklarer Nacht und abnehmendem Mond. Bei allen Motiven probierte ich verschiedene ISO-Einstellungen aus, um später die optimale Kombination finden zu können.

Samstagfrüh fummelte ich mit den Aufnahmen und einem Bearbeitungsprogramm am Computer herum, bis ich eine Einstellung für annehmbare Nachtaufnahmen herausfand. Mittags gönnte ich mir einen ausgedehnten Schlaf, denn der war zuvor mal wieder viel zu kurz gekommen, und ich hatte nächtlich weitere Aktivitäten geplant. Den Hotelchef hatte ich gefragt, ob ich am Samstagabend ausnahmsweise eine Stunde früher gehen könne – die neue Freundin, er wisse schon. Seinerseits ging das in Ordnung. Er gab mir den gut gemeinten Rat, zwischendurch auch an mich zu denken und nicht nur an die Familie und ans Studium.

Gut gebrüllt, Löwe.

20. Abfindung

Das Werksgelände war für mein Vorhaben kurz vor Mitternacht viel zu hell ausgeleuchtet. Für ihre Geschäfte hatte sich die Plätterbau AG einen Platz ausgesucht, der von der der Zufahrtsstraße kaum eingesehen werden konnte. Die Firma lag im hintersten seitlichen Winkel von Schruns, einem Örtchen im Montafon, direkt unterhalb eines steilen Bergausläufers. Zum Werkstor führte eine etwa fünfzig Meter lange Stichstraße, an deren Ende die massive Ausleuchtung begann. Das Ensemble von Verwaltungshaus, offenen und geschlossenen Hallen, Fuhrpark und Freiflächen erinnerte dank seiner hohen eisenzaun- und stacheldrahtbewehrten Abschirmung eher an eine Militäranlage, denn an ein Bauunternehmen. Neonlampen tauchten die Szenerie in milchig-weißes Licht.

Als Treffpunkt für den feinen Herrn Ammann und seine Verschwörer, die sich Samstagnacht um zwei Uhr dort einfinden wollten, lag die Firma strategisch günstig. Niemand konnte sich per Fahrzeug oder zu Fuß von der Zufahrtsstraße her nähern, ohne spätestens zwanzig Meter vor dem Werkstor erkannt zu werden. Aufgrund dessen hatte ich keinesfalls vor, direkt in die Stichstraße einzubiegen, oder lange davor zu halten und dadurch aufzufallen. Einen Kilometer weiter parkte ich den Wagen vor einer kleinen Ladenpassage. Nun musste ich nachdenken, wie ich weiter vorgehen wollte. Einfach drauflos, wie vorab gedacht, ging nicht. Mein Plan, das Gelände zu entern und das Treffen zu belauschen, von dem Onkel Jodok per Handy Kenntnis bekommen hatte, war zu naiv. Wenn jemand auf dem Gelände wirklich kriminelle Aktivitäten an den Tag oder – wie heute – in die Nacht legte, würde er kaum Hinz und Kunz und Moosburger einfach hineinspazieren lassen.

Für meinen nächtlichen Ausflug war ich nach der Arbeit schon um halb elf losgefahren, weil ich mindestens eine Stunde bis zum Ziel benötigte. Den Ausweis hatte ich wohlweislich zu Hause gelassen, nur ein wenig Geld eingesteckt. Mein Outfit entsprach dem gesellschaftlichen Anlass: ausnahmslos schwarzes Zeug von der Skiunterwäsche über den daunengefütterten Tourenanzug, Schal, Ohrenwärmer und Handschuhe bis hin zur obligatorischen Skimaske. Dunkelbraune halbhohe Wanderstiefel bildeten die einzige Konzession an die aktuelle Modefarbe. Auch die Ausrüstung konnte sich sehen lassen. Onkels Nachtsichtgerät trug ich um den Hals. Die neu erstandene Kamera lag in der rechten Anzugtasche und mein altes Jagdmesser, mit dem man einer Hirschkuh die Haut wie Käserinde absäbeln konnte, steckte in der Gürteltasche an der linken Hüfte. Nach allem, was ich jüngst erlebt hatte, wollte ich nicht unbewaffnet durch die Gegend ziehen.

Obendrein hatte ich vorsorglich einen Teil der Kletterausrüstung mitgenommen – einen Hüftgurt und ein vierzig Meter langes Seil mit Abseilhalterung. Aufgrund der neuen Lage sollten sie sich als besonders nützlich erweisen.

Soweit ich es vom geborgten Wagen aus durch das Nachtsichtgerät erkennen konnte, schien die einzige Schwachstelle im Rücken des Firmengeländes zu liegen. Dort fühlten sie sich wohl wegen der Bergflanke ziemlich sicher. Der Berg bildete eine natürliche hohe Mauer, die das Werksgrundstück nach hinten abgrenzte. Der ausgeleuchtete Zaun umschloss nur die drei anderen Grundstücksseiten. Das Gelände verlief quer zum Hang und war etwa hundert Meter breit. Bis auf den hinteren Hof war es gut ausgeleuchtet, doch die dunkelste Stelle befand sich auf der Rückseite, etwa in der Mitte, wo der Berg am steilsten abfällt. Durch das Nachtsichtgerät erkannte ich leider auch Überwachungskameras am Zaun, vermutlich war an den Gebäuden mit weiteren zu rechnen. Ziemlich viel Aufwand, um Steine und Hölzer zu bewachen, die zwar einiges wert sein dürften, aber sicher nicht ohne Transporter und Kran geklaut werden können.

Fraglich war nur, ob automatische Aufnahmen gemacht wurden und es einen Kontrollraum mit Nachtwächter und Wachhund gab. Für einen potenziellen Vierbeiner hatte ich ein Paar schlafmittelgetränkte Würste eingesteckt, war mir aber unsicher, ob ich sie im Notfall wirklich einsetzen sollte. Viel Zeit, nähere Umstände herauszufinden, blieb nicht übrig, wenn ich deutlich vor zwei Uhr unbemerkt im Gelände ankommen und mich dort auf die Lauer legen wollte. Also hieß es rasch zu handeln.

Wie in den meisten Bergdörfern klappten sie auch in Schruns trotz der Touristen abends die Bürgersteige hoch. Kurz vor Mitternacht war in dieser entlegeneren Ecke weder Tier noch Mensch zu sehen. Laut Anzeige im Auto war die Temperatur inzwischen auf minus zehn Grad gesunken, was nur die Härtesten zu einem Nachtspaziergang motiviert. Doch die lebten anscheinend woanders. So stapfte ich allein und unbeobachtet durch den Schnee über die Wiesen bis zur Bergkante. Ab und an erkundete ich mit dem Nachtsichtgerät, welche optimale Route in der Bergflanke zum Rücken des Firmengeländes führen würde.

Der Einstieg in den Berg verlief moderat. Aber bereits hundert Meter später musste ich mich schwer bergauf kämpfen, was jedoch leichter fiel als in der Nacht, in der mein Polo ermordet worden war. Etwa fünfzig Meter vor dem Firmengelände erreichte die Flanke ihren steilsten Abschnitt, wenngleich sie nicht direkt senkrecht zum Werksgelände abfiel, sondern ‚nur' in einem Winkel von etwa dreißig Grad. Die Höhe des Bergausläufers und dessen Baumbestand schienen der Werksleitung als Absicherung zu genügen. Auf der Rückseite des Geländes waren jedenfalls keine weiteren Sicherungsanlagen zu erkennen. Ich befand mich jetzt knapp zwanzig Meter oberhalb des Geländes, so dass mein doppelt gefasstes Seil ausreichen würde, um mich von einer kräftigen Buche abzuseilen. Die letzten drei Meter ging es senkrecht nach unten. Sanft landete ich auf einem verschneiten Hallendach.

Dort zog ich als erstes das Seil hinterher und rollte es auf, verharrte danach einige Minuten, denn von hier aus hatte ich einen guten Einblick in den Hof. Mit dem Nachtsichtgerät konnte ich weder einen Hund noch einen Nachtwächter oder Überwachungskameras entdecken. Ich riskierte es, mich die nächsten vier Meter vom Rand des Daches auf den Boden abzuseilen. Unten war nichts Verdächtiges zu hören oder zu sehen, also zog ich das Seil hinterher und rollte es erneut auf.

Inzwischen war es ein Uhr. Das Gelände lag seelenruhig vor mir. Ich würde den Teufel tun, auf ihm herumzustapfen und Spuren im Schnee zu hinterlassen, daher suchte ich einen geschickten Beobachtungsposten. Der befand sich in einem Unterstand für Nutzfahrzeuge. Drei Lastkraftwagen, eine Schneeraupe, vier Vans, ein Traktor mit Schneeschaufel und einer ohne waren hier zweireihig geparkt. Am brauchbarsten schien eine Stelle seitlich hinter dem schaufellosen Traktor zu sein. Der stand in der zweiten Reihe außen, leicht versetzt hinter einem Kastenwagen. Von dieser Position aus konnte ich den Hauptplatz gut einsehen und das Tor beobachten. Jetzt hieß es zu warten, bis das Wild sich zeigte.

Um nicht zu sehr zu frieren, stellte ich mich neben dem Hinterrad auf, stapfte hin und her und spannte abwechselnd diverse Muskeln. Irgendwann waren in der Ferne Motorengeräusche zu hören. Nun würden sie kommen, daher nahm ich einen Beobachtungsposten am Boden auf einer Überlebensfolie ein, die ich hinter dem Vorderrad unter den Traktor legte. Die Geräusche näherten sich. Ein erstes Abblendlicht war im Zufahrtsweg zu erkennen. Kamera ein. Klappe. Und: Action bitte! Ich wollte auf jeden Fall alles filmen, was sich bewegte, und dann weitersehen.

Herrliche Aufnahmen. Es rauschte eine halbe Armada an. Sechs brünftige Limousinen in freier Wildbahn mit frisch geputzten Nummernschildern, bereit, ihre Insassen auf den Hof zu spucken. Darunter befand sich Dimundis Alfa und ein Volvo mit Billardspieler auf der Haube. Sieh an, die Querverbindung! Dass der Stuttgarter Autobastler zur Bande gehörte, war seit Dimundis Besuch anzunehmen. Heute Nacht wurde die Hypothese zur Gewissheit. Zum Abschluss kam ein fetter Porsche, dessen Kategorie ich nicht kannte. Die Jungs hatten Kohle, soviel stand fest. Vom Neuwert der eingetroffenen Wagen könnte sich eine Kleinfamilie ihr fein Häuschen mit Grundstück leisten, und das in guter Lage.

Ich hielt drauf, was das Zeug hielt, knipste einen Schnappschuss nach dem anderen. Generell waren nur Männer vertreten. Fast jedem Auto entstiegen zwei Personen, alle in piekfeinen Zwirn gekleidet. Nur Dimundi und der Fahrer des S-Klasse-Mercedes waren solo angerauscht. Bis auf den Stuttgarter Autobastler und den Professor kannte ich die anderen nicht. Rein vom Aussehen her zu schließen, hatte sich hier im großen Stil kriminelle Intelligenz mit krimineller Schlagkraft à la Edmund Otterbach versammelt. Ein paar Häuptlinge waren garantiert auch dabei. Der Clan von Don Vito Corleone schien ein Dreck gegen diese illustre Versammlung zu sein.

Relativ zügig, vermutlich wegen der Saukälte, betrat das Ensemble eine gemauerte Halle. Wahrscheinlich hielten sie darin ihre postmoderne Thing-Versammlung ab. Nachdem minutenlang kein weiteres Auto ankam und auch niemand vor der Halle Posten bezog, durfte ich mich endlich wieder rühren. Die Alternative bestand darin, versteckt zu bleiben, halb zu erfrieren und nach deren Abzug ebenfalls das Gelände zu verlassen oder mich in die Halle zu schleichen, um vielleicht mehr herauszubekommen. Dumm und über alle Maßen risikobereit wie ich war, wählte ich Variante zwei.

Das Seil blieb zusammengerollt unter dem Traktor liegen, die Folie kam in den Rucksack, diesen wiederum stellte ich neben das Hinterrad. Um auf dem Gelände keine Spuren zu hinterlassen, schlich ich entlang der Gebäude zum Halleneingang. Über Kopfhöhe war ein breites Fensterband eingelassen, das auch seitlich um das Gebäude herum führte. In der Gasse nebenan ließ sich von einem Container aus über ein Oberlicht ein vorsichtiger Blick ins Innere werfen.

Die Halle erwies sich als Lager für Marmor- und Steinplatten und für diverse Bretter. Das Material lag auf Paletten, teilweise am Boden, war gestapelt oder stand senkrecht in Regalsystemen. Durch die Stapel hindurch zeichneten sich Bewegungen ab. Wie es schien, befanden sich alle Männer auf der dem Eingang entgegengesetzten Seite. Am Eingang stand jedenfalls kein Posten. Auf eigenem Gelände und zu so später Stunde musste sich die Gruppe sehr fühlen. Ich entschloss mich daher, den nächsten Schritt zu riskieren.

Die Eingangstür im metallenen Hallentor war nicht abgeschlossen und ließ sich geräuschlos aufziehen. Sachte hinein und die Tür zugemacht. Dann rasch seitlich zwischen mehrere Regalwände geschlichen. Aus dem Hintergrund drangen Stimmen hervor. Um die Gespräche zu verstehen, musste ich näher herankommen. Drei Regalreihen vor der Gruppe bezog ich Stellung hinter gestapelten Balken. Leise schob ich mich bäuchlings zentimeterweise unter den Stapel. Wegen der Belüftung hatte man ihn auf zwei dicken Baumstämmen gelagert. Aus dieser Position waren nur Füße in Schuhen und Stiefeln auszumachen. Fotos würden also nichts nutzen, doch die Akustik war für ein feines Tondokument gut geeignet. Hoffentlich langte der Speicherplatz meiner Kamera.

„Wieso bringen wir das Zeug erst zur Baustelle und verteilen es dort, anstatt es wie immer hier zu verteilen? Das ist doch viel aufwendiger", fragte einer mit leicht beleidigtem Unterton.

„Ich hab es euch hundertmal gesagt, und langsam sollten es alle begriffen haben: In diesem Werk wird normal gearbeitet und nur zeitweise Ware getauscht, sonst fliegen wir auf, wenn die Verteilung zu lange dauert. Und diesmal erwarten wir eine besonders große Ladung. Oben auf der Baustelle ruht im Winter die Arbeit. Dort sind wir ungestört. Ist das endlich klar?"

Die Stimme klang wie ein Mathelehrer, der dem Klassentrottel mit nur notdürftig unterdrücktem Zorn zum siebenten Mal die erste binomische Formel erläutert.

„Is klar Chef. Plottke mein's nich so." Eine beschwichtigende Stimme, leicht nasal wie bei einer anfliegenden Erkältung, versuchte zu vermitteln. „Wir ham's alle kapiert."

Der Chef war jedoch nicht zufrieden: „Anscheinend nicht. Dann würden solche saudämlichen Fragen nicht ständig auftauchen. Ich verlange von jedem, dass er hundertzwanzig Prozent wach ist und mitdenkt! Kapiert?"

„Werd mir Mühe geben, Chef. Wirklich." Plottke klang unterwürfig. Ich traute ihm gut zu, dass er seinen Frust ziemlich bald an jemand anderem auslassen würde, der ihm gerade in die Quere kam und nicht so abschreckend wirken würde wie sein Chef. Sein Chef? Ich hatte das Gefühl, ich müsste mich an etwas erinnern, wusste aber momentan nicht, woran.

Der Chef hob noch mal an und befahl mit einer jeden Widerspruch im Keim erstickenden Tonlage: „Herby: Fass für alle, die es immer noch nicht kapiert haben, den Ablauf zusammen."

Eine weitere Stimme hatte sich in die Debatte eingeschaltet, dem heimischen Dialekt mit schweizerischem Einschlag nach zu urteilen stammte der Eigentümer der Stimmbänder aus Lustenau.

„Also. Wie Waldo gesagt hat: Wir erwarten die Lieferung aus Brindisi am übernächsten Samstag. So gegen null-dreihundert. Sie kommen mit einem LKW, der schafft das mit Ketten locker bis zur Baustelle. Vorher hat die Schneeraupe vom Ski-Ressort den Forstweg präpariert. Ihr kommt da mit Ketten oder Allrad alle hoch. Wir treffen uns dort um null-zwei-vier-fünf. Wenn mit der Ware alles stimmt, lädt jeder seinen Teil ein und verschwindet. Bezahlt wird bar, wie immer. Jeder erhält direkt seinen Anteil, ob Ware oder Geld. Verstanden?"

Während Herby kollektive Zustimmung erntete, grübelte ich über seine Worte, und der Chef wandte sich an einen weiteren Anwesenden: „Mario, sag, können wir jetzt mit dem Knaben sicher sein? Hat er wirklich nichts mitbekommen?"

„Ich kann dich beruhigen, das hat er nicht. Die Mappe war noch im Büro. Das Papier befand sich darin, und er hatte versehentlich die Mappe einer anderen Studentin eingesteckt. Das hat mir die Administratorin absolut glaubwürdig bestätigt. Sie hat mir anstandslos die Mappe gegeben, weil ich sie angeblich mit Unterlagen vervollständigen wollte."

Diese Stimme erkannte ich sofort. Dimundi! Der ‚Knabe' war demnach ich. Dimundis Beitrag erklärte auch, wie er das Papier auf einfache Art wieder an sich nehmen konnte.

Waldo schien einigermaßen zufrieden zu sein: „Wenn du das sagst. Wehe, wenn von ihm noch ein Mucks kommt. Dann ziehst du die Notleine und schaffst ihn beiseite. Ist schließlich dein Fehler gewesen."

„In Ordnung."

Obwohl ich flach auf dem Boden lag, bekam ich wieder weiche Knie. Es war kaum zu glauben: Abgebrüht verhandelte Dimundi mit Oberboss Waldo meinen Tod, wie er etwa an der Fachhochschule eine neue Assistentenstelle beantragen würde. Jetzt wurde mir richtig flau im Magen. Wenn sie mich hier erwischten, hätte meine letzte Stunde geschlagen. Plötzlich verließ mich der Schneid, und ich wünschte mir, dieses verdammte Stück Papier nie besessen zu haben. Vor allem wünschte ich, ich wäre jetzt auf den Bahamas anstatt auf dem saukalten und dreckigen Boden einer Werkshalle in Schruns mit über einem halben Dutzend Kapitalverbrechern keine vier Meter von mir entfernt.

Waldo sprach das Schlusswort: „Dann aufi!"

Doch so weit war es noch nicht, einer meldete sich noch zu Wort: „Eines muss ich unbedingt noch ansprechen, wo wir alle beisammen sind." Der neue Redebeitrag kam von einer Person mit markantem Bass und fiel durch einen vorwurfsvollen Unterton auf.

„Ich möchte festhalten, dass das alles nicht funktioniert, wenn *ich* euch nicht den Rücken freihalten würde. Ich setze meinen guten Ruf aufs Spiel, und dafür bin ich absolut unterbezahlt."

Herby ging direkt darauf ein: „Bleib ruhig. Wir setzen hier alle unseren guten Ruf aufs Spiel. Na ja, fast alle. Weiß gar nicht, was du willst."

„Ich will mehr Kohle, und zwar wie's für meine Arbeit angemessen ist, sonst kannst' die in Zukunft vergessen." Der Aufmüpfige scheute die Eskalation nicht. Darauf schaltete sich Waldo ein.

„Albert, bleib auf dem Teppich. Du sitzt gemütlich rum, während wir vor Ort alle Risiken auf uns nehmen. Das Einzige, was du tun musst, ist uns schön brav die Information über geplante Polizeieinsätze geben. Das kostet dich maximal einen Blick in den Computer. Dafür wirst du gut genug bezahlt."

„Mein Risiko steht aber nicht im Verhältnis zum Gewinn. Die Computerbewegungen am PC des Kollegen von der Gendarmerie sind trotz eingebauter Umwege nachvollziehbar und ich muss die Suche immer unter anderen Aktionen verstecken. Und außerdem immer eine Ausrede finden, um ins Gebäude zu gelangen. Wenn sich mein Anteil nicht erhöht …"

Die Konsequenz ließ der Sprecher offen im Raum stehen. Da stand sie nun, aber nicht allzu lange, denn jetzt zog Waldo mächtig an. Seine nächste Frage kam scharf und knapp: „Dann was?"

„Dann könnt ihr ohne mich sehen, wo ihr bleibt."

Waldo reagierte auf diese offene Drohung zunehmend ungehalten: „Jetzt bleib du gefälligst auf dem Teppich. Immerhin schiebe ich in eure illegalen Parteikassen jährlich einen mittleren sechsstelligen Betrag, damit die Dinge laufen, wie es für uns alle am besten ist. Ich hoffe, das hast du nicht vergessen. Und deine Politfreunde hoffentlich auch nicht."

„Davon wissen nur wenige, und das Geld wird nicht persönlich ausgegeben, sondern für Wahlwerbung und gute Presse", rechtfertigte sich der aufmüpfige Albert. Vermutlich übte er seine kriminellen Machenschaften im Rahmen eines politischen Amtes aus.

„Jetzt platzt mir aber langsam der Kragen!", schrie der Oberboss. „Besitzt du auch nur einen Funken Verstand? Davon gehen, bitte schön, auch Zuwendungen an deine Kollegen im Vorfeld von Ausschreibungen ab. Das halte ich, verdammt noch mal, für eine sehr persönliche Investition. Oder wie siehst du das?"

Die Attacke reichte längst nicht aus, damit der Politiker klein beigab. Er wollte seine Geldforderung unbedingt durchdrücken: „Für die Parteikollegen mag das stimmen. Ich spreche hier aber von mir. Ich *bin* und *bleibe* unterbezahlt. Und ich sage dir, daran muss sich was ändern, sonst steige ich aus."

Weil die Situation hochkochte, versuchte Herby zu vermitteln: „Lass gut sein, Albert. Das hat doch keinen Zweck. Du kannst doch mit deinem Anteil mehr als zufrieden sein." Inzwischen hätte man eine Filzlaus über den Boden krabbeln hören können, wenn eine da gewesen wäre. Ich rührte mich keinen Millimeter.

„Bin ich aber nicht. Und vergesst nicht, ich bin über alles im Bilde. Also Waldo, überlege es dir!"

„Gut, Albert, ich überlege es mir und gebe dir nächste Woche einen höheren Anteil. An wie viel hast du denn so gedacht?"

„Fünfzig sollten es schon sein", antwortete Albert.

Irgendjemand war bass erstaunt: „Fünfzigtausend?" Eine weitere Stimme, die kaum zu vernehmen war.

Dafür kam der Schuss umso lauter rüber. Es war, als hätte jemand neben dem Ohr einen Chinakracher gezündet. Der Lagerraum widerhallte wie eine Kathedrale. Alle mussten mindestens so erschrocken gewesen sein wie ich, denn sekundenlang war nichts außer dem Nachhall und Ohrensausen zu vernehmen. Dann meldete sich der Chef mit einer streng vorgebrachten Motivationsansprache.

„Der dämliche Idiot wurde langsam zum Geschäftsrisiko. Hat mich schon neulich unter Druck setzen wollen und mit Ausstieg gedroht, darum musste ich ihn erledigen. *Hier steigt niemand aus!* Höchstens in einer Zinkwanne. Die Informationen beschaffe ich auch anders. Hab da selber einen Informanten. Damit das für alle völlig klar ist, wiederhole ich mich gerne: *Hier steigt niemand aus!* Aus *keinem* Grund. Einen Waldowitz-Leitner setzt niemand unter Druck. Haben das hoffentlich alle kapiert?"

Schlagartig wurde klar, was mir vorhin nicht einfallen wollte: Der Oberboss war der mit Ehren überschüttete Ski-Tycoon, der an unseren Wiesen interessiert war. Ich kannte seine Stimme, hatte nur ihren Klang unter dem Materialstapel nicht genau vernehmen können. Nach einer dramaturgischen Pause, in die ihm aus nachvollziehbarem Grund niemand hineinredete, fuhr der Mörder geschäftsmäßig fort:

„Plottke und Traskowic, ihr macht gefälligst die Schweinerei sauber. Mit Desinfektionsmitteln. Wickelt ihn in eine Plane. Fahrt ihn ins Walsertal. Stellt ihn mit seinem Wagen im Wald ab und drückt ihm die Knarre in die Hand, damit es wie Selbstmord aussieht. Schießt an derselben Stelle durch seine Brust, damit die Bullen eine Kugel im Auto finden – hier habt ihr eine Ersatzpatrone für die erste Kugel. Ich wische eben meine Abdrücke von der Waffe ab. Die ist eh illegal. Carlo, du suchst inzwischen Kugel und Hülse und gibst sie mir."

„In Ordnung, Chef."

„Plottke und Traskowic, bevor ihr fahrt, stapelt ihr zwei Lagen Marmorblöcke über die Stelle. Wir verschwinden und treffen uns übernächsten Sonntag um null-zwei-vier-fünf in meinem neuen Ski-Ressort, direkt auf dem Hauptplatz vor den großen Rohbauten."

Ich hatte die Gespräche und den Knall sauber digital mitgeschnitten. Jetzt musste ich nur noch lebend und unbemerkt die Halle und das Gelände verlassen. Dafür konnte es nicht schaden, mir innerlich Mut zuzusprechen: ,Toll gemacht, Felix. Du bist der größte Hornochse unter dem Firmament. Legst dich mal eben locker mit einer internationalen Mörderbande an. Viel Glück auch weiterhin.'

21. Amtshandlungen

Unter diesen Bedingungen aus der gefährlichen Nummer herauszukommen, gestaltete sich schwieriger, als das Gelände zu betreten. Niemand durfte mich bemerken. Ich durfte keine Spuren hinterlassen und von keiner der Kameras am Zaun erfasst werden. Über den Rückzug hatte ich mir schon vor dem Abseilen Gedanken gemacht. Er konnte aber nur gelingen, wenn ich mich allein auf dem Werksgelände befand. Bis dahin galt es, nicht erwischt zu werden.

Als ein Handlanger die Kugel, wie es schien, aus einem Holzstoß herausschälte, schob ich mich noch tiefer unter das Gestell, unter dem ich mich versteckt hielt. Mucksmäuschenstill hoffte ich, niemand käme auf die Idee, unter den Stapel zu schauen.

Bis auf die beiden Ausputzer verließen die anderen rasch die Halle. Autos fuhren vom Hof. Die verbliebenen Gangster hatten etwas zum Wischen besorgt und schrubbten den Boden wie Putzprofis. Ich bezweifelte, dass sie alle Spuren für eine professionelle Suche beseitigen konnten, hätte aber nicht darauf wetten wollen. Dann raschelten sie eine Zeit lang mit einer Plane hin und her; vermutlich verpackten sie den korrupten und unselig dahingeschiedenen Politiker. Ich musste auf jeden Fall ihre gesamten Aktivitäten abwarten und keine voreiligen Manöver riskieren. Nach einigen Minuten schleppten sie die Plane mit ihrem politischen Inhalt nach draußen. Obwohl mir bald alles abfror, blieb ich weiterhin regungslos liegen. Heute war ich ein Kantholz.

Minuten später öffnete sich das Haupttor der Halle, schweres Gerät rumpelte herein, schichtete Zeugs hin und her und stapelte Blöcke auf den freien Platz, an dem sich die Gruppe vorher befunden hatte. Da sie Marmor auf die Stelle legen sollten, auf der das Opfer erschossen worden war, fühlte ich mich unter dem Holzstoß einigermaßen sicher. Nach getanem Werk fuhr der Gabelstapler hinaus. Licht wurde ausgeschaltet, das Tor geschlossen. Stille herrschte im Saal. Draußen ließen Plottke und Traskowic einen Motor an und fuhren davon.

Da lag ich nun halb erfroren im Halbdunkel und realisierte, dass sie mich eingeschlossen hatten.

Die Uhr zeigte kurz nach fünf an, ein Handy für einen Hilferuf hatte ich natürlich nicht dabei. Der hätte mir auch nicht wirklich geholfen, denn ich konnte kaum Freunde und Verwandte bitten, hier ebenfalls einzubrechen, um mich zu befreien. Also kroch ich zunächst unter dem Holzstapel hervor und scannte die Lage. Diffuses Licht schimmerte durch die Oberfenster und leuchtete einen Teil der Halle indirekt aus. Auf dem Platz vor meinem Versteck stapelten sich Blöcke edlen Marmors auf mehreren Reihen fester Kanthölzer. Ich stellte die Kamera auf Nachtaufnahme ein und schoss aus verschiedenen Winkeln und ohne Blitz gelungene Fotos von diesem verbrecherischen Ort.

Dann musste ich langsam sehen, wie ich elegant die Halle verlassen konnte. Optimal erschienen die Oberlichter zur Gasse. Tatsächlich ließen sie sich waagerecht kippen. Da sie über Kopfhöhe angebracht waren, diente dazu eine Verlängerungsstange. Neben einem Stapel Hölzer schien der Ausstieg gut geeignet. Stange drehen, Fensterflügel von unten aufkippen. Über die Hölzer hochklettern. Oben das Gelände sondieren. Stange lösen und rausklettern. Mit einer Hand das Kippfenster möglichst weit hinter sich zuziehen. An langen Armen auf der anderen Seite herunterhängen. Loslassen und auf dem Boden landen. Geschafft.

Inzwischen hatte es leicht zu schneien begonnen. Auf dem Gelände war niemand zu sehen. Ich schlich an der Halle entlang Richtung Bergflanke und huschte unter den überdimensionalen Carport, von dem ich gekommen war. Seil und Rucksack lagen unter dem Traktor, wie ich sie verlassen hatte. Bevor ich den Rückzug antrat, fotografierte ich das gesamte Werk. Vor allem die ominöse Halle, in der ich als blinder Passagier zumindest Ohrenzeuge eines verübten und eines geplanten Schwerverbrechens geworden war.

Über den äußersten Traktor kletterte ich aufs Hallendach. Dort beschwerte ich das Seil mit einem zusätzlichen Karabiner und knotete es an ihm mehrmals in sich fest. Neben mir legte ich den Rest lose aufs Dach. Bereits vor dem Abstieg hatte ich mir die beste Stelle für den Rückzug ausgesucht. Eine Fichte nahe der Felskante ragte schräg nach vorn. Nach mehreren Versuchen gelang es, das beschwerte Seilende wie ein Lasso zu schwingen und die richtige ballistische Kurve zu erwischen, damit es um den Rumpf der Fichte flog und auf der anderen Seite etwas herabhing. Einige schlangenartige Schüttelbewegungen, dann rutschte das Ende stückweise abwärts. Der Rest war Grundkurs im Klettern. Oberhalb der

Fichte trat ich den weiteren Rückzug nach oben an, verzichtete diesmal auf die Sicherung mit dem Seil. War nur darauf erpicht, außerhalb der Sichtweite des Werksgeländes seitwärts im Wald zu verschwinden.

Auf dem restlichen Weg zu meinem geborgten Auto, und auch auf der Fahrt durchs Dorf, begegnete mir niemand, was mich einigermaßen beruhigte. Um halb sieben in der Früh zu Hause angekommen, holte ich die Schneefräse aus dem Schuppen und kehrte Hof und Gehsteig. Mutter und Benny schliefen noch.

Der Sonntag verlief ereignislos. Ich schlief bis kurz vor eins, weil ein Zettel an der Tür besagte, man möge mich bitte nicht wecken und das Essen auf ein Uhr verlegen. Benny und Mutter hielten sich netterweise daran. Beim Mittagessen tauschten wir harmlose Familien- und Dorfgeschichten aus, und dann bestritt jeder seinen Nachmittag für sich. Benny traf sich mit einem Kumpel zu einer LAN-Party, Mutter mit alten Freundinnen zum nachmittäglichen Kaffee und Kuchen. Ich bilanzierte derweil die Situation und bereitete die nächste Woche strategisch vor.

Als Erstes entsorgte ich die für einen möglichen Wachhund präparierten Wienerle in der Toilette. Dann verstaute ich das Kletterzeug an seiner angestammten Stelle auf dem Dachboden, sichtete und präparierte meine auditive und fotografische Beute und plante nächste Schritte. Nachmittags sandte ich Alex und Karl Heinz eine SMS: ‚treffen morgen 9 an alter stelle‛. Beide stimmten zu, Karl-Heinz mit einer kurzen Nachricht, Alex im Zuge eines längeren Telefonats, bei dem es zu meiner Erbauung bis auf die Verabredung ausschließlich um persönliche Themen ging. Wenn ich mir gegenüber ehrlich war, hatte ich mir immer eine Freundin wie sie gewünscht. Wir lachten häufig, nahmen Anteil an unseren verschiedenen Geschichten, verständigten uns über unsere Lebensphilosophien und lagen überhaupt in vielen Dingen auf ähnlicher Wellenlänge.

Nach dem erfrischenden Telefonat besuchte ich meinen Onkel vor dem abendlichen Arbeitsbeginn. Er sollte unbedingt erfahren, was ich wusste, und in die weiteren Pläne eingeweiht sein für den Fall, dass etwas schiefging. Onkel Jodok war mal wieder Gold wert, nicht nur, weil er mich seelisch, materiell und tatkräftig unterstützte und mir seinen Laptop lieh, sondern auch, weil er meinen Plan in einigen Details verbesserte.

Montags in Karl-Heinz' Studentenbude teilte ich den Freunden alle Neuigkeiten detailliert mit. Beide reagierten schockiert, was keineswegs verwunderte. Langsam ging ihnen auf, dass wir keine Schnitzeljagd mit

Pfadfindern durchführten, sondern es mit einer hochgradig kriminellen Organisation zu tun hatten. Anscheinend operierte sie gut vernetzt in angesehenen Teilen unserer Gesellschaft. Damit konnten die Verbrecher uns jederzeit brandgefährlich werden. Die Bande verfügte über mehr Wissen, mehr Geld, mehr Beziehungen, mehr Zeit für ihre dunklen Geschäfte und mehr Brutalität bei deren Umsetzung, als wir sie je im Leben besitzen oder aufbringen würden. Wie konnten wir drei Hanseln je dagegen ankommen?

Karl-Heinz steuerte zu den aktuellen Geschehnissen den ultimativen Zeitungsartikel bei:

,Abgeordneter verübt Selbstmord!

Albert Holzegger, 46, langjähriges Mitglied des Landtags und Sicherheitsfachmann, wurde gestern tot in seinem Wagen aufgefunden. Revierförster Kompatscher fand den BMW in einem Waldabschnitt des Großen Walsertals. In ihm saß der Abgeordnete mit einer Pistole in der Hand und einem Loch in der Brust.

Aus Sicht der Kriminalpolizei handelt es sich offensichtlich um Selbstmord. Aber was sind die Beweggründe? Für uns unverständlich. Holzegger hinterlässt eine Frau und drei Kinder und gilt unter Parteikollegen als überaus kompetenter Fachmann in Sicherheitsfragen. Ein Abschiedsbrief konnte bislang nicht gefunden werden. Kollegen zeichnen Holzegger als zuverlässigen und ausgeglichenen Menschen. Auf seine Initiative sind beispielsweise Entwicklungszusammenarbeiten in Übersee zurückzuführen, bei denen sich unser Land für die Ärmsten der Armen breit engagiert.

Holzegger war Vorstand und Gründungsmitglied eines karitativen Vereins. Er hinterlässt eine breite Lücke in der Gesellschaft.'

„Was sagst du dazu?" Ich war sprachlos und dachte an die Ansage des Chefs vorletzte Nacht in der Werkshalle. „Kommen die tatsächlich damit durch, es wie einen Selbstmord aussehen zu lassen?"

Alex dachte das nicht: „Kann kaum sein. Hat nicht die Pathologie die Möglichkeit zu erkennen, ob ein Schuss vor oder nach dem Tod in den Körper abgefeuert wurde? Gerinnungsverhalten und so?"

„Mag sein", sagte ich, „aber wenn die beiden Schergen in dieselbe Schusswunde feuern wie der Mörder, ist das vielleicht nicht einwandfrei nachzuweisen. Die Totenstarre dürfte noch nicht eingetreten sein, dafür waren sie zu schnell mit ihm weg. Also, ich weiß nicht. Außerdem habe ich keine Ahnung, wie gut die Pathologie bei uns arbeitet. Die Fernsehserien vermitteln da ein völlig überzogenes Bild, finde ich."

Wir spekulierten noch ein wenig, dann kam ich auf den geplanten Ablauf zu sprechen. Hierfür hörten wir uns die digitale Aufnahme an. Ich wollte wissen, was Alex und Karl-Heinz davon hielten.

„Du hast sie voll am Sack", meinte Karl-Heinz. „Lass doch einfach alle auffliegen."

Alex war etwas seriöser unterwegs: „Ich würde es anders ausdrücken, doch in der Sache hat Rogge recht. Wieso gehst du nicht gleich zur Polizei damit?", fragte sie.

Genau darüber hatte ich mir Gedanken gemacht und mich letztlich dagegen entschieden. Wenn die Bande schon Informationen von der Polizei über Verkehrskontrollen und Razzien bekam, wäre meine Immunität als Zeuge massiv gefährdet. Und damit zugleich mein Leben und das meiner Angehörigen und Freunde, auch wenn ein integrer Polizist wie Abteilungsinspektor Leipoldsheimer ehrlich vorgehen würde.

Ich war nicht blauäugig genug, um zu glauben, dass alle Polizisten Verlockungen widerstehen konnten. Erst neulich wurde in der Wohnung eines Allgäuer Drogen-Cops beiseite geschafftes Rauschgift gefunden. Schmiergeld und kriminelle Beziehungen machen eben vor keiner Behörde halt. Dabei fängt Korruption oft klein an. Jeder Amtsträger ist dafür potenziell empfänglich. Seien es Polizisten, die in der Freizeit falsch parken und hinterher zwanzig Euro Bußgeld illegal vom Tisch fegen, wie im Osten Österreichs geschehen. Sei es die norddeutsche Bereitschaftspolizei, die ihre Dienstküche zum lukrativen Catering-Service für Privatpartys umfunktioniert. Sei es ein Schweizer Steueramt, das die Ausschreibung für öffentliche Aufträge gesetzeswidrig umgeht und Firmen unter der Hand bevorzugt. Oder sei es der Postbeamte einer Vorarlberger Gemeinde, der von Einlegerkonten Geld abzwackt.

Das Schlimme dabei ist, Fälle von Amtsmissbrauch betreffen nicht nur die Kleinen in den unteren Etagen. Bei Parteispenden-, Buwog-, Telekom-, Doping- oder Steuerprüfungsaffären spielten gerade Angehörige unserer gesellschaftlichen Elite eine herausragend unmoralische Rolle. Und da wundern sich die Großkopferten, wenn das einfache Volk zunehmend politikverdrossen reagiert.

Abgesehen von bekannten und spektakulären Fällen steigerte zudem der mittlere Platz unseres Landes im Korruptions-Ranking der Nationen nicht gerade mein Vertrauen in die Exekutive. Im speziellen Fall traute ich daher außer Freunden und engsten Verwandten niemandem. Meine Angst vor der gesellschaftlich bestens vernetzten Mörderbande auf dem Werkshof der Plätterbau AG war auf jeden Fall gut begründet.

Der ermordete Abgeordnete Holzegger hatte zu Lebzeiten kaum direkt auf den Polizeicomputer zugreifen können, er musste mindestens einen Helfer in den Reihen der Polizei gehabt haben. Außerdem hatte Waldowitz-Leitner in der Halle einen Informanten bei der Polizei erwähnt. Eine potenzielle Aktenlage zu diesem Fall war damit aus meiner Sicht so löcherig wie die Socken eines langjährig Obdachlosen.

All dies erklärte ich meinen Freunden, woraufhin sie betroffen dreinschauten. Dann unterbreitete ich ihnen meine Idee, wie wir mit ein wenig Glück die Verbrecher schachmatt setzen könnten, ohne dass wir, beziehungsweise unsere Namen, dabei ins Spiel kämen.

Alex brachte ein halbherziges Gegenargument an: „Wenn dabei etwas schiefgeht, bevor die Polizei eingreifen kann, kommen sie uns ja doch auf die Spur. Dann hast du nichts gewonnen."

Karl-Heinz gab zu bedenken: „Was ist, wenn der Anwalt einer von denen ist?" Er spielte damit auf einen Teilaspekt meines Plans an, bei dem zwei Anwälte eine wichtige Rolle übernehmen sollten.

„Dann geht Alex halt zu deutschen Anwälten, die weiter weg ihren Sitz haben, vielleicht in Ulm oder in Konstanz", entgegnete ich und fügte hinzu: „Außerdem müssen wir den Spuk ein für allemal beenden, sonst beherrscht er uns ein Leben lang. Die haben uns doch in der Hand. Die können mit meiner Familie und mir machen, was sie wollen. Habt ihr einen besseren Vorschlag?"

Da dem nicht so war, teilten sie schließlich meine Ansicht, das weitere Vorgehen wie geplant aufzuziehen. Es versprach die besten Chancen, anonym zu bleiben. Die Kunst bestand darin, die Staatsorgane einzubinden, um die gesamte kriminelle Organisation überführen zu können, doch dabei jede Spur zu mir, meinen Freunden und meiner Familie definitiv zu vermeiden. Um das erfolgreich zu deichseln, benötigten wir erneut das Know-How von Alfi, unserer Computerdiva. Nach einigen erfolglosen Versuchen erreichte Karl-Heinz die Primadonna der Bits und Bytes per Smartphone, holte sich Tipps ab und gab sie an uns weiter.

Ich hielt es inzwischen für äußerst gefährlich, die beiden präparierten Handys in den Büros vom Förderverein für Lateinamerika und von

Professor Dimundi noch länger liegen zu lassen. Sollten sie entdeckt werden, könnten die Verbrecher ihre Aktion eventuell abblasen, und damit wäre mein sorgfältig ausgetüftelter Plan im Eimer. Außerdem sollte eines der beiden Mobiltelefone noch eine Rolle spielen, und ich hatte nicht vor, ein weiteres zu kaufen. Also mussten Karl-Heinz und Alex wohl oder übel erneut in die Höhle des Löwen tigern, um die beiden Teile zu holen. Hierzu arbeiteten wir zwei relativ sichere Pläne aus.

Dann überlegten wir, welche Baustelle in den Bergen gemeint sein könnte, auf der sich die Bande übernächsten Sonntag nach Mitternacht treffen wollte. Die Antwort war schnell gefunden. Waldowitz-Leitner wollte bekanntlich in der nächsten Wintersaison ein weiteres Ski-Ressort in einem Seitental eröffnen, das bis dato noch wenig erschlossen war, ‚Snow White': Hotels. Künstliches Dorf. Größeres Skigebiet mit mehreren Sessel- und Schleppliften, mondänen Läden und Après-Ski-Angeboten bis zum Umkippen. Der ganze Pipapo. Momentan standen dort nur Rohbauten, die in diesem Zustand zumindest den Winter überdauerten. Da es das größte und einzige aktuelle Projekt von ihm war, konnte der geplante Treffpunkt nur dort sein.

Unsere Arbeit am digitalen Material nahm mehr Zeit in Anspruch als die Hintergrundrecherche zum Ski-Ressort. Wir fertigten ein Dossier über die Vorkommnisse von Samstag- auf Sonntagnacht an mit allem, was wir zusätzlich in Erfahrung gebracht hatten und sich beweisen ließ: durch meine Bilder von der Auto-Armada in der Plätterbau AG, das Tondokument, gescannte Kopien des ominösen Verteilungsblatts in Geheimschrift, dessen Übersetzung durch Alfi, den Auszug aus dem Vereinsregister. Das alles reicherten wir durch selbstverfasste Texte an, die den Zusammenhang darstellten, wie wir ihn sahen, und Hinweise auf den großen Coup für nächsten Samstag lieferten. Einzig mein Autoabsturz blieb unerwähnt.

Zwischendurch aßen wir gelieferte Pizzen. Nach der Mittagspause fügte Karl-Heinz alles in einer Datei zusammen und änderte mit einer Freeware verräterische Eigenschaften wie Datum, Uhrzeit, Ort, Autor und Zugriffsmerkmale. Dann überspielte er das Resultat auf drei USB-Sticks, die wir vorab formatiert hatten. Alex steckte einen Datenträger ein, ich die beiden anderen. Es ging jetzt darum, einen Stick mit dem verschlüsselten Dossier und unsere wenigen analogen Papierunterlagen in einer abschließbaren kleinen Geldkassette an einem sicheren Ort aufzubewahren. Das sollte bei einem Anwalt in Ulm sein, zu dem Alex am Nachmittag fahren würde. Das Passwort für das Dossier würde sie bei einem zweiten Anwalt in Ravensburg hinterlegen. Für unseren Todesfall oder dem eines meiner Familienmitglieder würde Alex die erste Kanzlei bevollmächtigen, die Kassette zu öffnen und sich mit dem Anwalt in Ravensburg in Verbindung zu setzen. Beide sollten die Dokumente lesen und sie an die Polizei weiterleiten.

Die zwei anderen Datenträger blieben unverschlüsselt. Sie sollten den einzigen Personen gesandt werden, denen eine radikale Aufklärung der Angelegenheit zuzutrauen war: Abteilungsinspektor Leipoldsheimer und Starreporter Labsal. Beide sollten speziell für sie angefertigte Exemplare mit zum Teil unvollständiger Information erhalten, die aber ausreichend brisant war, um sie auf den Plan zu rufen. Die einzig vollständige Version würde sich dann nur auf dem verschlüsselten Stick befinden, den der Ulmer Anwalt bekommen würde.

Wehmütig formatierte ich den Datenträger auf meiner Kamera, um Spuren zu tilgen. Mein Laptop war leider erneut verseucht, da ich gestern die Autobilder darauf bearbeitet hatte. Er musste also noch einmal formatiert werden, was ich meinen Freunden auch für ihre Computer empfahl. Dank Alfi luden wir uns im Netz für wenig Geld ein spezielles Programm herunter, das den freien Speicherplatz auf Laufwerken und USB-Sticks mit sinnlosen Daten überschrieb und ihn weiterhin als freien Speicherplatz deklarierte. So konnten auch gelöschte Dateien, die noch nicht vom Rechner neu überschrieben worden waren, definitiv vernichtet werden. Mit einem zusätzlichen Programm führten wir dasselbe auch für den Cache des Internet-Browsers durch sowie für die Dokumentenlisten der verwendeten Programme und sonstige verräterische Spuren.

Alfi hatte uns weitere wichtige Hilfestellungen gegeben und seine Mitwirkung bei einer Computeraktion versprochen, für die er aus sportlichen Gründen keine finanzielle Gegenleistung verlangte. Wir mussten ihm nur versprechen, ihn nach getaner Arbeit einzuweihen. Das hatten wir allerdings nicht wirklich vor, sondern uns eine weitere Lügengeschichte ausgedacht, die in seinen Ohren einigermaßen sinnvoll klingen sollte. Hoffentlich war Alfi wirklich so gut, wie er uns gegenüber auftrat, ansonsten würde demnächst eine zusätzliche Verbindungsstelle zu uns existieren. Im Vorfeld hatten wir uns geeinigt, dieses Risiko gemeinsam einzugehen, weil uns einfach seine erste Arbeit voll überzeugt hatte und sich seine zweite eventuell als überaus hilfreich herausstellen könnte. Also bekam

Alfi seine neue Hausaufgabe, die er zu lösen versprach, und wir fummelten weiter an unseren Aufräumarbeiten herum.

Nach getaner Kopier- und Formatierarbeit und mehrfacher unabhängiger Überprüfung auf eventuelle Fehlerquellen befanden sich nun alle mühsam erworbenen Unterlagen ausschließlich im Innenleben von drei feuerzeuggroßen Plastikgehäusen. Das Ergebnis ernüchterte. Zum einen, weil unsere Konzentration ziemlich am Ende war, zum anderen, weil die Gefahr während der Überarbeitung überdeutlich vor Augen stand und uns schwer einschüchterte. Unser Leben hing quasi von der Funktion dieser Datenträger ab und davon, dass alles so funktionierte, wie wir uns das vorgestellt hatten.

Am späten Nachmittag verabschiedete sich Alex für ihre Fahrt nach Ulm, und ich fuhr heimwärts, weil ich mich vor Arbeitsbeginn noch ein Stündchen aufs Ohr hauen wollte. Die Straße nach Rotenstein war super geräumt. Ich hatte nur wenige traumatische Flash-Backs in den Kurven und an der Wullenwiese, kam heute aber ausnahmsweise unversehrt an. Jetzt konnte der ungefährlichere Teil meines Arbeitslebens beginnen. Den Servierdienst im Hotel Hubertus würde ich gemächlich auf einer Backe abreißen.

Doch weit gefehlt. Als ich in unseren Hof einbog, parkte vor dem Haus eine größere Porsche-Limousine. Die Typenbezeichnung erkannte ich nicht, dafür identifizierte ich das Nummernschild innerhalb weniger Sekunden. Es war Teil unserer Dossiers.

Die USB-Sticks mit den digitalen Beweisen brannten wie virtuelles Feuer in meiner Hosentasche. An ein kurzes Nickerchen war nun nicht mehr zu denken.

22. Ausgeschlafen

Wohin so schnell mit den Datenträgern? Ich fuhr den Wagen in die Garage und schob beide Sticks in das hohle Gestänge meines alten Dachgepäckträgers, der in einem Wandgestell hing, und klemmte hinterher wieder den Gummipfropfen darauf. Die Kamera ließ ich hinter dem Fahrersitz auf dem Boden liegen, schloss das Garagentor und stapfte die paar Meter zur Haustür hinüber. Nun wies so schnell nichts auf meine Aufklärungsarbeit hin – hoffte ich zumindest. Zweimal kräftig durchatmen und rein.

Aus der Küche drangen Stimmen. Wie stets zog ich im Flur die Schuhe aus und die Hausschuhe an und betrat dann den wohlig-warmen Raum. Dort saßen Benny und ein im grauen Geschäftsanzug elegant gekleideter Mann mittleren Alters am Küchentisch und unterhielten sich. Der Besucher machte auch im Sitzen einen stattlichen Eindruck. Er hatte am Bauchansatz ein paar Kilo zuviel auf den Rippen, doch unter Schultern und Ärmeln zeichneten sich Muskelberge ab. Typ alternder Kraftsportler. Seine recht volle dunkelbraune Haarpracht war gewellt, sah aber auf den ersten Blick unecht aus. Entweder handelte es sich um ein schlechtes Toupet oder ein Färbemittel. Das schlechte Toupet schied wahrscheinlich aus, denn das sonstige Outfit, einschließlich der fetten goldenen Armbanduhr, sprach dem entgegen. Dieses sonnengebräunte Antlitz mit der etwas zu spitzen Nase, den blassblauen Augen und den kantigen Kieferknochen war mir inzwischen bestens bekannt. Der Mörder gab sich persönlich die Ehre, uns in unserem Heim zu besuchen. Mir gefror das Rückenmark.

„Grüß Gott", sagte ich gezwungen brav und wartete ab.

Benny sprudelte sogleich hervor: „Stell dir vor, Felix, Herr Waldleitner will das Skigebiet in Rotenstein ausbauen und uns am Gewinn beteiligen, wenn wir ihm die oberen Wiesen abtreten." Benny war sichtlich aufgeregt, kannte aber zum Glück nicht den Hintergrund des Falls.

Der Angesprochene erhob sich imposant von unserem Küchenstuhl: „Waldowitz-Leitner", stellte er sich vor. „Ich betreibe Ski-Ressorts im Land und habe vor zu expandieren. Mit Ihrer Frau Mutter hatte ich bereits das Vergnügen. Ich nehmen an, Sie sind der ältere Sohn des Hauses?"

Waldowitz-Leitner drückte sich im Gegensatz zur vorletzten Nacht ausgesprochen jovial und gehoben aus und streckte mir seine sicher noch mit Schmauchspuren verseuchte Pranke entgegen. Mir blieb nichts anderes übrig als sie zu schütteln und freundlich zu tun, obwohl ich das Monster mit der multiplen Persönlichkeit im Business-Anzug durchschaut hatte.

„Felix Moosburger", stellte ich mich vor. Und zu Benny gewandt: „Ist Mutter denn nicht zu Hause?"

„Nö, sie ist auf irgendeiner Sitzung", antwortete er. Wahrscheinlich nahm sie wieder eine Therapiestunde bei Frau Konzett. Je nachdem, was sie sonst noch vorhatte, müsste sie eigentlich um fünf Uhr heimkommen, kurz bevor ich zur Arbeit losgehen wollte. Vorerst musste ich unbedingt das Spiel mitspielen und den netten Sohn der Hausherrin markieren. Gastfreundschaft wird nämlich bei uns noch großgeschrieben, und da mich der Mörder vorgestern Nacht zum Abschuss freigegeben hatte, achtete er sicherlich sensibel auf meine Reaktionen.

„Was können wir denn für Sie tun? Ich glaube, Sie haben bereits mit unserer Mutter gesprochen und soweit ich weiß, will sie keinesfalls unseren Besitz verkaufen", versuchte ich etwas aus ihm herauszubekommen.

Anscheinend war er nicht wegen des Geheimpapiers hier. Aus blassblauen Augen fixierte er mich ausdruckslos, als würde er sein Blatt beim Pokern anschauen. Ich versteckte mich hinter einem unverbindlichen, leicht freundlichen Gesichtsausdruck. Der Mörder umgarnte uns weiter:

„Bei meinem ersten Besuch war vielleicht das Angebot nicht hoch genug gewesen, wofür ich mich heute entschuldigen möchte. Ich plane, Ihnen nicht nur die Wiesen zu einem überaus guten Niveau abzukaufen, sondern Ihre Familie darüber hinaus mit einem nicht unbeträchtlichen Anteil an den Gewinnen des neuen Skigebiets zu beteiligen."

Er legte sich mächtig ins Zeug und hatte bereits Benny geködert: „Mensch, überleg doch, Felix. Wir wären sofort alle Geldsorgen los. Du brauchst nicht mehr zusätzlich arbeiten, und wir könnten ohne Probleme studieren und machen, was uns Spaß macht." Abgesehen von der fehlenden Information über unseren Gast fehlte Benny offenkundig auch die moralische Reife, um der Verlockung des leicht erworbenen Geldes widerstehen zu können.

Ich wollte meinen Bruder und mich aus der Schusslinie bringen und fragte daher den Ehrenmann: „Haben Sie denn schon mit unserer Mutter über das neue Angebot gesprochen?"

„Nein. Ihr Bruder meinte, dass Ihre Frau Mutter bald nach Hause kommen müsste, da wollte ich gleich auf sie warten. Ich kann aber auch später wiederkommen, wenn es gerade nicht passt."

„Wie spät haben wir es denn?" Ich blickte auf meine Uhr. „Viertel vor fünf. Eigentlich sollte sie gegen fünf Uhr hier sein. Ich muss nämlich bald zur Arbeit, und wir essen üblicherweise vorher."

„Was arbeiten Sie denn?", fragte mich Waldowitz-Leitner.

Ich gab mich leicht verschlossen: „Ach, nur ein wenig Aushilfe beim Kellnern hier im Dorf. Zusatzverdienst zum Studium."

Gerade als mich Waldowitz-Leitner in ein Gespräch übers Studieren und Arbeiten verwickeln wollte, fuhr ein Auto in unseren Hof ein. Kurz darauf betrat Mutter das Haus. Ein Blick in die Küche langte ihr, um die Sache zu beenden. Kurzerhand wies sie dem ungebetenen Gast die Tür und ging auch nicht auf sein neues Angebot ein, obwohl er sie eindringlich zu überreden suchte: „Frau Moosburger, überlegen Sie es sich doch! Eine bessere Offerte werden Sie nie erhalten", sagte er.

Jetzt wurde Mutter richtig wütend. Unverhohlen wütend unterband sie jede weitere Diskussion: „Unsere Familie hat ihren Grund und Boden die letzten dreihundert Jahre nicht verkauft und wird es auch die nächsten dreihundert Jahre nicht tun. Das habe ich Ihnen bereits gesagt, Herr Waldowitz-Leitner. Egal, wie viel Geld Sie anbieten. Und nun gehen Sie. Bitte! Ich will Sie nie wieder auf meinem Grund und Boden sehen."

„Es wird eine Zeit kommen, da werden Sie Ihre Entscheidung bereuen", prophezeite Waldowitz-Leitner leise und leicht nachdenklich.

Mich gruselte es, denn abgesehen von der versteckten Drohung kannte ich diesen pseudofreundlichen Tonfall von ihm zu gut. So hatte er vorletzte Nacht geklungen, bevor er den Abgeordneten getötet hatte. Dann drehte er sich um und verließ unser Haus. Mutter schloss energisch die Tür zweimal hinter ihm ab, so als wäre sie ihn mit dieser Geste ein für alle Mal los. Ich wusste es besser. Nach wie vor musste ich unseren Plan ohne Wenn und Aber durchziehen, um endgültig Ruhe vor diesem Kapitalverbrecher und seinen gesellschaftlich angesehenen Spießgesellen zu haben.

Als wir unsere schnell zubereitete Selfmade-Pizza mit gemischtem Salat vertilgten, teilte mir Benny nebenbei mit, die Polizei habe angerufen. Ich könnte nun das, was von meinem Auto übriggeblieben war, bei der Sammelstelle in Bregenz abholen. Mutter fragte, wie es denn mit meinem Auto überhaupt weiterginge. Ich könne ja nicht ewig Marias Zweitwagen in Anspruch nehmen, das würde die freundliche Nachbarschaftshilfe deutlich überstrapazieren. Prinzipiell hatte sie recht, und ich würde wohl oder übel einen Gutteil des verbleibenden Beutegeldes in einen gebrauchten Kleinwagen stecken müssen. Fünfzehnhundert Euro dürften reichen, um ein vorläufig einsetzbares Kleinexemplar zu ergattern.

Die beiden arbeitsfreien nächsten Tage würden sich gut eignen, um den Autokram zu erledigen und weitere Dinge vorzubereiten. Außerdem ging mir durch den Kopf, dass die kriminaltechnische Untersuchung meines kaputten Polos kaum besondere erkennungsdienliche Hinweise erbracht haben dürfte. Wie auch?

Nach dem Abendessen trat ich den letzten Hoteldienst für dieses Wochenende an. Die wenigen Gäste waren schnell und stressfrei bedient. Meine kellnernden Kollegen tauschten sich zwischendurch Geschichten ihrer Heimat aus, die irgendwo im öden Osten Deutschlands liegt, und erklärten mir, bei uns wären die Arbeitsbedingungen tausendmal besser als in Meck-Pomm. Ich hörte nur halb hin, weil mir anderes durch den Kopf ging, und nahm auch nicht an der obligatorischen Feierabendsause in der Skihasen-Bar teil. Vielmehr zog es mich ins Bett, um halbwegs früh aus den Federn kommen und den Tag entsprechend nutzen zu können.

Für meinen zerschrotteten Polo hatte ich mir etwas zurechtgelegt, das ich dafür am Dienstag auch umsetzte. Nach dem Frühstück und einem netten Smalltalk mit Mutter popelte ich die beiden USB-Sticks aus dem Gepäckträger und besuchte zunächst Onkel Jodok. Wir rekapitulierten alles. Mit Handschuhen tütete ich die vorab fettfrei gewischten Sticks in zwei CD-Kouverts ein und befeuchtete die Klebespur mit Wasser statt mit Spucke. Onkel Jodok versprach, sie heute noch in einer Post im Oberland per Einschreiben abzuschicken. Dann telefonierte ich kurz mit einem Schrott- und einem Zweitwagenhändler, nahm das restliche Geld vom schnöde hingeschiedenen Schwaben-Ede an mich und fuhr los.

Die Bregenzer Polizei inspizierte zunächst gründlich den Ausweis, bevor sie mir erlaubte, die verbliebenen Teile des Polos zu begutachten. Er sah grausam aus: gestaucht und gedrechselt bis zur Unkenntlichkeit. Nicht daran zu denken, dass ich mit etwas mehr Pech darin gesessen hätte. Wie ein Wunder hatte das Handy den Absturz überlebt. Es musste sich wohl um den Volvo der Telefonbranche handeln, denn der Apparat funktionierte bestens. Anscheinend hatte die Polizei das Handy eingehend untersucht, denn sie überreichten es mir gesondert in einer Plastiktüte.

Der Rest des geliebten Polos bestand aus einem unförmigen Gebilde. Vielleicht sollte ich den zerknitterten Blechhaufen unserer Fachhochschule als Kunst am Bau verkaufen und mich als modernen Aktionskünstler ausgeben? Es gibt Leute, die viel Geld damit gemacht haben, alte Rohrstühle mit Vatis übriggebliebenem Rostprimer grob anzustreichen und das Kunstwerk der Fachhochschule als ‚Sitz der geistigen Freiheit' anzudrehen, wo es fortan störend in einem Gang herumsteht. Ich könnte ja meine Poloskulptur sinnigerweise ‚Knautschzone bis zum Heck' nennen. Irgendjemand würde sicher einen tieferen Sinn darin entdecken.

Leider war auch meine geliebte CD final beschädigt und nicht mehr zu gebrauchen, das hatte die Polizei bereits geprüft. Also rief ich, wie zuvor verabredet, den Schrotthändler an, wartete am Parkplatz auf ihn mit den Fahrzeugpapieren und tätigte eine knappe Stunde später das Geschäft. Beim Abtransport der Reste vermittelte mir der Fahrer allerdings nicht den Eindruck, den Polo später im Kunsthaus ausstellen zu wollen.

Für den Nachmittag hatte Karl-Heinz vor, das Handy aus dem Lateinamerikaverein zurückzuholen. Die Aktion hatten wir gestern angedacht. Wir mussten sie unbedingt gemeinsam umsetzen, damit sie gelingen würde. Also verabredeten wir uns für den Mittag auf einer Raststätte an der Autobahn.

Alex traf mit Karl-Heinz pünktlich um zwölf Uhr ein, ich nach einigen Einkäufen etwas später. Alex berichtete zunächst von ihrer erfolgreichen Aktion in Ulm und Ravensburg. Über das Branchenbuch hatte sie in jeder Stadt eine auf Erbsachen spezialisierte Anwaltskanzlei ausfindig gemacht und, wie geplant, dem ersten Anwalt den verschlüsselten Stick und dem zweiten das dazugehörige Passwort übergeben. Die notwendigen Auslagen zehrten einige erbeutete Euro auf, doch das war uns die doppelte Absicherung wert.

Als Nächstes verschwand ich mit einer gefüllten Plastiktüte auf der Toilette und verließ sie fünfzehn Minuten später gut verkleidet. Die blonde Langhaarperücke gab mir das Outfit eines jungen Showmasters. Darüber hatte ich eine schwarze Baseballkappe gestülpt. Am Körper trug ich diesmal nicht den obligatorischen Parka, sondern zuunterst, aus dem Theaterfundus von Alex' Mutter, einen künstlichen Fettbauch aus Stoff und Wabbelmasse und darüber eine dunkelgrüne Bomberjacke. Schwarze Hosen und braune Schnürstiefel zum Wandern mit eigens gekauften weißen Schnürsenkeln komplettierten mein Neonazi-Outfit, zu dem nur die Frisur nicht passen wollte. Die Wangen formte ich mit Theatermasse aus und setzte mir eine Ray-Ban-Brille auf. Bud Spencer war nun ein Chorknabe gegenüber meiner Aufmachung.

Wir setzten uns in Alex' Auto und fuhren mit langsam steigendem Adrenalinpegel nach Schlins zum Vereinshaus. Das Auto parkten wir in einer Nebenstraße. Karl-Heinz stapfte pünktlich um zwei Uhr zur Vereinszentrale; er hatte eine SMS auf seinem Smartphone vorbereitet, mit dem er mir reine Luft signalisieren sollte. Alex und ich warteten im Auto. Kurz darauf traf seine Nachricht ein. Ich schob ab, mit einer Not-SMS für Alex bewaffnet. Die würde ich senden, sollte es brenzlig werden. Alex spielte die Transporterin und würde, wenn sie die SMS erhielt, zügig vorfahren und uns aufgreifen. Vorsichtshalber hatten wir die Nummernschilder mit Dreck verschmiert. Sollte dagegen nichts Aufregendes passieren, würden wir nach getaner Arbeit einfach zu ihr ins Auto steigen.

Als ich ins Büro des Vereinshauses trat, war Karl-Heinz mit der Sekretärin nicht alleine. Vor ihm stand ein älteres Pärchen im Späthippie-Look mit altrosafarbenen Batik-Shirts unter schafspelzbesetzten Winterjacken und Fransenjeans. Die Alten wollten sich anscheinend auch in den Verein einschreiben lassen. Karl-Heinz saß wartend auf einem Stuhl. Ich stiftete sogleich Verwirrung.

Mit breit aufgesetztem US-Slang und launig vorgetragener Jovialität startete ich eine skurrile Konversation: „Hey folks, is dis hier de America-Verein?", fragte ich. Anscheinend hatten sie jemanden wie mich hier noch nie gesehen. Gespräche verstummten schlagartig, Köpfe wandten sich mir entgegen. „I am von de american-deutsche Friendship und such de Jungs von unsre Austrian Partnerschap. Könn' Sie help?", schob ich nach. Ich wanderte zwei Schritte nach rechts, weg vom Gang, in dem sich das Büro des Geschäftsführers befand. Köpfe wanderten mit.

Die Sekretärin fing sich als Erste: „Junger Mann. Nun warten Sie bitte, bis Sie an der Reihe sind. Wir sind nicht der österreichische Freundschaftsverein. Ich befürchte, Sie sind hier völlig falsch."

Ich musste das Spiel ein wenig forcieren: „Oh, totally wrong?", fragte ich. „Aber is nich hier de AA-Society, de American-Austrian-, wie sagt man? Vereingesellschaft?"

„Nein, wir sind hier bei den Freunden zur Förderung lateinamerikanischer Emanzipation. Mit den USA haben wir absolut nichts zu tun", antwortete die Sekretärin leicht brüskiert.

„Sure?"

„Absolut!"

„Ja, wir hier nicht in Schri … Schlums, oder wie heißt?" Ich kramte in den Taschen und zog einen zerknitterten Zettel hervor: „Schruns!"

Da schaltete sich die Hippie-Oma hilfestellend ein: „Nein, mein Herr, wir sind hier in Schlins. Schruns ist ein Stück weiter oben im Montafon. Da müssen Sie mit dem Auto die Autobahn Richtung Innsbruck fahren und dann rechts ab ins Montafon."

„Schrins. Schlums. It's hard to tell", murmelte ich.

Der Zweck des Auftritts war zur Hälfte erfüllt. Karl-Heinz hatte inzwischen die Gelegenheit genutzt, um nach hinten ins Zimmer der Geschäftsführung zu schlüpfen. Allerdings war er noch nicht wieder erschienen, also hieß es, mehr Zeit zu schinden.

„Können Sie zeigen mir bitte, wie zu fahren?", sprach ich die Vereinssekretärin an. Dabei zog ich aus der anderen Tasche eine neu erstandene Landkarte und entfaltete sie auf dem Tisch über den dort liegenden Unterlagen. Die Sekretärin wollte mich sichtlich schnell loswerden. Wie vorausgeahnt meinte sie, es ginge wirklich am schnellsten, wenn sie mir den Weg auf der Karte zeigte. Wir vier steckten unsere Köpfe zusammen. Die Sekretärin fingerte auf dem Plan herum und skizzierte den Fahrweg, wobei sie mit einem überlangen, pinkfarben lackierten Fingernagel auf dem Papier kratzte. Während ich die Streckenführung halbrichtig wiederholte – eine Kurskorrektur ihrerseits provozierend – huschte mein Freund und Studiengenosse von hinten heran und verließ den Raum.

„Thank you very much, folks", bedankte ich mich alsbald und klopfte dem Hippie-Partner dabei großspurig auf seinen Jeansrücken. „You Austrian guys are lovely. Bye bye."

Abgang. Gerade als ich mich der Ausgangstür zuwandte, trat Waldowitz-Leitner ein. Wir wechselten kurz die Blicke. Ich stapfte mit einem ‚Hi' und einer grüßenden Geste an ihm vorbei und mit klopfendem Herzen nichts wie raus aus dem Laden, schaute mich dabei keinesfalls um und startete die SMS an Alex. In mittelmäßigem Tempo, einen Cowboygang imitierend, strebte ich dem Wagen zu, in der Hoffnung, von Waldowitz-Leitner nicht erkannt worden zu sein. Alex war inzwischen bis zur Einmündung vorgefahren. Karl-Heinz saß auf der Rückbank. Kaum hatte ich auf dem Beifahrersitz platzgenommen, brausten wir los.

Ich dirigierte Alex: „Nichts wie weg. Nummer eins ist gerade aufgetaucht. Bieg sicherheitshalber links ab."

„Und? Erfolg gehabt,?", fragte Alex.

„Ja, kein Problem", antwortete Karl-Heinz. „Das Handy lag auf dem Schrank, wo ich es hingelegt hatte. Es war niemand da. Felix war großartig, das alte Schlins-Ohr. Falls wir ein Hochschultheater aufführen, muss er unbedingt den omnipotenten Austauschstudenten aus Texas spielen."

„Potent, wolltest du wohl sagen", schob ich ein.

„Nein, ich meinte du heißt ‚Mr. Omni Potent', Milliardärssohn eines texanischen Ölmagnaten mit arabischen Wurzeln", alberte Karl-Heinz.

Alex setzte unserer kindlichen Freude über die gelungene Aktion einen kleinen Dämpfer auf: „Bleibt cool, Jungs. Das ist mal nur der Anfang der Geschichte. Hoffentlich klappt der Einsatz der Polizei und des Reporters so, wie wir es uns vorgestellt haben. Außerdem steht uns noch mehr bevor, und das wird garantiert nicht einfacher sein. Wir haben längst nicht das Handy aus Dimundis Büro geschmuggelt. Das ist vielleicht weniger einfach zu beschaffen wie hier. Habt ihr das schon vergessen? Dabei dürfte das Risiko, entdeckt zu werden, deutlich größer sein."

Sie hatte recht, auf der Stelle verhielten wir uns gesittet. Karl-Heinz hielt nur wortlos das erbeutete Mobiltelefon wie eine Trophäe in die Luft. Ich streifte Kappe und Perücke ab, schälte mich aus der Jacke und dem Bauchimitat und stopfte alles zurück in die Tüte. Denn jetzt nahte der risikoreichere Teil.

Bei diesem wollten wir zwei Aktionen bei beziehungsweise mit Professor Dimundi durchführen. Zuerst galt es, sein Büro zu beobachten und einen Zeitpunkt abzupassen, an dem er definitiv in einem Seminar steckte. Für die zweite Maßnahme hatte sich Karl-Heinz am heutigen Spätnachmittag einen Termin bei ihm geben lassen, um den Professor mit einem Gespräch über ein vermeintliches Praktikum abzulenken. Währenddessen wollte ich, wie zuerst geplant und später verworfen, nun doch die Spionagesoftware über Bluetooth auf sein Smartphone überspielen, denn damit verfolgte ich ein besonderes Ablenkungsmanöver. Die letzte Sache war gefährlich, und wir hatten sie eigentlich bereits abgeschrieben. Doch nach reiflichem Überlegen wollte ich sie jetzt doch riskieren, um Misstrauen unter der Verbrecherbande zu stiften und von uns abzulenken. Vorausgesetzt, die Übertragung würde reibungslos funktionieren, läge das geringste Risiko für uns darin, dass mein Zusatzplan nicht greifen würde. Sollte

Dimundi dagegen die illegale Manipulation seines Handys irgendwann mitbekommen, musste er sich unweigerlich fragen, wer das war, und wozu die Software auf seinem Smartphone diente.

Hierin bestand der Witz, denn wie ich den Professor einschätzte, würde er der Sache unweigerlich nachgehen, wobei er sicher einige kenntnisreiche Informatiker aktivieren konnte. Sollte er das tun, würde er feststellen, dass sich ein bestimmtes Handy ab und an bei ihm einwählt, um Gespräche abzuhören. Und dieses Handy war eines von denen, die ich auf fremdem Namen gekauft hatte und das eine Weile im Lateinamerikaverein versteckt lag. Ich musste nur noch alle bisherigen Einträge auf dem Handy löschen, in den nächsten Tagen damit ab und an seine Gespräche abhören, neue Einträge hinzufügen und anschließend das Handy unbemerkt dem Richtigen unterschieben. ,Nur noch!' Mir wurde mulmig bei dem Gedanken, was dabei alles schiefgehen könnte, doch meines Erachtens war der Nutzen im Erfolgsfall das Risiko wert.

An der Fachhochschule angekommen, verschwand Alex Richtung Hausmeisterbüro im Neubau. Karl-Heinz lungerte mit einem Automatenkaffee im zweiten Stock des Altbaus in der Nähe von Dimundis Büro herum, angeblich, um auf seine Sprechstunde zu warten, die erst in zwei Stunden angesetzt war. Ich saß im Studentenraum und harrte der Dinge, die da geschehen sollten. Wir hatten mit den Handys eine Konferenzschaltung eingerichtet und konnten über Kopfhörer Dialoge der anderen mitbekommen. Nun sollte unser Plan greifen.

Und er funktionierte hervorragend. Alex jammerte dem Hausmeister vor, sie habe im Büro von Dimundi ihr Handy verlegt, ob er bitte aufmachen und nachschauen könne, weil niemand da wäre. Der Hausmeister reagierte prompt, wollte aber das Ganze sicherheitshalber überprüfen, also rief er vor Dimundis Bürotür ,ihr' Handy an. Da wir die Funktion auf lautlos geschaltet hatten, war nichts zu hören. Alex überredete daraufhin den Hausmeister, dennoch mitzukommen und nachzuschauen. Nach zwei kurzen Minuten ,fand' sie ihr Handy, ohne dass der Hausmeister mitbekam, wo es gesteckt hatte. Anhand des eingegangenen Anrufs konnte sie ihn überzeugen, dass es sich tatsächlich um ihren Apparat handelte.

Danach wartete Alex mit mir im Studentenraum, bis Dimundis Seminar beendet war und er in seine Sprechstunde ging. An unästhetisch schmatzenden, mümmelnden und schlürfenden Geräuschen im Kopfhörer bekamen wir währenddessen Karl-Heinz mit. Vermutlich aus Langeweile, gepaart mit Nervosität, schien er Unsummen in Automatenkaffee und Schokoriegel investiert zu haben. Finanziell konnte er sich das sicher leisten, cholesterinmäßig war daran zu zweifeln.

Die adipöse Geräuschfolter ertrugen wir etwa eine Stunde, dann erschien Dimundi. Er begrüßte Karl-Heinz und bat ihn sogleich ins Büro. Ich wieselte treppauf, Alex im Schlepptau und Onkels Laptop mit der Basisversion der Spionagesoftware unter dem Arm. Unsere Konferenzschaltung bestand noch, Karl-Heinz hatte seinen Kopfhörer abgenommen und ließ das Kabel mit dem Mikrofon lose aus einer Brusttasche nach unten baumeln, damit wir den Dialog einigermaßen mitbekommen konnten. Wir hatten zuvor einige Schlüsselwörter verabredet, die uns übermitteln sollten, ob das Smartphone von Dimundi eingeschaltet war, ob ich es mittels Bluetooth mit der Spionagesoftware bespielen konnte, weil Dimundi nicht hinschaute, und ob er sich eventuell anschickte, das Büro zu verlassen. Das war insofern wichtig, als die Bluetooth-Funktion zwar auch durch Wände hindurch funktioniert, ich aber dem Smartphone möglichst nah kommen musste, weil die Funkwelle kaum zehn Meter weit reicht.

Deshalb setzte ich mich mit Onkels Laptop auf den Flurboden vor Dimundis Büro, und zwar direkt gegenüber der Position, an der sich sein Schreibtisch befand. Alex stand Schmiere. Sollte jemand die Treppe heraufkommen, würde sie sich neben mich auf den Boden setzen und die Wartende simulieren.

Plötzlich vernahm ich Karl-Heinz' Codewort, mit dem er mir den Start der Übertragung signalisierte, also legte ich los. Das Ganze dauerte vier lange Minuten, in denen Karl-Heinz den Professor nach Details an der Partneruniversität über Wohnen, Essen, Arbeiten und so weiter ausfragte. Noch bevor der kriminelle Professor alle Aspekte abhandeln konnte, war die Infizierung beendet. Alex und ich zogen ab und warteten in ihrem Auto auf unseren Freund.

Kurz darauf stieß Karl-Heinz zu uns. Wir tauschten die Details der gelungenen Aktion aus. Dimundi hatte sein Smartphone auf den Schreibtisch gelegt und glücklicherweise einige Papiere darüber geworfen, so dass er während der Übertragung nicht das aufleuchtende Display sehen konnte. Beide Rückholaktionen der Handys sowie die Impfung von Dimundis Smartphone hatten wir damit reibungslos über die Bühne gebracht. Mir fiel ein halbes Bergmassiv vom Herzen.

Wir luden Karl-Heinz bei seiner Studentenbude ab, wo er die zwei Handys aufladen sollte, und fuhren zum Gebrauchtwagenhändler. Der hatte mir heute Morgen versichert, Kleinwagen älterer Bauart vorrätig zu haben. Nach einigem Hin und Her entschied ich mich für einen acht Jahre alten Polo in Dunkelblau mit neuer Prüfplakette und passablen Winterreifen zum hartnäckig heruntergehandelten Preis von vierzehnhundert Euro.

Nach dem Kauf verbrachten wir den Rest des angehenden Abends damit, die Autoaktion zu Ende zu bringen. Alex lenkte ihren Wagen, ich den geborgten, zu unserem Dorfkrug. Dort gab ich Maria ihr vollgetanktes Auto zurück und schenkte ihr als Dank eine riesige Pralinenschachtel. Daraufhin fuhr mich Alex zu meinem neu erstandenen Polo. Wir verabschiedeten uns von Karl-Heinz und ich nahm die zwei aufgeladenen Handys und die Ladegräte mit, weil ich damit noch etwas vorhatte. Auf dem Parkplatz vor dem Studentenwohnheim busselten Alex und ich uns wieder einmal ziemlich ausgiebig ab.

„Ich weiß was Besseres." Schelmisch schaute sie mir in die Augen.

„Kann ich mir denken. Geht mir auch so, aber ich muss heim und nach meinem Bruder und meiner Mutter schauen", erwiderte ich.

„Nimmst du mich mit?"

Mehr brauchte sie nicht zu sagen. Eine Welle von Glückshormonen durchströmte mich bis in die Leistengegend.

„Selbstverständlich! Was für eine Frage." Meine Antwort konnte nur so lauten. Wir hielten uns noch ein wenig umschlungen, schafften es dann doch, mit beiden Autos erneut nach Rotenstein zu fahren.

Mutter und Benny waren noch auf. Beide freuten sich, Alex wiederzusehen. Da sie schon gegessen hatten, gab es für uns noch aufgewärmte Reste vom Hackbraten mit Wirsing und Kartoffeln. Wir hatten kaum Hunger, und so zogen wir uns bald zurück. Zu meiner Überraschung fand niemand etwas dabei, dass Alex über Nacht bei mir blieb. Ich liebte Mutter und Benny dafür mehr und bewusster als sonst.

In dieser Nacht schliefen Alex und ich sehr spät ein, Arm in Arm. Nachdem wir uns zärtlich geliebt hatten, war unsere Nachtruhe so tief und entspannt wie lange nicht mehr. Sind Glück und Zufriedenheit in vielen vergnüglichen Dingen des täglichen Lebens zu finden, wie steigert sich dann das Glück, wenn angenehme Ereignisse mit Bedeutung eintreten?

23. Ausbaldowert

Noch elf Tage bis zum ominösen Treffen der Bande im Ski-Ressort. Elf Tage, in denen ich Einiges erledigen und unbedingt für meine nachzuholenden Semesterprüfungen lernen musste, um die akademische Laufbahn nicht gänzlich abzuschreiben.

Irgendwie konnten Alex und ich uns in diesen Tagen nicht wirklich unbeschwert aufeinander einlassen. Unsere erste gemeinsame Nacht hatte aber mehr zu bedeuten als nur eine Flucht aus der harten Realität. Doch die Ungewissheit darüber, wie der Schlag gegen die Verbrecher gelingen würde, und ob wir tatsächlich heil aus der Sache herauskommen würden, nagte unterschwellig an uns und raubte unsere Spontaneität. Am besten ging es uns, wenn wir für Prüfungen lernten oder uns auf der Piste austobten. Beides taten wir am nächsten Tag. Abends zog sich Alex in ihre Wohnung zurück, weil sie tags drauf ihre Familie in Ulm für eine Woche besuchen wollte, was seit Längerem geplant gewesen war. Somit erhielt ich zehn freie Tage. Sie galt es zu nutzen.

Am Donnerstag nahm ich mir vor, den großen Coup durch eine Ortsbesichtigung vorzubereiten. Ich stand früh auf, packte den Rucksack mit Proviant, einer Thermoskanne Tee und Ersatzwäsche, zog die Winterausrüstung an, mit digitalem Lawinensuchgerät und Airbag, und steckte noch eine klappbare Aluschaufel, ein Erste-Hilfe-Paket, Fotoapparat, Feldstecher und Handy ein.

Nur Onkel Jodok wusste, was ich vorhatte. Er fungierte als Basisstation und – für den Fall aller Fälle – als Lebensretter. Der übrigen Familie und auch den Freunden hatte ich vorsichtshalber nichts erzählt; zum einen, um sie nicht zu beunruhigen. Zum anderen, um sie nicht noch tiefer hineinzuziehen, denn mein Vorhaben war gewagt. Die Tour sollte in das im Bau befindliche Ski-Ressort von Waldowitz-Leitner führen, um mir vor dem Bandentreffen einen Überblick vom Gelände zu verschaffen. Denn ich hatte vor, bei deren Zusammenkunft dabei zu sein und den Einsatz der Streitkräfte zu beobachten. Wahrscheinlich trieb mich genau derselbe Leichtsinn an wie in der vorletzten Woche beim nächtlichen Krankenhausbesuch. Aber ich musste auf Nummer sicher gehen, denn unsere Familie wäre nur sicher, wenn die Polizei die gesamte Bande festnehmen würde und niemand uns mit dem Fall in Verbindung bringen konnte.

Am Donnerstagmorgen, es war noch dunkel, fuhr ich mit dem neuen alten Polo los. Unterwegs rief ich Onkel Jodok an, um meine Position mitzuteilen. Wir hatten verabredet, ich würde mich alle halbe Stunde übers Handy bei ihm melden. Ab dem Ski-Ressort würden wir eine permanente Telefonverbindung aufbauen.

Nach einer Stunde befand ich mich in der Gemeinde, von der aus im nächsten Jahr das künstliche Ski-Dorf ‚Snow White' per Gondel erreichbar sein würde. Parkplatz und Talstation waren ausgebaut, Säulen und Kabelstränge bereits installiert. Das war eindeutig ein Werk unserer regionalen Vorzeigefirma Doppelmayr. Sie hatte sich mit dem Bau von Liften einen internationalen Namen gemacht. In den letzten Jahren eroberte sie den Markt der bodennahen Gondelei für den öffentlichen Nahverkehr, so zum Beispiel bei der Olympiade in London, wo man die Themse mit einer Seilbahn überbrückt hatte.

Der Parkplatz an der Talstation war tatsächlich schneefrei; er harrte der Autos, die nach meinem noch kommen würden. Insgesamt warteten nun knapp achthundert Höhenmeter auf mich. Die Tour würde ich auf Skiern mit untergeschnallten Fellen bewältigen. Nur dass heutzutage keine echten Seehundfelle mehr unter den Skiern angebracht werden, sondern ein griffiges breites Band aus Kunststoff oder Leder. Ob die Seehunde der modernen Kunststofftechnik dankten, wusste ich nicht; Hauptsache, die Skier erfüllten ihren Zweck.

Das im Bau befindliche Ressort befand sich auf Höhe der Mittelstation. Ich konnte es auf drei Wegen erreichen: über den Waldweg, die Hänge oder direttissima, das heißt in direkter Linie der Gondelführung nach oben. Der Waldweg war am ungefährlichsten aber am längsten, da er sich in Serpentinen nach oben wand. Die Schneise bildete die kürzeste und steilste Strecke. Die Steilheit der Hänge lag streckentechnisch dazwischen. Sie barg aber die Gefahr von Lawinenabgängen, da die Pisten in dieser Wintersaison noch nicht präpariert wurden und wir immer noch Lawinenwarnstufe drei verzeichneten. Somit lag daher die Route bereits während der Vorbereitung auf der Hand: aufwärts in der Schneise, abwärts über den Waldweg. Ich hatte mir das Gelände anhand eines Wanderplans und eines Satellitenbilds eingeprägt und mich auch aus Zeitgründen für die kürzeste Strecke entschieden. Neben der Zeitersparnis barg der Aufstieg in der Schneise einen zweiten Vorteil, wenngleich er konditionell anspruchsvoll war. Kein Freizeitsportler würde den Weg auf- oder abwärts wählen. Er war landschaftlich uninteressant und aufgrund seiner Enge, Steilheit und der tiefen Schneemassen am schlechtesten zu befahren.

Ich brauchte knapp drei Stunden bis zur Mittelstation. Anfangs stieg ich im Dunkeln bergauf; meine Stirnlampe leuchtete drei Meter aus. Einige Schritte schräg aufwärts, dann quer zur Schneise. Wenden. Einige Schritte in die andere Richtung schräg aufwärts und quer zur Schneise. Wenden. Dann das Ganze von vorne. Schritt für Schritt, Minute für Minute, Stunde für Stunde. Ich ging mäßig schnell bergauf, um nicht zu sehr ins Schwitzen zu kommen. Zwischendurch meldete ich mich bei Onkel Jodok, gönnte mir auf halber Höhe zusätzlich eine kleine Jause und strebte dann weiter. Nur knirschender Schnee und rhythmisches Atmen unterbrachen die Stille. Inzwischen graute es bereits. Die Sonne schien zwar nicht, doch der Wetterbericht hatte keinen Neuschnee vorhergesagt. Ohne die üble Motivation hätte mir die Tour sogar Spaß gemacht.

Unterhalb der Mittelstation sondierte ich das Feld. Zu so früher Stunde sollte sich eigentlich niemand von der Verbrecherbande hier herumtreiben, ich wollte aber absolut sichergehen. Durch das Fernglas war kein Mensch zu sehen, also wechselte ich rasch zwei verschwitzte Funktionshemden gegen zwei trockene und marschierte auf Rohbauten zu, die sich rings um die Mittelstation auftürmten. Dann stellte ich eine Telefonverbindung zu Onkel Jodok her, den Kopfhörer ins Ohr geklemmt und die Ortsbeschreibung leise ins Kabelmikrofon murmelnd.

Die Anlage war imposant, das musste man dem Ski-Tycoon lassen. Im Unterschied zu den Kunstdörfern in den französischen drei Tälern versuchten die Architekten hier eher den Eindruck eines gewachsenen Alpendorfs zu vermitteln als den eines Wohnblocks in der Pariser Banlieue. Alle Rohbauten waren fertiggestellt. Deren Funktion konnte man anhand ihrer Lage und Form einigermaßen erahnen. Um einen Dorfplatz, auf dem die Mittelstation die unterste Position einnahm, waren weitläufig Gebäude angelegt. Geräumige Häuser standen wie zufällig verstreut in mittlerer Hanglage, so dass von oben kommende Skifahrer direkt zu ihrem Hotel abfahren konnten. Wenn später die Fassaden mit Holz und Schindeln verkleidet würden, könnte gar lokales Flair aufkommen. Momentan sah aber alles noch nach riesiger Baustelle aus. Davon zeugten Aushub, Bauzäune und diverse Kräne.

Zwei hohe und breite Bauten mit alpenländischem Spitzdach, vermutlich die geplanten ersten Hotels am Ort, standen gegenüber der Mittelstation auf der Bergseite des künstlichen Dorfplatzes. Zu beiden Seiten der Hotels, wie auch neben der Mittelstation, befanden sich mehrere zweistöckige Gebäude. Eventuell würden darin Gastronomiebetriebe, Pensionen oder Boutiquen angesiedelt. Über die hinteren Hänge verteilt, schlossen sich acht Rohbauten an, vermutlich weitere Hotels.

Ich nutzte den Tag und schoss von diversen Winkeln und aus unterschiedlichen Höhenlagen digitale Fotos einzelner Häuser wie auch der gesamten Anlage. Ab und an fielen Spuren von Schneewanderern auf. Da sich die jedoch weiter in die Höhe zogen, ging ich von Wintersportlern und nicht von Bandenmitgliedern aus.

Sofern ich durch die Bauzäune etwas erspähen konnte, machte ich auch Schnappschüsse vom Innenleben der größten Häuser. Allerdings hatte ich keine wirklich griffige Vorstellung davon, wo und wie die Bande hier demnächst ihr Geschäft abwickeln wollte. Vielleicht würde ich darauf kommen, wenn ich die Fotos später am Bildschirm im Detail ansah, denn ich wollte mein Glück nicht strapazieren und zu lange herumschnüffeln.

Nach der Fotosession verputzte ich den restlichen Proviant, erstattete Bericht bei Onkel Jodok und machte mich auf den Heimweg. Die Waldabfahrt war erholsam. Paralleles Gleiten in lockerem Schnee. Ich spürte, dass der Waldweg von Zeit zu Zeit planiert wurde, denn der Neuschnee war flacher als üblich. Tatsächlich kam mir auf dem oberen Abschnitt noch eine kleine Gruppe Tourengeher entgegen, drahtige ältere Semester beiderlei Geschlechts mit tiefen Gesichtskerben und sonnengegerbter Haut. ‚Pensionist müsste man sein', dachte ich mir, während ich grüßend an der Gruppe vorbeiglitt.

Ein Vorteil dieser Begegnung, wie auch der Spuren im Ski-Ressort, lag darin, dass meine eigenen Spuren nun unverdächtiger waren, falls doch noch ein Gangster das Ressort besuchte. Und so rutschte ich beruhigt zum Parkplatz ab, packte die Ausrüstung ins Auto und fuhr nach Hause, nicht ohne unterwegs Lebensmittel eingekauft zu haben, denn ich wollte der Familie und mir ein deftiges Mittagsmahl zubereiten.

Nach dem Mittagessen lernte ich für Prüfungen, telefonierte mit Alex, und ging anschließend zu Onkel Jodok. Wir überspielten meine neuen Fotos auf seinen Laptop und analysierten Lage und Bedeutung der Gebäude. Aus dem Internet kopierten wir die offiziellen Darstellungen des Ressorts, darunter auch einen Lageplan, der alle Häuser beschrieb. Mit dem ausgedruckten Lageplan und den Fotos erstellten wir ein ansehnliches Schaubild der in Bau befindlichen Anlage.

„Was glaubst du, wo und wie sie das Treffen abwickeln?"

„Hm." Onkel zögerte. „Sie haben mehrere Möglichkeiten. Du sagst, sie kommen mit ihren Autos den Waldweg hinauf?"

„Ja. Sie wollten ihre Lieferung hochschaffen, was immer das ist, weil sie dort ungestörter sind als in der Marmorfabrik."

„Gut. Das heißt, wir erwarten zumindest einen größeren Wagen oder einen LKW mit der Ware und einige Autos, mit denen die einzelnen Teilhaber ihren Anteil wegbringen."

„Sieben Autos waren es neulich auf dem Hof. Ein Typ fällt aus, weil er tot im Walsertal abgelegt wurde", sagte ich.

„Und du willst wirklich da hoch und dich in Gefahr begeben?"

„Wie ich neulich sagte: Ich muss unbedingt sehen, ob mein – entschuldige: unser – Plan geklappt hat. Und es ist wichtig zu wissen, ob wir nichts mehr befürchten müssen. Ich kann erst dann ruhig schlafen, wenn die Verbrecher aufgeflogen sind."

Nach einem kurzen schweigsamen Moment sprach mir Onkel Jodok Mut zu: „Dann pass nur gut auf dich auf. Du weißt, ich unterstütze dich von hier aus, so gut ich kann. Bei einer direkten Konfrontation bist du aber auf dich alleingestellt. Ich sorge mich halt um dich."

Seine Besorgnis rührte mich: „Ich weiß. Und bin wirklich froh darüber, dass du mich unterstützt. Wir halten die Telefonverbindung wie heute. Sollte etwas Unvorhergesehenes passieren, kannst du meinetwegen das Bundesheer zur Hilfe anfordern."

„Hör auf mit dem Galgenhumor. Lass uns lieber weiter den Geländeplan anschauen. Gesetzt den Fall, sie räumen den Waldweg für die Autos, dann würden sie doch sicher auch den Dorfplatz miträumen lassen. Alles andere macht keinen Sinn, wenn sie mehrere Fahrzeuge nach oben bugsieren. Also können wir davon ausgehen, dass die Waren auf dem Dorfplatz verteilt werden, denn dahinter steigen unpräparierte Hänge an. Eine andere Möglichkeit sehe ich nicht."

„Ich weiß nicht. Die beiden großen Hotels haben Tiefgaragen. Was ist, wenn sie sich darin treffen?"

„Das geht nur, wenn die Lieferfahrzeuge nicht größer als Kleinlaster sind, wie sie üblicherweise für Warenlieferungen verwendet werden", meinte Jodok. „Aber du hast doch vermutet, sie fahren größere LKW's, da sie das Zeug irgendwie in ihren Materialien verstecken. Außerdem muss auch erstmal der Weg in die Tiefgarage frei sein. Schau: hier auf diesem Foto. Das Gelände vor dem Hotel ist eine einzige Baustelle und unbefahrbar. Nein, die treffen sich mit Sicherheit auf dem freien Platz."

„Mag sein."

Wir spekulierten weiter, wie und wo sie sich mit ihren Autos und LKW's aufbauen könnten, wie groß die Warenlieferung sein würde, was sie beinhalten könnte, wo ich mich platzieren sollte, was ich in der nächsten Woche noch vorbereiten müsste und so weiter. Später am Abend verabschiedete ich mich von meinem Onkel und ging nach Hause, um noch ein paar Worte mit meiner Mutter und meinem Bruder zu wechseln.

Benny hatte Energieferien und damit eine Woche im Februar schulfrei, also verabredeten wir uns anderntags zum Snowboarden. Der Tag auf der Piste tat gut; wir Brüder hatten einfach nur unseren Fahrspaß und konnten so richtig entspannen.

Zwischen Freitag- und Montagabend versah ich meine üblichen Dienste im Hotel Hubertus – unterbrochen von Lerneinheiten für eine Nachklausur am kommenden Dienstag, Telefonaten mit Alex und Gesprächen im Familienkreis. Das Geld aus der Nebenbeschäftigung benötigten wir durchaus weiterhin, denn die erbeuteten neuntausend Euro von Schwaben-Ede waren fast völlig aufgebraucht und stellten zudem keinen langfristigen Sparstrumpf dar.

Dieser Tage loggte ich mich mehrmals täglich mit einem der gekauften Handys auf Dimundis Smartphone ein. Ich erstellte ein minuziöses Bewegungsprofil mithilfe der südvietnamesischen Spionagesoftware auf Onkels Laptop und schaute ab und an Dimundis Telefonverbindungen und SMS-Botschaften über die Betreiberhomepage an. Zwar war kaum mit wichtigen Neuigkeiten zu rechnen, doch ich staunte dann doch über die Strecken, die der Professor zurückgelegt hatte. Wie ein fliegender Händler war er durch die halbe Schweiz, das Fürstentum Liechtenstein, Tirol, das Allgäu und die gesamte Bodenseeregion gereist. Wenn das alles Knotenpunkte seiner Verteilerkette darstellten, hatte er sein Netz weit gespannt.

Zwei Nächte hintereinander, am Samstag und am Sonntag, ging ein regelrechtes Sperrfeuer an SMS-Nachrichten zwischen seinem Handy und mehreren Ansprechpartnern hin und her. Da die Software auch SMS-Texte, Telefonnummern und Übertragungsdaten auf der Betreiberhomepage speicherte, von der ich sie mittels Passwort abrufen konnte, erhielt ich eine nette Dokumentation seiner Aktivitäten. Die Nachrichten waren aber alle verschlüsselt. Das schreckte mich nicht, denn unser Computerspezi Alfi konnte sicher noch einmal seinen Yeti aktivieren und sie dekodieren. Kurzentschlossen rief ich ihn Montagfrüh an, unter anderem, um nachzufragen, wie weit er mit seiner vor kurzem übernommenen Hausaufgabe inzwischen gekommen war.

„Hi Alfi. Hier Felix. Hast du einen Moment Zeit? Sag, wie steht's mit der Überprüfung, die du für uns vornehmen wolltest?"

„Bin dabei, Alter. Wenn ich dauernd gestört werde, dauert's noch länger", versuchte er mich abzufertigen.

„Ich störe nicht lange. Nur eine Frage: Wann glaubst du, wirst du damit fertig sein? Kannst du zwischendurch noch was für mich erledigen? Dasselbe wie beim ersten Mal? Du weißt schon. Ist sehr wichtig und sollte daher am besten heute noch angegangen werden."

„Das sind mindestens zwei Fragen, Alter. Bisschen viel auf einmal, findest du nicht?"

Langsam nervte mich seine Attitüde als EDV-Primadonna. Mein Tonfall wurde etwas unfreundlicher: „Jetzt hab dich mal nicht so kleinmädchenhaft und komm' gefälligst mit 'ner Antwort rüber."

„Bleib geschmeidig, Alter. Immer schön cool bleiben. Also, die Überprüfung könnte bis Ende der Woche fertig sein."

„Prima! Schätze, du meldest dich, sobald das Ergebnis vorliegt?"
„Sowieso."

„Und die andere Sache? Kannst du mir da noch mal helfen?"

Alfi zeigte sich nicht sehr erbaut über mein erneutes Ansinnen und war kurz angebunden: „Muss das sein? Ist eh schon riskant und kostet mich enorm Rechenzeit", maulte er.

„Na hör mal, das kann doch nicht riskanter sein, als wenn du über denselben Kanal deine Lottozahlen analysierst, oder was immer du damit machst", versuchte ich ihn zu überreden. „Ich kann dir die entgangenen Einnahmen auch wieder begleichen."

Die Aussicht auf konkretes Entgelt konnte Alfi letztlich überzeugen: „Kein Wort mehr am Telefon. Lass uns bald treffen. Ich schlage das Fischrestaurant im Einkaufszentrum vor. In einer Stunde."

Na, das war endlich mal ein Wort. Da ich noch die Datei vorbereiten musste, war mir die Zeitvorgabe zu knapp: „Lieber in zwei. Ich schaffe das sonst nicht."

Ohne überflüssige Worte zu wechseln legte er auf. ,Alfi der Neurotische', dachte ich bei mir. Hauptsache, er würde die SMS-Botschaften knacken können. Um ihn bei Laune zu halten, musste ich den Computerspezi wohl oder übel teilweise einweihen und auf seine Verschwiegenheit bauen. Wegen seiner ausgeprägten Paranoia konnte ich mir dessen einigermaßen sicher sein.

Bis zum Datenaustausch im Fischrestaurant übertrug ich noch Dimundis SMS-Texte ins Word-Format. Außerdem fertigte ich aus allen Handy-Daten ein weiteres Dossier an und kaufte mir im Einkaufszentrum zwei USB-Sticks, auf die ich je eine Version speicherte – eine verschlüsselte für den Ulmer Anwalt und eine unverschlüsselte für Alfi.

Der Datenaustausch klappte wie geplant. Ich saß bereits an einem Tisch im hinteren Eck des Fischrestaurants und knabberte an einem Lachsbrötchen, als Alfi eintraf. Er strebte direkt auf mich zu und setzte sich nur kurz gegenüber auf einen Stuhl, um unter dem Tisch den Stick und zweihundert Euro Anzahlung in Empfang zu nehmen.

Der Computer-Nerd hatte sein Gesicht unter einer grauen Baumwollkapuze versteckt, die als Teil eines Kapuzenshirts unter einer gefütterten Winterjacke hervorlugte. Zusätzlich trug er eine spiegelnde Sonnenbrille mit seitlichem Schutz, was ihn ziemlich entstellte. Entweder litt Alfi wirklich unter starkem Verfolgungswahn, oder seine sonstigen Geschäfte waren mindestens so zwielichtig wie meine zur Zeit. Mit modischen Attitüden konnte der schlaksige Kerl sein schräges Outfit kaum erklären.

Alfi sprach bei der Übergabe kein Wort, stopfte den Datenträger und die Anzahlung in die Tasche und verschwand sofort. ,Na, das kann ja heiter werden. Hoffentlich höre ich demnächst noch von ihm und bekomme etwas für mein Geld', dachte ich mir.

Als Alfi außer Sicht war, machte ich mich auf ins Hotel zum heutigen Abenddienst.

24. Abschreibung

Am Dienstagmorgen wollte ich eigentlich ausschlafen, weil ich nach Feierabend mit Kollegen in der Löwenbar noch ein, zwei Bierchen zu mir genommen hatte. Ich musste mal auf andere Gedanken kommen und konnte mich außerdem gegenüber den Serviceleuten aus dem Hotel Hubertus nicht als Außenseiter geben. So etwas ist nicht nur unschicklich. Es führt auch dazu, von den anderen während der Arbeit geschnitten, wenn nicht sogar aktiv gemobbt zu werden. Hier ein ‚unabsichtlicher‘ Rempler in der Betriebshektik, dort eine ‚verlegte‘ Garnitur oder eine ‚zufällig‘ verrutschte Tischdecke in meinem Verantwortungsbereich oder zunehmend Dienste an weniger lukrativen Tischen. Man glaubt gar nicht, wie einfallsreich Kollegen sein können, wenn sie meinen, man gehöre nicht dazu. So weit wollte ich es nicht kommen lassen, daher ging ich mit ihnen aus und schob ihnen nebenbei meine nicht ganz leichte private und studentische Situation unter, damit ich auf ihr Mitgefühl bauen konnte.

Die Kollegialität hatte ich in der Nacht erfolgreich retten können, den ausreichenden Schlaf leider nicht. Aus Mutters Wohnbereich im Ergeschoß, drang im Halbschlaf heftiger Streit zu mir durch. Beim besten Willen war das kein Traum mehr. Da bei uns offene Streitereien mit lautstarkem Gebrüll so gut wie nie vorkommen, sprang ich sofort aus dem Bett. Noch im Pyjama und barfuß rannte ich die Treppe hinunter, um der Sache auf den Grund zu gehen. Mutters Stimme drang bis in den Flur. Nicht minder heftig antwortete ihr eine Männerstimme, die mir in meinem noch nicht ganz wachen Kopf bekannt vorkam. Ariengleich schrien sich beide im Duett an. Ich riss die Küchentür auf und erblickte die Szene.

Schon wieder Waldowitz-Leitner. Leicht nach vorne gebeugt stand er am vorderen Ende des Küchentischs, die Arme wie ein Gorilla mit Fäusten auf die Kante gestützt und den hochroten Kopf mit dem Kinn vorgeschoben. Mutter wedelte am anderen Ende mit einem Haufen Papier in der Luft herum, als ob sie seinen schlechten Atem verscheuchen wollte.

„Das ist ja der blanke Hohn“, schrie sie ihn an.

„Sie werde es bereuen, wenn Sie nicht unterzeichnen“, brüllte er.

„Sie drohen mir? Ausgerechnet Sie? Sie hergelaufener …“

„Vorsicht, sonst verklage ich Sie wegen Beleidigung!"

Mutter war in Fahrt: „Sie glauben doch nicht, Sie können mich mit Ihrem dreisten Auftreten und der Paragraphenreiterei einschüchtern? Da gehört schon ein anderer dazu."

„Den können Sie haben, wenn Sie wollen", drohte nun Waldowitz-Leitner unverfroren. Ich wusste, das war keine rhetorische Wendung, sondern eine massive Drohung, die er skrupellos umsetzen würde. Garantiert standen ihm dafür genügend Schergen zur Verfügung. Um es nicht zum Äußersten kommen zu lassen, schaltete ich mich ein:

„Was ist denn hier los? Geht es nicht auch etwas leiser?"

„Sagen Sie Ihrer Frau Mutter, sie soll den Vertrag innerhalb der nächsten vierzehn Tage unterzeichnen, oder es passiert was", forderte mich der Mörder des Landtagsabgeordneten auf. Dann drehte er sich auf dem Absatz um, rempelte in der Küchentür an mir vorbei – ich konnte gerade noch meine nackten Zehen vor seinen derben Stiefeln retten – und stürmte aus dem Haus.

Kaum war die Tür hinter ihm zugeschlagen, verpuffte Mutters Energie. Sie sank auf einen Küchenstuhl und brach in Tränen aus.

„Stell dir vor, er legt mir einen Vertrag zum Verkauf unserer oberen Wiesen vor und stellt mir ein Ultimatum", heulte sie. „Der Vertrag ist unannehmbar. Ich will nicht verkaufen, das habe ich ihm öfters gesagt, aber er lässt nicht locker. Und er droht, es würde Schlimmes passieren, wenn ich nicht unterschreibe."

„Wieso hast du den überhaupt reingelassen?", fragte ich sie.

„Kurz nachdem Benny zur Schule gegangen ist, hat es geläutet. Ich dachte, es wäre Cousine Gerlinde, mit der ich verabredet war. Und als ich die Tür aufmache, hat er sich einfach ins Haus gedrängt. Ich bin in die Küche geflüchtet und dort hat er mir den Vertrag hingeworfen."

„Lass sehen. Hast du den Vertrag schon gelesen?"

„Nein. Ohne Lesebrille geht das nicht."

Ich nahm ihr die Blätter aus der Hand und las sie in groben Zügen durch. Die Verkaufssumme konnte sich sehen lassen. Dennoch war das Geschäftsgebaren des Herrn genauso kriminell wie alles, was ich bislang von ihm zu sehen beziehungsweise zu hören, bekommen hatte. Insgesamt lief der Vertrag auf einen massiven Vorteil für den Erpresser und Mörder hinaus. Mutter sollte ihm definitiv alle Wiesen und unser Maisäß im rechten Teil des Bergmassivs abtreten. Von einer Beteiligung an den Gewinnen des potenziellen Skigebiets, wie er sie Benny und mir bei seinem letzten Besuch in Aussicht gestellt hatte, war nichts zu lesen.

Waldwowitz-Leitner schlug nun eine deutlich härtere Gangart an. Keinen Augenblick war daran zu zweifeln, dass sein Geschäftsgebaren noch aggressiver werden und ins Kriminelle übergehen würde, wenn Mutter nicht unterzeichnete. Das teilte ich ihr auch mit. Mutter zuckte nur hilflos mit den Schultern und weinte leise in ein Taschentuch.

Vierzehn Tage. Er gab uns zwei Wochen Bedenkzeit. Ich war überzeugt, er würde seine Drohung umgehend wahrmachen und irgendeine Sabotage an unserem Eigentum vornehmen oder uns direkt angreifen, um die Unterzeichnung durchzusetzen. Womöglich hatte er die Tour bereits bei anderen erfolgreich angewandt. So erstaunte es nicht, wie er innerhalb von etwa fünfzehn Jahren, quasi aus dem Nichts, zum erfolgreichsten Mann der regionalen Tourismuswirtschaft aufsteigen konnte. Zuzutrauen waren ihm Erpressung, Brandstiftung und Mord allemal.

Irgendwie musste ich Mutter beruhigen, denn obwohl sie nicht alle Details von Waldowitz-Leitner kannte, steckte ihr die Entführung von Benny noch in den Knochen. Außerdem spürte sie instinktiv, dass dieser Mann zu allem fähig war. Also weihte ich sie entgegen meinem bisherigen Vorsatz in den restlichen Plan ein, den ich mit Onkel Jodok geschmiedet hatte. Ich versuchte ihr klarzumachen, die Gefahr wäre erst gebannt, wenn die Verbrecherbande gefasst und alle Gauner samt ihrem Anführer gesiebte Luft atmen würden. Dafür müssten wir halt sorgen.

Wie vorauszusehen, konnte ich Mutter nur bedingt beruhigen. Wir hatten keine Zeit, den Sachverhalt näher zu besprechen, denn plötzlich läutete es. Ein kurzer Blick durch das Schopffenster zeigte Gerlinde mit einem Blumenstrauß und einer Tüte Brötchen in der Hand. Mutter ließ ihre Cousine eintreten und entschuldigte das verheulte Aussehen mit einer überfallartigen Sehnsucht nach ihrem verstorbenen Mann. Nach der Morgentoilette frühstückten wir gemeinsam. Dann ließ ich die Frauen mit ihrem Tratsch alleine und bereitete mich auf das eigentliche Tagesziel vor.

Denn heute Nachmittag war ich für eine Nachklausur in Arbeits- und Organisationspsychologie bei Frau Professor Grafl gemeldet. Es ging um formale Organisationsformen und inwiefern sich eher hierarchisch aufgebaute Organisationen von eher teamgebundenen in Bezug auf Arbeitsmotivation und Stress der Belegschaft unterscheiden. Ich hatte mich in letzter

Zeit ausreichend vorbereitet und fuhr nach einem letzten Blick in die Unterlagen mit gutem Gefühl an die Fachhochschule.

Gegen Ende der vorlesungsfreien Zeit zwischen Winter- und Sommersemester, jeweils im Februar eines Jahres, war dort noch nicht viel Betrieb. Vereinzelte Studenten, die entweder Semesterarbeiten nach- oder Abschlussarbeiten vorbereiten wollten, schwirrten in der Bibliothek umher. Unsere kleine Gruppe für die Nachklausur fand sich nach und nach in einem Vorlesungssaal ein, der Platz für etwa zweihundert Personen bot. Frau Grafl war bereits dort und hatte einen Stapel Papier vor sich auf dem Pult ausgebreitet. In ihrem beigefarbenen Kostüm und den männlich kurz geschnittenen dunkelbraunen Haaren sah sie mit ihrer etwa ein Meter achtzig großen und kräftigen Statur eher aus wie eine erfolgreiche Unternehmerin, die früher einmal Judo-Kämpferin gewesen sein konnte, denn wie eine Hochschuldozentin. Wahrscheinlich wollte sie uns Studenten mit ihrem Outfit demonstrieren, dass neben der Sozialromantik freudianischer Therapie-Settings auch andere Welten existierten. Allerdings trug sie ihr Image als kompetente Expertin nicht so dick auf wie Statistikprofessor Woltershauser, was deutlich angenehmer zu ertragen war.

Nichtsdestotrotz hatte es die Klausur in sich, und wenn ich nicht in der letzten Woche verstärkt dafür gelernt hätte, wäre ich chancenlos gewesen. Frau Grafl setzte uns im Vorlesungssaal weit auseinander, so dass weder an Abschreiben noch an unbemerktes Zuflüstern zu denken war. Wir bekamen zwei Stunden Zeit und vier Fragen zum Thema gestellt. Dazu gab es etliche doppelseitige und karierte Blätter, die jeweils mit einem FH-Stempel versehen waren, damit man nicht etwa eigene vorbereitete Blätter unterschieben konnte. Ich nutzte je ein gesondertes Doppelblatt für eine der vier Fragen und sortierte sie nach ihrem Schwierigkeitsgrad. Mit der für mich am einfachsten zu lösenden Aufgabe fing ich an und arbeitete mich, stets die Uhr im Blick behaltend, durch die Unterthemen durch. Mit dem finalen Läuten gab ich meinen geistigen Erguss ab und hatte dabei das gute Gefühl, diese Klausur bestanden und das Minimalziel erreicht zu haben.

Allerdings standen drei weitere Nachprüfungen aus, die ich unbedingt bestehen musste. Von ihnen konnte ich glücklicherweise zwei auf Mitte März verlegen, um mich intensiv darauf vorzubereiten. Denn nach den offiziellen Bestimmungen darf man zu einer Prüfung nur dreimal antreten – eine Nachprüfung aufgrund von Terminversäumnissen, wie bei mir, galt bereits als zweiter Versuch. Spätestens beim dritten Mal musste jede Prüfung bestanden werden, ansonsten schmissen sie einen hinaus. Bei allen privaten Widrigkeiten durfte dieses Szenario wirklich nicht eintreten, denn ich hatte null Ahnung, was ich stattdessen beruflich hätte machen sollen.

Nach der Klausur fand ich eine knappe SMS vor: ‚Überprüfung fertig. FiRe 18 Uhr.' Das war eindeutig Alfis Botschaft. Er hatte seine erste Aufgabe bewältigt und wollte nun das Ergebnis mitteilen. ‚FiRe' konnte nur das Fischrestaurant sein, in dem wir uns gestern getroffen hatten. Ein kurzes Telefonat mit Karl-Heinz ergab, dass auch er die SMS erhalten hatte, und so holte ich ihn direkt in seiner Studentenbude ab, weil wir zuvor im Fischrestaurant etwas zu uns nehmen wollten.

Karl-Heinz spachtelte einen Frutti-di-Mare-Teller mit reichlich Nudeln in sich hinein; ich beschränkte mich erneut aufs obligatorische Lachsbrötchen, weil mir Fisch eher wenig liegt. Wir spekulierten, ob Alfi die Aufgabe lösen konnte, die er freundlicherweise kostenfrei für uns übernommen hatte, und skizzierten Alternativszenarien, je nachdem, ob das Ergebnis für uns positiv oder negativ ausfallen würde.

Pünktlich um sechs traf Alfi ein, erneut in seiner gestrigen Maskerade. Er setzte sich mit dem Rücken zum Eingang zu uns an den Tisch und direkt hinter eine Säule, um möglichst unbemerkt zu bleiben.

„Mensch Alfi, nimm doch wenigstens die blöde Sonnenbrille ab. Die ist hier auffälliger als dein ganzes Gehabe", meinte Karl-Heinz bei seinem Anblick. Alfi behielt sie aber auf, weil die Gläser geschliffen waren und er ohne Brille kaum etwas erkennen konnte, grinste uns stattdessen selbstherrlich an: „Wisst ihr, was ich herausgefunden habe?"

„Wenn wir's wüssten, würden wir als Hellseher auftreten und damit jede Menge Kohle machen", meinte Karl-Heinz.

Ich soufflierte: „Sag schon. Mach's nicht so spannend."

Alfi zierte sich mal wieder, wir mussten ihm die Popel einzeln aus der Nase klauben und ihn gehörig würdigen. Schließlich kam er mit seinem Hit heraus: „Plagiat. Es ist in weiten Strecken ein Plagiat. Abgeschrieben von einer US-amerikanischen Dissertation aus dem Jahr 1976. Das heißt, natürlich ins Deutsche übersetzt, aber viele Passagen entsprechen exakt dem englischen Text. Das heißt, bis auf einige Beiwörter. Und natürlich ist die Quelle nicht angegeben. Was wollt ihr nun damit machen?"

Das war ein Hammer! Alfi hatte nichts Geringeres herausgefunden, als dass Professor Dimundi seinen Doktortitel erschlichen hatte. Was wir mit der Information und dem Beweis machen würden, hatten wir uns vorab gut zurechtgelegt.

25. Autoreparatur

Im Fischrestaurant wurde Alfi ob seines neuen Erfolgs noch richtig geschwätzig. Er erläuterte uns haarklein, wie er die Dissertation von Dimundi als pdf-Datei gescannt und in eine Prüfungssoftware für Plagiate eingespeist hatte. Die auf einem amerikanischen Server laufende Software verglich den eingegebenen Text mit allen im Internet auffindbaren Seiten sowie mit einer internen Datenbank, in der alle bislang in ihr – weltweit – eingespeisten Texte enthalten sind. Nun gehörte auch Dimundis Doktorarbeit zu dieser Datenbank. Nach einer längeren Rechenzeit, die durchaus mehrere Tage in Anspruch nahm, erhielt Alfi ein umfangreiches Protokoll voller markierter Textstellen aus der Dissertation, die mit überwiegend gleichem Wortlaut an anderer Stelle auffindbar waren. Da das selbstverständlich auch normale Zitate mit Quellenangaben sein konnten, muss man anschließend im Detail überprüfen, ob die jeweilige Fundstelle ein legales Zitat oder ein illegales Plagiat war.

Mir fiel sofort eine Ungereimtheit auf, zu der ich Alfi befragte: „Aber wie konnte das Programm denn die deutschen Plagiate in einer englischen Arbeit ausfindig machen? Da ist doch garantiert kein Übersetzungsprogramm mit dabei?", fragte ich ihn.

„Nein, ist es nicht", bestätigte er, „das musste ich erst modulieren und implementieren, darum hat der Spaß auch mehrere Tage gedauert. Und ohne SETI-Kapazitäten wäre das überhaupt nicht gegangen, weil natürlich etliche Millionen englischsprachiger Texte übersetzt und verglichen werden mussten."

„Natürlich."

Karl-Heinz ging daraufhin ein Geschäftsmodell durch den Kopf, das er Alfi sogleich mitteilte: „Sag mal Alfi, wie wäre es denn, wenn du deine informationstechnische Energie ausnahmsweise legal nutzen würdest? Du könntest doch sicher viel Kohle mit deinen Software-Erfindungen machen. Ich würde dich auch managen. Und dann setzen wir uns mit fünfundzwanzig zur Ruhe."

„Hört sich nicht schlecht an, funktioniert nur nicht. Ich bin nämlich schon siebenundzwanzig. Vielleicht komme ich trotzdem auf dein Angebot zurück. Hast du denn Ideen dazu?"

Karl-Heinz hatte Feuer gefangen: „Na klar. Als Erstes führen wir eine Kreativsitzung durch und schauen, was alles in dir steckt. Das holen wir raus und spinnen daran weiter rum. Dann sondieren wir den Markt und schauen, wo wir deine Ideen und Produkte verankern. Mittelfristig müssen wir deine Entwicklungen legal an große Software-Buden verhökern. Natürlich im Millionenbereich. Und über meinen Anteil, wenn ich das Geschäftliche übernehme, müssen wir natürlich vorher reden."

Ich wollte keine Millionen verdienen, stattdessen lieber zum Thema zurückkommen: „Nun macht mal halblang, ihr Schlaumeisen. Ihr könnt das doch später in Ruhe besprechen. Alfi, sag: Weist denn das Protokoll genau die Stellen im Original und in der Fälschung aus, auf die es ankommt?", wollte ich von ihm wissen.

„Na klar. Satz für Satz. Hab ich alles hier auf dem Stick, Alter. Den bekommt ihr kostenlos. Was wollt ihr wirklich damit machen?"

„Wir lassen ihn auffliegen. Was dagegen?", sagte Karl-Heinz.

Alfi war das egal: „Nö. Wieso auch? Ich hab mit dem nichts am laufen. Ob er weitermacht oder in Ulan Bator Wasserleitungen repariert, geht mir am Arsch vorbei. Hauptsache, ihr haltet mich raus."

„Versprochen", sagte ich ihm zu, „wir setzen das Teil in der nächsten Zeit ein, wie es für uns am besten passt. Haben uns darüber nur noch keine konkreten Gedanken gemacht", fügte ich unwahrheitsgemäß hinzu.

Alfi war es recht, und so trennten wir uns bald, nachdem er Karl-Heinz den USB-Stick unter dem Tisch zugeschoben hatte. Beide verabredeten noch ein Treffen in der nächsten Zeit, um die Idee mit der Vermarktung weiterzuentwickeln. Ich fragte Alfi kurz nach der zweiten Dechiffrierung. Diese lief zur Zeit, und wir würden demnächst, vielleicht sogar schon morgen, ein Ergebnis von ihm geliefert bekommen.

Nachdem Alfi gegangen war, bestellte Karl-Heinz einen Heringstopf in Sahnesauce mit Kartoffeln und ein Bier zum Nachspülen. Die leicht korpulente, in blau-weißen Streifen pseudo-marin gekleidete Kellnerin lächelte ihn verschwörerisch an, als sie das Tablett vor ihm abstellte. Mein Freund lächelte süß zurück, wie ich es noch nie zuvor bei ihm gesehen hatte. ,Wohlgenährt gesellt sich gern', dachte ich bei mir, hütete mich allerdings, diesen Gedanken laut auszusprechen.

Während ich mich mit einer Limo begnügte, informierte ich Karl-Heinz über die aktuelle Sachlage in Bezug auf Dimundis SMS-Verkehr und dessen auffällige Mobilität im Bodenseegebiet. Karl-Heinz fand das ebenso spannend wie ich. Falls Alfi tatsächlich den Code lösen konnte, wollten wir uns sofort treffen, um darüber weiter zu räsonieren, sofern es nicht an einem Abend wäre, an dem ich arbeiten musste.

Gegen acht brachte ich dann Karl-Heinz heim, wo wir kurz Alfis Protokoll auf seinen Rechner überspielten. Ich steckte den Stick ein und fuhr anschließend nach Hause. Telefonisch teilte ich unterwegs Alex kurz das Neueste mit und die erbauliche Botschaft, dass sie mir jetzt schon sehr fehlte, obwohl wir nur wenige Tage voneinander getrennt waren. Ihr ging das ebenso, dennoch wollte sie den Aufenthalt bei ihren Eltern noch bis Sonntag verlängern, weil sie sie sonst kaum sah und während des anstehenden Sommersemesters auch würde selten besuchen können. Mir passte das bestens, denn damit brachte sich Alex in der Nacht des Gangstertreffens im Ski-Ressort hervorragend aus der Schusslinie.

Ein ereignisreicher Tag war vorbei, und nach einem kurzen Familien-Hock im Wohnzimmer schaute ich Alfis Protokoll auf meinen Laptop an. Die Überprüfung ergab einen akademischen Alptraum. Der nicht zimperliche Herr Professor Doktor Mario Dimundi, seines Zeichens Kapazität auf dem Gebiet interkultureller Zusammenarbeit und Ehrenmann in karitativen Zusammenhängen, hatte seine Doktorarbeit in weiten Teilen einfach aus dem Englischen ins Deutsche übersetzt und ganze Passagen eins zu eins eingebaut, ohne auch nur im Geringsten die Quelle dafür anzugeben. Dieser Betrug und Diebstahl geistigen Eigentums entehrte alle Prinzipien, die den professionellen Wissenschaftsbetrieb ausmachen. Wenn das bekannt würde – und das würde es, dafür wollte ich sorgen –, bekäme Dimundi auf der ganzen Welt keine adäquate Anstellung mehr, weder an Universitäten und Fachhochschulen noch an einschlägigen Forschungsinstituten oder sonstigen Einrichtungen, die in irgendeiner Form wissenschaftlich arbeiten. Zuvor würden sie ihm offiziell seine Doktorwürde aberkennen. Das gäbe zusätzlich ein ziemliches Blätterrauschen im Wald der Boulevardpresse, nicht nur in unserem Ländle. Und die arme Universität, die ihm seinen Doktortitel irgendwann zuvor zuerkannt hatte, hätte ihren guten Ruf in der Fachwelt auf ziemlich lange Zeit verspielt. ‚Na, haben Sie auch Ihren Doktor an der Universität XY gemacht? Verdächtig, verdächtig.‘ ‚Du willst promovieren? Dann empfehle ich dir die Uni XY. Da schmeißen sie dir den Titel hinterher.' ‚Studieren Sie an der Uni XY! Da sind viele Studienplätze frei – ich weiß gar nicht warum.' Derartiger Schmäh machte dann sicher schnell die Runde.

Ich grübelte noch eine geraume Zeit im Bett über den bestmöglichen Einsatz der neu gewonnenen Information. Und ich überdachte meine Vorhaben für die nächsten Tage, denn die versprachen ein gehöriges Maß an zusätzlicher Aufregung und waren alles andere als gefahrlos.

Am nächsten Morgen machte ich mich früh auf den Weg Richtung Deutschland, um der Autobude von Hermann Hammerer, dem stämmigen Ganoven mit dem aufgemalten Billardspieler auf der Motorhaube seiner Volvo-Limousine, einen weiteren Besuch abzustatten. Ich war nicht etwa lebensmüde, musste nur unbedingt eine Aktion hinter mich bringen, die absolut notwendig war, um unseren Plan vollends zu erfüllen. Natürlich ging ich erneut ein nicht unbedenkliches Risiko ein, doch mit der Verkleidung von neulich aus dem Lateinamerika-Verein sollte man mich in der Stuttgarter Autowerkstatt eigentlich nicht wiedererkennen. Außerdem trug ich für den Notfall das Jagdmesser an der Hüfte, hoffte jedoch, es nicht einsetzen zu müssen.

Diesmal hatte ich den Auftritt geschickter vorbereitet. Bei einer internationalen KFZ-Werkstatt in Ulm lieh ich mir für den Tag einen Chevrolet Cruze zur Probefahrt, einen speziell für den europäischen Markt gebauten Mittelklassewagen. Da das erbeutete Geld aufgebraucht war, musste Erspartes herhalten. Der erhoffte Erfolg war die hundertfünfzig Euro plus Benzingeld wert. Die Straßen waren relativ frei, das Wetter klar, bei Temperaturen knapp unter null, und so trudelte ich am späteren Vormittag in Stuttgart ein.

Unterwegs verabredete ich für kommenden Freitag einen Termin beim Rektor unserer Fachhochschule. Und auf einem Stuttgarter Parkplatz in der Nähe der Werkstatt fummelte ich mit Hilfe des Bordwerkzeugs eine Schlauchschelle lose. Ich zupfte den Schlauch halb von seinem Gegenstück herunter und hoffte, das würde die Fahrtüchtigkeit bis zur Hammerer-Werkstatt nicht allzu sehr beeinträchtigen. Der Wagen zischelte etwas mehr beim Fahren, schaffte es aber unbehelligt bis auf den Werkshof. Tatsächlich herrschte dort wieder rege Betriebsamkeit. Auf dem Gelände standen amerikanische Wagen herum, hinten links an der Brandmauer zum Nachbarhaus der Billard-Volvo von Hermann Hammerer. Das Tor zur Werkstatt war zugezogen, Schleif- und Hämmergeräusche drangen hindurch. Ein Musiksender verdreckte die hörbaren Frequenzen mit eintöniger Hitparaden-Sosse.

Meine Legende hatte ich mir genau zurechtgelegt. Ich zog hellbraune Schweinslederhandschuhe über und enterte das Mini-Büro rechts neben der Werkstatt.

Drinnen war nichts los. Die Büro-Mieze hatte sich zur Erbauung aller Nicht-Anwesenden eine neue Frisur zugelegt: halber Topfschnitt in Zitronengelb, der in grünen Fransen über dem linken Ohr endete, mit ausrasierter Schläfe auf der gegenüberliegenden Seite. Um das optische Gleichgewicht herzustellen, trug sie einen großen silbernen Ring im rechten Eck ihrer schwarz geschminkten Unterlippe. Wenn sie die Lippen geschlossen hielt, sah das Piercing wie der Reißverschluss einer Damenhandtasche aus. Auch der Rest ihrer Ausstattung bediente das Punker-Klischee, alles in schwarzem Stoff mit silbernem martialischen Gedöns behangen. Ihr enges Top-Teil aus Leder zierten Sticker, von denen mir einige verfassungswidrig vorkamen.

Komisch: Das letzte Mal ging sie noch als brünette Disco-Tussi und jetzt als Grufti-Punkerin. Wie schnell man doch heutzutage seine mühsam errungene Identität wechseln kann. Hängt schätzungsweise mit den Computer-Simulationsspielen zusammen, bei denen jeder in beliebige Rollen schlüpft und auch die größte Dummbacke nach vier durchgespielten Nächten erfolgreicher Broker, Kapitän oder General werden kann. Ich war kurz davor, der Sekretärin einen anderen Stylisten zu empfehlen, weil die üble Entstellungsmode eigentlich schon wieder out war, auch wenn Möchtegern-Promis sich immer noch Knöpfe durch die Backe jagten, wollte aber nicht unangenehm auffallen.

„Guten Tag."

Keine Antwort.

„Guten *Ta-hag*!"

Der weibliche Charmebolzen ließ sich nicht einen Deut von seinem Computer abbringen. Ich linste kurz auf den Bildschirm. Diesmal schärfte sie ihre Intelligenz an einer Poker-Partie. Dem Punktekonto nach zu urteilen besaßen Spiel wie kognitive Kapazität enormes Entwicklungspotenzial. Nach einem verlorenen Full-House entwich der Bürodame eine unschöne Äußerung.

„Scheiße."

Dieser Begriff bot die Chance, eine alternative Kommunikationsbrücke zu ihr aufzubauen; ich äußerte mich dazu in möglichst akzentfreiem Hochdeutsch: „Tja, das tut mir echt leid. Sah zuerst voll nach Sieg aus", tröstete ich sie.

„Ich mach schon den ganzen Vormittag an dem Zeugs rum. Hab schon den ganzen Tagesverdienst verloren. Ich glaub, die ziehen einen mit dem Online-Poker kräftig über den Tisch."

Welch Wunder! Selbst in derart bescheidenen Hütten konnten tiefe Einsichten entstehen. Waren denn in der Schrauberbude auch Zen-Meister angestellt?

„Glaub ich auch. Ich hab da 'n Problem mit meinem Chevy. Möcht ungern weiter damit fahren, weil sonst was kaputt sein könnte. Könnte der Meister bitte mal kurz nachschauen? Ich muss heute noch nach Ulm zurück, und vielleicht lässt sich das zwischendurch schnell reparieren."

Ich hoffte nur, sie würde mich zur Werkstatt vorlassen, wo ich einige Worte mit dem Betreiber wechseln konnte. Den Schlauch und die Schelle hätte ich natürlich mit zwei, drei Handgriffen selber befestigen können. Darum ging es nicht.

„Na, ich will mal fragen."

Anscheinend zog meine Masche, oder sie war von meinem Neonazi-Outfit begeistert. Wer konnte das wissen?

Die Sekretärin huschte durch eine seitliche Tür und verschwand in der Werkstatt. Eine knappe Minute später enterte das Weinfass mit Popelbremse das Büro, die Büro-Mieze und seinen blöden Köter im Schlepptau. Der knurrte mich sogleich übel an.

„Wotan, sitz!"

Wotan gehorchte aufs Wort und setzte sich stehenden Fußes hin, ohne mich jedoch eine Sekunde aus den Augen zu lassen. Ich hatte gerade interessiert die Poster halbnackter Mädchen begutachtet, die dort als Kalender getarnt herumhingen, und drehte mich zu den Eintretenden um.

Barsch raunzte mich der Werkstattbetreiber an: „Was gibs'n für'n Problem?"

Der herbe Ton konnte mich nicht einschüchtern, schließlich hatte ich etwas Bestimmtes vor. „Ich hab heute den Chevy zur Probefahrt ausgeliehen", immer schön bei der Halbwahrheit bleiben, „und nun zischt es im Motorraum. Will nicht riskieren, dass was Größeres eintritt. Können Sie mal nachschauen, was da los ist? Vielleicht lässt es sich schnell reparieren. Weil ich noch nach Ulm zurück muss und den Wagen abgeben."

Augenkontakt halten und unbeteiligt dreinschauen. Nach Sekunden der Musterung und des Überlegens entwich dem Ganoven ein gebrummeltes ‚Hmm'.

„Schlüssel her. Ich schau mir das an." Dem Jargon nach war der Kerl Unteroffizier beim Bund gewesen. Ich vertraute ihm dennoch die Wagenschlüssel an und folgte ihm auf den Hof. Dort öffnete er die Motorhaube des Leihwagens, beugte sich weit über den Motorblock und ruderte mit den Armen im Innenraum umher. Nach einer Minute tauchte er aus der Versenkung auf.

„Is was Mittelgroßes. Kann ich inner nächsten Stunde reparieren. Vergaserhalterung ist futsch. Müssen wir auswechseln. Ham wir zum Glück da. Wenn Sie irgendwo was esse oder trinke wolle, können Sie ‘n Wagen anschließend abholen."

„Ist okay. Was kann denn so was kosten?", fragte ich ihn.

„Schwer zu schätzen. Hängt davon ab, was noch kaputt ist. Schätze drei- bis vierhundert Euro, wenn's nur die Halterung ist", antwortete er. Dabei blickte er mich mit ausgesprochenem Pokerface an und tat, als ob er sogleich in die Werkstatt zurück wollte. Beim Online-Poker hätte er mit der Masche sicher mehr abgesahnt als seine Sekretärin.

So ein Gauner! Traue keinem Automechaniker, mit dem du nicht mindestens verwandt oder bestens befreundet bist. Da das Schmerzensgeld für meine Aktion deutlich zu hoch ausfiel, musste ich den Versuch unternehmen, es zu drücken.

„Dann fahr ich vielleicht doch noch zu den Kameraden nach Ulm und riskier das. Die haben auch 'ne Werkstatt. Für Kisten und Kutschen."

„Nein, lass mal. Weil du's bist, mach ich dir 'n Sonnerpreis." Sieh an, auf einmal waren wir per Du. „Wenn's nur die Halterung ist, sagen wir zweihundertfünfzig ohne Rechnung. Einverstanden?"

Auf der einen Seite hätte ich gerne die Ausgabe gespart, auf der anderen durfte der Kerl nicht misstrauisch werden, also schlug ich in den Deal ein und zog den rechten Handschuh aus. Wir schüttelten die Hände. In seine mochte ich allerdings nicht fallen, die Finger dick wie Currywürste. Mit seinem Griff hätte er jede Mutter händisch abschrauben können. Ich hielt kräftig dagegen, denn Landarbeit und Bergsport verleihen auch einiges an Kraft. Als ich nach dem Händedruck meinen Handschuh wieder anzog, lockerte ich dabei unauffällig strapazierte Fingergelenke.

„Ach übrigens. Toller Volvo da hinten in der Ecke. Echt arisches Auto. Kann man sich den mal näher anschauen?"

Ich musste irgendwie an den Wagen herankommen und vor allem an seinen Innenraum. Ich hoffte, mit der Masche durchzukommen. Und hatte Glück. Vielleicht war es der Hauch eines schlechten Gewissens, das den Werkstattbetreiber dazu brachte, mich an seine Karosse zu lassen, weil er mich mit der losen Schlauchschelle deftig über den Tisch zog. Vielleicht war der Autotäuscher aber auch von meinem völkischen Charme angetan – egal, Hauptsache ich kam an den Wagen heran.

„Tja, meinetwegen. Is nicht abgeschlossen. Aber koi Kratzer in'n Lack, sonst wird's teuer."

„Nee, is klar, Chef. So'n schönes Teil will man nicht verunstalten. Kann ich auch 'n Blick in den Innenraum werfen? Der is sicher edel ausgestattet und hat 'ne noble Armatur."

Sein Kopfnicken und Murmeln interpretierte ich als Zusage und schlenderte daher gemächlich an den geparkten Autos entlang. Am Volvo begutachtete ich zunächst das Airbrush-Bild mit dem Billardspieler von allen Seiten. Dann ging ich um den Wagen herum, betrachtete die Armatur durchs Fahrerfenster, die fetten Pneus und die lackierte Oberfläche. Daraufhin öffnete ich die Fahrertür mit der linken Hand. Die rechte umfasste ein Handy in der Außentasche meiner Bomberjacke. Aus den Augenwinkeln sah ich den Werkstattbetreiber kritisch hinterher schauen. Meine folgenden Aktionen waren vom Auto und meinem Körper verdeckt.

Jetzt oder nie. Oberkörper halb in den Wagen lehnen. Schnell das Handy aus der Tasche ziehen. Die Gummimatte beim Rücksitz etwas anheben und das Handy darunter ablegen. Ich spekulierte darauf, dass kaum jemand hinter dem Fahrer sitzen würde. Das Ganze dauerte keine drei Sekunden, dann richtete ich mich wieder auf und blickte versonnen auf die Armatur und das Interieur. Keinen Augenblick zu früh. Laut klatschte eine flache Hand auf meinen Rücken.

„Nu ismal genug. Haste nu genug gesehen?"

Kollege Weinfass pflanzte sich hinter mir auf und deutete zärtlich an, dass er von mir die Nase voll hatte.

„Mensch. Ist ja 'n Ding. Die Sitze aus weißem Leder und die Armaturen aus Vollholz. Ist das Nussbaum, oder was?" Ich mimte den ehrfurchtsvollen Autofan.

„Ist *echtes* Mahagoni." Sein Tonfall wurde etwas jovialer. „Nu mach mal Junge. Wir ham hier nich 'n ganzen Tag Zeit."

So wie der Kerl ‚echtes' betonte, war anzunehmen, dass er oft genug gefälschte Teile in seine Kutschen einbaute. Ich pfiff anerkennend durch die Zähne und trat zur Seite. Hammerer schloss die Autotür und betätigte die Funkverriegelung.

Dann trennten wir uns. Ich suchte zwischenzeitlich eine nahegelegene Pizzeria auf, gönnte mir einen gemischten Salat mit Putenbruststreifen und war eine gute Stunde später wieder vor Ort. Mein Wagen stand an seiner alten Stelle, allerdings mit der Front zur Ausfahrt geparkt. Es sah so aus, als ob sie ihn zumindest einmal rangiert hätten. Ich betrat das Büro.

„Hallo. Ich bin's. Wie sieht's denn mit meinem Chevy aus?", fragte ich die Büro-Mieze.

„Ganz gut. Ist fertig."

„Was macht der Spaß?"

„Zweihundertfünfzig ohne Rechnung. Dreihundert mit."

„Na dann ohne."

Ich fischte die letzte Barschaft aus der Brieftasche und schob sie über den Tisch. Die wandlungsfähige Punkerin fegte die Scheine ohne mit der Wimper zu zucken in eine Schreibtischschublade und wandte sich wieder ihrem Computer zu.

„Was war denn nun eigentlich kaputt?", wollte ich zum Abschied noch wissen.

„Oh. Der Meister sagt, es war die Abgaslagerung, wie er's schon geahnt hat. Mehr nicht."

Toll, diese massive Fachkompetenz auf engem Raum. Autoabgase werden meines Wissens nicht gelagert. Aus besagtem Anlass wollte ich mich aber nicht in ausufernden Diskussionen verlieren.

„Na dann bin ich ja heilfroh, dass das gleich repariert werden konnte. Dann komme ich noch pünktlich nach Ulm. Ich werde eure Bude auf jeden Fall weiterempfehlen. Meine besten Grüße an den Chef. Übrigens: tolles Outfit, das du da hast."

Für diese lobenden Worte hatte die Punkerin nur ein knappes Nicken übrig. Der Rest ihrer neuronalen Kapazität wurde erneut vom suchterzeugenden Online-Poker in Beschlag genommen, den sie immer noch ohne Fortune spielte. Um wenigstens ab und an zu gewinnen, nahm ich an, musste sie zusätzlich die Energie einiger lebenswichtiger Organe anzapfen oder in der Freizeit gegen Geld die Beine breit machen, andernfalls würde ihr Konto traurig enden.

Ich überließ den Computerzombie seinem Schicksal und machte mich auf den Heimweg. Hinter Stuttgart riskierte ich auf einer Autobahnraststätte noch einen kurzen Blick unter die Motorhaube. Der von mir gelöste Schlauch steckte wieder auf seinem Verbindungsstück; die Schelle hielt ihn eisern daran fest. Andere Bauteile sahen unberührt aus.

Eines war sonnenklar: Diese Werkstatt würde ich nicht einmal meinem ärgsten Feind empfehlen. Zumal der sie bereits in- und auswendig kannte.

26. Akademismus

Am Donnerstag war Lernen angesagt, denn tags darauf war eine Nachprüfung zu bestehen. Nachdem Benny zur Schule verschwunden war, genehmigten Mutter und ich uns ein ausgiebiges Frühstück. In letzter Zeit hatte sie das Schneeräumen übernommen, wenngleich nicht mehr so viel vom Himmel fiel wie in den Wochen, als sie noch lethargisch vor dem Fernseher hockte. Benny und ich fanden das toll, nicht etwa, weil wir damit weniger Hofarbeit leisten mussten, vielmehr freute uns Mutters Aktivität. Trotz der Fräse war das Schneeräumen körperlich anstrengend, aber das brachte Mutter wieder in Form, und Spaziergänge mit ihrer Cousine oder Nachbarinnen taten ihr Übriges, körperlich wie seelisch. Insgesamt wirkte unsere Mutter viel lebenslustiger als in den Vorjahren. Sie ging regelmäßig zu Frau Konzett in die Gesprächstherapie und hatte zu meiner Freude keinen Tropfen Alkohol mehr angerührt.

Nachmittags wollte ich etwas ausprobieren. Aus alten Breitbandgurten hatte ich eine Art Trage gebastelt, mit der man ein Snowboard auf dem Rücken befestigen konnte. Dann rüstete ich mich im Stadl wie für eine Skitour aus. Über den Wanderrucksack kam die improvisierte Gurtkonstruktion mit dem Snowboard. Das etwa einssechzig lange Brett lag nun ziemlich fest quer über dem Rücken und war passabel zu tragen. Nun musste ich noch den Rest der Ausrüstung anpassen, speziell die Softboots mit dem harten Außenmaterial auf meine Schneeschuhe. Denn ich wollte mit den Boots in die Schneeschuhe einsteigen, damit bergauf gehen und mit dem Board hinunterfahren. Bindungen waren schnell justiert, das Snowboard eng mit dem selbstgebastelten Gurt auf dem Rücken fixiert. Alles abschnallen, rein ins Auto legen und losfahren.

Es sollte keine Gewalttour werden, sondern ein Testlauf. Um nicht sofort wie ein Harlekin zwischen Opernpublikum aufzufallen, packte ich die Ausrüstung in den Polo und fuhr zum Haus von Onkel Jodok. Schräg dahinter führt ein Forstweg den Wald hinauf. Maximal würde ich bei meiner Wanderung den einen oder anderen Einheimischen treffen, denn dieses Gebiet war nicht zum Skifahren erschlossen. Ziemlich weit oben kämen dann unsere Wiesen, aber ich hatte nicht vor, weit hinaufzusteigen.

Tante Sieglinde schaute neugierig aus dem Küchenfenster, als ich vor ihrem Haus die Ausrüstung anlegte.

„Was machst du denn da, Felix?", rief sie mir zu.

„Grüß dich, Tantchen. Ich will was Neues ausprobieren. Hier bei euch und auf dem Weg zum Maisäß geht das am besten."

„Was denn?"

„Ich nehme das Brett mit aufi, weil ich nicht so viel Zeit hab, bergab zu wandern. Weil ich abends noch lernen will."

„Du kommst auf Ideen, Junge … pass nur gut auf dich auf. Du weißt ja, was alles am Berg passieren kann."

Rührend. Es gehört zu unserer Familientradition, dass Altvordere bei der kleinsten Unternehmung gutgemeinten Rat mitgeben ‚auf sich aufzupassen', ‚nicht zu schnell zu fahren', ‚nicht so hoch hinaufzuklettern', ‚nicht zuviel zu trinken' oder ‚nicht zu lange aufzubleiben'. Tante Sieglinde bildet in dieser Beziehung keine Ausnahme, speziell bei mir, da sie kinderlos geblieben war.

„Schon gut. Ich bleib auf dem Weg. Abwärts fahre ich auch nur auf dem Weg. Vielleicht schaue ich anschließend noch auf einen Tee bei euch rein, wenn mir kalt ist", beruhigte ich sie.

„Das kannst du immer machen. Guter Junge. Bist so fleißig."

Tantchen schloss das Fenster und schaute mir bis zum Ende meiner Vorbereitungen von der warmen Küche aus zu. Ich winkte zum Abschied und stapfte bergan.

Beim Anstieg nutzte ich Teleskopstöcke. Die Last war zu Beginn ungewohnt, doch bald fand ich einen geruhsamen Tritt. Der Test verlief optimal, und so ging es eine Stunde bergauf. Dann schnallte ich alles ab, stopfte die zusammengesteckten Teleskopstöcke und den Behelfsgurt in den Rucksack, schnallte die Schneeschuhe darauf und schulterte das Ganze. Zuletzt stieg ich in die Bindung meines All-Mountain-Boards. Das Brett eignete sich für die geplante Tour sehr gut, weil man damit in verschiedenen Lagen fahren kann, wenngleich es einem Spezialbrett nicht nahekommt. Weil vor dem kommenden Einsatz unklar war, in welchem Gelände ich letztlich abfahren würde, war die Auswahl genau richtig.

Abwärts ging es gemächlich rutschend voran. Niemand kam entgegen, und so brauchte ich keine neugierigen Fragen zu beantworten. Unten angekommen, hielt ich das Versprechen und schaute bei Onkel Jodok und Tante Sieglinde auf ein Heißgetränk vorbei. Wir saßen zu dritt in der

Stube, tranken Tee mit Rum und sprachen über den aktuellen Zustand unserer Familie. Ich freute mich über die rege Anteilnahme der nahen Verwandten, denn sie kam von Herzen. Auf Nachfragen berichtete ich von Mutters positiver Entwicklung und Bennys Schulerfolgen. Onkel verstand zwischen den Zeilen, dass mit unserem Plan momentan alles im Lot sei, was ihn beruhigte. Als alles gesagt worden war, verabschiedete ich mich ‚auf bald', womit ich, in Onkels Richtung blickend, konkret die kommende Samstagnacht meinte.

Freitagfrüh war an der Fachhochschule für Nachprüflinge bei Professor Kuzmanov um neun Uhr eine mündliche Prüfung in Sozialpsychologie angesetzt. Die Kommilitonen Albert und Walter, meine Wenigkeit und das Busenwunder Mizzi Furtbichler fanden sich pünktlich in einem dafür vorbereiteten Kleingruppenraum ein. Der pädagogische Reinfall Kuzmanov, dessen Nuschelei im Auditorium kaum jemand verstand, führte den Vorsitz. Seine Kollegin, die von vielen geschätzte Frau Professor Konzett, nahm als Zweitprüferin teil und führte das Protokoll. Wir vier Delinquenten führten stumme Stoßgebete, auf dass dieser Spuk möglichst glimpflich für uns verlaufen möge.

Wenigstens zur Prüfung trug Kuzmanov keinen Tirolerhut, wenngleich er seinen Janker mit Hirschhornknöpfen und seine Lodenhose wie ein brünstiger Oberbayer zur Schau stellte, der er jedoch nicht war. Sein Haupthaar war wie stets schmalzig nach hinten drapiert und biss sich mit dem krausen Vollbart. Seine Vorfahren waren aus dem slawischen Raum nach Deutschland emigriert. Er selbst stammte aus dem Rheinischen. Weiß der Geier, was ihn an der bajuwarischen Folklore so ansprach. Vielleicht hätte ich ein Gamsgeweih von Onkel Jodok als Geschenk mitbringen sollen, um den Professor vorab gnädig zu stimmen. Doch das würde wahrscheinlich weder er noch mein Onkel komisch finden.

Aus diesem Grund spekulierte ich zum Bestehen der mündlichen Prüfung lieber auf die Rudimentärpädagogik von Kuzmanov. Mizzi setzte offensichtlich auf ihre beiden hervorragenden Eigenschaften. Von höheren Semestern ging die Kunde, dass Kuzmanov in der Prüfung beinhart seit Jahren nur die Inhalte seines Standardwerks zur Peer-Education abfragte, worauf angeblich Generationen vor mir bereits erfolgreich gesetzt hatten, weil nur ein Buch auswendig zu lernen war. Hoffentlich wich er nicht gerade heute von der Tradition ab, denn darüber hinaus hatte ich nichts gelesen.

In der Prüfung bekamen wir nacheinander unterschiedliche Fragen gestellt. War der Erste mit seiner Antwort fertig, hatten die nach ihm Sitzenden abwechselnd die Chance, Gesagtes zu ergänzen und zu kommentieren. Danach kam der Zweite mit seiner Frage dran und so weiter. Ich hatte das zweifelhafte Glück, links außen vor den Prüfern zu sitzen und zu beginnen. Neben mir saßen Walter, Mizzi und Albert.

„Gesetzt den Fall, eine in der Pubertät befindliche …", unverständliches Gebrabbel, „… und hätte dann die Entwicklungsaufgabe, vorausgesetzt, bestimmte Entwicklungsaufgaben in der frühen Kindheit wären, aber nur vorausgesetzt, ist nicht real …", unverständliches Gebrabbel, „… und dies im Fall eines Elternhauses in prekärer …", unverständliches Gebrabbel. „Wieso?"

Bahnhof. Ich verstand nur Bahnhof. Nicht nur, dass Kuzmanov seine Prüfungsfrage derart verklausuliert hatte, dass es einem die Fußnägel aufrollte. Er schaffte es auch, aus kurzer Distanz genauso unverständlich zu nuscheln wie im Seminarraum vor vierzig Leuten. Mit dieser Nummer würde er heuer garantiert den deutschen Comedy-Preis abräumen. Wenn ich aber nicht sofort durchfallen wollte, musste ich aus den wenigen Ankerbegriffen etwas zusammenschwurbeln, das einigermaßen in den Kontext passen könnte. Ich erinnerte mich an sein Standardwerk und startete mit einer Kurzzusammenfassung des ersten Kapitels.

„Um das Phänomen tiefgehend zu erklären", fing ich an, „ist es sinnvoll, zunächst ein Verständnis von Sozialisation, elterlichem Erziehungsstil und dem Einfluss von Freundeskreisen auf die zu lösenden Entwicklungsaufgaben in der Pubertät herzustellen." In diesem Stil machte ich weiter und führte alle Aspekte kurz aus. Mein Vortrag wurde nicht unterbrochen. Kuzmanov stellte auch keine Zwischenfragen. Nachdem er etwa sieben Minuten gelauscht hatte, währenddessen er seine Brille putzte und unruhig auf dem Stuhl hin und her rutschte, unterbrach er mich.

„Danke, danke, Herr Mausbrenner. Das langt. Wir sehen, dass Sie sich eingehend mit der Thematik auseinandergesetzt haben. Mögen Sie etwas ergänzen?", fragte er meine Sitznachbarn. Da diese darauf verzichteten, setzte Kuzmanov sein skurriles Theater samt Namensverwechslung bei Walter fort.

„Dann kommen wir sogleich zur zweiten Frage. Herr Kinz…, äh, Künzle: Wenn Sie nun an den Ausführungen von Herrn Moosbrenner anknüpfen, inwiefern könnte Adoleszenz …", unverständliches Gebrabbel, „… besonders wenn Sie berufliche … ungeachtet der Konsequenzen?"

Walter zog sich ebenfalls einigermaßen aus der Schlinge, aber zur dritten Frage hatte Mizzi leider keine passende Strategie parat. Sie ließ sich von der Fragetechnik ins Bockshorn jagen und stammelte nicht minder vor sich hin als der Professor. Zum Ausgleich rückte sie ihren imposanten Oberkörper von rechts nach links und wieder zurück.

Heute war ihr Oberbau trotz der Wintersaison in irgendetwas hellblau Luftiges aus halb durchscheinendem Material gehüllt, das ihren spitzenbesetzten, ebenfalls blauen Büstenhalter erahnen ließ. Diese Strategie versprach Erfolg. Kuzmanov wusste zusehends weder ein noch aus. Er suchte verzweifelt, jeglichen Blickkontakt mit dem barocken Augenschmaus zu vermeiden, betrachtete Garderobenhaken, Oberlichter, diverse Stuhl- und Tischbeine und zu guter Letzt seine Fingernägel. Unter dem Haargel verflüssigte sich zusehends seine Kopfhaut. Waren seine Fragen bereits zuvor konfus und unverständlich gewesen, so ergaben die nun von ihm geäußerten Satzfragmente überhaupt keinen Sinn mehr.

Nach zwei qualvollen Minuten erbarmte sich Frau Konzett seiner. Zuvor hatte es ihr sichtlich Vergnügen bereitet, beide Beteiligte zappeln zu lassen. Bloß jetzt nicht blöd grinsen! Das würde alles verderben. Die Professorin löste die Klemme souverän, indem sie das Gestammel ihres Kollegen in einem klaren Satz neu und verständlich formulierte. Daraufhin gelang es Mizzi, wenigstens einige sinnvolle Gedanken zu äußern. Nach einer kleinen Ergänzung ihrer Ausführung durch Albert und mich kam Albert als Letzter dran, schlug sich ehrenhaft, und dann war die Posse endlich vorbei.

Für die kurze Beratungszeit, während der Lehrkörper die Noten festlegte, wartete der Leerkörper draußen auf dem Flur. Dann wurden wir reingebeten und Kuzmanov verkündete das Ergebnis. Mizzi langte die Hilfestellung von Frau Konzett noch, um wenigstens mit ‚Ausreichend' bestehen zu können. Walter bekam ein ‚Gut', Albert ein ‚Befriedigend' und ich ein ‚Sehr-gut-minus'. Dabei hoffte ich, dass Kuzmanov meine Note wenigstens dem richtigen Familiennamen zuordnete. Frau Konzett würde sicher die Unterlagen korrigieren, wenn sie die Rolle als Protokollantin als genauso wichtig ansah wie alle ihre hochschulischen – und ich schätzte auch: sonstigen – Aufgaben. Letztlich waren alle mit dem Ergebnis zufrieden, Frau Professor Konzett auch, denn während der abschließenden Fragerunde hatte sie sich krampfhaft auf das Protokoll konzentriert und nicht links noch rechts geschaut. Schätzungsweise war ihr der merkwürdige Auftritt ihres Kollegen ein wenig peinlich. Oder sie musste sich ebenfalls des Grinsens erwehren.

Beim Verabschieden beglückwünschte sie mich und fragte kurz mit einer Standardphrase, wie es denn so ginge. Ich versicherte, alles sei bestens und bedankte mich bei ihr, wobei ich sie breit anstrahlte. Frau Professor Konzett interpretierte die Signale richtig und freute sich sichtlich für unsere Familie, was mir sehr gut tat.

Anschließend wollten wir drei Jungs uns ein Erfolgsbier in einem naheliegenden Restaurant genehmigen. Was Mizzi Furtbichler von mir wollte, prägte sich körperlich ein. Als wir den Prüfungsraum verließen, strebte sie seitlich im Türrahmen an mir vorbei, nicht ohne mir ihre beiden hervorstechenden Merkmale trotz meiner Ausweichbewegung erfolgreich in die Rippen zu bohren.

„Tschuldigung", meinte ich.

„Nichts passiert. Leider." Ihre Anspielung und Anmache war primitiv, ließ aber die Studienkollegen aufhorchen. „Wollen wir nicht irgendwo was essen gehen und die nächste Nachprüfung in Statistik vorbereiten? Ich hab dir ja gesagt, ich wäre riesig froh, wenn du mir in dem Fach ein bisschen Nachhilfe gibst. Das lässt sich sicherlich irgendwie ausgleichen."

Die Aussicht, von Mizzi Furtbichler ausgleichende Nachhilfe in Anatomie zu bekommen, hatte durchaus etwas Reizvolles für sich, leider schlug mein Herz für eine andere, und der Rest des Körpers folgte dieser Einsicht. Vielleicht bot sich aber die Möglichkeit, Mizzis Nachhilfestunden an Albert oder Walter abzutreten und ihnen damit etwas Gutes zu tun. So ließ ich es auf einen Versuch ankommen; den Spaß wollte ich mir nicht entgehen lassen.

„Weißt du, ich habe momentan Probleme mit der Familie. Muss außerdem noch jeden Abend bis Mitternacht im Hotel arbeiten, um den Lebensunterhalt zu verdienen. Walter und Albert sind genauso gut in Statistik. Kann mir vorstellen, einer von beiden würde dir sicher gerne helfen."

„Na klar. Allzeit bereit." Walter nahm meinen Steilpass an und legte zum Torschuss auf.

Albert war von den Socken und sagte überhaupt nichts. Die Professoren zogen inzwischen an uns vorbei und ignorierten geflissentlich unser Gespräch. Und zu Mizzi gewandt fuhr Walter fort: „Ja, wenn du Lust hast, können wir gerne gleich mal in unsere Terminkalender schauen und uns für später verabreden."

„Ja, am einunddreißigsten Februar, falls du dann Zeit hast. Träum weiter, Pinocchio!"

Torschuss mit grandioser Parade abgewehrt. Und damit stöckelte Mizzi auf ihren dem Wetter keineswegs angepassten Stiefeletten davon. Wir blickten ihrer rückwärtigen Ansicht aus rein akademischer Neugierde hinterher, bis sie im Lift verschwunden war.

Ich feixte und bekam mich kaum ein: „Pinocchio! Huhu! Sag Pinocchio: Woher weiß sie das? Kennt ihr euch schon intimer, Pinocchio?"

Walter reagierte unverständlicherweise etwas gefrustet: „Dödel! Schwachkopf! Wir kennen uns leider *nicht* näher. Ich schätze, da kam eben bei ihr ein vordringlicher Wunsch unterschwellig zum Ausdruck. Unsere Psyche ist ein kleiner Wunderkasten, wie Frau Professor Grafl immer zu sagen pflegt, und stets für eine Überraschung gut."

Endlich erwachte Albert aus seiner erektilen Erstarrung und trug seine Beobachtung zur Fachdebatte bei: „Habt ihr den Kuzmanov gesehen? Der wusste überhaupt nicht, wo er hinschauen sollte."

„Wenn die Konzett nicht eingesprungen wär, wäre er glatt auf dem Stuhl dahingeschmolzen", meinte Walter.

„Egal, Jungs. Wollen wir nun was trinken gehen oder nicht?" Ich machte Dampf, weil bei mir ein weiterer Termin anstand. Wir gingen dann schnurstracks ins Restaurant und kauten die Prüfungssituation durch wie alte Kameraden ihre Kriegserlebnisse beim Veteranentreffen. Dabei hatten wir mächtig Spaß, denn Albert konnte das Gestammel von Professor Kuzmanov herrlich nachmachen, worauf wir drei vor Lachen schier unter den Tisch rutschten und unsere Tränen mit Papierservietten abwischen mussten. Ich schaute mich verstohlen um, ob zufällig jemand aus der Fachhochschule im Restaurant wäre, der unser Kabarett mitbekäme, konnte aber zum Glück keinen Bekannten entdecken.

Ein Telefonat riss uns aus unserer postpubertären Euphorie. Mein Handy zeigte einen Anruf von Alfi. Na, den nahm ich natürlich an, verabredete mich nach zwei weiteren kurzen Telefonaten mit Karl-Heinz und ihm und verabschiedete mich von den Prüfungsgenossen. Eine halbe

Stunde später trafen Alfi und ich in Karl-Heinz' Studentenbude ein. Alfi übermittelte spannende Neuigkeiten, nämlich die Lösung der verschlüsselten SMS-Texte.

„Hier, ihr Banausen. Da habt ihr euren Salat."

Er schmetterte eine giftgrüne Plastikmappe auf den Tisch. Karl-Heinz grabschte sogleich danach und zog drei Seiten hervor.

„Lass mal sehen", sagte ich zu ihm. Dabei rutschte ich auf seinem Bett näher an ihn heran.

Wir betrachteten die Papiere. Absatz für Absatz waren nur Zahlen darauf abgebildet. Zuerst kamen stets längere Ziffern, die aufgrund der Vorwahlen aus dem Vierländereck unschwer als Telefonnummern zu identifizieren waren. Wahrscheinlich handelte es sich dabei um Anschlüsse, von welchen aus die SMS-Texte gesandt wurden. Nach einer Leerstelle folgten zwei Buchstaben und nach einer weiteren jeweils vier- oder fünfstellige Zahlen. Im nächsten Absatz wiederholte sich das Schema mit zwei Buchstaben hinter der Telefonnummer, nur, dass nicht stets dieselben vier- und fünfstelligen Ziffern vorkamen und sich die Rufnummern oft wiederholten. Mir fiel noch etwas ins Auge.

„Schau, die vier- und fünfstelligen Zahlen steigern sich von Absatz zu Absatz, und zwar immer in Bezug auf dieselbe Buchstabenkombination", sagte ich zu Karl-Heinz.

Alfi höhnte: „Fällt dir das auch schon auf, Alter?"

„Du hast gut lachen", antwortete ich ihm, „schließlich hattest du massig Zeit, dich mit dem Ergebnis zu beschäftigen, und wir gucken erst zwei Minuten drauf."

Karl-Heinz grübelte laut über die Bedeutung der Ziffern: „Was kann das bedeuten? Bist du sicher, Alfi, das ist die richtige Übersetzung?", fragte er unseren Computer-Nerd.

Der fühlte sich, wie immer, wenn Karl-Heinz scheinbar an seiner Kompetenz zweifelte, sofort persönlich angegriffen. Wenn das so weiterging, sah ich für ihr gemeinsames Start-up schwarz.

„Das ist keine *Übersetzung*, Alter, sondern eine Dechiffrierung. Wie oft muss ich dir das denn noch beipulen? Vorher waren nämlich nur Zahlen vorhanden, ohne Leerstelle und Absätze."

„Piepegal. Ist das nun die einzige Lösung oder nicht?", legte Karl-Heinz nach.

„Die einzige, die Sinn macht", sagte Alfi.

Ich wagte mich an eine Interpretation: „Also für mich sieht das aus wie eine Versteigerung bei Sotheby's. Der Auktionator preist über eine ein- oder zweistellige Nummer den Artikel an und sendet ihn so an sein Publikum. Die Kontaktpersonen überbieten sich, bis das höchste Gebot steht. Das könnten Euro sein. Dann preist der Auktionator den nächsten Artikel an. Die einstelligen Ziffern kommen alle vom selben Handy, wahrscheinlich Dimundis Smartphone. Die vier- und fünfstelligen kommen stets von einer kleinen Zahl anderer Handys. Schau: hier. Und hier."

„Was soll'n das Ganze?", fragte Alfi.

Ich wollte ihm, wie zwischen Alex, Karl-Heinz und mir vorher verabredet, nur begrenzt reinen Wein einschenken und improvisierte daher eine kleine Geschichte: „Denke, das hängt mit Dimundis Plagiat zusammen. Schätzungsweise verkauft er abgekupferte Master- und Doktorarbeiten an Meistbietende. So wie er vielleicht die eigene Doktorarbeit erworben hat."

Die Story war dünn; ich hoffte, Alfi würde sie abkaufen. Doch er ging nicht auf den Inhalt der Geschichte ein, sondern auf deren Form: „Ihr habt dem echt sein Smartphone angezapft? Hätt' ich euch nicht zugetraut", grinste er anerkennend.

‚Sieh an, so leicht kann man als Psychologe in der Gunst eines Informatikers steigen', dachte ich, ‚man muss nur etwas Kriminelles mit dem Computer anstellen.' Laut antwortete ich: „Na ja, sag's bitte nicht weiter."

Offensichtlich hatte ich damit Alfis Hacker-Ehre angekratzt. Er reagierte echt empört: „Wie könnte ich? Wir halten in der Szene *alle* zusammen. Und irgendwie gehört ihr jetzt wohl auch dazu."

Auf diese Vereinsmitgliedschaft war ich nicht unbedingt stolz. Wusste auch nicht, wie es Karl-Heinz damit erging, wollte aber keinesfalls Alfi vor den Kopf stoßen und schloss das Thema daher mit einem finalen Kommentar ab: „Okay, dann sind wir uns einig. Bekommst du jetzt noch was für die Dechiffrierung, oder reichen die Zweihundert von neulich?"

„Die reichen, Alter. Hat weniger lang gedauert als beim ersten Mal. Und ich hab's auch für euch getan. Ihr seid irgendwie ganz in Ordnung. Hätt ich euch *wirklich* nicht zugetraut. Nu muss ich los. Hab noch Termiten abzufackeln."

„Hä?", Karl-Heinz bekam ausnahmsweise nichts mit.

„Er meint Termine. Die hat er abzuwickeln", klärte ich ihn auf.

„Blödquatscher", grinste Karl-Heinz Alfi an und klatschte mit ihm ab. Alfi übergab uns einen Stick, auf dem die Zahlenkolonnen gespeichert waren, und zog von dannen. Karl-Heinz und ich überlegten daraufhin, was wir nun mit der Info machen sollten. Da sie ebenfalls illegal erworben worden war, konnten wir uns niemandem offenbaren. Andererseits könnten die vermuteten Telefonnummern und der Akt an sich für die Polizei eventuell von Nutzen sein, zumindest, um das Netzwerk von Dimundi weiter zu beobachten und es irgendwann vielleicht regulär zu überführen. Wir beschlossen, Alex um kriminalistischen Rat zu fragen.

In einem kurzen Telefonat schlug sie vor, den Text am Montag wie das bisherige Dossier anonym an Abteilungsinspektor Leipoldsheimer zu senden, nicht jedoch an den Reporter, und ein paar erläuternde Sätze hinzuzufügen. Die Polizei könnte sicher damit etwas anfangen, auch wenn der Text juristisch unbrauchbar sei. So setzten wir es dann um. An Software zum Anonymisieren und an USB-Sticks mangelte es nicht. Während Karl-Heinz den Stick vorbereitete, verfasste ich einen erläuternden Text. Mein Freund anonymisierte schnell die Datei, kopierte sie auf den Stick und verpackte ihn als kleines Päckchen, das er Montagfrüh per Einschreiben zur Post bringen würde.

Dann musste ich aufbrechen, weil ein weiterer Termin auf mich wartete: „Ich hab auch noch 'ne große Termite auf meinem Plan – du weißt schon. Pfüeti, mach's gut."

„Ruf mich an, wie es gelaufen ist", sagte Karl-Heinz.

„Klar."

Dann zog ich ab. Zum nächsten Termin bei Rektor Zehentner. Für fünfzehn Uhr konnte ich vorgestern bei ihm ein halbstündiges Gespräch erwirken. Das ist kurzfristig oft schwieriger, als bei Bill Gates vorgelassen zu werden, denn Rektor Zehentner galt auf dem Gebiet des Hochschulmanagements, speziell im österreichischen Fachhochschulsektor, seit über fünfzehn Jahren als anerkannte Kapazität. So lange amtierte er nämlich schon, wurde vom Kollegium alle vier Jahre wiedergewählt, weil er innovativ, kollegial, repräsentativ und politisch geschickt agierte und damit stets das Votum der Hochschulvertreter aus Dozenten- und Studentenschaft erlangte. Als Hochschul-Kapazunder hatte er neben dem alltäglichen Geschäft amtliche und ehrenamtliche Vor- und Beisitzposten inne und war gefragter Diskussionspartner auf Konferenzen und in Expertenrunden. Entsprechend selten bekamen deshalb Studenten bei ihm einen

Termin. Wie ich ihn sprechen wollte, entsprach nicht dem offiziellen Regulativ; dafür war eigentlich nur die gewählte studentische Vertretung legitimiert. Ich hatte den Rektor durch ‚Dringlichkeitsstufe eins' geködert.

Seiner Sekretärin teilte ich mit, es ginge um nichts Geringeres als um den guten Ruf unseres Hauses in der allgemeinen Öffentlichkeit wie auch in der ‚Scientific Community', wie sich die Wissenschaftsgesellschaft anglizistisch standesbewusst bezeichnet. Den Inhalt könne ich aus gravierendem Anlass nur dem Herrn Rektor persönlich mitteilen, und zwar möglichst rasch, bevor die Presse etwas davon aufschnappt. Er möge mir bitte in dieser Hinsicht vertrauen. Bald nach meiner versteckten Drohung bekam ich eine halbe Stunde bei ihm zugesprochen, die ich auch geschickt zu nutzen gedachte.

„Grüß Gott, Herr Moosburger! Worum geht es denn?"

Rektor Zehentner blickte mich Aug in Aug fest an. Wir waren etwa gleichgroß und schüttelten die Hände. Er hatte silbergraues, halblanges Haar und trug eine randlose ovale Brille. Hervorstechendes Merkmal war seine lange, geschwungene Nase, die mit der Brille obendrauf an einen Uhu erinnerte. Outfit und Habitus stellten lässige Eleganz zur Schau, ohne im Geringsten eitel zu wirken: Unaufgeregtes akademisches Understatement in senffarbenem Anzug mit hellgrauem Hemd, das in den Boutiquen garantiert sein halbes Monatsgehalt verschlungen haben dürfte. Er würde sicher gleich zum Punkt kommen, denn Zeit interpretieren auch Professoren als geldwerte Einheit. Seinen Stundensatz, den er bei lukrativen Nebentätigkeiten erhebt, würde ich gerne einmal als Tageslohn bekommen.

„Grüß Gott, Herr Rektor. Schön, dass Sie kurzfristig Zeit für mich haben. Es ist wirklich für die Hochschule wichtig, sonst hätte ich nicht Ihre Sekretärin um einen raschen Termin gebeten."

„Dann nehmen Sie doch bitte Platz und schießen los."

In meinem Rucksack steckten zwei Ausdrucke des Plagiat-Protokolls von Alfi über Dimundis abgekupferte Doktorarbeit sowie das Schriftstück in der EDV-Version auf einem Stick. Ich kramte alles hervor und legte den Stapel Papier vor mir auf den Tisch.

„Darf ich bitte vorab von der Vertraulichkeit unseres Gesprächs ausgehen? Bitte lassen Sie in diesem Fall meinen Namen aus dem Spiel, bis die Sache offiziell geworden ist. Das wäre sicherer, falls ich mich irre."

Ich musste unbedingt vermeiden, dass Dimundi erneut von mir Wind bekam, solange er noch auf freiem Fuß agieren konnte.

„Selbstverständlich. Sie haben mein Wort. Es scheint sehr bedeutsam zu sein. Bitte!"

Ich spulte mein Garn ab: „Zwei Kommilitonen und mir ist da etwas aufgefallen, das, wenn es tatsächlich wahr ist, den Ruf unserer renommierten Fachhochschule nachhaltig schädigen könnte. Wir sind uns bei der Sache ziemlich sicher. Wir halten sie für ausreichend wichtig, um sie offiziell mitzuteilen, damit Sie entscheiden können, wie das zu handhaben ist."

Rektor Zehentner unterbrach mich trotz meiner umständlichen Einleitung nicht, nickte nur kurz.

„Tja. Ich sage es direkt: Mit hoher Wahrscheinlichkeit sind große Teile der Dissertation von Professor Dimundi ein Plagiat."

Zehentner schaute mich zuerst überrascht, kurz darauf sehr eindringlich an: „Das ist eine äußerst schwerwiegende Anschuldigung, Herr Moosburger. Wissen Sie, was Sie da vorbringen? Wenn es nicht wahr sein sollte, zerstören Sie nicht nur den makellosen Ruf eines überaus geschätzten Kollegen. Auch den unseres Hauses. Etwas bleibt nämlich immer an einer Nachrede hängen. Sicher haben Sie dabei bedacht, dass auch *Ihr* Ansehen in der Scientific Community nachhaltig darunter leiden würde."

Womit ich mir im Fall der Unwahrheit den akademischen Abschluss ebenso in die Haare schmieren konnte wie eine darauf aufzubauende Karriere. Natürlich hatte er recht, denn die Spuren, die der Skandal über Jahre hinweg im Internet hinterlassen würde, wären kaum zu löschen und würden mich, Alex und Karl-Heinz, so ich meine Freunde in der Sache anführte, bei jedem potenziellen Arbeitgeber auf Jahre hin brandmarken.

„Wir haben das sorgfältig geprüft und einen Scan der Dissertation über eine Prüfungs-Software und zugleich über ein deutsch-englisches Übersetzungsprogramm laufen lassen. Gemäß der Software stammen weite Teile der Dissertation von einer bedeutend älteren US-amerikanischen Arbeit, die hier bei uns kaum einer kennt. Ich kann Ihnen das anhand der Überprüfung belegen. Minutiös. Stelle für Stelle. Nun sind meine Freunde und ich keine Experten auf dem Gebiet interkultureller Forschung. Doch ich denke, das Indiz dürfte Anlass genug für die Fachhochschule sein, im Hintergrund eine anerkannte Expertise zu beauftragen und damit zu einem profunden Gesamturteil zu kommen."

Mit diesen Sätzen schob ich ihm einen der beiden dicken Auszüge des Prüfprotokolls über den Tisch.

„Ach ja", fügte ich an, „ich kann Ihnen das Dokument auch als Textdatei geben", und legte den Stick auf den Papierstapel.

Rektor Zehentner erwiderte zunächst nichts und blätterte stattdessen geschlagene zehn Minuten im Ausdruck hin und her, las einige Passagen, blätterte vor und zurück, las andere Passagen und griff dann unerwartet zum Telefon.

„Frau Schulenbach, bitte ordern Sie doch möglichst rasch über unsere Bibliothek die folgende Arbeit für mich, die ich Ihnen nun nennen werde: ‚International Aspects of Intercultural Behaviour in Migrant Societies. – Ja, Sie haben richtig gehört ‚Migrant Societies'. Es kommt noch ein Untertitel hinzu. – A Qualitative Focus on Socialization and Capitalization of Hispanic Citizens'. … Ja, zu meinen Händen. Persönlich. Dankesehr."

Dann blickte er mich erneut ernst an. „Ich will einem profunden Fachurteil nicht vorgreifen, aber Sie haben Recht getan, in der Angelegenheit sogleich zu mir zu kommen. Mein erster Eindruck könnte die von Ihnen genannte Richtung bestätigen. Wenn die amerikanische Arbeit vorliegt, werde ich mir zuerst persönlich ein Bild machen. Wird der erste Eindruck verdichtet, sehen wir weiter."

Erstaunlich, wie er mit ausweichenden Formulierungen über den Tatbestand sprach, das Plagiat als solches oder den Namen von Dimundi dabei nie direkt nannte. Wahrscheinlich war das eine Art Selbstschutz, weil er zwar meine Ansicht fürs Erste in etwa teilte, aber deren unausweichliche Konsequenz noch nicht wahrhaben oder sich auch in einem Vier-Augen-Gespräch nicht festlegen wollte. Ich wurde durch die Anweisung des Rektors an seine Sekretärin ein wenig verunsichert und ärgerte mich im Nachhinein, dass wir nicht vor diesem Termin die amerikanische Arbeit bestellt und zur eigenen Absicherung mit Dimundis Doktorarbeit verglichen hatten. Stattdessen vertrauten wir blind Alfi und seinen Kabinettstückchen, die außer ihm kaum einer nachvollziehen konnte. Hoffentlich würde sich unser Vorgehen nicht als Bumerang erweisen.

Unbedingt musste ein möglicher Schadensfall für uns abgemildert werden. Ich versuchte es mit einer Art Kotau: „Tja, ich hoffe natürlich auch, dass sich der Verdacht als haltlos erweist. Gar nicht vorzustellen, dass ein Lehrkörper unserer renommierten Hochschule so etwas getan haben soll. Aber, wie gesagt, ich hielt die Sache für ausreichend wichtig, um sie Ihnen sofort mitzuteilen. Es weiß sonst niemand davon. Darum bin ich eben direkt zu Ihnen als dem höchsten Repräsentanten unserer Fachhochschule gegangen. Falls sich das Plagiat als Irrtum herausstellt, würde nur ich in Ihren Augen als übereifrig dastehen. Mehr wäre dann nicht passiert. Weil die Sache so wichtig ist, will ich das gerne riskieren."

Der Rektor war Politiker genug, um nicht in die Falle zu tappen, mir ein gefischtes Kompliment zu erteilen. Stattdessen bohrte er mit ausdrucksloser Miene nach: „Sagen Sie, Herr Moosburger, wie sind Sie überhaupt auf die Idee gekommen, Arbeiten miteinander zu vergleichen, und wie haben Sie das angestellt?"

Die Frage konnte mich nicht schocken. Sie lag bereits vorab offensichtlich auf der Hand, weswegen ich die längst vorbereitete Antwort auch ohne zu zögern darlegen konnte: „Wir haben im ersten Semester Grundlagen wissenschaftlichen Arbeitens nahegebracht bekommen und in eigenen Seminararbeiten umgesetzt. Jemandem ist dann in einer bierseligen Runde eingefallen zu schauen, inwiefern unser Lehrkörper sich ebenfalls an die Regeln hält. Ich glaube, das hat damit angefangen, dass wir Bücher von unseren Dozenten als Vorlage und Beispiel zum Zitieren benutzt und verglichen haben. Dabei sind Fragen aufgetaucht, die wir klären wollten. Jemand anderes hat dann von einer Software gehört, die Arbeiten prüfen kann und mit Seiten aus dem Internet und anderen Quellen vergleicht. Und dann gab ein Schritt den nächsten. Wir haben zuerst mit unseren eigenen Arbeiten angefangen und dann andere geprüft."

„Um welche Software handelt es sich dabei?" Rektor Zehentner ließ nicht locker. Hier musste ich ihn ausbremsen.

„Keine Ahnung. Ich bin kein Software-Spezialist. Hab ausschließlich den wissenschaftlichen Teil der Sache übernommen."

Anscheinend stellte ihn die Antwort nicht zufrieden: „Wären Sie bitte so nett und bekommen für mich heraus, um welche Software es sich handelt? Vielleicht kann sich das insgesamt für die Hochschule als nützlich erweisen."

„Na klar, mache ich gerne. Ich schicke Ihnen eine E-Mail."

„Vielen Dank. Dann gehaben Sie sich wohl. Und vielen Dank auch für Ihren Hinweis. Sie haben richtig gehandelt. Ich komme gegebenenfalls demnächst auf Sie zu. Bitte halten Sie sich für Folgegespräche zur Verfügung. Ich darf doch mit Ihnen rechnen?"

Nachdem ich seine rhetorische Abschlussfrage bejaht hatte – eine andere Möglichkeit gab es nicht, da die Frage einem versteckten Befehl gleichkam –, entließ mich Rektor Zehentner endlich. Unsere Sitzung hatte deutlich länger als eine halbe Stunde gedauert, also durfte ich davon ausgehen, dass mein Anliegen für ihn ausreichend bedeutsam gewesen sein musste.

In zwei knappen Telefonaten informierte ich Karl-Heinz und Alex während der Heimfahrt über den aktuellen Stand. Beide bestätigten, wie bedeutsam das Gespräch für uns gewesen war. Nun hatten wir die offizielle akademische Maschinerie in Gang gesetzt. Sie würde zunächst im Hintergrund agieren, dann ihr Mahlwerk unbarmherzig betätigen und jemanden zermalmen, der es verdiente. Und es war mir gelungen, die Freunde herauszuhalten. Käme man später auf die Idee, entlang der Via Akademia Lorbeerkränze zu verteilen, würden sie sicher auch einen abbekommen.

27. Aufwärts

Der Aufstieg fiel heute deutlich schwerer als vor Kurzem. Nach über zwei Stunden bergauf mit Schneeschuhen an den Boots, Teleskopstöcken in den Händen, Lawinenausrüstung und weiteren nützlichen Dingen im Rucksack, darüber den behelfsmäßigen Tragegurt inklusive Snowboard, stapfte ich erneut die Gondelspur zum Ski-Ressort ‚Snow-White' hinauf und kam mächtig ins Schnaufen. Hatte nicht mit der merklichen Belastung durch das ungewohnte Zusatzgewicht gerechnet. Tiefer Schnee, eine breitschultrige Stapftechnik mit den Schneeschuhen und der permanent steile Anstieg trugen das Ihre zur Herz-Kreislauf-Beanspruchung bei. Doch der Adrenalinüberschuss trieb mich unbeirrbar voran.

Breits um sechzehn Uhr, weit vor dem geplanten Treffen, war ich losgegangen, um deutlich vor allen anderen oben zu sein. Doch ich unterschätzte die zusätzliche Last und die Strecke. Für die Hälfte des Anstiegs benötigte ich diesmal bereits zwei Stunden. Um mich nicht zu übernehmen, legte ich an erprobter Stelle fünfzehn Minuten Pause ein. Dort schnallte ich meine Lasten ab, pieselte hinter einer Tanne, aß und trank ein wenig vom mitgebrachten Proviant und setzte dann die Tour fort. Inzwischen stand der annähernd kreisrunde Vollmond am Himmel; kein Wölkchen war zu sehen, und so erkannte ich auch ohne Stirnlampe den Weg – wenn man die Schneise mit den verschneiten Baumstümpfen überhaupt als Weg bezeichnen konnte.

Für den heutigen Samstagabend hatte ich vorgebaut und mich auf der Arbeit mit einer fadenscheinigen Ausrede von einer beginnenden Grippe entschuldigt. Meine Mutter bat ich, die Ausrede zu unterstützen, weil ich unbedingt mit Freunden auf ein Rockkonzert nach Tirol fahren und dort übernachten wolle. Mit Onkel Jodok hatte ich das telefonische Meldesystem verabredet.

Um unbemerkt zum Ski-Ressort zu gelangen, hatte ich den Polo wohlweislich einen Kilometer vor der Talstation hinter einem Bauernhof geparkt. Zur Gondelschneise führte ein parallel zur Straße verlaufender Waldweg, der für den Tourismus als Winterwanderweg geplant war. Ich trug mein Board unter dem Arm und grüßte zwei bis drei Hetero-Pärchen mittleren Alters mit Wintersportbekleidung, die mir auf der Strecke entgegenkamen. Durch ihre Art, ‚Hallo' zu sagen, anstatt mich mit dem landesüblichen ‚Servus' oder ‚'n Oabat' zu begrüßen, entpuppten sie sich als Touristen. Von denen sollte eigentlich keine Gefahr ausgehen. An einheimische Spinner, die am späten Nachmittag voll ausgerüstet unterwegs waren, würden sie hoffentlich keinen weiteren Gedanken verlieren.

Stattdessen hing ich nun während der Verschnaufpause auf halbem Anstieg Zweifeln nach. Mein innerer Dialog mit dem Über-Ich mahnte mich zur Eile, verkürzte aber auch die Aufstiegszeit. Nach einem knappen Statusreport beim Onkel zog ich ein weißes Leintuch über, das ich mir zu Hause wie einen Poncho zurechtgeschnitten hatte. Das Tuch bedeckte die Ausrüstung bis zur Hüfte. Darüber kam der selbstgezimmerte Tragegurt. Über Kopf und Gesicht zog ich eine Skimaske und setzte, obwohl ich sie nicht benötigte, eine Schneebrille auf. Beides hielt perfekt die Kälte ab.

Tatsächlich kam ich erst nach viereinhalb Stunden am Fuße der Mittelstation an. Die Stelle hatte ich bereits beim letzten Mal genutzt, um das Terrain zu sondieren, so auch jetzt. Zunächst stellte ich die Standleitung zum Onkel her, dann suchte ich mit dem Feldstecher jedes Gebäude, jede Geländeformation, jeden Baum im Umkreis ab … nichts. Konnte ich es nun wagen, am Rand des Dorfplatzes weiterzulaufen? Irgendwann musste es sein, also trieb ich mich rasch zu den nächsten Schritten an. Da ich das Snowboard nicht mitnehmen wollte, suchte ich eine Stelle, wo ich es bis zur Abfahrt verstecken konnte.

In den letzten Tagen hatte ich mir das Gelände im neuen Ski-Ressort über ein älteres Satellitenbild und eine Wanderkarte intensiv eingeprägt. Die von der Umgebung geschossenen Fotos waren dafür auch hilfreich gewesen. Die geplante Talabfahrt begann am unteren Rand des Dorfplatzes. Wo die Piste vor dem gut ausgebauten Waldweg neunzig Grad nach unten abzweigt, wollte ich das Snowboard unterbringen.

„Bin auf Positionssuche fürs Board. Over", flüsterte ich ins Mikro. Onkel sollte wissen, was ich im Einzelnen unternahm. Ich setzte die Stirnlampe auf, schaltete sie ein und stapfte im Wald parallel zur Piste bergab. Schritt für Schritt kurvte ich etwa fünfzig Meter um mittelgroße Nadelbäume herum. Dann löste ich die Halterung des Snowboards. Das Brett stopfte ich tief in den Schnee unter die ausladenden Äste einer kleinen Fichte, die Gurte anschließend in den Rucksack. Auf den ersten Blick war nur der aufgewühlte Schnee meiner Spur und der von den Zweigen heruntergefallene Schneebelag zu erkennen. Zwecks Tarnung pieselte ich noch vor die Fichte; man kann nie wissen.

„Brett verstaut. Suche Unterstand. Over."

Den Rückweg trat ich mit ausgeschalteter Stirnlampe über die geplante Piste an, nicht ohne mir vorher jene Stelle am Waldrand einprägt zu haben, an der mein geliebtes Brett versteckt war. Dann suchte ich den Baubereich mit dem nachttauglichen Fernglas ab. Immer noch niemand zu sehen. Entweder tarnten sie sich wie sibirische Partisanen, oder es war außer mir tatsächlich niemand unterwegs. Nun musste ich nur noch einen geeigneten Unterstand finden. Langsam wurde es Zeit, denn inzwischen war es bereits gegen halb Zehn, und ich wollte auf mein nächstes Ziel nicht direkt zugehen, um auffällige Spuren zu vermeiden.

Als geeigneten Beobachtungsposten hatte ich vorab einen der oberen Hotelbauten am Hang ausgesucht, einen mittelgroßen Rohbau mit drei Stockwerken, seitlichen Anbauten und großer Terrasse. Das Hotel war links neben der oberen Abfahrt ins Gelände gepflanzt. Zum Haus stapfte ich hundert Meter an der Waldkante hoch, wobei ich bereits vom Dorfeingang aus eng an der Kante lief – nun im Uhrzeigersinn – um direkte Spuren über den Platz zu vermeiden. Ich hoffte, niemand würde meine Tapser entdecken, denn in der sternenklaren Nacht prägte sich jeder Tritt bis zum kommenden Schneefall unweigerlich ein. Daher stieg ich hundert Meter höher als nötig, denn ich wollte den Bau unbedingt von oben her erreichen.

„Am Unterstand angelangt. Suche Eingang. Over."

Wie vermutet, befand sich auf der Rückseite ein Hintereingang und die Abfahrt einer Tiefgarage. Ich inspizierte die Garage, kam aber bei der verschlossenen Brandschutztür zum Treppenhaus nicht weiter. Natürlich waren noch keine funktionsfähigen Elektroleitungen angeschlossen, so dass der Aufzug nichts nützte. Also musste ich anders ins Haus gelangen.

Der Hintereingang war ebenfalls verschlossen. Das war zu erwarten; sie würden ihre Bauten über den Winter kaum für neugierige Schneewanderer offen stehen lassen. Aber wie kam ich nun wirklich ins Haus?

Letztlich ging es durch eine Fensteröffnung, denn Scheiben waren noch nicht eingesetzt. Die Fensterrahmen waren aber mit einer undurchsichtigen blauen Plane aus widerstandsfähigem Plastik schneesicher abgedeckt. An die Fenster kam man allerdings nicht so einfach heran, weil sich um das Gebäude ein etwa drei Meter tiefer und zwei Meter breiter Graben zog, der vermutlich für Kabel- und Rohrleitungen angelegt war. Abgesehen vom steilen Graben würde ich vom Boden aus garantiert kein Fenster im Erdgeschoß erreichen können. Aber ich entdeckte eine Alternative.

Vor dem Graben war das Gelände schwer zerklüftet. Bauaushub zeichnete sich unter der Schneedecke ab. An der rechten Ecke des Gebäudes stapelte sich eine brusthohe Lage längerer Bretter, die mir für den Einstieg geeignet erschienen.

Mit flachem Arm fegte ich den Schnee vom oberen Brett, zerrte es so gut es ging in Richtung hinterstes Fenster. Der heftigste Teil bestand darin, das Brett aufzunehmen und auf die plastikverhangene Fensterbank zu schieben. Inzwischen war ich gut durchgeschwitzt. Lange durfte ich nicht in diesem Zustand verweilen, weil ich mich sonst gehörig erkältet hätte. Des Nachts verzeichneten wir immerhin heftige Minusgrade.

Es benötigte zwei Anläufe, bis das Brett festlag. Dabei ließ es sich nicht vermeiden, die Plastikverkleidung zu zerstören. Onkel Jodok musste wohl oder übel mein zweideutiges Hörspiel am Smartphone verfolgen, denn heftiges Atmen konnte ich nicht völlig unterdrücken.

„Brett auf Fensterbank platziert. Schöpfe Atem und versuche einzusteigen. Over."

Während sich der Atem langsam beruhigte, vernahm ich von unten ein rhythmisches hohes Piepen und anschwellendes Motorengeräusch. Das war eindeutig der Lärm einer Schneeraupe, die höchstwahrscheinlich den Waldweg heraufkam. Natürlich! Waldowitz-Leitner hatte im Marmorwerk angekündigt, er würde dafür sorgen, dass dieser Zugang für die Geländewagen der Gangster präpariert wird. Das musste es sein.

„Motorengeräusch von unten. Wahrscheinlich Schneeraupe. Verschwinde im Rohbau. Over."

Hatte ich zuvor Angst gehabt, im kontrastarmen Mondlicht mittels eines zwei Fuß breiten, rutschigen Bretts über einen drei Meter tiefen Graben zu balancieren, an dessen Ende mich ein mit getackerter Plastikplane überzogenes Fenster erwartete, so war die Angst im Nu verschwunden. Raus aus den Schneeschuhen. Den Rucksack abgeschnallt, die zusammengelegten Teleskopstöcke hineingestopft. Rucksack umgeschnallt. In jede Hand einen Schneeschuh genommen und dann breit balancierend über das Brett jongliert.

Mit dem scharfkantigen Metallteller unter dem Schneeschuh ritzte ich die Plane senkrecht an ihrer Außenkante auf, direkt neben den getackerten Stellen und brusthoch, so dass ich den Schneeschuh in den Raum werfen und mich, halb auf der Fensterbank sitzend, durch die entstandene Lücke schieben konnte. Innen angekommen, zog ich das Brett nach und legte es längs in den kahlen Raum.

„Bin drin. Over."

Keinesfalls durfte ich die Stirnlampe einschalten, jeder Idiot würde das Licht von außen bemerken. Darum wartete ich, bis sich das Auge an die düsteren Lichtverhältnisse gewöhnt hatte, und inspizierte dann das Erdgeschoß. Die Schneeraupe planierte inzwischen den weiter unten liegenden Dorfplatz. Augenscheinlich befand ich mich im hinteren Trakt eines Hotels mit geplanter Küche, Toiletten, Vorrats- und anderen Räumen. Nach vorne schloss sich über Eck ein großer Raum an, der durch den vorhandenen Thekenaufbau leicht als künftige Gaststube zu erkennen war.

„Gehe jetzt hoch, solange die Raupe am Dorfplatz arbeitet. Over."

Das dauerte noch etwa zehn Minuten. Durch das Motorengeräusch geschützt, stieg ich im Flur langsam die aus groben Holzbalken gezimmerte, geländerlose Behelfstreppe bis in den dritten Stock hinauf. Von einem langen Gang zweigten kleinere und größere Räume mit Duschkabinen und Toiletten ab. An beiden Stirnseiten des Gebäudes lagen vermutlich die künftigen Suiten: mittelgroße Appartements mit zwei kleinen Zimmern, einem Bad und einer großen Wohnküche. Alle Räume standen offen, da noch keine Türen eingebaut waren. Vor den Fensterlöchern hing die ominöse blaue Plastikplane.

Langsam wurde es Zeit, sich häuslich niederzulassen. Obwohl die linke Suite den strategisch besten Platz für eine Observation bot, bevorzugte ich eine weniger exponierte Lage in einem mittleren Zimmer. Als Erstes wechselte ich die verschwitzte Skiunterwäsche und die darüberliegende Schicht der Funktionswäsche durch mitgebrachte trockene Sachen und zog zwei weitere Lagen einschließlich des weißen Ponchos über. Sich bis auf die Haut umzukleiden war bei etwa minus zehn Grad einigermaßen sportlich, aber dringend notwendig.

Als Nächstes musste ich unbedingt einen Überblick bekommen und die Lage sondieren. Dafür ritzte ich mit dem Jagdmesser ein kleines Dreieck aus der Plastikplane, durch das der Feldstecher gut passte. Noch immer schob die Raupe Schnee beiseite und plättete den Untergrund. Sie war rechts am Dorfplatz angelangt; kleine Schneewälle türmten sich rings um ihn auf. Prima, denn somit waren meine Spuren vom Platz aus nicht zu entdecken.

Außer der Raupe konnte ich durch das Fernglas niemanden sehen. Ich zog mich zurück, trank und aß einen Teil des Proviants und fischte einen Polarschlafsack aus dem Rucksack. Er besteht aus lockeren Daunenfedern, lässt sich zu einem klitzekleinen Päckchen zusammenrollen und kann einer Temperatur bis minus fünfzehn Grad trotzen. In diesem Sack wollte ich es mir zwischenzeitlich so bequem wie möglich gestalten.

„Raupe zieht sich zurück. Ich mümmel mich ein und unterbreche die Verbindung, bis was passiert. Over."

Bei der Durchsage an den Onkel war es kurz nach elf. Noch vier Stunden. Mit dem Rucksack als Rückenpolster lehnte ich, tief im Schlafsack vergraben und dessen Kapuze über den Kopf gezogen, in einer Ecke nahe dem Fenster.

Während ich die Ruhephase auskostete und im Halbschlaf döste, kam ein ungewohntes Geräusch auf. Ein Blick auf die Uhr verriet, dass wir inzwischen die Geisterstunde überschritten hatten. Da ich nicht an Geister glaubte, ging jetzt wohl langsam der Spaß los. Also rief ich schnell noch einmal Onkel Jodok an.

„Höre neue Motorengeräusche. Bleibe verbunden und schaue nach, was los ist. Over."

Sicherheitshalber schälte ich mich nur halb aus dem Schlafsack und hüpfte wie beim Kindergeburtstag zum Ausguck. Zunächst war nichts zu entdecken. Geräusche drangen vom Waldweg herauf. Dann sah ich sie: Zehn Skidoos mit je zwei dunkel vermummten Gestalten und einer großen Gepäckrolle an Bord stoben auf den Dorfplatz. Die Schneefahrzeuge glichen einer Promenadenmischung aus Motorrad und Hundeschlitten. Die Szenerie erinnerte schwach an einen der schlechteren Bond-Filme.

Mitten auf dem Platz sammelte sich der nächtliche Sportclub. Seine Mitglieder führten knappe Dialoge, dann verteilten sich die Schneefahrzeuge über das Gelände, teils hinter Bauten, teils in Richtung Waldrand, teils hinter die Mittelstation. Keinesfalls handelte es sich dabei um die Ganoven, soviel war klar. Wie geplant, schien die Kavallerie ausnahmsweise nicht im letzten Moment einzutrudeln.

Anschwellendes Motorengeräusch verriet, dass ein Gefährt direkt auf meinen Unterschlupf zuhielt.

„Zwei kommen zum Unterstand. Ab jetzt Funkstille. Over."

Weg vom Fenster, schnellstens raus aus dem Schlafsack und das Zeug in den Rucksack gestopft. Um beweglich zu bleiben, schob ich Schneeschuhe und Rucksack hinter eine Palette Rigipsplatten und harrte am Rand der Tür kommender Ereignisse.

28. Attacke

Der Skidoo fuhr seitlich ans Haus. Das Motorengeräusch erstarb. Einen Moment lang war nichts zu hören; ich befürchtete, sie würden hinten herumlaufen, meinen Einstieg und später mich entdecken. Das wäre der Super-Gau und durfte nicht passieren, denn eine gute Ausrede kam mir für meine nächtliche Anwesenheit bei Minusgraden in einem Rohbau mitten in den Alpen nicht in den Sinn. Bestenfalls konnte ich mich auf eine blöde Wette herausreden, war von dieser Variante aber nicht wirklich überzeugt.

Dann vernahm ich, wie die vordere Eingangstür leise aufgeschlossen wurde. Die Einsatzleitung war anscheinend gut organisiert. Die Tür fiel sanft ins Schloss, und es entwickelte sich ein leiser Dialog, den ich von meiner jetzigen Position nicht wirklich verstehen konnte, daher schlich ich zum Treppenaufgang. Obwohl die beiden Personen sich Mühe gaben, verhalten zu sprechen, drang ihr abwechselndes Tuscheln einigermaßen verständlich den Treppenschacht herauf.

„… dauern. Das heißt, wir teilen uns am besten inzwischen weiter auf. Wir brauchen ja nicht gemeinsam hier warten." Eine weibliche Stimme versuchte ihr Pendant zu überzeugen.

Eine männliche Stimme antwortete: „Aber der Chef meint, die Teams sollen bis auf Widerruf zusammenbleiben. Das war eine klare Anweisung. Die gilt auch für dich, auch wenn du eine Sondergenehmigung hast, um hier mit deinem Chef mitmachen zu können."

Die weibliche Stimme tönte nun etwas lauter und eindringlicher: „Wir bleiben ja zusammen. Das musst du ja nicht auf den Millimeter wörtlich nehmen. Wenn wir uns im Haus verteilen, sind wir ja zusammen. Das heißt nicht, dass wir ja die ganze Zeit nebeneinander stehen und Händchen halten. Ich würd' ja zum Beispiel gerne nach oben gehen und alles sondieren. Du kannst ja hier unten Posten beziehen und auf das Signal zum Zugriff warten. Der dürfte sowieso frühestens in ein, zwei Stunden erfolgen. Außerdem bin ich ja in der Zwischenzeit sowieso wieder unten bei dir."

„Weißt du denn genau, wann es losgeht und um was es geht? Uns von der Cobra haben sie nichts Genaues erklärt."

„Uns auch nicht. Das ist für einen Großeinsatz unüblich. Scheint keine kleine Sache zu sein, soviel ist klar, sonst hätten sie euch ja nicht beauftragt. Sonst hätten sie ja auch kein Großaufgebot mit zwanzig Mann inszeniert – mich mal darin eingeschlossen. Schätze, euer Boss und unser Abteilungsleiter wissen genau, worum es geht. Ich geh' dann mal hoch."

„Na gut, aber wenn es losgeht, spurtest du gefälligst nach unten. Obwohl mir die Holzkonstruktion nicht so aussieht, als ob sie einen kräftigen Spurt verträgt."

„Mach ich, Günther. Also, dann geh' ich jetzt ja wirklich hoch. Bitte warte hier auf mich."

Die Cobra! Das ist die Eliteeinheit aller österreichischer Exekutivorgane, zuständig für kriminelle Tatbestände ab Geiselnahmen aufwärts. Bis aufs Mark austrainierte Burschen, bestens geschult und ausgerüstet, die nur für die wirklich schweren Jungs zuständig sind. Da hatte jemand mit unserem anonym übermittelten Dossier tatsächlich ganz großes Tennis auf die Beine gestellt. Und an wen erinnerte mich die Ja-Sagerin?

Unüberhörbar stiefelte diese inzwischen die Holztreppe hoch und zwang mich somit zum Rückzug. Wenn ich glaubte, sie würde sich in einem der unteren Stockwerke postieren, hatte ich mich kräftig geschnitten. Als letzter Rückzugsort blieb mir nur mein inzwischen lieb gewordener Stapel an Rigipsplatten im Bad übrig, hinter den ich mich in banger Erwartung hockte.

Die Polizistin, denn um eine solche konnte es sich nur handeln, stieg dann auch tatsächlich bis zur obersten Etage hoch und ging raschen Schritts den Flur entlang, vermutlich in Richtung der Suite an der linken Stirnseite. Ich blieb still sitzen wo ich war und wartete. Die Uhr zeigte inzwischen halb drei.

„Hallo? Hallo. Hier Emmy. Hör zu. Genaues weiß ich ja auch nicht. Wir sind hier in Snow-White." Pause.

Die Polizistin schien sich direkt neben dem Eingang zum Hotelzimmer postiert zu haben, in dessen Bad ich mich versteckt hielt. Ihre Stimme war gut zu verstehen, wenngleich sie fast flüsterte. Weil der Schall auch umgekehrt gut zu vernehmen sein würde, durfte ich mal wieder die erprobte Nummer als meditierender buddhistischer Mönch abziehen. Heute war ich eine Rigipsplatte.

„Jetzt hör doch gefälligst zu, ich erklär's ja grade. Ich hab auch nur kurz Zeit. Wir wurden erst heute Abend informiert und wussten ja auch bis zum Schluss nicht, wo es hingehen sollte. Ich konnte nicht früher durchläuten, weil wir immer zu zweit oder zu mehreren zusammen waren. Ich hab ja erst erkannt, wo wir sind, als wir an der Talstation angekommen waren. Und bin jetzt das erste Mal allein." Pause. „Ich red mich nicht raus! Schnauz mich ja gefälligst nicht so an. Sei lieber froh, dass ich dich informiere. Hier liegen achtzehn Mann von der Cobra auf der Lauer. Was hast du vor? Das geht ja über eine Umgehung von Verkehrskontrollen wegen ein wenig Alkoholtrinken weit hinaus." Pause. „Wie – geht mich nichts an? Für die Nachrichten über unsere Einsätze und fürs Bett bin ich dir wohl gut genug?" Längere Pause. „Leck mich!"

Mit diesem klassischen Zitat des Götz von Berlichingen, das die geschwätzige Polizistin leider nur verstümmelt wiedergegeben hatte, war das Gespräch beendet. Während ich überrascht lauschte, dämmerte es mir: Emmy. Emilie. Die Ja-Sagerin. Emilie … wie hieß sie noch schnell? Rasch? Rausch? Reich? Riech? Nein: Rüsch! Ihres Zeichens püppchenhafte Gruppeninspektorin und Adjutantin von Abteilungsinspektor Leipoldsheimer. Wen immer sie gerade angerufen hatte, sie war ohrenscheinlich jener Informant, der die Bande über Ort und Zeit polizeilicher Kontrollen und Einsätze in unserem Land auf dem Laufenden hielt. Und damit lag auch der Gesprächspartner von eben auf der Hand: Es konnte sich nur um den Kopf der Bande handeln.

„Mist, Mist, Mist!" Leise fluchte Emilie Rüsch vor sich hin.

„Emmy, komm runter! Es geht los! Beeil dich."

Der nichtsahnende Cobra-Partner rief aufgeregt durch den Rohbau nach oben und veranlasste die Gruppeninspektorin, innerhalb von Sekunden die behelfsmäßige Holztreppe hinunterzutrampeln. Leise huschte ich zum Rand des Treppenschachts hinterher. Unten wechselten die Teampartner kurze Worte.

„Sie kommen. Wir sollen auf den Zugriff warten."

„Gut. Ich nehm hier das linke Fenster und bohr mir ein Loch rein. Du kannst ja dann das rechte nehmen, Günther."

Ich hatte genug gehört und zog mich leise ins Zimmer zurück. Was auch geschehen würde, das Spektakel wollte ich mir von meinem eigenen Ausguck aus nicht entgehen lassen. Der Feldstecher hing mir noch von vorhin um den Hals, allerdings unter dem Anorak versteckt. Vorsichtig fummelte ich das Nachtsichtgerät hervor und spähte durch den plastikumrandeten Dreiangel, ein Ohr nach hinten gerichtet, falls einer der beiden auf die Idee kommen sollte, mich zu besuchen.

Anfänglich konnte ich niemanden ausmachen. Die Kavallerie verstand offensichtlich ihr Handwerk. Dann erkannte ich neben einem hangabwärts liegenden Rohbau einen weißen Hubbel, der sich irgendwie anders ausnahm als der übliche schneebedeckte Schutthaufen. Denn links und rechts ragten zwei symmetrisch angebrachte Rohre hervor, die das Ganze wie eine maskierte Kuh aussehen ließen. Die Freunde und Helfer hatten ihre Skidoos mit weißen Laken überzogen und damit gut getarnt. Nachdem ich ein Gefährt identifizieren konnte, war klar, worauf zu achten war. Schnell entdeckte ich zwei weitere neben anderen Bauten und je eines etwas weiter unten am linken und rechten Waldrand neben dem Hang. Vermutlich befanden sich die restlichen Skidoos und ihre Besatzungen am unteren Rand des geplanten Dorfplatzes.

Urplötzlich brach Bleigewitter los. Hellere und dunklere Schüsse hallten durcheinander. Zusätzlich tauchte karmesinrotes bengalisches Feuer aus Rettungspistolen die Szenerie am Waldweg in unwirkliches Licht. Der Spuk kam einem Feuerwerk zu Sylvester ziemlich nahe. Die Ballerei fand eindeutig am Eingang zum Waldweg statt. Zwei Autos waren von dort auf den Dorfplatz gefahren, ein Geländewagen und eine Limousine. Dahinter musste die erwartete Fahrzeugkolonne der Schieberbande folgen, darauf verwies das Licht einiger Scheinwerfer. Von den Autos her krachten Schüsse. Vom Waldrand, von der Mittelstation und vom linken Hotel ballerten Cobra-Leute zurück.

Herrisch tönte eine knorzige megaphonverstärkte Stimme zwischen dem heftigen Schusswechsel über den Platz und wiederholte mehrfach ihre metallische Ansage: „Hier spricht die Polizei: Sie sind verhaftet. Leisten Sie keinen Widerstand! Legen Sie Ihre Waffen nieder! Treten Sie mit erhobenen Händen hervor!"

Dieser Aufforderung folgte niemand, stattdessen ballerte die Meute weiter in der Landschaft umher. Scheinwerfer und Autoscheiben mussten dran glauben.

Fast hätte ich wegen der wilden Szene die Abfahrt der beiden Exekutivbeamten aus meinem Unterschlupf verpasst, weil ihr Skidoo im toten Winkel stand. Das Motorengeräusch vernahm ich erst, als der Skidoo dicht unter dem Fenster talwärts fuhr. Wie auf Kommando, das tatsächlich erfolgte, lösten sich weitere Skidoos mit Besatzung von den am Hang befindlichen kleineren Hotels und vom rechten Rand der Piste. Die Deckung der Häuser ausnutzend, fuhren sie fächerförmig auf den Waldweg zu. Kurz nachdem die Schneefahrzeuge ihre Positionen hinter den zentralen Hotels erreicht hatten, nahm das Pistolen- und Gewehrfeuer Richtung der ankommenden Autos zu.

Schusswechsel und Leuchtfeuer hielten gut weitere zehn Minuten an. Einige Schüsse klangen inzwischen weiter entfernt, das Mündungsfeuer an den vorderen Autos erstarb, und die Intervalle zwischen den Schüssen wurden länger. ‚Sieh an, man hetzt sich jetzt durch den Wald und spart so langsam Munition. Ist ja auch teuer das Zeugs', dachte ich mir. Inzwischen entzog sich meinem Blick, was weiter unten zwischen den Bäumen vor sich ging. Ich konnte das Schauspiel nur noch akustisch verfolgen.

Plötzlich war alles vorbei. Kein Schuss mehr zu vernehmen, dafür mehrere Stimmen. Endlich tat sich auch wieder etwas fürs Auge: Schneemänner wieselten auf den Dorfplatz und huschten am Rand hin und her. Andere Schneemänner führten Gestalten mit vorgehaltener Waffe vor sich her. Und ein Helikopter erstickte plötzlich jeden anderen Laut mit dem infernalischen Gebrüll seiner Rotoren. Sekundenschnell tauchte er hinter der Mittelstation auf. Ohne durch das Fernglas zu schauen, konnte ich den Umriss des Helikopters nicht einmal erahnen, weil er keine Positionslichter eingeschaltet hatte, dennoch setzte er zielgerichtet zur Landung mitten auf dem Dorfplatz an.

Verdammt! Das war eine Militärmaschine. Normale Rettungshubschrauber fliegen nachts nicht mehr herum, und schon gar nicht unbeleuchtet, weil sie dafür nicht ausgerüstet sind. Dieser Heli flog garantiert mit Nachtsichtgeräten und hatte sicher auch Infrarot-Kameras an Bord.

Der Klügere gibt nach. Aus diesem Grund zog ich mich schleunigst von meinem Ausguck zurück. Hoffentlich vermuteten sie in meiner Richtung niemanden von den Übeltätern. Hoffentlich würde sich meine Körperwärme bei der klirrenden Kälte nicht allzu lange außen an der Wand und am Plastikvorhang abzeichnen, falls sie die Gebäude mittels Infrarot absuchten. Inzwischen erschien mir meine kalte Ecke im Bad hinter den Rigipsplatten richtig heimelig.

Der Helikopter stand eine geraume Zeit auf Stand-by. Dann hob er wieder ab und flog los – vermutlich talwärts. Ich atmete auf, riskierte aus Angst dennoch über eine halbe Stunde keinen weiteren Blick nach draußen. Jetzt noch wegen Übermuts von einem Mitglied des Einsatzkommandos zufällig entdeckt zu werden, würde direkt an Dummheit grenzen. Lange nach dem Abflug vernahm ich die Geräusche startender Skidoos. Nun war ich doch ausreichend neugierig geworden und schaute kurz durch die Plastikluke. Einige Skidoos mussten bereits vorausgefahren sein, ich sah gerade noch drei vom Dorfplatz in Richtung Waldweg fahren. Alle wurden von je einer Person gesteuert. Dann war der Spuk endgültig vorbei. Die zwei zuerst angekommenen Autos standen dort, wo sie angehalten worden waren. Wachen waren nirgends zu sehen.

Als Erstes musste unbedingt Onkel Jodok unterrichtet werden, dem seit einiger Zeit hörbaren leichten Schnorcheln aus dem Kopfhörer konnte ich entnehmen, dass es ihn inzwischen gerissen hatte. Während des Shooting-Out war mein Onkel selig entschlummert.

„Melde dich." Tote Hose. „Bitte melden. Melde dich, verdammt noch mal. Over."

„Was? Wie? Ach so, ach so: Was ist los? Over."

„Hier fand eine wüste Schießerei statt. War währenddessen sicher versteckt. Mir ist nichts passiert. Mache mich auf den Heimweg. Melde mich ab jetzt im Halbstundentakt. Over."

„Roger. Over und aus."

Damit unterbrachen wir die Telefonverbindung. Es war kurz nach fünf Uhr. Noch etwa eineinhalb Stunden bis zum Sonnenaufgang. Hauchzart deutete sich die Dämmerung an. Also wartete ich noch etwas ab. Die Abfahrt wollte ich erst riskieren, sobald mit bloßem Auge Umrisse im Gelände zu erkennen wären.

Das Spektakel machte hungrig und durstig, daher vertrieb ich mir die Warterei trotz aufkommender Müdigkeit damit, den restlichen Proviant zu verzehren und über die Schießerei zu grübeln. Vermutlich hatte die Cobra alle Geländewagen und LKW im Waldweg und am Eingang des Dorfplatzes stehen gelassen, bis sie den Tatort bei Tageslicht vollends untersuchen konnten. Also mussten eigentlich auch Wachen hier sein. Ich hoffte, beim Abstieg keiner zu begegnen.

Zwischenzeitlich wollte ich keinesfalls wieder in den Schlafsack steigen; die Gefahr, für längere Zeit einfach einzuschlafen, wäre zu groß gewesen. Denn ich musste unbedingt Land gewinnen, bevor die Polizei im Tageslicht das Gelände sperren und kriminaltechnisch untersuchen würde. Die kriminologische Konkurrenz schläft nicht. Früher oder später würde sie garantiert auch mein verstecktes Snowboard entdecken. Später war mir lieber; sie durften dann die Spuren interpretieren wie sie wollten. Hauptsache, ich kam mit einem blauen Auge davon.

So bereitete ich mich gleich nach dem Picknick auf den Abstieg vor, packte alles engmaschig in den Rucksack, setzte ihn auf, steckte den Feldstecher unter den Anorak, zog über alles den weißen Behelfsponcho, nahm die Schneeschuhe in die Hand und schlich leise treppab.

Unten erkannte ich, dass Polizistin Rüsch und ihr Cobra-Kumpan in der Hektik die Eingangstür offen gelassen hatten. Die aufkommende Dämmerung zeichnete sich inzwischen deutlich gegen den bergigen Hintergrund ab. Obzwar mir dadurch der Heimweg erleichtert werden würde, nahm ich vom Gedanken Abstand, den Bau vorne heraus zu verlassen. Meine Spuren wären dann eindeutig nach jenen der Einsatzkräfte entstanden. Stieg ich dagegen über den Balken aus dem Hinterfenster, würde mein Besuch vielleicht anderweitig erklärt werden.

Das Brett ließ sich mit einigem Kraftaufwand auf die andere Seite des Grabens stoßen. Hoch auf die Fensterbank. Kopf und Oberkörper nach außen durch die Ritze der Plane schieben. Unterkörper hinterher. In jeder Hand einen Schneeschuh und wieder vorsichtig über den Steg balancieren.

Ich hatte etwa noch zwei Schritte vor mir, als ich wütendes Hundegebell vernahm. Der Kläffer musste irgendwo rechts von mir sein; er befand sich auf jeden Fall schon ziemlich nah am Haus. ‚Konzentrier dich!' Noch ein Schritt, dann ist es geschafft. Gerade, als ich zum letzten Schritt ansetzte, wühlte sich eine imposante schwarze Masse zu meiner Rechten entlang der Grabenkante durch die Schneehaufen. Keine vier Meter entfernt.

Deutlich weiter weg erschallte aus dem Hintergrund ein makabrer Ruf: „Wotan, fass!"

29. Abwärts

Ich kannte nur einen Wotan persönlich. Und der war mir von Anfang an unsympathisch gewesen. Ich ihm auch. Und ausgerechnet der setzte jetzt an, mich in Puzzleteile zu zerfetzen. Der Rest war purer Instinkt. Von Wotan und von mir. Mit einem Satz sprang ich ans rettende Ufer, stapfte etwas weiter nach oben und suchte einen breitbeinigen Stand in leichter Schrittstellung. Kurz nacheinander schmiss ich der Bestie beide Schneeschuhe entgegen, um Zeit zu gewinnen. Etwa zwei Meter von mir entfernt hielt sie tatsächlich für einen kurzen Moment inne.

Meine Chance. Mit der Linken öffnete ich den Druckknopf an der Scheide links am Gürtel, mit der Rechten zog ich das Jagdmesser daraus hervor und hielt es schräg nach vorne. Keinen Augenblick zu früh. Durch den tiefen Schnee kam der schwarze Rottweiler mit zwei mächtigen Sätzen auf mich zugesprungen. Erstaunlich, wo der noch die Kraft hernahm, sich trotz des Tiefschnees so hoch abdrücken zu können. Ganz kam er aber nicht an meine Kehle heran. Sein letzter Satz führte ihn nur bis auf Bauchhöhe. Instinktiv riss ich die Klinge nach oben, ohne zu wissen, wo sie landen und was sie anrichten würde.

Bis zum Anschlag drang das Jagdmesser tief in den Brustkorb der Bestie ein. Mit dem linken Unterarm drückte ich gegen die Kehle des Rottweilers und versuchte, seinen Kopf von meinem fernzuhalten. Sein anhaltendes hohes Jaulen trieb Eiswasser durch die Adern.

Wir gingen zum Bodenkampf über, denn der Schwung des zentnerschweren Körpers ließ mich straucheln. Durch den Sprung des Hundes und die Energie meiner fortgesetzten Messerabwehr bekamen unsere eng aneinander gepressten Körper einen Drehimpuls nach links. Wir fielen seitwärts in den Schnee, sanken etliche Zentimeter tief ein. Wieder und wieder stach ich zu, bis endlich das Jaulen erstarb.

„Wotan! ... *Woo-tan*!"

Der Rufer kam langsam näher, war aber noch außer Sicht. Ich hatte keineswegs vor, ihm zu begegnen und eventuell weiterzukämpfen, wollte mich nur so schnell es geht vom Acker machen. Ganz passionierter Jäger, der ich nie sein würde, wischte ich die blutige Klinge am Fell des Hundes ab und steckte das Messer in die Scheide. Die arme Kreatur tat mir leid; sie konnte überhaupt nichts dafür, dass ihre Instinkte und ihre Dressur zu diesem finalen Einsatz geführt hatten. Die wahre Bestie aber, der Stuttgarter Hundebesitzer von der Autowerkstatt, befand sich seitlich neben dem Hotelbau auf dem Weg zu mir. Vor ihm galt es zu flüchten.

Hastig klaubte ich die weggeschleuderten Schneeschuhe auf und schlüpfte so schnell es ging in die Bindungen. Keine Zeit, die Teleskopstöcke auszupacken. Schleunigst musste ein möglichst großer Abstand zum Hundebesitzer hergestellt werden. Nach dem Fiasko am Dorfplatz und dem Tod seines Vierbeiners sah der Stuttgarter in mir sicher ein willkommenes Ventil für seine Aggressionen. Und wenn er noch über ein funktionsfähiges Schießeisen verfügte, wäre ich garantiert geliefert.

Schneeschuhe sind am verschneiten Berg eine tolle Angelegenheit. Selbst bei hüfthohem Neuschnee sinkt man damit maximal bis zum Knie ein, während jemand mit Wanderschuhen in derselben Lage bis zum festen Grund durchsackt und sich unter Aufbietung aller Kräfte aus Rumpf und Hüfte eine Schneise durch den Schnee bahnen muss. Nur Bergspezialisten haben diesbezüglich richtig etwas auf der Pfanne und können eine derart tiefe Spur über lange Minuten hinweg legen. Meinen Verfolger schätzte ich allerdings weniger kompetent ein. Unter Ausnutzung der Geländeformation, bekam ich damit eine reelle Chance, ihm zu entkommen.

Schneeschuhe besitzen einen zweiten Vorteil: Mit ihnen lässt es sich bergab fast schon rutschen. Neben der Schneetiefe hängt das natürlich auch von der Steilheit und vom Untergrund ab, der allerdings gefährliche Schneebretter auslösen kann. Und bei tiefem Schnee, so wie in dieser Situation, braucht man nicht auf Unebenheiten zu achten, da einen der Teller des Schneeschuhs ausbremst.

Im urkomischen, breitbeinigen Sprint, der bei jedem Schritt durch den Schnee die Unterschenkel wie mit Kleister zu Boden zog, hoppelte ich auf der dem Rufer entgegengesetzten Seite um den Rohbau. Es ging diagonal nach unten, dem Waldrand entgegen, wobei ich diesen nur schemenhaft erahnte. Mit einer vagen Abschätzung von Raum und Zeit hoffte ich, möglichst lange durch den Rohbau gedeckt zu werden und so dem entkommenen Gangster meinerseits zu entkommen. Die Rechnung ging bis auf Weiteres auf. Wütendes Gebrüll und herbe Flüche signalisierten, dass der Hundehalter den Ort des Geschehens inzwischen erreicht hatte. Nun brauchte er nur meiner Spur zu folgen, um sich an mir zu rächen.

Allerdings konnte ich auf eine höhere Geschwindigkeit bauen, denn selbst, wenn der Gangster genau in meine Stapfen trat, würde er tief einsinken, weil die Schneeschuhe den Belag nicht übermäßig stark verdichteten. Außerdem hoffte ich, er würde mich vor dem dunklen Waldhintergrund ohne besonderes Gerät nicht ausmachen können.

Inzwischen rannte ich die Waldkante fast parallel bergab. So schnell wie an diesem Tag war ich mein Lebtag nicht mit Schneeschuhen einen Abhang hinunter gerannt. Weiter. Immer weiter. Der Verfolger sah wohl ein, dass er mich durch blindwütiges Herumballern nicht würde treffen können, oder es war ihm die Munition ausgegangen. Jedenfalls schoss er mir nicht hinterher.

Immer noch an der Waldkante, nun am Rand des Dorfplatzes angekommen, nutze ich jede erdenkliche Deckung. Eng an Häusern vorbei und mit langen Ausfallschritten strebte ich auf die Piste zu, hinter der mein Snowboard steckte. Langsam aufkommende Dämmerung zeichnete Silhouetten deutlicher ab. Trotz der Tarnung durch das übergeworfene Leintuch war aber auch mein Umriss immer besser zu erkennen. Um unentdeckt zu bleiben, lief ich die Piste zunächst bergab und querte sie erst, als ich von oben aus gesehen im toten Winkel stand.

Im Moment, als ich das Snowboard erreicht und angeschnallt hatte, fielen erneut Schüsse. Ein kurzer Schusswechsel tobte hin und her. Stimmen riefen sich etwas zu. Anscheinend hatte die Cobra doch eine Wache zurückgelassen, und die lieferte sich nun ein Gefecht mit dem Stuttgarter Hundebesitzer aus der Schrauberbude.

Vorsichtshalber fuhr ich einige Meter auf höchst riskante Weise neben der Piste zwischen Bäumen den Berg hinunter. Weiter unten riskierte ich einen Blick durch den Feldstecher, konnte aber niemanden entdecken, und wagte die restliche Abfahrt. Im Hang waren einige Spuren auszumachen. Vormalige Tourengeher wiesen mir freundlicherweise den Weg, der von Minute zu Minute kontrastreicher wurde. Die beiden ersten Hänge raste ich noch im Freeride-Stil mit wenigen engen Schleifen hinunter, doch bereits danach fuhr ich langsamer und ausladender. Weil die Piste vor Fertigstellung des Ski-Ressorts noch nicht präpariert war, fühlte es sich im Tiefschnee fast an wie früher bei den Wettkämpfen im freien Gelände, nur mit dem feinen Unterschied, dass ich nicht die gesamte Abfahrt im Höllentempo nehmen musste und sie dadurch stärker auskosten konnte.

Ab und an kreuzten sich Piste und Waldweg, wobei ich wegen der interessanteren Fahrt stets auf den Hängen blieb. Ziemlich weit unten, mitten in einem der letzten Hänge, kam während einiger Genussschwünge Motorengeräusch entgegen. Es zwang mich zu einem überstürzten Bremsschwung am Pistenrand und einer Landung auf dem Allerwertesten. Mehrere Blaulichter zuckten über den Schnee, fünf Einsatzwagen strebten bergan. Aha, die Polizei war im Anmarsch, um aufzuräumen.

Gut abgepasst, Löwe.

30. Abendessen

Alex, Karl-Heinz, Onkel Jodok, Mutter und ich hielten Montagmorgen in der Küche einen Familienrat ab, nachdem Benny zur Schule aufgebrochen war. Bereits auf der nächtlichen Heimfahrt hatte ich Onkel Jodok gebeten, den Krisenstab für Montagfrüh zusammenzutrommeln. Am Sonntag wäre ich nicht ums Verrecken dazu in der Lage gewesen; ihn hatte ich fast gänzlich verschlafen. Mit dampfenden Kaffeetassen belagerten wir den Küchentisch, während Onkel Jodok aus der heutigen Tageszeitung vorlas.

‚Grossrazzia in Snow-White! Cobra hebt Schmugglerbande aus. In der Nacht auf Sonntag gelang der Cobra ein außergewöhnlicher Schlag gegen das organisierte Verbrechen. Eine internationale Bande lieferte sich mit ihr im Skigebiet Snow-White ein kriegsähnliches Gefecht. Die mutmaßlichen Mitglieder einer kriminellen Organisation wollten auf Höhe der Mittelstation illegale Waren verteilen. Als die Cobra sie verhaften wollte, eröffneten die mutmaßlichen Verbrecher das Feuer.

Zwei Stunden dauerte der wilde Schusswechsel. Dabei wurden ein Polizist und zwei Schützen getötet, zwei weitere Bandenmitglieder unbestimmten Grades verletzt. Sieben Personen konnten festgenommen werden, eine erst am Sonntagmorgen. Angeblich befindet sich unter den Verhafteten ein Vorarlberger. Näheres gab die Polizei aus ermittlungstechnischen Gründen nicht bekannt.

<Das ist der größte Einsatz der Cobra seit ihrem Bestehen. Wir trauern mit der Familie des getöteten Kollegen und werden alles tun, den Fall zufriedenstellend aufzuklären>, betont Einsatzleiter Herbert Lösner entschlossen. Insgesamt stellte die Polizei Samstagnacht zweihundert Kilo Kokain, fünfzig Kilo Krokodilleder und drei Deka Rohdiamanten sicher. Die Schmuggelware war in ausgehöhlten Bauhölzern versteckt. Wie gut unterrichtete Kreise vermuten, agiert die kriminelle Organisation hinter angesehenen Geschäftsfassaden.

‚Es ist eine Schande, wie das Verbrechen in unserem Land um sich greift. Und jetzt sogar auf unseren schönen Almen. Dagegen muss etwas getan werden. Ich bin sehr dafür, die Polizei endlich zu verstärken, wie das schon lange diskutiert wird. Damit unser Land wieder sicher wird',

so der Kommentar des künftigen Betreibers von Snow-White, Siegfried Waldowitz-Leitner.

Wir bleiben an den Ereignissen dran. – Werner Labsal.

Als mein Onkel den Text ein zweites Mal vorlas, durchlebte ich die jüngste Episode noch einmal im Zeitraffer. Nachdem sich die Blaulichter am Hang entfernt hatten, war ich so rasch wie möglich zur Talstation gerauscht. Einmal hatte ich mich dabei noch vor einem Schwung ziviler Fahrzeuge verstecken müssen. Unten angekommen, hatte ich den Wanderweg zurück genommen und war so rasch es ging heimgefahren. Im Hotel war ich auch für Sonntagabend entschuldigt. Der Schrecken der Nacht wollte verarbeitet werden. Erst heute war ich langsam in der Lage, den normalen Tagesrhythmus aufzunehmen.

Obwohl Onkel Jodok den Text eindringlich vorgelesen hatte, schien Karl-Heinz den Ernst der Lage nicht erfasst zu haben: „Snow-White und Koks, na die haben vielleicht Humor. Das heißt, sie haben dem Ski-Ressort einen treffenden Namen verpasst. Schneewittchen kokst", blödelte er.

Fassungslos kommentierte Alex das Gehörte: „Nein, mein Lieber. Das heißt nur, sie haben das Oberschwein nicht gefasst, und er spielt sich nach wie vor als Saubermann auf."

Ich grübelte: „Eigentlich müssten sie einige Vorarlberger verhaftet haben. Mindestens drei spielen in dem Verein eine Rolle. Die noch leben, meine ich. Das haben wir doch eindeutig herausgefunden."

Letztlich bedeutete die Nachricht, wir hatten versagt. Anscheinend war der Polizei nur die zweite Garnitur in die Falle gegangen. Einmal mehr kamen Hintermänner ungeschoren davon.

Mutter war über meinen nächtlichen Ausflug mehr als erbost: „Junge, wenn ich das gewusst hätte, hätte ich dich von dem Leichtsinn abgehalten. So was machst du mir nicht noch mal. Hörst du? Und dass du ihn bei dem Irrsinn unterstützt, Jodok, das ist die Höhe. Ihr spinnt wohl? Alle beide! Der Junge hätte angeschossen werden können oder Schlimmeres!" Zornig und vorwurfsvoll schüttelte sie den Kopf.

Mein guter alter Onkel schaute nach Mutters Vorwürfen wie ein Dackel drein. Schätzungsweise sah ich aus wie ein Schulbub, der beim unerlaubten Griff in die Keksdose erwischt wurde.

Mutter regte sich zu Recht auf, denn vor Jodoks Lesung hatte ich die Anwesenden aufgeklärt. Beim Erzählen versuchte ich, Erlebtes herunterzuspielen – speziell die Einlage mit dem Rottweiler. Mutter kannte mich aber gut und hielt die Story für untertrieben. Ich versteckte mich hinter laschen Ausflüchten und einer Lüge:

„Wir wollten dich nicht beunruhigen. Darum haben wir nichts gesagt. Außerdem konnte ich nicht ahnen, dass sie wie wild rumballern. So, wie sich die Cobra aufgebaut hat, wollten sie die Bande auf dem Dorfplatz stellen. Wahrscheinlich hat Gruppeninspektorin Rüsch die Verbrecher gewarnt. Deshalb funktionierte der Plan nicht. Außerdem übertreibt der Schmierfink ohne Ende. Die haben keine zwei Stunden geschossen, sondern höchstens zwanzig Minuten. Und ich war durch den Hotelbau geschützt. Niemand hat mich bemerkt, nicht einmal die beiden Polizisten."

„Können wir bitte wieder zum Punkt kommen?", fragte Alex. „Wenn die den Ski-Baron in der Zeitung zitieren, war er eindeutig nicht dabei und sie haben ihn nicht verhaftet. Wen haben sie denn überhaupt gefasst? Lässt sich das rauskriegen? Und was bedeutet es, wenn der Anführer frei herumläuft? Die müssten ihn doch ganz leicht wegen Felix' Tonaufzeichnung im Schrunser Werkshof hopp nehmen können."

Alex legte den Finger auf die Wunde. Weder wussten wir, wer im Netz der Polizei gefangen war und wer nicht, und wie die Polizei weiter vorgehen würde. Noch war zu ahnen, wie Waldowitz-Leitner darauf reagieren würde. Bestenfalls konnten wir davon ausgehen, dass er die Polizeiaktion nicht mit der Familie, Freunden und mir in Verbindung brachte, weil ihm das womöglich für uns Landeier eine Nummer zu groß vorkommen mochte. Außerdem war unklar, ob Gruppeninspektorin Emilie Rüsch ihr Unwesen weiter ungehindert treiben konnte, solange wir nichts dagegen unternahmen. Was also sollten wir tun? War es schlau zu handeln? Oder sollten wir besser abwarten, wie die Sache ausgeht, auch auf die Gefahr, dass die Großen ungeschoren davonkommen?

Die Debatte wogte hin und her. Wäre es besser gewesen, sich von Anfang an rauszuhalten? Immer der Felix mit seinem Eigensinn und seinem leichtsinnigen Alleingang. Ganz der Vater. Auf keinen Fall Benny mit reinziehen, der ist zu jung. Was, wenn wir jetzt trotz allem zur Polizei gehen und alles beichten würden? Hatten wir Straftaten begangen, weil wir der Polizei einiges verheimlicht hatten? Fünf Köpfe, acht Meinungen.

Irgendwie schälte sich dann doch eine einigermaßen sinnvolle und ungefährliche Variante heraus. Karl-Heinz hatte nämlich den USB-Stick mit den jüngsten Daten von Dimundis Smartphone noch nicht, wie geplant, Abteilungsinspektor Leipoldsheimer zukommen lassen. In dieser unerwarteten Sachlage erkannte ich den Lösungsansatz, überzeugte die Anwesenden und verfasste einen knappen Text auf dem Laptop:

‚Gruppeninspektorin Rüsch agiert als Informantin zur verhafteten Schmugglerbande. Es dürfte für die Polizei einfach herauszufinden sein, mit wem sie in der Einsatznacht gegen zwei Uhr dreißig ein privates Telefonat führte (mit Herrn Waldowitz-Leitner?). Ihr Einsatzpartner kann bestätigen, dass es nicht in seiner Anwesenheit geführt wurde und Frau Rüsch vor dem Einsatz ins obere Stockwerk gegangen war. Ebenso leicht müsste sich auch beweisen lassen, ob die von ihr angerufene Person kurz darauf ein Telefonat mit jemandem führte, der zur Schmugglerbande gehört. Frau Rüsch ist die Geliebte von Herrn Waldowitz-Leitner. Lässt sich so etwas spurlos geheim halten?'

Das sollte dem Abteilungsinspektor zu denken geben. Wenn er den Indizien nachginge und daraus eine Beweiskette formen konnte, müsste sich eigentlich der Verdacht erhärten und seine Assistentin auffliegen. Unsere erste anonyme Botschaft, das Dossier und meine Sprachdatei mit den belastenden Äußerungen von Waldowitz-Leitner aus der Lagerhalle, hatte der Polizist als seriös angesehen. Das bewiesen der Großeinsatz im Ski-Ressort und dessen Geheimhaltungsstufe. Deshalb würde Leipoldsheimer auch diesen Stick nicht ignorieren – hoffte ich. Es irritierte nur, dass der Ski-Tycoon nicht festgenommen wurde. Wir präparierten die Textdatei, um unerkannt zu bleiben, und überspielten sie auf den Datenträger.

„Kann der Abteilungsinspektor den Stick noch heute anonym bekommen?", fragte Onkel Jodok.

Karl-Heinz wusste, wie das geht: „Ja, über einen Lieferservice. Ich beauftrage unter falschem Namen einen Kurierdienst und lasse das Päckchen persönlich zustellen."

Karl-Heinz und Onkel Jodok schoben ab, Onkel fuhr ihn sofort ins Tal. Alex und ich halfen Mutter beim Abwasch, und dann spazierten wir nachmittags ums Dorf herum und gönnten uns Kaffee und Kuchen in einer Konditorei. Dabei hielten wir fast die ganze Zeit Händchen und tauschten Geschichten der vergangenen Tage aus. Alex erzählte vom Aufenthalt bei ihren Eltern, und wie nett sie es zusammen hatten. Ihre Eltern wollten mich bald kennenlernen. Anscheinend hatte Alex einiges über uns erzählt, und nun waren sie neugierig, welcher Typ sich an ihre einzige Tochter heranmachte. Ich berichtete von den Prüfungen, dem skurrilen Professor

Kuzmanov, speziell vom Intermezzo mit Mizzi Furtbichler, und wir lachten über Begegnungen mit dem nicht minder skurrilen Alfi.

Während ich abends im Hotel arbeitete, blieb Alex bei uns, weil wir am nächsten Tag auf die Piste gehen wollten. Als ich gegen Mitternacht nach Hause kam, schliefen Mutter und Benny bereits; Alex las eine Zeitschrift. Wir sprachen allerdings nicht mehr über den misslungenen Plan zur Aufdeckung krimineller Machenschaften, weil das bei dem, was wir in der folgenden Stunde taten, überaus unangebracht gewesen wäre.

Am nächsten Morgen gönnten wir es uns, ohne Wecker auszuschlafen und im Bett zu dösen und zu kuscheln. Die Piste würde nicht wegrennen. Notfalls langte auch ein halber Skitag.

„Weißt du, ich habe mich gestern Abend, als du arbeiten warst, lange mit deiner Mutter unterhalten. Weißt du, was sie gesagt hat?"

„Such dir einen anderen – mein Junge ist zu gut für dich?"

„Natürlich nicht, du alberner Kerl. Genau das Gegenteil. Sie war sehr nett zu mir. Sie hat mir angeboten, hier einzuziehen. Das Stockwerk unter dem Dach ist frei, wo früher ihr Jungs geschlafen habt, als ihr klein wart. Da könnte Benny alleine wohnen, und wir beide könnten die mittlere Etage mit der Behelfsküche übernehmen. Ist das nicht ein Ding?"

Ich überlegte, ob ich das auch für ein Ding halten sollte, vor allem für ein gutes Ding, und kam zu dem Schluss, mich zurückzuhalten und zunächst Alex' Reaktion zu erkunden. „Und was hast du dazu gesagt?"

„Dass ich das Angebot wirklich sehr zu schätzen weiß, aber ich will das erst mit dir besprechen. Was hältst du denn davon?"

Dumm gelaufen, nun lag der Ball wieder bei mir. Es schien, als würden wir unser Spiel mit Frage und Gegenfrage zusehends perfektionieren.

„Nun ja, der Weg zur FH ist kürzer als von Feldkirch, und du könntest hier Miete sparen. Außerdem ist es nicht weit zum Skigebiet. Das sind drei ziemlich gute Vorteile, nach denen sich eine gewisse Mizzi alle Finger lecken würde."

Alex boxte mir spaßeshalber in die Seite. „Nein, im Ernst. Gibst du unserer jungen Beziehung eine Chance oder nicht?"

Jetzt war es endlich ein Ding für mich! Ich zog Alex an mich und flüsterte ihr ins Ohr: „Ich gebe ihr alle Chancen der Welt und würde mich *rieeee*sig darüber freuen, wenn du bei uns einziehst. Sofern dir das nicht zu viel Familientheater ist. Ich liebe dich."

Alex sagte nichts darauf, drückte mich nur fest an sich. Dann küssten wir uns ausgiebig wie kaum zuvor auf einem Parkplatz.

Zwar war ihre Reaktion eindeutig, aber ich wollte es auch aus ihrem Mund hören: „Wann würdest du denn bei uns einziehen? Wir sollten das gut planen, weil vorher kräftig renoviert werden muss."

„Lass uns das in den nächsten Semesterferien angehen. Da haben wir genügend Zeit. Außerdem renoviert es sich im Sommer leichter als jetzt. Inzwischen musst du auf jeden Fall meine Eltern kennenlernen. Sie können mich nicht davon abhalten, mit dir zusammenzuleben, doch sie sollten wissen, wer ihre Prinzessin aus der grausamen Isolation befreit hat. Musst ja nicht gleich um meine Hand anhalten", meinte sie verschmitzt.

Somit war der Tag gelaufen – im positiven Sinne. Wie auf Wolken schwebte ich den restlichen Vormittag dahin, zur Dusche, zum Frühstück, zur Talstation , und dann schwebten wir nachmittags flockenleicht die Hänge hinunter. Kurz vor sechs Uhr trudelten wir erschöpft aber glücklich daheim ein.

Beim Eintritt in die Stube hockten Mutter und Benny hochgradig verängstigt in der Ecke auf der Bank. Mitten im Raum stand Waldowitz-Leitner mit vorgehaltener Pistole und aggressiver Körperhaltung. Langsam schwenkte er die Waffe in unsere Richtung.

„Schön, dass Sie endlich kommen. Wir haben mit dem Abendessen auf Sie gewartet."

Damit war der Tag endgültig gelaufen.

31. Aikido

„Hinsetzen. Aber dalli!"

Die Waffe wies uns den Weg. Alex setzte sich neben Mutter auf die Bank. Beide hielten sich verschüchtert an den Händen. Ich nahm einen Stuhl von der Längsseite unseres Wohnzimmertischs, weil auf der Bank kein Platz mehr war, vor allem aber, um mehr Bewegungsfreiheit zu behalten. Der Mörder und Schwerverbrecher baute sich vor der rechten Tischseite auf und schwang großspurige, selbstverliebte, teils weitschweifige und vage an Fußballer-Bonmots erinnernde, dennoch stark einschüchternde Reden. Die Szene konnte nicht von außen beobachtet werden, da alle Fensterläden geschlossen waren.

„Jetzt ist Schluss mit lustig. Sie haben genug Angebote bekommen, eins besser als das andere, und ich habe Sie gewarnt. Sie wollten ja nicht hören. Allesamt! Und jetzt ist finito. Jetzt wird unterschrieben. Sie mussten ja *unbedingt* so tun, als würde Sie das Ganze nichts angehen. Mussten meine *großzügigen* Angebote einfach ausschlagen und mich wie einen Anfänger aus dem Haus jagen. Glauben Sie, ein Waldowitz-Leitner lässt sich das gefallen? Da haben Sie sich geschnitten, haben Sie. Aus die Maus. Jetzt wird unterschrieben oder jemand wird dafür büßen. Ich bin gerade in der richtigen Stimmung dafür. Also los. Unterschreiben Sie jetzt, oder …"

Waldowitz-Leitner ließ seine Drohung offen, was umso bedrohlicher wirkte. Satz für Satz redete und fuchtelte er sich mit seiner Pistole in Rage. Seine Drohgebärden und die Waffe überzeugten auch deshalb, weil den Lauf der Pistole ein übler Schalldämpfer zierte und der Ganove dünne Handschuhe trug. Nach und nach schienen ihm alle Sicherungen durchzubrennen. Das war überhaupt nicht komisch, denn er wurde zunehmend unberechenbar, was mir eine Heidenangst einflößte, da der Chef der organisierten Bande bereits zuvor nicht wirklich berechenbar gewesen war.

Waldowitz-Leitner war generell Übles zuzutrauen, das stand allen – vielleicht mit Ausnahme von Benny – deutlich vor Augen. Die Hoffnung, der scheinbare Ehrenmann würde während seiner Hasstirade gegen uns um ein Feuer tanzen und in seinem Zorn entzweigerissen werden, strebte gegen Null. Ebenso die Möglichkeit, dass wir ihn loswerden konnten, ohne Schaden zu nehmen.

Somit war mein Vorhaben, die gesamte Verbrecherbande hopsnehmen zu lassen, wenn sie sich im Ski-Ressort versammelte, um die Beute aufzuteilen, schwer gescheitert. Und dies nicht nur, weil Gruppeninspektorin Emilie Rüsch den Obermacker warnen konnte, sondern auch, weil jener anscheinend nie vorhatte, bei der Aktion im Ski-Ressort persönlich anwesend zu sein.

„Aber wenn ich nicht unterzeichnen will?"

Mutter ging in die Defensive, ihr weinerlicher Ton und die Fragestellung an sich wiesen deutlich darauf hin. Das konnte auf Dauer nicht gut gehen, denn es musste den Aggressor nur umso mehr verleiten, seine Drohung wahrzumachen.

„Sie werden unterzeichnen, glauben Sie mir!"

Ich glaubte ihm zweifellos, unternahm aber nichts. Was er vorhatte, breitete er Sekundenbruchteile später vor uns aus. Irgendeine sadistische Aktion war ja zu erwarten gewesen, weniger dagegen die unbeteiligte Art, wie er sie im Gegensatz zu seiner echauffierten Eingangsrede fast schon chirurgisch neutral vorbrachte. Sie unterstrich den Inhalt seiner Worte mehr als jede noch so laute Brüllerei.

„Als erstes schieße ich Ihrem Filius durch die Hand, dann unterzeichnen Sie garantiert."

Waldowitz-Leitner setzte eine wirkungsvolle Kunstpause. Um seinen Mund spielte ein Lächeln, das für einen Besuch im Kindergarten geeignet gewesen wäre. „Und wenn nicht, ist der Nächste dran. Es stehen viele Füße und Hände zur Verfügung, *bis ... Sie ... unterzeichnen!*"

Womit er offensichtlich nicht seine eigenen Extremitäten meinte. Benny schluchzte. Er hatte inzwischen den Ernst erkannt und musste seinen Schock verdauen. Ich bedauerte es, ausgerechnet in solch einer Situation mein Jagdmesser nicht am Gürtel zu haben.

„Schnauze, Bengel! Was heulst denn so? Ich nehme eh zuerst deinen Bruder ran." Und zu Mutter gewandt: „Also, was ist? Wollen Sie nicht die körperliche Unversehrtheit Ihrer Kinder bewahren?"

Alex schaute mich mit gebrochenem Blick derart trostlos an, dass es mir buchstäblich das Herz zerriss und gleichzeitig die Wut durch den Leib jagte. Durch die mich überflutende Mischung aus Hilflosigkeit und Hass hätte ich heulen, schreien und wild drauflosschlagen können. Doch der

Pistolenarm war zwei Meter und damit Äonen von mir entfernt. Bevor ich auch nur annähernd an den Verbrecher herankäme, hätte er mir eine Kugel verpasst. Und selbst wenn nicht, konnten sich bei der zu erwartenden Prügelei Schüsse lösen, die alles und jeden treffen würden. Ich musste daher unbedingt die Situation verzögern und entspannen, obwohl ich nicht wirklich erkennen konnte, was wir Sinnvolles hätten tun sollen, außer seinen Vertrag zu unterzeichnen. Doch das war lange keine Garantie dafür, ungeschoren davonzukommen.

„Wie können wir sicher sein, dass Sie uns nicht erschießen, nachdem meine Mutter den Vertrag unterzeichnet hat?", wollte ich von ihm wissen.

„Sie haben mein Wort."

Na, schöne Scheiße! Nun waren wir todsicher verloren. Denn erstens war sein Wort keinen Kuhfladen wert, und zweitens musste er auf jeden Fall befürchten, wir würden anschließend gegen ihn aussagen und den Vertrag anfechten, ganz abgesehen von einer Anzeige wegen Nötigung und Freiheitsberaubung. Was sollte Waldowitz-Leitner also tun? Wollte er uns in unserem eigenen Haus gefangen halten? Wollte er uns entführen? Beides wäre totaler Blödsinn, denn abgesehen von seiner Ausrüstung mit Schalldämpfer und Handschuhen sprach noch etwas dafür, dass wir keineswegs ungeschoren davonkommen würden: Er war alleine und wahrscheinlich unbeobachtet zu uns ins Haus gelangt, denn als Alex und ich heimkamen, meinte ich, kein unbekanntes Auto in der Nähe gesehen zu haben. Somit hatte der Mörder keine Zeugen für alles, was in unserem Haus geschehen würde. Und, wie gesagt, die einzigen Zeugen waren wir.

Urplötzlich dämmerte es mir: Höchstwahrscheinlich hatte er auch mit meinem Entführer, dem Schwaben-Ede, im Krankenhaus kurzen Prozess gemacht, weil er als Zeuge gegen ihn hätte aussagen können. Und wenn der Ski-Tycoon schon mit seinen Bandenmitgliedern so umging, war sonnenklar, was aus uns werden würde.

So in etwa musste die Gestapo in der Nazizeit vorgegangen sein. So würden alle skrupellosen Despoten vorgehen, die unbedingt eine Information oder etwas anderes illegal bekommen wollten. Zuerst das Opfer zu bestechen suchen, dann ihm drohen. Sollte das nichts nützen, die Strategie ändern, scheinbar freundlich einen Ausweg anbieten, damit man sich sicher wähnt und alles macht, was verlangt wird. Und schließlich das grausame Werk vollenden und das Opfer töten, wenn das Ziel erreicht ist. Ob ich wollte oder nicht musste ich also weiter pokern und einen Ausweg suchen. Im Unterschied zum Poker lag diesmal ein wirklich hoher Einsatz im Pot, nämlich das Leben von uns allen.

„Darf ich dann bitte den Vertrag vorher lesen? Vielleicht kann ich meine Mutter leichter davon überzeugen, ihn zu unterzeichnen."

Der Bandenchef musste großes Interesse daran haben, die Angelegenheit möglichst rasch und problemlos über die Bühne zu bekommen. Waldowitz-Leitner begann zumindest, nach meinem Bluff im Geist seine Optionen durchzugehen, das entnahm ich seiner verzögerten Reaktion. Nur jetzt so tun, als hätte ich weiter nichts in der Hand, und die unterwürfige Miene beibehalten.

Alex und Mutter blickten mich fassungslos an. Ihre Angst war wohl nicht groß und ihr Klammern an Hoffnung und Besitz nicht klein genug. Den Mienen nach zu urteilen, sahen sie mein Angebot als feige und unmoralisch an. Wahrscheinlich glaubten sie, wir würden hier einfach gesund und munter hinausspazieren und den Eindringling zuvor versandfertig einwickeln. Obwohl es mir in der Seele weh tat, durfte ich mich nicht von stummen Vorwürfen ablenken lassen, musste mich voll auf die nächsten Schritte konzentrieren.

„Geben Sie Ihrem Sohn den Wisch rüber, aber dalli!"

Waldowitz-Leitner dirigierte Mutter mit dem Schalldämpfer. Sie schob eine Handvoll Papiere zusammen, die vor ihr auf dem Esstisch lagen, und reichte sie herüber. Ich warf zunächst einen schnellen Blick auf die Blätter, sortierte den Stapel und las dann das Machwerk Satz für Satz. Obzwar kein Jurist, schienen mir die Formulierungen für den An- und Verkauf einer Liegenschaft standardmäßig verfasst worden zu sein. Personenangaben von Verkäufer und Käufer, Beschreibung der Grundstücke mit Art, Lage, Größe, Aspekte zur Grundbucheintragung, Eintraggebühr, Grunderwerbssteuer, Kaufsumme, Zahlungsmodalitäten – nichts schien der Landlord vergessen oder dem Zufall überlassen zu haben. Kein Wunder, denn sicher wickelte er nicht das erste Geschäft auf diese Weise ab.

Nachdem ich zweieinhalb Seiten durchgelesen hatte, blickte ich auf: „Ich hab zwei Fragen. Diese Passage hier verstehe ich nicht, und dann wollte ich noch was fragen." Ich hob mit meiner rechten Hand zwei Seiten in die Luft und streckte sie ihm entgegen.

„Lass den Vertrag ruhig auf dem Tisch liegen. Was ist daran nicht zu verstehen?"

„Na, Sie haben doch beim letzten Mal gesagt, dass wir eine Beteiligung an den Einnahmen des neuen Skigebiets bekommen, und da wollte ich fragen, ob das noch gilt. Damit könnte ich meine Mutter sicher schneller überzeugen."

Mutter schnaubte durch ihre Nasenflügel, als hätte sich eine Drosophila darin verflogen. Hoffentlich würde sie jetzt nicht dazwischenfunken. Ich wechselte einen kurzen Blick mit ihr und kniff dabei leicht mein linkes Auge zu. Mutter seufzte. Alex bekam von allem nichts mit. Sie machte im Sitzen einen Buckel, hatte den Kopf tief gesenkt und schüttelte ihn nur leicht hin und her. Benny zog sich am meisten in sich zurück; schon seit der ersten Drohung unseres Peinigers hatte er sich auf Mutters Schoß hinuntergebeugt und dort leise in ihre Küchenschürze geweint.

Waldowitz-Leitner dementierte: „Ich habe deutlich gesagt, der Kuschelkurs ist vorbei. Das Angebot gilt nicht mehr. Und aus."

„Tja, schade. Aber sagen Sie, was soll das denn hier in Paragraph sechs, Absatz drei, Punkt vier bedeuten? Der Absatz mit der Sicherungsrede ... nein. Wie heißt das genau? Sicherungs*ab*rede. Ja, Sicherungsabrede. Die Sätze sind so verklausuliert geschrieben. Die kann kein Schwein verstehen. Schauen Sie: hier."

Ich griff zwei andere Seiten und wedelte ihm damit zu, imitierte ein leichtes Parkinson-Syndrom, um über das Zittern der Papiere meine Angst anzudeuten. Kaum zu glauben, ich konnte ihn tatsächlich mit der Posse aus der Reserve locken. Waldowitz-Leitner war durch das Hick-Hack mit dem Vertragstext und meine total am Boden zerstörte Familie ausreichend abgelenkt, um anzunehmen, er könne seine Komfortzone gefahrlos verlassen. Ich drehte mich ihm leicht entgegen, nahm die ausgestreckte Hand dabei ein gehöriges Stück zurück, so dass mein Gegenüber einen Schritt machen musste. Kurz bevor er zugriff, ließ ich die Papiere fallen.

„Tschuldigung. Ist mir aus der Hand gefallen."

Ich ging in die Hocke, das rechte Knie auf dem Boden, den linken Fuß eine Schrittlänge davor aufgestellt, und tat, als ob ich die Seiten aufheben würde. Währenddessen, schaute ich schräg nach oben, um die Position der Schusshand auszumachen. Die Pistole war nicht direkt auf mich gerichtet, sondern zeigte etwas nach außen. Das war der geeignete Moment. Aus halbtiefer Hocke schnellte ich mit Wucht nach vorne in Richtung Waffenhand. Ich bekam sie mit beiden Händen zu fassen und stieß sie Richtung Decke, wobei ich seine geschlossenen Finger so stark umklammerte wie ich konnte. Nie würde ich diesen Griff loslassen. Ich musste nur den Lauf von mir und den Sitzenden wegdrehen.

Der erste Schuss ging steil ins Deckengebälk. Trotz des Schalldämpfers war er ziemlich laut, nicht ganz so heftig wie ein Feuerwerkskörper. Ich drehte mich mit der Schusshand von der Sitzgruppe weg, dabei zerschmetterte der zweite Schuss eine Fensterscheibe direkt neben Benny.

Durch die Rotation führten der Mörder und ich einen makabren Tanz auf. Mir gelang es, seine Hand einzuknicken, den Arm seitlich vorbeizuführen und den halb gebückten Körper des Verbrechers etwas zu drehen. Waldowitz-Leitner trat mir dabei empfindlich auf den rechten Spann. Trotzdem umklammerte ich weiterhin eisern seine Hand. Vor Wut jaulte der Mörder, er konnte aber den Abzug nicht mehr betätigen.

In seiner gebückten Haltung wollte er mich mit einem unschönen Griff unter die Gürtellinie außer Gefecht zu setzen. Das mag bei Stan und Ollie lustig aussehen, ist aber in der Realität äußerst schmerzhaft und kann einen gestandenen Mann direkt ausschalten.

Weil ich seine Finger unvermindert, eigentlich stärker als zuvor, zusammenpresste, blieb dem Mörder nichts anderes übrig, als den Griff um die Pistole zu lockern. Als seine Hand erschlaffte, entwendete ich ihm die Pistole und trat einen Schritt zurück. Trotzdem konnte ich die Waffe nicht gezielt einsetzen, denn nun schlug Waldowitz-Leitner wie ein Berserker um sich und prügelte auf mein Gesicht und meinen Körper ein. Im Verteidigungsreflex ließ ich die Waffe fallen, prügelte zurück, was das Zeug hielt, ungeachtet der Schläge, die ich einstecken musste. Bei der dilettantischen Keilerei versuchten wir uns zudem gegenseitig zu treten. Echtes Karate dürfte allerdings anders ausgesehen haben.

Plötzlich erwischte mich ein Zufallstreffer am Hals. Leicht benommen taumelte ich Richtung Wohnzimmertür. Mutter, Alex und Benny waren wie paralysiert. Sie verfolgten das Geschehen wie im Kino, anstatt dem Verbrecher die Augen auszukratzen, oder was sie sonst hätten tun können. Hätten sie doch wenigstens die Pistole an sich gerissen! Nun war es leider zu spät. Ich bekam gerade noch mit, dass Waldowitz-Leitner sie vom Boden aufklaubte. Daher riss ich blitzartig die Tür auf und sprintete ohne nachzudenken durch den Flur in den Schopf. Gerade rechtzeitig, denn der dritte Schuss strich durch die Türöffnung und schlug in der gegenüberliegenden Garderobe ein.

Im Schopf realisierte ich die eigene Dummheit. Nun saß ich definitiv in der Falle. Mit etwas Zeit hätte ich mich durch eines der Bauernfenster zwängen können, doch Zeit war momentan das knappste Gut. Mit blankgezogener Pistole stürmte Waldowitz-Leitner in den Schopf. Hoffnungslos. Ich gab auf und ließ mich auf die Bank fallen, stützte mich mit den Händen hinter dem Rücken auf ihr ab.

„So, Bürschlein. Jetzt hat deine letzte Stunde geschlagen. Glaubst wohl, du könntest einen Waldowitz-Leitner verarschen? Du bist jetzt dran, und dann wird deine Mutter den Vertrag unterzeichnen. Nur dass dich das nicht mehr kümmern muss. Bald hast du keine Sorgen mehr."

Der Mörder trat von der Schopftür einen Schritt auf mich zu und hielt mir die Waffe dicht vor die Stirn. Die Szenerie wurde von hinten durch das automatisch eingeschaltete Flurlicht gespenstisch beleuchtet. Verzweifelt rutschte ich zentimeterweise rückwärts, als meine rechte Hand hinter einem Kissen auf einen Holzgriff stieß. Das Küchenmesser! Da lag noch das lange Küchenmesser, das ich beim ersten Besuch von Abteilungsinspektor Leipoldsheimer und seiner verräterischen Assistentin dort versteckt hatte.

Just, als ich mit einer blitzschnellen Bewegung die scharfe Klinge des Fleischmessers wie ein Kurzschwert über den rechten Unterarm des Angreifers zog, brach die Hölle los. Der Mörder gab seinen letzten Schuss ab – knapp an meinem Ohr vorbei. Halb taub verfolgte ich das weitere Geschehen. Der Mörder ließ die Waffe fallen und hielt sich den blutenden Unterarm, aus dem periodisch Blut herausquoll. Drei Schopffenster zerbarsten, durch jedes wies eine Gewehrmündung nach innen.

Eine befehlsgewohnte Stimme erklang: „Waffe runter! Polizei. Legen Sie das Messer auf den Boden!"

Nichts lieber als das. Ich achtete nur darauf, das Messer möglichst weit vom Angreifer entfernt wegzuwerfen. Woher kam so plötzlich die Polizei? Keine Zeit nachzusinnen, denn wieselflink kletterten zwei schwarz maskierte und bewaffnete Personen durch die kaputten Schopffenster und brüllten weitere Befehle:

„Umdrehen. Hände hoch und an die Wand lehnen."

Ich tat wie befohlen, doch Waldowitz-Leitner zierte sich dagegen.

„Mein Arm, mein Arm," wimmerte der Mörder plötzlich wie ein krankes Kind. „Dieser Mann trachtet mir nach dem Leben. Sehen Sie! Er hat meinen Arm zerschnitten. Ich verblute. So helfen Sie doch! Nehmen

Sie ihn fest. Ich bin Siegfried Waldowitz-Leitner. Sicher kennen Sie mich aus der Presse. Ich wollte hier ein ganz normales Verkaufsgespräch führen, als der da plötzlich auf mich losging."

Ich war sprachlos. Eine derartige Dreistigkeit hatte ich noch nie erlebt. Damit konnte er doch nicht wirklich durchkommen? Bevor ich dazu kam, meinen Teil zu erwidern, schaltete sich durch das Fenster eine bekannte sonore Stimme ein:

„Sehr wohl, Herr Waldowitz-Leitner. Wir kennen Sie bestens."

Kaum zu glauben: Abteilungsinspektor Leipoldsheimer stand in unserem verschneiten Vorgarten und unterhielt sich lässig mit dem Schwerverbrecher. Eine zweite Stimme befahl dicht neben ihm: „Kollegen ,Graz' und ,Linz': Sie sichern weiterhin den Schopf. ,Kärnten', Sie holen Verbandszeug und leisten erste Hilfe. ,Wien', Sie rufen die Sanitäter. ,Imst': Sie kommen mit mir durch den Vordereingang."

Etwas später war wieder der Abteilungsinspektor zu vernehmen, diesmal vor uns leibhaftig im Schopf stehend: „Herr Waldowitz-Leitner, bevor Sie eine falsche Bewegung machen, bleiben Sie bitte mit erhobenem rechten Arm stehen und pressen Sie weiter die andere Hand auf die Wunde. So können Sie fürs Erste die Blutung abmildern. Bis die Sanitäter eintreffen, lese ich Ihnen Ihre Rechte vor: Herr Waldowitz-Leitner, hiermit sind Sie vorläufig festgenommen und kommen in Untersuchungshaft."

Der Mörder trat einen Schritt zurück. Er wollte sich wohl durch den Flur nach hinten verkrümeln.

„Keine falsche Bewegung! Mehrere Waffen sind auf Sie gerichtet, und die Männer haben Anweisung, sofort zu schießen ohne Fragen zu stellen. Sie sind festgenommen wegen Verdachts auf Gründung und Anführung einer international operierenden kriminellen Vereinigung. Verdachts auf Doppelmord und Mordversuch. Verdachts auf Erpressung und Handel mit illegalen Produkten. Verdachts auf Beamten- und Politikerbestechung. Verdachts auf … na ich glaube, das reicht für den Moment. Alles, was Sie ab jetzt äußern, kann gegen Sie verwendet werden. Sie können auf dem Revier einen Anwalt hinzuziehen."

Nun wendete sich der Abteilungsinspektor an mich: „Übrigens, Herr Moosburger, Sie dürfen nun die Arme senken. Aber bleiben Sie bitte wo Sie sind. Ich möchte nicht, dass im letzten Augenblick noch etwas Unangenehmes passiert."

Nie war ich glücklicher, Abteilungsinspektor Leipoldsheimer wiederzusehen, als in diesem Augenblick. Diesen famosen und unbestechlichen Vertreter seines Berufsstandes. So wie er müssten alle Polizisten gestrickt sein. Im Hintergrund riefen Mutter und Alex durcheinander.

„Felix! Ist alles in Ordnung bei dir?" „Was ist denn da los?" „Habt ihr ihn auch wirklich sicher in Gewahrsam?" „Liebling, so sag doch was."

Da saß ich nun im Eck unseres Schopfs auf einem Stuhl und bewunderte die Rücken von drei Kampfanzügen, die sich inzwischen um den überführten Mörder aufgebaut hatten. Jener hielt seinen Arm wie die Freiheitsstatue in die Luft, stützte ihn mit der anderen Hand und schaute mich fassungslos an. Ich blickte ihm mit starrer Entschlossenheit in die Augen, bis er geschlagen den Blick senkte. Diese Szene würde sich mir für den Rest des Lebens unauslöschlich ins Gehirn einbrennen.

„Alles bestens. Mir ist nichts passiert. Sie haben das Schwein jetzt im Griff. Ich sitze hinten im Schopf und ruhe mich ein wenig aus. Geht es Benny gut? Und wie geht's euch überhaupt?"

„Uns geht es gut", rief Mutter, „Benny ist etwas mitgenommen. Das wird sich legen, schätze ich. Alex sieht ramponiert aus, hält sich aber tapfer. Ich bin okay. Hauptsache, du bist auch okay."

Wir konnten nicht aufhören, uns gegenseitig Unversehrtheit zu beteuern, doch aus heiterem Himmel schlug der Schüttelfrost zu. Ich zitterte am ganzen Körper, nicht etwa, weil es zu kalt war, sondern weil nun die psychische Reaktion einsetzte. Zusätzlich quetschten sich zwei Sanitäter in den besetzten Schopf. Einer verarztete den Arm des Mörders. Der andere untersuchte meine Vitalfunktionen, umwickelte mich mit Stanniol und gab mir ein kleines Päckchen mit Medikamenten, von denen ich jetzt sofort eine Pille mit etwas Wasser einnehmen sollte und, falls die Reaktion wiederkäme, später maximal zwei weitere. Ich zögerte nicht lange und spülte das Ding mit stillem Wasser vom Sani hinunter. Bald darauf war mir, als konnten mich alle mal … gerne haben.

Minuten später führten sie Waldowitz-Leitner ab. Seit seiner Festnahme hatte er kein Wort gesagt. Er schaute sich beim Hinausgehen auch nicht nach mir um. Die Einsatzkräfte verließen mit ihm die zugige Stätte, und ich durfte endlich in den Flur zurück. Dort waren weitere Einsatz- und Polizeikräfte versammelt, die zunächst den Schopf mit einer Banderole sicherten und einen Mann davor postierten. Daneben trat ein besorgt blickender Leipoldsheimer auf mich zu:

„Alles in Ordnung, Herr Moosburger? Sind Sie verletzt? Ist jemand von Ihrer Familie verletzt?"

Ich schüttelte den Kopf: „Körperlich nicht. Mutter meint, ihnen geht es gut. Mir geht es auch gut. Man hat mir eine LMAA-Pille gegeben."

„Dann können wir uns vielleicht irgendwo hinsetzen und unterhalten? Wir müssen leider Ihr Haus als Tatort untersuchen. Wenn Sie nichts dagegen haben, Wählen wir einen Platz, wo wir keine Spuren zerstören. Sie und Ihre Familie können mir und meinem Assistenten, Gruppeninspektor Anton Sutterini, erzählen, wie sich alles genau abgespielt hat."

Leipoldsheimer zeigte dabei auf einen Mann schräg hinter sich, der sich kurz verneigte und mir die Hand schüttelte. Nichts zu sehen von der redseligen Gruppeninspektorin Rüsch. Also versammelten wir uns in der Küche: meine Familie, zu der ich inzwischen auch Alex zählte, Abteilungsinspektor Leipoldsheimer, Herr Sutterini und ich. Minuten später kam Onkel Jodok dazu, den Mutter kurzerhand angerufen und um seelischen Beistand gebeten hatte.

Leipoldsheimer war kein Mann umschweifiger Worte. Bestimmten Hinweisen zufolge sei er mit einer Eingreifgruppe permanent auf der Spur von Waldowitz-Leitner gewesen. Diese hatte ihn zu uns geführt, was ihn nur bedingt verwundert habe.

Ich verkniff mir jeglichen Kommentar, erzählte stattdessen die Geschichte mit dem erzwungenen Verkaufsvertrag, unserer Freiheitsberaubung und der angedrohten Körperverletzung. Schmückte dabei vor allem meinen Kampf auf Leben und Tod aus. Leipoldsheimer stellte Nachfragen zur Vorgeschichte der kriminellen Landnahme des Herrn Waldowitz-Leitner, um das entstandene Bild für sich abzurunden, wie er sagte. Gruppeninspektor Sutterini notierte alles fleißig, und nach etwa einer Stunde machten sich beide Polizisten daran aufzubrechen.

Für den nächsten Tag sollten Mutter, Benny, Alex und ich ins Büro des Abteilungsinspektors nach Bregenz kommen, um alles offiziell zu Protokoll zu geben. Leipoldsheimer und Sutterini sammelten die Vertragsunterlagen als Beweisstücke ein. Sie rieten uns noch, ärztlichen Beistand zu holen, worauf wir dankend verzichteten. Die Einsatzkräfte hatten zwischenzeitlich die zertrümmerten Fenster aus dem Schopf mit einer Behelfsplane abgedichtet, die Kugeln aus den Holzwänden gebohrt und sich mit dem Verhafteten vom Acker gemacht.

Im Flur verabschiedeten sich die beiden Polizisten, doch diesmal richtete ich die probate Columbo-Frage an sie und verkehrte damit unsere üblichen Rollen ein wenig ins Gegenteil:

„Ach, übrigens, Herr Abteilungsinspektor: Haben Sie denn nicht mehr diese nette Assistentin, Frau Gruppeninspektorin ... wie heißt sie gleich nochmal?"

Leipoldsheimer zuckte kaum merklich zusammen: „Rüsch. Sie heißt Emilie Rüsch. Ääh ... Frau Rüsch ist momentan etwas unpässlich, Gruppeninspektor Sutterini wird sie überaus kompetent erset ... ääh, vertreten."

Nach diesem kleinen Versprecher drehte sich Leipoldsheimer um und schritt rasch durch die Haustür, gefolgt von seinem neuen, hoffentlich weniger korruptionsanfälligen, Assistenten. Ob dieser etwas konfusen Reaktion, die im krassen Gegensatz zu Leipoldsheimers sonst so souveränen Art stand, konnte ich mich eines stillen Lächelns nicht erwehren.

Mit dem Abgang der beiden Polizisten war der Spuk endlich vorbei. Er ließ uns fünf Familienmitglieder – Mutter, Onkel Jodok, Benny, Alex und mich – erschöpft und aufgekratzt zugleich zurück. Mir war inzwischen alles ziemlich egal, denn ich nannte noch zwei weitere Leck-mich-am-Arsch-Pillen die meinen.

32. Abschlussritual

Vier Wochen später veranstalteten wir ein Fest. Das Sommersemester hatte Anfang März begonnen. Studenten und Dozenten strebten wieder in rhythmischen Abständen den Hörsälen und Seminarräumen zu. Der Winter machte Ende Februar eine kleine Pause, nur um Mitte März noch mal für vier Tage voll zuzuschlagen und Alex, Benny und mir wundervolle Neuschneeabfahrten auf nicht präparierten Skirouten zu gönnen. Mutter hatte inzwischen eine halbtägige Arbeit im Postlädele von Rotenstein übernommen, bei der sie vormittags regelmäßig unter Leute kam. Das tat ihr sichtlich gut. Benny erhielt, über mehrere Wochen verteilt, eine psychologische Betreuung, die das Trauma des Überfalls mit ihm bearbeitete. Ansonsten ging er wie immer zur Schule. Wie gehabt, arbeitete ich über die verlängerten Wochenenden im Hotel Hubertus. Dann absolvierte ich letzte Nachprüfungen und besuchte, wie Alex und Karl-Heinz, aktuelle Veranstaltungen des neuen Semesters.

Wegen der Nachprüfungen fand unser Fest erst anschließend statt. Wir wollten im Hotel Hubertus in einem Nebenzimmer unser Abschlussritual zelebrieren und mit Sekt, Lachs- und Käseplatte, Braten, diversen Salaten und Kuchen die überstandenen Schrecknisse verabschieden – wobei Mutter bei den Getränken nur auf Fruchtsäfte zurückgreifen würde.

In den vergangenen Wochen hatte die Staatsanwaltschaft den Fall mächtig aufgerollt. Die Zeitungen prophezeiten, wegen der Größe der kriminellen Organisation würde man mindestens ein Jahr benötigen, um die Anklage vorzubereiten, weil weitere Honoratioren des Landes in das organisierte Verbrechen verwickelt seien. Das waren endlich die uns bekannten hohen Herren, deren Festnahme ich bei der Razzia in Snow-White schmerzlich vermisst hatte.

So grassierte nach dem Horrorabend eine Verhaftungsepidemie in unserem sauberen Ländle. Neben einigen Gangstern der unteren Hierarchie hoben sie den grenznahen Bürgermeister ebenso aus wie den Baulöwen – und auch wie Professor Dimundi, dessen Plagiatsaufdeckung für ihn dann wohl das kleinere Übel darstellen dürfte. Einige Ganoven waren bereits im Ski-Ressort verhaftet worden, darunter auch der Stuttgarter Autobastler. Andere suchte die Polizei sukzessive auf, wobei sich einer vorab sogar ins Ausland absetzen konnte und erst über Interpol gefasst wurde.

Starreporter Werner Labsal kam dieser Tage groß heraus. Fast täglich fanden sich seine reißerischen Artikel im Tagesanzeiger, mit denen er Details über die kriminelle Vereinigung häppchenweise unters Volk brachte und anklingen ließ, von Beginn an den richtigen Riecher für die Verwicklungen im Hintergrund gehabt zu haben. Uns sollte es mehr als recht sein, wenn er sich so aufplusterte. Das zeigte nur, dass zumindest dieser Teil unseres Plans, im Zuge der Enthüllungen unerkannt zu bleiben, so aufgegangen war, wie wir es uns von Beginn an ausgemalt hatten.

Am Tag nach dem Mordanschlag von Waldowitz-Leitner waren wir von der Pressemeute förmlich überrannt worden. Auf Anraten von Frau Professor Konzett, der Mutter ihr Herz ausschüttete, baten wir daraufhin einen Kommunikationsprofi mit besten Verbindungen um Hilfe. Neben einer profunden Pressearbeit kannte er sich auch damit aus, wie Normalbürger mit Journalisten aus Presse, Rundfunk und Fernsehen umgehen. Durch ihn verfolgten wir eine offensive Medienstrategie, solange die Journaille die aktuelle Mörder-Sau durchs Dorf trieb. Der Profi half uns, die öffentliche Aufmerksamkeit unbeschadet zu überstehen und sogar hier und dort einen kleinen Obolus für die Story und für Interviews herauszuschlagen. Besonders meinen Kampf mit dem Mörder schlachteten die Medien gehörig aus, was mir an der Fachhochschule und im Dorf einiges an überdurchschnittlicher Aufmerksamkeit eintrug. Nach der Verhaftung des Drahtziehers meldeten sich im Zuge des Medienrummels sogar einige geprellte Bürger, denen er in früheren Jahren Wiesen mit ähnlich erpresserischen Methoden, teilweise mit gefälschten Testamenten, abgezwungen hatte. Sie forderten ihre Ländereien auf juristischem Weg zurück oder zumindest eine angemessene Entschädigung, was nach Einschätzung von Experten die Konten des kriminellen Ski-Tycoons gehörig rupfen würde.

Natürlich mussten wir den Medienprofi für seine drei Sitzungen ziemlich teuer bezahlen, aber das war es uns wert. Zudem übernahm Onkel Jodok davon den Löwenanteil – sicher auch aus einem klitzekleinen Schuldgefühl heraus gegenüber seiner Schwägerin, meiner Mutter. Doch die Kommunikationsstrategie hatte genutzt, und zwar in mehrfacher Hinsicht: Wir fühlten uns in der unbekannten Situation nicht allein gelassen, nahmen selber das Heft der Handlung in die Hand und konnten den Medienspuk, sofern er uns betraf, nach wenigen Tagen beenden.

All dies trug wesentlich zur Genesung bei. Das Wichtigste war jedoch: Niemand stellte eine Verbindung zwischen dem versuchten erpresserischen Landerwerb und unserer Aufklärung von Drogen- und Schmuggelgeschäften her. Starreporter Labsal ließ in seinen Beiträgen und Kommentaren mit keiner Silbe durchblicken, woher seine Informationen zu diesem Fall stammten. Sprachlich waren seine Artikel suggestiv verfasst, als hätte er einen Großteil der Recherchen eigenhändig durchgeführt. Das war famos, denn damit blieb unser nicht ganz koscherer Anteil an der Affäre verborgen.

Unser geplantes Abschlussfest diente der kollektiven familiären Psychohygiene. Karl-Heinz kam auf diese tolle Idee – ich vermutete, sein Gusto hatte ihm das eingegeben – und Alex unterstützte sie sogleich, indem sie uns ein Kurzreferat über Sinn und Wert von Ritualen hielt. Rituale bilden Gemeinschaft, mildern Ängste, begründen Stabilität, gestalten Übergänge, machen handlungsfähig, entwickeln Kultur und vermitteln das Gefühl, Teil eines größeren Ganzen und damit zugleich das Ganze selbst zu sein. Wir wollten also am einundzwanzigsten März den Winter verabschieden und mit ihm auch gemeinsam das spezielle Übel dieses für uns so ungewöhnlich gefährlichen Winters.

Das Fest fand im engsten Kreis der Beteiligten statt. Außer Karl-Heinz und Alex luden Mutter, Benny und ich nur noch Onkel Jodok ein. Aus diesem Grund schlossen wir Alfi aus, da er den wahren Hintergrund unserer Geschichte nicht kannte und nicht noch tiefer in sie hineingezogen werden sollte. Tante Sieglinde war ebenfalls nicht dabei; sie kam an diesem Abend sehr gut ohne ihren Mann aus, denn unabhängig von unserem Beisammensein war sie mit einer Freundin fürs Theater verabredet. Tatsächlich stellte ihre Aktivität sogar den Auslöser für unseren gemeinsamen Termin dar. Somit trafen wir uns gegen achtzehn Uhr im Hotel.

Mutter eröffnete die Privatfeier mit einer Ansprache. „Liebe Familie, liebe Freunde!" Sie hob ihr Glas mit Holdersaft in die Höhe und hielt eine kleine Rede. In der für uns vorbereiteten Feststube standen wir eng zusammen und klammerten uns an Sektgläser. Sogar Benny durfte zur Feier des Tages einen Sekt mit Orangensaft trinken. Der Tisch bog sich unter leckeren Speisen.

„Nun verabschiedet sich der Winter und mit ihm die dunkle Jahreszeit. Wir haben das Dunkel hinter uns gelassen und treten ins Licht."

„Hört, hört!" Onkel Jodok bekräftigte Mutters Rede mit der verstaubten Anerkennungsformel.

„Ja, ins Licht. Eine hellere Zukunft liegt vor uns allen. Benny hat als einziger aus der Familie auf dem Gymnasium ein Zeugnis mit einem Notendurchschnitt unter einskommasieben nach Hause gebracht. Er wird eine tolle Matura hinlegen. Unsere drei fleißigen Studenten absolvieren ihr Studium wie nichts und werden später angesehene Positionen in der Gesellschaft einnehmen. Jodok: Du, lieber Schwager, warst uns ein großer Halt in dieser schwierigen Zeit, und ich bin aus der Versenkung aufgetaucht, in die mich Josefs Tod hineingetrieben hat. Und unser lieber Felix – ja, ja, du kannst dir das ruhig mal anhören – hat mit euer aller Hilfe böse Geister besiegt, die das Haus und den Besitz unserer Vorfahren bedroht haben. Somit hat er eine kleine Anerkennung verdient."

Mutter reichte mir ein quadratisches Päckchen rüber: „Hier Felix, das ist von uns allen. Ich hab mich ein bissel bei Benny und deinen Freunden erkundigt und hoffe, es gefällt dir."

Sie stand da und schmunzelte. Ich stand da und war gerührt.

„Nun mach schon auf", sagte Karl-Heinz, „ich hab Hunger."

Ich wollte auf keinen Fall riskieren, dass mein Freund vom Fleisch fiel und zupfte das Geschenkpapier auf. Ein Wunder: Stevie Ray Vaughan war auferstanden! Hinter dem Papier verbargen sich fünf Musik-Scheiben: einmal Stevie live in der Carnegie Hall, einmal live in Toronto plus drei Scheiben vom wirklich wahren Epigonen, Joe Satriani, die ich noch nicht besaß. Ich war noch mehr gerührt und umarmte nacheinander alle Lieben. Mutter war aber noch nicht mit ihrer Rede zu Ende.

„Außerdem wird Alex im Sommer bei uns einziehen und unser Haus zusätzlich erleuchten. Liebe Freunde und Familienangehörige: Wir haben einen mörderischen Anschlag gesund überlebt. Lasst uns das gebührend feiern. Auf die leuchtende Zukunft!"

„Auf die leuchtende Zukunft und die leuchtende Gegenwart!"

„Auf dich, Elfriede!"

„Auf uns alle!"

„Auf unser Zusammenleben!"

„Auf geht's. Wann essen wir endlich?" Karl-Heinz, ganz Gourmet-Pragmatiker, achtete darauf, den Moment nicht allzu rührselig ausarten zu lassen. Wir machten uns dann auch rasch über die deftigen Speisen her. Niemand musste befürchten zu kurz zu kommen. Kaum mümmelten alle still vor sich hin, klopfte es an der Tür.

„Habt ihr Alfi doch noch eingeladen?", wollte Karl-Heinz wissen.

Da dem nicht so war, ging ich nachschauen, wer uns Samstagabend zu einer Zeit beehrte, in der andere Familien allenfalls beim Abendessen sitzen. Ich nahm diesmal kein Messer mit, öffnete aber die Tür vorsichtshalber nur einen kleinen Spalt. Fast hätte ich es mir denken können: Ein alter Bekannter stand vor der Tür, mit einem Blumenstrauß in der Hand.

„Ja, was führt *Sie* denn zu uns, Herr Abteilungsinspektor?"

Leipoldsheimer entgegnete durch den Türspalt: „Grüß Gott, Herr Moosburger. Bitte nicht so förmlich, ich bin nicht im Dienst. Wollte nur kurz vorbeischauen und Ihrer Familie Blümchen bringen. Ich störe doch hoffentlich nicht?"

„Wie haben Sie uns denn hier aufgespürt? Sie kommen gerade recht zum Essen. Dafür haben sie einen perfekten Riecher. Bitte treten Sie ein."

Falls ich hoffte, ihn abzuschrecken, hatte ich mich kräftig getäuscht.

„Danke. Die Einladung nehme ich sehr gerne an."

Ich öffnete die Tür. Leipoldsheimer schlüpfte durch den Spalt herein. „Schaut mal, wen ich mitgebracht habe!"

Köpfe rückten herum. Gespräche verstummten. Mutter fasste sich als Erste: „Guten Abend, Herr Abteilungsinspektor. Mögen Sie sich zu uns setzen?"

„Guten Abend, Frau Moosburger." Leipoldsheimer wickelte den Strauß aus und reichte ihn hinüber. „Hier, die sind für Sie. Ich wollte Ihrer Familie nur abschließend gratulieren, wie Sie mit der ganzen Sache umgegangen sind. Sie haben der Polizei einen großen Dienst erwiesen. Aber lassen Sie doch bitte den Titel weg, ich bin nicht im Dienst. Wenn es Ihnen nicht unangenehm ist, würde ich mich tatsächlich für einen Augenblick zu Ihnen setzen. Will nicht lange stören. Feiern Sie etwas Bestimmtes?"

„Ach, nur den Frühlingsanfang, obwohl davon in den Bergen noch nichts zu sehen ist. Benny, bestell bitte noch ein Gedeck und lass die Blumen in eine Vase stellen. Wir rutschen hier etwas zusammen. Nehmen Sie sich bitte einen Stuhl und greifen Sie kräftig zu. Wie haben Sie uns denn hier gefunden?"

„Ach, normale Routinearbeit. Sie waren nicht zu Hause, und ich wusste, wo Ihr Sohn arbeitet."

„Na, dann einen Guten, Herr Abteilungsinspektor."

Mutters fröhliche Betriebsamkeit lockerte die Situation sichtlich auf. Nachdem sich Leipoldsheimer am Buffet bedient hatte, wollten wir vor allem von ihm wissen, wie denn der Sachstand in der besagten Angelegenheit sei, ob er uns mehr mitteilen könne als in den Zeitungen steht.

„Über laufende Ermittlungsverfahren kann und darf ich Ihnen keine Auskunft geben, bitte verstehen Sie das." Eine andere Aussage hatte ich auch nicht von ihm erwartet. Ich war nur gespannt darauf, was er tatsächlich von uns wollte, denn die Nummer als Blumenfee kaufte ich ihm nicht ab. „Aber ganz allgemein kann ich sagen, dass wir mit dem Stand der Dinge sehr zufrieden sind. Die Aktenlage ist eindeutig und sehr umfangreich. Das alles auszuwerten benötigt Monate."

Da wir von ihm keine weiteren Hinweise bekommen würden, widmeten wir uns ausgiebig den kulinarischen Köstlichkeiten. Leipoldsheimer genehmigte sich sogar ein kleines Bierchen. Eines nur, weil er mit dem Auto unterwegs war. Alles in allem kam eine richtig gemütliche Stimmung auf, bei der ich trotz der unverfänglichen Konversation nach wie vor wachsam blieb. Abgesehen vom Sekt trank ich ebenfalls nur ein kleines Bier, weil ich dem Frieden einfach nicht traute. Und ich hatte richtig vermutet. Nicht ganz unerwartet für mich legte Leipoldsheimer mit seinem eigentlichen Anliegen los.

„Hand aufs Herz, Herr Moosburger: Wollen Sie nicht endlich zugeben, dass Sie die kriminellen Machenschaften um den Lateinamerikaverein und den Drahtzieher Waldowitz-Leitner aufgedeckt haben?" Sein Blick brannte sich in meinem Großhirn ein.

Leipoldsheimer konnte nichts gegen uns oder mich in der Hand haben, ansonsten wären wir doch sofort aufs Revier zitiert und offiziell vernommen worden. Oder irrte ich mich?

„Wie kommen Sie denn darauf?", schaltete sich Alex ein.

„Wissen Sie, Frau Wieblinger, das liegt auf der Hand. Sie glauben doch nicht, dass der Schmierfink", er meinte eindeutig den Starreporter eigener Gnaden, „so gewitzt ist, bestimmte Details zu recherchieren und sogar bestimmte Informationen original zu sammeln? Dafür war er vorher ein viel zu unbeschriebenes Blatt."

Wir waren zu perplex, um Leipoldsheimer zumindest ansatzweise scheinheilig danach zu fragen, was er damit meinte. Der Abteilungsinspektor blickte kurz in die Runde und fuhr ruhig in seiner Erörterung fort, wobei er dann doch konkret wurde und entgegen seiner vorigen Äußerung einige Ermittlungsergebnisse preisgab.

„Ich vermute, der Absturz des Autos Ihres Freundes und die Ermordung eines gewissen Edmund Otterbach haben damit etwas zu tun. Soviel kann ich Ihnen verraten: Die Tatwaffe, mit der Herr Otterbach im Krankenhaus Feldkirch erschossen wurde, entspricht laut ballistischer Prüfung exakt der Waffe, mit der Landtagsabgeordneter Holzegger angeblich in seinem Auto Selbstmord verübt hat. Wir haben das aus Ermittlungsgründen geheim gehalten. Dass dies kein Selbstmord, sondern Mord war, und die illegale Waffe vermutlich Herrn Waldowitz-Leitner gehört, geht aus einem Tondokument eindeutig hervor, welches mir zugespielt wurde. Wir haben inzwischen Spuren am Tatort der Baufirma in Schruns gesichert. Konnten dort das Blut des Abgeordneten unter einem Stoß Marmor feststellen, wie es das Tondokument vermittelt. Allerdings bleiben drei Fragen offen: Wer hat das belastende Material von der Baufirma aufgenommen? Wer war im Ski-Ressort und hat uns von dort die interessante Information über meine ehemalige Assistentin zugespielt? Und wen hatten die beiden später getöteten Gangster in der Waldhütte gefangen gehalten?"

Dabei blickte mir der sich außer Dienst befindende Abteilungsinspektor fortwährend tief in die Augen. Ich kam mir vor wie Schneewittchen angesichts der sieben Zwerge, ohne allerdings von seinem Tellerchen gegessen zu haben.

„Keine Ahnung", sagte ich „vermuten Sie tatsächlich, dass ich das war, oder schauen Sie immer so komisch?"

Der Abteilungsinspektor ließ sich durch meine Frechheit nicht aus dem Konzept bringen. „Tja, wissen Sie? Wer immer das war, hat sich eine Anerkennung verdient. Interpol ist schon lange hinter dieser Bande her und hat eine hohe Belohnung für deren Ergreifung ausgesetzt. Neunzigtausend Euro immerhin. Ist kein Pappenstiel. Interpol hatte bisher nur keine Beweise in der Hand, um Verdächtige der Staatsanwaltschaft auszuliefern. Dank der Aufklärungsarbeit kamen wir außerdem über diverse verschlüsselte Dokumente dem Verein zur Emanzipation Lateinamerikas und seinen Spießgesellen auf die Spur, von wo aus wir weitere Indizien sammeln konnten. Sogar einer Ihrer Professoren von der Fachhochschule ist darin verstrickt. Wir konnten ein verschlüsseltes Dokument entziffern und sind dadurch einem internationalen Abnehmerring auf der Spur, den er lukrativ aufgezogen hat. Das wissen Sie sicher schon längst."

„Welche Aufklärungsarbeit?", fragten Mutter und Benny gleichzeitig. Beide wussten von meinem nächtlichen Ausflug nach Schruns nichts und brauchten ihr Unwissen nicht zu spielen.

Leipoldsheimer erklärte: „Nach den Indizien, einschließlich der eindeutigen Beweislage im Zuge der Schießerei, sieht es scheinbar so aus, als ob die Verbrecher sich gegenseitig bespitzelt haben. Und es hat jemand von ihnen uns die Unterlagen zukommen lassen. Wir haben in einem beschlagnahmten Auto ein Handy gefunden, das das Handy des Professors abhört. Aber ich glaube das nicht. Wir konnten das Material zwar wunderbar verwenden, um weitere Fakten zu sammeln und im Verhör einen Stein aus der Mauer des Schweigens herauszubrechen. Wahrscheinlich kommt es demnächst zu einer Kronzeugenregelung. Glaube nicht, dass die Verbrecher sich vorher gegenseitig ans Messer geliefert haben. Dafür hat jeder genügend von dem Handel profitiert. Und außerdem sind einige Daten zu dem Handy unsinnig. Die passen nicht zur Bespitzelungstheorie."

Sieh an, so hatte mein Ablenkungsmanöver mit dem präparierten Handy im Volvo des Stuttgarter Autobastlers auf einmal eine völlig andere Wendung genommen als gedacht. Wenn die Polizei dieses Indiz dafür verwenden konnte, die Gangster gegeneinander auszuspielen und den Abnehmerring auffliegen zu lassen, hatte es auf jeden Fall seinen Dienst geleistet. Leipoldsheimer setzte seine Erläuterung fort, allerdings sehr zu meinem Unbehagen, wie sich schnell herausstellte.

„Aber was wollen Sie dann von uns?", wollte Mutter wissen.

„Vermutlich kommt das Enthüllungsmaterial aus Ihrem Kreis. Wenn ich eins und eins zusammenzähle, kommt für mich nur Ihr Sohn in Frage. Zu den Ungereimtheiten gehört auch ein Anruf des Hausmeisters Ihrer Fachhochschule auf dem gefundenen Handy. Den Hausmeister habe ich bislang noch nicht hierzu befragt. – Übrigens: Wenn ich auch nur ein Wort von dem, was hier gesagt wird, außerhalb dieses Raums höre oder lese, werde ich wirklich böse. Dann kommen Sie nicht mehr ungeschoren davon! Bis jetzt hat dieses Gespräch nämlich nie stattgefunden."

„Felix, was hast du denn *nun* schon wieder angestellt?" Meine Mutter schüttelte vorwurfsvoll den Kopf. Benny spitzte die Ohren, um ja nichts zu verpassen.

Onkel Jodok stellte sich mir zu Seite und wollte vom Abteilungsinspektor wissen, welche kriminellen Geschäfte der Verein denn so getätigt hätte. Karl-Heinz stopfte wie ein Verhungernder Schweinebraten in sich hinein. Alex lehnte sich mit einem Pokerface zurück. Ich grübelte. Bevor ich auch nur ein Sterbenswörtchen zugab, interessierte mich viel mehr, wer denn der Kronzeuge sei und inwieweit uns die Rachsucht dieser Person treffen könnte. Außerdem musste ich unbedingt wissen, ob die Polizei unsere illegalen Aktivitäten verfolgen würde, wenn ich meine Beteiligung zugab. Daher stellte auch ich eine Rückfrage.

„Darf man erfahren, wer den Kronzeugen abgeben wird? Das ist sicher für weitere Überlegungen ein entscheidender Faktor."

Leipoldsheimer dachte nach. „Hmm. Unter der genannten Voraussetzung kann ich andeuten, dass es vermutlich eine Person aus Stuttgart sein wird. Sie können sich Ihren Teil denken. Die Person leugnet zwar, jemanden aus den eigenen Reihen bespitzelt zu haben und Handys im Elektronikmarkt dafür gekauft zu haben, was allerdings aus einer Rechnungsadresse des Elektronikmarkts und dem Handy im Auto des Betreffenden hervorgeht. Geschickte Vernehmungsspezialisten konnten den Herrn aber davon überzeugen, dass sein Leben keinen Pfifferling mehr wert ist, wenn seine Kollegen von diesen Tatsachen erfahren. Mit einer neuen Identität und ohne Gefängnisaufenthalt ist er deutlich besser dran."

Na, das waren mal gute Nachrichten. Das schwäbische Weinfass konnte sich zwar aus der Affäre ziehen, stellte aber keine Gefahr mehr für uns dar. Vor meinem Coming-Out benötigte ich jedoch mehr Hintergrundinformation: „Mit wie vielen Jahren dürfen die Ganoven denn so rechnen?", fragte ich Leipoldsheimer.

„Ich mag der Rechtsprechung nicht vorgreifen. Gewaltenteilung und so. Nach Lage der Dinge und des Gesetzes würde es mich aber wundern, wenn für den mehrfachen Mörder nicht mindestens lebenslänglich herausspringt und für andere Bandenmitglieder nur unbedeutend weniger. Dafür haben sie zu viele Delikte gleichzeitig am Hals. Beihilfe zum Mord ist eines, Drogenhandel und Schmuggel international verbotener Ware ein zweites, Mitgliedschaft und Drahtzieherei in der organisierten Kriminalität ein drittes, Entführung und Körperverletzung ein weiteres."

„Und, nur mal hypothetisch gesprochen, was würde mit mir passieren, gesetzt den Fall, ich würde das zugeben, was Sie vorhin sagten? Was ich nicht zugebe, wohlgemerkt, damit wir uns richtig verstehen. Würden Sie mich dann nicht auch wegen irgendwelcher Delikte belangen?"

„Ich will Ihnen erläutern, was passiert, wenn Sie das, was Sie hypothetisch getan haben könnten, *nicht* zugeben", antwortete Leipoldsheimer.

„Dann bekommt der Schmierfink die Belohnung, da er uns teilweise dieselben Dokumente vorweisen konnte, die wir anonym erhalten haben. Damit könnte er seine Urheberschaft belegen. Im Übrigen würde dem tatsächlichen Urheber der Dokumente nichts passieren, denn aus denselben Gründen wie bei der Kronzeugenregelung wurde von höchster Stelle über die Sache eine Generalamnestie für den Informanten ausgesprochen. Und eine generelle Geheimhaltungsklausel für den gesamten Vorgang. Nur drei Personen wissen davon, und die geben auch nichts an Interpol weiter: der Landespolizeidirektor, der Landeshauptmann und ich. Die Akte trägt den Vermerk ‚streng geheim'. Nur der Landeshauptmann und der Direktor dürfen darauf zugreifen."

Ich war von den Socken. Unser gewählter Landesvater und sein höchster Polizeibeamter wären die alleinigen Hüter der wahren Hintergründe. Das erschien mir ziemlich sicher, doch ich wollte zuvor alles mit der Familie und den Freunden besprechen und bat daher Leipoldsheimer einen Augenblick nach draußen.

„Wären Sie so freundlich und warten an der Bar? Wir müssen Familienrat halten. Benny begleite doch bitte den Herrn. Vielleicht mag er etwas trinken, solange wir uns beraten."

Leipoldsheimer lächelte beim Rausgehen hintergründig. Widerwillig zog mein Bruder mit ihm ab. Ich schickte Benny als Aufpasser für den Abteilungsinspektor mit. Außerdem sollte mein Bruder nicht alles mitbekommen, weil er trotz seiner für einen Fünfzehnjährigen ziemlich ausgereiften Persönlichkeit unabsichtlich etwas ausplaudern könnte.

Unsere kurze Beratung in der Stube brachte ein rasches Ergebnis. Wir waren uns in allem einig: Wir schätzten die Sicherung der Ermittlungsakte als seriös ein. Ich sollte mich als Hauptperson offenbaren und Namen und Rolle der Mitstreiter im Unklaren lassen, um niemanden zu belasten. Wir würden die Belohnung durch drei teilen, da Onkel und Mutter auf ihre Anteile verzichteten. Sie meinten, die wahre Leistung ginge von uns jungen Leute aus. Wir würden das Geld eher benötigen als sie. Details zu Entführungen, Dechiffrierungen und Lauschaktionen würde ich keinesfalls preisgeben. Dann holte ich die zwei Barbesucher zu uns.

„Also gut, Herr Abteilungsinspektor. Wollen wir dienstlich werden. Ich gebe zu, die Hintergrundinformationen besorgt zu haben. Das kann ich auch beweisen. Bei einem Rechtsanwalt ist ein USB-Stick hinterlegt, auf dem alle Dokumente vollständig enthalten sind, wie Sie sie von mir zugesandt bekommen haben. Ich maile Ihnen morgen seine Kontaktdaten und informiere den Anwalt. Er händigt Ihnen den Stick aus. Weder meine Verwandten und Freunde noch ich werden etwas darüber aussagen, wie die Informationen beschafft wurden. Ich habe nur eine abschließende Frage: Was wurde eigentlich aus Gruppeninspektorin Rüsch?"

„Ich kann Sie beruhigen, Herr Moosburger. Sie wurde vorläufig suspendiert. Gegen sie läuft ein Ermittlungsverfahren; die Verdachtsmomente sind gravierend. Uns war längst klar, dass interne Informationen nach außen dringen. Dass damit zwei angesehene Mitbürger zu tun haben, hat uns ziemlich überrascht. Sollte Frau Rüsch verurteilt werden, wird sie unehrenhaft aus dem Polizeidienst entlassen."

„Kann sich denn der Polizeiapparat damit zufriedengeben? Ich meine nicht die Entlassung der Polizistin, sondern das, was Ihnen mein Neffe gesagt hat", fragte Onkel Jodok nach.

„Auf jeden Fall. Ich habe dem Landespolizeidirektor gegenüber den Verdacht geäußert, ohne Namen ins Spiel zu bringen. Nach Rücksprache mit dem Landeshauptmann geht das so in Ordnung, wie ich es Ihnen gesagt habe. In der Angelegenheit fungiere ich als offizieller Übermittler. Ihre juristische Absicherung bekommen Sie schriftlich. Das Schriftstück können Sie bei einem Rechtsanwalt oder in einem Bankschließfach hinterlegen. Das Geld übergebe ich Ihnen in bar, so dass keine Überweisungswege rückzuverfolgen sind. – Übrigens, darf ich noch etwas Persönliches dazu anmerken? Sie alle, auch wenn Herr Moosburger niemals Ihre Namen preisgeben wird, haben mir in der Angelegenheit mächtig imponiert. Ich finde zwar Ihren Eigensinn und Ihre Risikobereitschaft aus staatlicher Sicht bedenklich. Das Verhalten darf in einem Rechtsstaat keinesfalls zur Regel werden. Sie hätten sich sofort bei uns melden sollen. Dennoch: Hut ab! Nun will ich Sie aber nicht weiter belästigen. Feiern Sie schön. Ich fahre jetzt heim zu Frau und Kindern."

Noch war ich nicht vollends überzeugt: „Mir ist trotzdem nicht ganz geheuer, Herr Leipoldsheimer. Der Abgeordnete Holzegger hatte ebenfalls einen Helfer in Reihen der Polizei gehabt. Über dessen Computer war er an Informationen zu geplanten Polizeieinsätzen gelangt."

„Sehen Sie, Herr Moosburger, an der Sache sind wir auch dran. Unsere Informatikspezialisten erstellen gerade bestimmte Zugriffsprofile.

Damit können sie eindeutig darstellen, von welchem PC ein überdurchschnittlich häufiger Zugriff auf die Informationen ausgegangen ist. Der betreffende Kollege wird in argen Erklärungsnotstand geraten."

Seine Erklärung beruhigte mich und gab mir das Vertrauen in unsere Exekutivorgane zurück. Karl-Heinz hatte inzwischen seine Fressattacke beendet und wollte auch etwas wissen: „Bevor Sie gehen, könnten Sie vielleicht kurz sagen, wie das Geschäft mit dem Verein und der Baufirma aufgezogen war? Oder gehört das auch zur Geheimhaltung? In der Zeitung stand darüber nichts."

„Ich dürfte Ihnen eigentlich keine weiteren Details nennen, aber da der Erfolg im Wesentlichen auf Sie zurückführen ist – ja, ja, ich weiß: auf Herrn Moosburger –, und demnächst auch offiziell verkündet wird, darf ich wohl vorab wenigstens einige allgemeine Erläuterungen geben. Mit dem Verein wurde in Übersee eine Ankaufsorganisation aufgezogen, die sich wunderbar mit sozialen Aktivitäten in Peru und anderen Ländern vertuschen ließ. All die netten Dinge, die wir beschlagnahmen konnten, wurden in Lateinamerika zentral gesammelt und über illegal startende Privatflugzeuge nach Europa eingeflogen. ,Plätterbau' aus Schruns betreibt nun Niederlassungen in Spanien und Italien. Die Firma fungiert mit präparierten Baumaterialien als Bote. Unsere südländischen Kollegen sammeln gerade Beweise dafür, dass die eingeflogene Ware dort ins Holz eingearbeitet wurde. Auf dieser Seite des Atlantiks hat dann der Lateinamerikaverein sein Verteilernetz aufgespannt. Ein ziemlicher Gemischtwarenladen, das Ganze. Äußerst lukrativ – und hochkriminell."

„Können Sie denn den Mord an dem Abgeordneten eindeutig dem Ski-Tycoon zuordnen?", wollte Alex wissen.

Leipoldsheimer taute im Zuge unseres Gesprächs langsam auf und beantwortete auch diese Frage. „Wissen Sie, der Selbstmord war mir von Anfang an suspekt. Breite Aus- *und* Eintrittswunden sind untypisch für einen einzigen aus der Nähe aufgesetzten Schuss. Selbstverständlich haben wir der Presse davon nichts mitgeteilt, um den oder die wahren Täter nicht aufzuschrecken."

„Siehst du!", platzte Alex mir gegenüber leicht rechthaberisch heraus. „Unsere Pathologie arbeitet *doch* sehr genau."

Leipoldsheimer fuhr fort: „Die Waffe als solche kann zwar nicht Waldowitz-Leitner zugeordnet werden, weil sie illegal ist, aber die Aussage vom Kronzeugen ist diesbezüglich eindeutig. Mit ihr werden wir anderen Bandenmitgliedern weitere Bestätigungen entlocken. Und dann ist der feine Ski-Löwe mindestens wegen Doppelmord und versuchtem Mord an Ihnen dran."

Nach dieser für uns mehr als beruhigenden Erläuterung machte sich Abteilungsinspektor Leipoldsheimer auf den Weg. Als ich ihn nach draußen begleitete, stellte er die unvermeidliche Abschlussfrage: „Was hat eigentlich der Absturz Ihres Autos mit der ganzen Angelegenheit zu tun? Das Detail interessiert mich nun doch noch."

Auf diese Info kam es jetzt auch nicht mehr an. Leipoldsheimer hatte uns gegenüber sein Wissen ziemlich offen preisgegeben, zumindest soweit er es verantworten konnte. Also setzte ich ihn knapp über den Anlass des bösen Spiels in Kenntnis:

„Die beiden toten Ganoven vermuteten wohl den ersten chiffrierten Zettel bei mir – den mit den Namen und Geldbeträgen vom Lateinamerikaverein. Die beiden Schläger sollten ihn mir abluchsen, übertrieben dabei aber und schoben mich im Polo die Böschung hinunter, anstatt mich nur anzuhalten und den Rucksack zu klauen. Viel später ging mir erst auf, was sie haben wollten, und ich fand den Zettel tatsächlich in meinen Unterlagen. Dimundi hatte ihn versehentlich darunter geschoben, als wir nebeneinander im International Office der FH standen. Ich hatte den ganzen Stoß mit seinem Ausdruck zusammengerafft und eingesteckt."

„Viel später, so so. Schätzungsweise nach einer Nacht in einer Waldhütte oberhalb von Schlins, was sich zu Ihrem Glück nicht nachweisen lässt. Andererseits hätten Sie sicher jederzeit erfolgreich auf Notwehr plädieren können, doch das müssen Sie ja jetzt nicht mehr tun."

Ich ließ die Worte des Abteilungsinspektors unkommentiert, aber wie Paul Watzlawik sagt, kann man bekanntlich nicht nicht kommunizieren, und so würde Leipoldsheimer mein Schweigen richtig interpretieren.

„Passen Sie bloß weiterhin gut auf sich auf, mein Lieber! Es würde mir persönlich leidtun, wenn Ihnen etwas passiert."

Mit diesen Worten, einem kräftigen Händedruck und offenem Lächeln verabschiedete sich der Abteilungsinspektor. Ich sah ihn erst zwei Monate später wieder, als er erneut zu uns kam, um mir das Schriftstück des Landeshauptmanns in die Hand zu drücken sowie neunzigtausend Euro in bar.

33. Aus …

Wir hielten Surfbretter unter dem Arm. Würden wir diesmal etwas länger darauf stehen bleiben? Bei den ersten Versuchen nach dem Grundkurs auf dem Trockenen und im Pool war uns das im Meer nicht wirklich gut gelungen. Jedes Mal glitten wir aus und klatschten bäuchlings ins Wasser. Doch von Tag zu Tag bekamen wir den Bogen besser heraus, blieben um Sekunden länger stehen, bevor sich das Gleichgewicht verabschiedete. Für den Rest der freien Tage wollten wir nur noch Spaß haben und unseren persönlichen Rekord täglich ein wenig überbieten. Langsam schritten Alex und ich den Strand entlang, um eine geeignete Stelle zu finden, an der etwas weniger Betrieb war.

Wie wir es gelernt hatten, blieben wir ein Stück außerhalb der Badezone zunächst eine Weile ruhig stehen und sondierten die Lage: Wind, Wellen, Strömung, Untergrund, Anzahl der Menschen im Wasser, halt alles, was einen so beim Surfen tangiert. Die Wellen waren für Anfänger wie uns mit knapp einem Meter ausreichend hoch. Eine kleine Gruppe befreundeter australischer Studenten, mit denen wir unterwegs waren, kraulte bereits den Wellen entgegen.

„Hättest du dir das je träumen lassen?", fragte mich Alex.

„Na ja, irgendwie hab ich mir das so in etwa vorgestellt. Warmes Wetter, einen Sandstrand bis zum Südpol, ein Surfbrett aus Polyurethan, Wellen, Wind, genügend Kohle und 'ne Menge Freizeit."

„Dummkopf. Ich meine natürlich unsere spezielle Situation; das weißt du ganz genau. Tu nicht so blöd." Alex schnippte mir mit dem Fuß Sand auf die Badehose.

„Ach sooo."

„Also, hast du, oder hast du nicht?"

„Nicht wirklich. Vor einem Jahr konnte das keiner ahnen. Da haben wir uns nicht mit Sand beworfen, sondern mit Speckknödeln."

„Also, ich möchte eines richtigstellen: Da hast nur du mich mit Speckknödeln beworfen, nicht ich dich."

„Richtig! Von dir kamen vielmehr die speckigen Sprüche. Wie du siehst, hat diese Technik voll zum Erfolg geführt." In Erinnerung an damals lachten wir, bis die Luft knapp wurde.

Nachdem sie sich etwas gefangen hatte, fügte Alex prustend hinzu: „Jedenfalls so, dass ich mein Auslandspraktikum nur äußerst widerwillig und unter Zwang von Peru nach Australien verlegt habe. Nur deinetwegen! Damit du's weißt."

„Ich fühle mich geehrt, Scherzkeks. Ernsthaft: Da spielte sicher noch mehr eine Rolle. Wie hättest du dich denn entschieden, wenn Dimundi in Peru mit seinem ach so karitativen Verein keine verbrecherischen Geschäfte durchgezogen hätte? Wärst du dann nicht doch eher nach Südamerika gegangen?"

„Weiß nicht. Ist jetzt auch egal, findest du nicht?"

Ich teilte ihre Ansicht, und so animierte ich Alex, ihr Surfbrett abzulegen, wie ich es tat, woraufhin wir uns umarmten und mal wieder heftig küssten. Alex hatte ihr Auslandspraktikum, ich mein Auslandssemester, an der University of the Sunshine Coast in Queensland gegen Ende Januar erfolgreich beendet. Jetzt hängten wir noch drei äußerst verdiente Wochen Strandurlaub hinten an. Das Wetter war herrlich. Gegen Ende des australischen Sommers herrschten Temperaturen von knapp unter dreißig Grad, und das Wasser war immer noch wunderbar lauwarm.

„Nun quetsch mir nicht den Busen ab, verdienter Held der Fachhochschule, und lass etwas lockerer. Ich laufe schon nicht weg", meinte Alex zwischen zwei Küssen. Ich löste die Umklammerung und schaute sie verliebt an.

„Diesen Urlaub hätte ich mir jedenfalls nicht träumen lassen. Auf Kosten der Fachhochschule drei nette Wochen Surfurlaub in Australien zu machen ist ein Hit. Ich finde, wir haben uns das redlich verdient. Und natürlich hätte ich vor einem Jahr nicht im Traum daran zu denken gewagt, dich an einem Strand zu küssen."

„Der Rektor war auch ziemlich dankbar und des Lobes voll. Die Reise hat er uns wirklich gerne spendiert", meinte Alex.

„Die hat er aber nicht privat gezahlt, sondern aus einem Topf der Fachhochschule für Sonderausgaben", stellte ich richtig.

Rektor Zehentner hatte uns im Nachhinein seine höchste Anerkennung ausgesprochen. Denn, nachdem Dimundi verhaftet worden war, hatte sich die Aufklärung seines Plagiats zügig vollzogen. Auf der Grundlage von Alfis Protokoll bestätigte eine Sondergruppe unabhängiger Experten mit Hilfe freiwilliger Rechercheure den ersten Eindruck. Daraufhin kam die akademische Maschinerie erst so richtig ins Rollen. Binnen dreier Monate hatte man Dimundi alle akademischen Titel aberkannt.

Dieses Urteil hatte erneut enormes Medienecho in unserem Ländle hervorgerufen. In Fachkreisen folgte eine breite Diskussion über wissenschaftliche Ethik, die dem Berufsstand mehr als gut tat, weil mit Hilfe des Computerwesens und der vielen Helferlein im Internet das akademische Reinheitsgebot künftig lückenloser eingehalten werden konnte. Reichen Dummbacken, akademischen Scharlatanen und politischen Hasardeuren war damit endgültig das Handwerk gelegt – ein akademischer Alptraum für viele Betrüger, so hoffte ich. Vollends war ich allerdings nicht davon überzeugt, denn reiche Dummbacken mussten halt nur bessere Ghostwriter finden und sie besser bezahlen. Diese Form des immer wieder praktizierten Betrugs lässt sich nämlich nicht so leicht nachweisen.

Wegen des Vorfalls, und unabhängig von der noch nicht verhandelten Strafsache, hatte die Fachhochschule Dimundi fristlos gekündigte. Ein derart ungewöhnlicher Vorgang geht in Österreich schnell vonstatten, weil FH-Professoren nicht verbeamtet, sondern nur angestellt sind und die Geschäftsleitung auf Basis geltenden Personalrechts eigenständig entlassen darf. Professoren müssen nicht einmal besonders kriminell werden wie Dimundi, sondern nur gegen die guten Sitten des Arbeitgebers verstoßen.

An der Fachhochschule hatte dann der Rektor gegen Ende des Semesters uns zu Ehren vor versammelter Mannschaft (und Frauschaft, wie die Gleichstellungsbeauftragte immer zu sagen pflegt) eine Sondersitzung abgehalten. Dort bekamen Alex, Karl-Heinz und ich wegen unserer Aufklärung eine extra ins Leben gerufene Urkunde mit dem Titel ‚Außerordentliche akademische Leistung' offiziell verliehen. Alfi wollte aus grundsätzlichen Erwägungen nach wie vor im Hintergrund bleiben und war daher nicht mit von der Partie.

Zusätzlich erhielten wir gar vom Landeshauptmann eine offizielle Belobigung für gezeigte Zivitlcourage, die er in regelmäßigen Abständen engagierten Bürgern zukommen lässt. Bei der Verleihung war mir, als ob der Landeshauptmann meine Hand besonders intensiv und lange drücken würde; ich konnte mich aber auch geirrt haben. Im Hintergrund der Gästereihen machte ich einen bekannten Abteilungsinspektor aus. Beim anschließenden Buffet war er aber nicht mehr zu entdecken.

Unser Beispiel hatte noch eine kleine Welle nachgängiger Recherchen anderer Studenten ausgelöst. Sie nahmen Dissertationen von Professoren unter die Lupe mit der Hoffnung, ebenfalls Plagiate aufzudecken; letztendlich kam jedoch nichts dabei heraus.

Mit der begleitenden Resonanz in den Medien konnten wir mehr als zufrieden sein. Presse, Internet und Fernsehen hatten die Story mit dem Plagiat breit herausgebracht; erneut standen wir für kurze Zeit in den Schlagzeilen. Starreporter Labsal hatte in dieser Zeit wohl Schnupfen und seinen Riecher verloren. Gottlob stellten weder er noch andere Journalisten zwischen unserem Beitrag zur Aufklärung von Dimundis Plagiat und den üblen Geschäften mit illegalen Waren einen Zusammenhang her.

„Wo sind Karl-Heinz und Alfi eigentlich?", fragte Alex.

„Schätze, sie sitzen in der Surfbar und surfen auf ein bis zwei Karl-Pirinhas herum. *Nich waah, Alte?*", imitierte ich Alfi. „Die beiden wollen doch im Frühjahr mit ihrer Geschäftsidee starten, die sie im letzten Halbjahr ausgefieselt haben. Sicher verpassen sie gerade ihrem Spin-Off den richtigen Schliff. Genug Risikokapital hat Karl-Heinz ja für den Start bekommen, und Alfi dürfte mit seinen bisherigen Geschäftchen ebenfalls nicht ganz auf dem Trockenen sitzen."

Wir drei hatten zusammengelegt, Alfi von der Interpol-Belohnung ein erkleckliches Sümmchen abgetreten und ihm zusätzlich noch die dreiwöchige Australienreise spendiert. Er und Karl-Heinz knobelten seit Längerem daran herum, welche neue Software-Idee von Alfi rechtlich einwandfrei wäre und sich gut vermarkten ließe. Karl-Heinz übernahm die Kreativmoderation und den Business-Plan. Alfi konzentrierte sich aufs Programmieren, hatte natürlich seinen Laptop auch in Australien dabei. Alex und ich drückten den beiden von ganzem Herzen die Daumen. Wir freuten uns für sie, denn hier hatten sich zwei unterschiedliche Charaktere über ein gemeinsames Thema erfolgreich zusammengerauft.

Ich wollte wissen, wie wir den Rest des Tages gestalten würden: „Läuft heute Abend noch was Gemeinsames, oder macht jeder seinen eigenen Kram?", fragte ich Alex.

„Soweit ich die Fellows von der Sunshine University verstanden habe, ist Strandparty angesagt. Da würde ich gern mitmachen."

„Ich auch. Dann ist alles klar. Obwohl ich lieber den Abend mit dir alleine verbracht hätte. Immer sind wir mit der doofen Clique zusammen", maulte ich scheinheilig.

„Bella gerant alii, tu Felix Moosburger nube!"

Mit diesem provokant abgewandelten Zitat über das glückliche Österreich, dem zu Zeiten der Habsburger empfohlen worden war, lieber durch geschicktes Heiraten politisch erfolgreich zu sein anstatt durch Kriegführung, griff sich Alex ihr Surfbrett und sprintete in die Brandung. Ich wollte sie zwar nicht heiraten, folgte ihr dennoch umgehend. Nebeneinander paddelten wir zu den anderen hinaus, bis zu jener Stelle, wo sich kleinere Wellen aufzutürmen begannen. Nachdem die vordere Gruppe an uns vorbeigesurft war, nahm Alex eine kleine Welle auf. Ich folgte ihr auf der nächsten.

Euphorisch glitten wir dem Strand entgegen. Zum ersten Mal hielten wir unser Gleichgewicht bis zum Schluss.

Danksagung und Allfälliges

Vielleicht zuerst das Allfällige: Die Story ist natürlich von vorne bis hinten erfunden. Das gilt auch für alle darin vorkommenden Personen. Wer meint, sich in einer fiktiven Figur wiederzuerkennen, hat ein Problem, das hier nicht behandelt werden kann. Erfunden ist auch die nach Vorarlberg verlegte Gemeinde Rotenstein (Vorarlberg gibt es allerdings), um keiner Gemeinde und keinem Skibetrieb zu nahe zu treten. Da in Vorarlberg die sinnvolle Nutzung knapper werdender Naturflächen heftig diskutiert wird, lag eine Story nahe, bei der es u.a. um verbrecherische Landnahme und deren Finanzierung geht.

Erfunden sind ebenfalls Wegbeschreibungen nach Rotenstein und die dem Ort zugesprochenen Gebäude, der lateinamerikanische Förderverein, die Kummerer-Hütte, die Wullenwiese, die Stuttgarter Autowerkstatt, das Ski-Ressort Snow-White (was im Englischen Schneewittchen bedeutet), das Psychologiestudium an der Fachhochschule, die selbstgebastelte Rucksack-Montur für Snowboards, die Marmorfabrik in Schruns, Alfis scheinbar grenzenlose Fähigkeiten im Umgang mit Computern und der Name, unter dem dieser Krimi publiziert wurde (Leo Hoesslin ist also ein Pseudonym).

Nicht erfunden sind dagegen Einschübe zur Fachhochschule Vorarlberg, zur Existenz von Plagiatprüfungs-Software, zur Handy-Spionage-Software, zum Alpenstock, zur Gendarmerie, zur Cobra, zu sonstigen Vorarlberger Geländebeschreibungen und Gebäuden, zu Korruptionsfällen unter öffentlichen Bediensteten, zum internationalen Korruptions-Ranking, zum Alkoholismus, zur University of the Sunshine Coast, zu Bedingungen von Auslandsstudien, zum Seilbahnunternehmen Doppelmayr aus Vorarlberg, zur Klassifizierung und Instandhaltung von Vorarlberger Wanderwegen, zur Statistik, zur Abfrage beim Österreichischen Vereinsregister, zu alemannischen Namensgebungen und zur Vorarlberger Eigenart, allgemein mit Lob zu geizen.

Damit dieser Fehler hier nicht unterläuft, folgt nun zuletzt, aber keinesfalls letztrangig, die Danksagung:

Fangen wir mit dem Lektorat an. Frau Dr. Franziska Jäger gebührt meine Hochachtung für peinlich genaues Redigieren, Korrigieren und Inspirieren der Rohfassung. Wenngleich uns sprachlich gefühlte zwei Generationen trennen, trafen ihre meisten Hinweise punktgenau ins Zentrum meiner linguistischen Unfähigkeit. Dankesehr! Frau Dr. Jäger, liebe Franziska, bitte verzeihe es, wenn ich an einigen von dir kritisierten Stellen den eher schnodderigen Sprachgebrauch beibehalten habe. Dafür schätze ich deine inhaltsbezogenen Verweise stets in hohem Maße.

Eine parallele Korrekturschleife führte meine liebe Schwägerin Elisabeth durch, ausgewiesene Germanistin wie auch die Lektorin. Elisabeths Familienname wird hier nicht genannt, da eventuell sonst das Pseudonym aufgedeckt werden könnte. Du weißt aber, dass du gemeint bist, wenn du diese Zeilen liest. Dein nettestes Kompliment hatte darin bestanden, als du bei einem der Bände meintest, du musstest unbedingt die Rohfassung vom Schreibtisch mit ins Bett nehmen und das Korrigieren aussetzen, weil du erst den Krimi zu Ende lesen wolltest. Vielen Dank für dieses hohe Lob und deine stets hilfreiche Unterstützung!

Als männlicher Testleser erklärte sich zu meiner Freude Eberhard bereit. Eberhard ist quasi das Pendant zu meiner Schwägerin. Lieber Ebi: Du bist intensiver Krimi-, Roman- und Sachbuchleser und hattest die erste (extrem unfertige) Rohfassung dieses Bandes verschlungen wie auch die etwas besser gelungenen der Folgebände. Hoffentlich bereitet dir die vorliegende Endversion noch mehr Vergnügen. Danke, danke für deine konstruktiven Rückmeldungen aus männlicher Sicht! Sie haben mir verdeutlicht, dass unterschiedliche Zielgruppen unterschiedliche Erwartungen an Krimis legen und es Sinn macht, einen eigenen Stil zu entwickeln.

Sabine und Benedikt haben kompetent beim Aufbau der Homepage geholfen (www.leo-hoesslin.com). Alleine hätte ich den gelungenen Internetauftritt nie hinbekommen. Dankesehr euch beiden dafür!

Aber an erster Stelle danke ich meiner lieben Frau und das in besonderem Maße. Nicht nur, weil sie mir stets ohne zu murren den Rücken freigehalten und mich zu unkonventionellen Zeiten hatte schreiben lassen. Mit ihren praktikablen Ideen und unkonventionellen Tipps stand mir meine Gattin als Coach permanent hilfreich zur Seite – auch, wenn ich sie im Laufe der Monate mehr als einmal mit dem Thema genervt haben dürfte. DANKE!

Wie es weitergeht …

Es geht weiter. Auf jeden Fall. Und zwar mit dem Buchstaben B und einem neuen Fall: Bio-Bande.

Felix Moosburger begleitet eine illegal operierende Tierschutzgruppe beim nächtlichen Einbruch auf eine Schweinefarm, weil er deren Mitglieder anschließend für seine Masterarbeit interviewen will. Die geplanten Filmaufnahmen zur Dokumentation von Missständen in der Massentierhaltung geraten allerdings zum Fiasko. Der Gruppe wird aufgelauert, daraufhin verschwinden zwei Tierschützer spurlos, und deren Anführer Rolf wird in Felix' Beisein auf offener Straße erschossen.

Der Schlüssel zu Rolfs Wohnung erweist sich als Schlüssel zu den Hintergründen des Verbrechens. Um nicht zu viel vorwegzunehmen, sei an dieser Stelle nur noch verraten, dass Felix' Recherchen ihn unter anderem zu einem Praktikum auf einer Schweinefarm und einer Dachorganisation europäischer Tierschützer in Straßburg führen. Mit Alfis Hilfe hackt er sich ins Intranet einer verdächtigen südtiroler Fabrik ein. Bald sind die Mörder ihm und seinen Freunden dicht auf den Fersen …

Hier nun die Leseprobe:

Zu fünft schlichen wir großräumig um den Bauernhof herum. Trotz klarer Nacht ließ der Mond kaum Konturen erahnen. Ein stockdunkles Gehöft lag vor uns, hinter uns eine bewaldete Bergflanke, Ausläufer der westösterreichischen Alpen, über die wir uns in der letzten Stunde angeschlichen hatten. Im Haupthaus brannte kein Licht. Eine Notfunzel erleuchtete dürftig das Gelände zwischen dem traditionellen Vorarlberger Bauernhaus und den etwa fünfzig Meter dahinter liegenden Stallungen. Von ihnen wehte uns ein übel stechender Geruch entgegen: Ammoniak mit undefinierbar modrigem Beigeschmack. Karin räusperte sich kräftig, was ihr einen geflüsterten Rüffel von Rolf einbrachte.

„Ich hab' euch vorher oft genug gesagt: Wem's schlecht wird, der soll sich gefälligst ein Tuch mit Zitronensaft um die Nase binden."

„Habe ich vergessen", jammerte Karin.

Zoë war am härtesten von allen drauf und verpasste Karin eine volle Breitseite: „Wir hätten die Rookies nicht mitnehmen sollen. Sag ich das nicht von Anfang an? Am besten, du gehst gleich zurück und nervst hier nicht länger mit deinem mimösenhaften Gezicke. Übrigens bin ich immer noch dagegen, dass *der da* weiter dabei ist."

Zoë erreichte knapp die ein Meter sechzig, gab sich aber mit Kleidung und Gehabe am radikalsten und härtesten von der gesamten Gruppe, womit sie Rolf als deren Anführer mächtig unter Druck setzte. Mit *der da* meinte sie unmissverständlich mich, was mich im Moment allerdings nicht störte. Ich musste unbedingt noch ihre Geschwisterreihenfolge erfahren, um daraus weitere Rückschlüsse auf ihre Psyche ziehen zu können.

„Dann nimm meines, ich bin inzwischen daran gewöhnt."

Sebastian, ein freundlicher Jüngling, der stets Karins Nähe suchte, mischte sich ein und reichte ihr ein Tuch, das sie um Nase und Mund band. Nach einigen Minuten der Sammlung und Beobachtung war nach wie vor alles ruhig. Zoë wollte mich immer noch loswerden.

„Ich finde, *der da* bleibt jetzt hier. Ab hier machen wir alleine weiter", befahl sie nicht weniger barsch als zuvor. Nun musste Rolf reagieren und gegenhalten, wollte er seine Führungsposition nicht verlieren. Bislang hatte er sich nämlich in der Frage, ob ich dabei sein durfte oder nicht, stets für mich eingesetzt. So, zu meiner Erleichterung, auch diesmal.

„Auf keinen Fall. Felix schreibt über uns, und das kann er nur korrekt machen, wenn er bis zum Schluss dabei ist. Ruhe jetzt!"

Mein Status war damit fürs Erste geklärt; wer weiß jedoch, wie lange er unangefochten Bestand haben würde. Mit abgeblendeten Taschenlampen leuchteten wir den Boden aus und näherten uns den Stallungen von hinten im Halbkreis, so dass uns die Bauten vor eventuellen Blicken aus dem Bauernhaus schützten. Sebastian spielte den Kameramann. Rolf organisierte alles und sorgte für Rückendeckung. Zoë hatte im Vorfeld das Objekt ausgespäht und dirigierte nun die Gruppe stringent zum Ziel. Karin war neu dabei und seit Kurzem fürs Schreiben und Dokumentieren zuständig. Ich gehörte nicht zu den Aktivisten, vielmehr waren sie nach einigen inquisitorischen Sitzungen mit mir als Angeklagtem letztlich bereit gewesen, sich als Fallstudie für meine Abschlussarbeit zur Verfügung zu stellen. In diesem Zusammenhang wollte ich einen ihrer Einsätze begleiten, um bis dahin gesammelte Eindrücke zu vervollständigen.

Hinter der Stallung wurde es ernst. Rolf gab die nächsten Schritte vor: „Wie besprochen: Eng am Stall nach vorn und alle hinein. Sebastian geht mit Zoë und Karin weiter und macht die Aufnahmen; Zoë und Karin leuchten ihm aus. Ich bleibe mit Felix vorne stehen, um zu sehen, ob ihr klarkommt oder uns braucht. Falls nicht, halten wir vor dem Tor Wache. Wenn jemand kommt, rufe ich euch, dann brecht ihr sofort ab, und wir schlagen uns hinter dem Stall durchs Gelände. Jeder einzeln und auf verschiedene Wege verteilt. Wird jemand geschnappt, hält er den Mund. Verrat bedeutet Ausschluss. Geht alles gut, treten wir ab, wie wir gekommen sind. Alles klar? Noch Fragen?"

Dem war nicht so, und so zogen wir im Gänsemarsch los: Zoë vorne. Ihr folgten Sebastian, Karin, Rolf und ich. Bereits hinter dem Stall war der Gestank bestialisch. Als wir das Scheunentor etwas aufschoben und eintraten, steigerte er sich um das Fünffache.

In diesem Moment wusste ich nicht, was mich mehr anwiderte, die olfaktorische Mischung aus ätzender Schweinepisse und Aasgeruch oder der erbärmliche Anblick. Eng gedrängt tummelten sich Dutzende von Schweinen in Betonpferchen auf durchgängigen harten Spaltenböden. Sie hatten keinen kotfreien Sonderplatz, konnten sich nirgends sauber hinlegen, was sie unbedingt müssen, weil der Betonuntergrund für ihre Hufe auf Dauer zu hart zum Stehen ist. ‚Dreckiges Schwein' ist ein unangebrachtes Schimpfwort, denn die intelligenten Tiere leben bei artgerechter Haltung sauber und sozial und wälzen sich nur unter den üblen Bedingungen einer Massentierhaltung im eigenen Kot, weil der durch die Spalten nicht richtig in den Boden sickert. Außerdem standen sie in diesem Stall dermaßen eng zusammen, dass kleinere Tiere und Ferkel ab und an erdrückt wurden. Doch auch ausgewachsene Sauen befanden sich in dem engen Pferch unter Dauerstress. Deren Hormone mochte ich nicht in meinem Schnitzel haben, soviel war bereits beim ersten Eindruck klar. Der Anblick der geschundenen Kreatur war selbst im gnädig verhüllenden Halbdunkel grauenhaft. Seitlich vorne, am Rand einer Box, lagen zwei Sauen. Eine schien längst gestorben zu sein. Auch die übrigen Tiere hinterließen einen arg mitgenommenen Eindruck.

Als wir eintraten, wurde der Pulk zusehends unruhig. Das Quieken schwoll mächtig an, als Rolf und Zoë sich den Verschlägen näherten.

„Boaah, ist *das* eklig!"

…

www.leo-hoesslin.com